Stefan Tschök

GESTATTEN, KAHLMANN, GREGOR KAHLMANN

Ein phantastischer Roman

Für Johanna und Leonie – danke, dass ihr da seid!

Unsere Zeit ist eine Parodie aller vorhergehenden.
Friedrich Hebbel

© 2019 Tschök, Stefan
Herstellung und Verlag:
BoD – Books on Demand, Norderstedt

ISBN: 9783749497546

Keine Zeit, keine Zeit

Hat sich irgendjemand schon einmal ein Bild davon gemacht, wie viel Zeit ein Schriftsteller dafür verwendet, interessante und wohlklingende Namen für die Protagonisten seiner Geschichten zu finden? Macht sich überhaupt jemand darüber Gedanken, wie kompliziert das ist, Namen wie Victor Konsky, Hagen Waltrup oder Gina Hansum zu kreieren? Oder Paula Anderborg, Wim van der Leinende, Gert Soldebaum und Clara Weckhoff? Gibt es nicht genügend Stümper, die sich überhaupt keine Mühe geben; noch nicht einmal, wenn es um die Namen in IHREN Geschichten geht? Diese Stümper, die Namen aus wildfremden Büchern und aus der Historie abschreiben, Namen wie Steven Weinberg, Kurt Gödel oder Lars Gustafsson? Oder den Namen Kahlmann erfinden? Was soll das denn sein, ein Herr Kahlmann? Klingt es demgegenüber nicht wie die Versuchung an sich, Micha Leprov zu heißen? Oder Walt Koldick?

Kennen Sie den Roman *Der Zauberberg* von Thomas Mann? Oder kennen Sie den *Roman in Fragen* von Padgett Powell? Hörten Sie je von dem Roman *Kahlmann*? Sie fragen sich, was das soll, ein Roman in Fragen? Und Sie kennen diese Bücher nicht? Oder Sie kennen nur eines der drei Bücher? Oder Sie kennen zwei der drei Bücher? Wenn ja, welches oder welche von den drei Büchern kennen Sie denn? Und kennen Sie es oder sie nur oder haben Sie es oder sie auch gelesen? Oder haben Sie gar alle drei Bücher gelesen? Und wenn Sie sie gelesen haben, haben Sie sie dann auch verstanden? Und Sie fragen sich, warum ich Sie das frage? Ich kann Ihnen diese Frage nicht beantworten, warum ich gerade Sie danach frage. Vielleicht frage ich Sie, *obwohl* es eigentlich belanglos für die nachfolgende Geschichte ist. Und vielleicht frage ich gerade auch Sie, *weil* es eigentlich belanglos für die folgende Geschichte ist, weil nämlich die folgende Geschichte mit vielem zu tun haben wird; irgendwie gefühlt mit allem. Jedenfalls mit der Zeit oder doch eher der fehlenden Zeit, mit der Uckermark, mit dem fernen Amerika (von der Uckermark aus ist Amerika wohl tatsächlich fern zu nennen), mit dem Tennisspiel, mit

Sand und mit Sanduhren und mit Glasscherben, mit Männerfreund-
schaften und mit Liebschaften, mit Füllfederhaltern, die mit violetter
Tinte aufgefüllt sind, mit zehngängigen Fahrrädern, mit Walter
Cronkite (Wieso fragen *Sie* mich jetzt, wer wohl Walter Cronkite sei?
Bisher war es doch ich, der Fragen stellte, oder?) mit Flugzeugen und
der königlich-sächsischen Post, mit Sätzen in Büchern und in Zeitschriften (Sätzen wohlgemerkt, die sich selbständig zu machen scheinen), mit botanischen Gärten und Tennisplätzen auf denen dem
schon erwähnten Tennisspiel gefrönt wird, mit der Energieversorgung und mit Zeitreisen, mit Konstruktionsbeschreibungen, mit Ei-
senbahnfahrten und mit den dazugehörigen Bahnhöfen, mit den
ersten drei Minuten unseres Universums und mit dem Unvollständigkeitssatz von Kurt Gödel und mit Kurt Gödel selbst und mit weiteren Menschen, mit unserem Alphabet und der Kompliziertheit, es
in seiner Gänze zu Papier zu bringen, mit der Lokalzeitung und mit
Diktiergeräten, mit kleinen Parks am Ende der Straße, mit Bücher-
regalen in Stadtbibliotheken und in Universitätsbibliotheken... das
Buch befasst sich offenkundig eben doch mit allem und... mit
nichts, mit... nun, lassen Sie sich doch einfach überraschen.

Halt, halt, halt, Sie müssen jetzt das Buch nicht so abrupt beisei-
telegen. Fühlen Sie sich doch bitte nicht ertappt dabei, wenn Sie den
Roman in Fragen nicht kennen. Den können Sie doch noch immer
lesen, nachdem Sie dieses Buch hier gelesen haben, eben nachdem
Sie versucht haben, die vielen Enden von Fäden, die ausgelegt werden, zusammenzubinden, so gut zusammenzubinden, wie es vielleicht nicht einmal dem Autor gelingen kann.

So lassen Sie doch Ihrer Phantasie (oder sieht *Fantasie* besser
aus?) endlich einmal freien Lauf und folgen Sie unseren Helden,
streiten Sie endlich mit Kahlmann, dem Weitgereisten – oh, wir wollen nicht vorgreifen, er möge entschuldigen... Sie können ja das
Buch immer noch in die Ecke werfen, nach den ersten dreißig Seiten
meinethalben, oder den ersten vierzig. Dann können Sie ja wieder zu
dem Althergebrachten wechseln, zu dem Althergebrachten, das
Ihnen um so vieles weniger Verständnisschwierigkeiten bereitet, zu
dem Stromlinienförmigen, zu dem weniger kantigen, ohne Grat und

ohne Widerhaken – aber versprechen Sie mir, wenigstens den Versuch zu wagen!

Fast hätte ich es vergessen: Neben all dem Erwähnten dürfte eine zentrale Rolle in der Geschichte, die Sie ja jetzt schon begonnen haben zu lesen, ein brauner Lederkoffer spielen. Ja, solch ein Koffer, mit dem man heute auf einem Flughafen schon fast auffallen würde, ein zerschundener Lederquader, dem man zutrauen würde, mit Sprengstoff bis obenhin inklusive scharf geschaltetem Zünder gefüllt zu sein.

Nun gut, bevor wir endgültig in die Geschichte einsteigen, klappen wir den Koffer auf, was werden wir darin wohl alles finden? Also langsam die halb angerosteten Messingbeschläge, diese manchmal klemmenden Schnappverschlüsse, nach rechts und links gedrückt. Klack rechts. Klack links. Jetzt vorsichtig den Deckel anheben und in der oberen Stellung arretieren. Dazu die mittig in Scharnieren gelagerten Blechschienen ganz durchdrücken; ein wenig über den gestreckten Winkel hinaus, ja, so dass sie einrasten und dem Deckel des Koffers gegen den Rückfall sichern. Na, hier sieht es ja gemischt aus. Was fällt uns denn da als erstes ins Auge? Natürlich Bücher. Ah, da liegt ja der *Zauberberg*. Soso, Sie geben zu, ihn nicht zu kennen. Jetzt geben Sie es also zu! Endlich. Aber nicht weiter schlimm. Sie werden ihn sicher irgendwann noch lesen. Vielleicht werden Sie ihn ja geradezu verschlingen wollen, wenn Sie dieses Büchlein hier endlich geschafft haben?

Ach, gut, das eine will ich Ihnen dann doch noch verraten. Ein zentrales Motiv im *Zauberberg* ist die Zeit und wie wir ihren Fluss fühlen, mal langsam mal schnell, wo sie doch im Hintergrund in absoluter Gleichförmigkeit abläuft. Wieso ist es dann so, dass die eine Minute für uns zur Stunde werden kann, wo andererseits uns ganze Tage nur wie Stunden vorkommen?

Aber kramen wir noch ein paar Minuten in diesem schönen (wir beginnen bereits, ihn zu lieben) Lederkoffer, der den morbiden Charme vergangener Zeiten in so sympathischer Art verströmt. Neben diesem ganzen Stapel Bücher – wie gesagt, mit dem *Zauberberg* ganz obenauf – steht ein Tintenfässchen. Sogleich fragen wir uns, wer wohl heute noch Tinte in diesen kleinen Glasfläschchen benutzt. Und dann wird es wohl noch ein Stück verrückter, denn neben der Tinte liegt ein angebrochenes Behältnis mit Graphitfett, wie man es zum Schmieren von Fahrradketten benutzt. Wir sind geneigt, nach diesem aus alter und mehrfach verstärkter Pappe bestehendem Schächtelchen mit dem Fett zu greifen, aber Vorsicht, der Deckel scheint nur mangelhaft zu schließen… Und daneben wiederum finden wir eine Spule. Und was ist auf dieser Spule aufgewickelt? Es sieht aus als wäre es eine Art Draht aus irgendeinem Kunststoff, solch ein Material, das man zum Bespannen von Tennisschlägern nutzt. Aber jetzt, jetzt wird es noch interessanter: In dem Koffer beginnt es zu blinken und wenn wir genau hinschauen sind es Tausende und Abertausende Lichter in Rot, Grün und Blau und wenn wir noch genauer hinschauen, dann stellen wir fest, dass diese Lichter keinesfalls wahllos angeordnet sind − ähnelt die Anordnung der Lichter nicht die Befeuerung einer Landebahn auf einem Flughafen? Aber was ist das? Nein, das glauben wir jetzt nicht! Am Ende dieser Landebahn sehen wir deutlich eine große und ganz offenbar aus Stahlbeton errichtete Kuppel. Sie ähnelt sehr, zu sehr, dem Teil eines Atomkraftwerkes, der den Reaktor beherbergt. Ach ja, und daneben ein Kühlturm in seiner unverwechselbaren Form. Aber das, so nehmen wir uns fest vor, tun wir uns nicht an, wir werden also keinesfalls bis zu dem Atomkraftwerk gehen, das lehnen wir ab, radikal! Wir wenden uns nach links und lassen die blinkenden Lichter der Landebahn rechts liegen: Sand, nichts als Sand. Es muss wohl eine Sandwüste sein, stellen wir beunruhigt fest. Aber unsere Unruhe hatte offensichtlich keinen Grund, denn bei genauerem Hinschauen erkennen wir, dass am Rande der Sandwüste Menschen damit beschäftigt sind, Sand zu gewinnen und zu verarbeiten. Es macht uns froh zu sehen, dass wir nicht allein in dieser Wüste sind. Aber was tun die Männer (wir stellen im Unterbewusstsein fest, dass es wiedermal nur Männer sind, die wir sehen)? Sie schaufeln Sand auf Förderbänder und nach seinem Transport nach oben fällt der Sand in Filter unterschiedlicher Weite und das in mehreren Arbeitsschritten. Und ganz am Ende steht eine Art Abfüllmaschine, die den Sand in aufgereihte

Sanduhren abfüllt. Eine nach der anderen wird mit dem Sand abgefüllt. Und es hat den Anschein, dass noch Millionen und Abermillionen Sanduhren zu befüllen seien. Und auch ziemlich große Exemplare sind darunter…

Seltsam, es hat den Anschein, als würde der Koffer, je länger wir in ihm wühlen, immer größer. Oder werden wir etwa kleiner? Oder sollte beides zutreffen? Besteht schon Gefahr, dass wir in ihn hineingezogen werden? Einen letzten Blick also, dann reißen wir uns ganz bestimmt los – ganz bestimmt. Und wem gilt dieser letzte Blick? Einem Buch natürlich. Hier, es liegt unter dem *Zauberberg*. Also den *Zauberberg* beiseitegeschoben – ah, ja, ein weißer Einband umgibt einen ziemlich dicken Wälzer und mitten auf dem Cover prangt in lackiertem Druck eine Eidechse, verhalten olivgrün glänzend. Erst jetzt lesen wir den Titel, dessen Lettern uns von nun an nicht mehr loslassen werden: *KAHLMANN*.

Und mit diesen acht Buchstaben fest eingebrannt im Gedächtnis steigen wir nun ein in unsere Geschichte, von der wir jetzt noch nicht wissen, wie viel Zeit in ihr vergehen wird, in der sie uns in ihren Bann zieht; zehn Stunden, zehn Tage, zehn Wochen oder gar zehn Monate? Zehn Jahre werden es, Herr im Himmel sei dem vor, ja nicht gerade sein. Und somit fangen wir an.

Links und rechts der AKW

„Becker, du Verbrecher!", ich sagte es leise, aber so, dass man es hören musste. Nur meiner guten Erziehung und der Angst vor möglicherweise falschen Schlüssen, die Martina hätte ziehen können, war es zu verdanken, dass ich das vermaledeite Buch nicht in hohem Bogen in den Kamin warf, in dem orange leuchtende Buchenholzscheite vor sich hin glühten. „Becker, du elendiger Verbrecher", murmelte ich noch einmal, als ich das Buch geräuschvoll zuklappte. Fünfzig Seiten hatte ich jetzt in diesem Becker-Roman mit dem, wie ich meinte, geistlosen Titel *Kahlmann* gelesen und so sehr ich mich auch anstrengte, das Buch idiotisch zu finden, es gelang mir nicht. „Und", fragte Martina, an irgendeiner Handarbeit nestelnd, vom Sofa her, „wie liest sich denn dieser Stahlmann?" – „Kahlmann, Kahlmann, mit K", sagte ich in einem Ton, der nichts Gutes für den Fortgang unseres Gesprächs besagte. Martina blieb ruhig: „Aber das ist ja nun alles andere als die Antwort auf meine Frage", – ja, so kannte ich meine Frau, Lockerlassen, wenn man merkt, dass der andere sich quält, das war nicht ihr Ding. Martina hatte zum Häkeln oder Sticken oder was weiß ich, was sie tat, ihre Lesebrille aufgesetzt; jetzt schaute sie mich über den Rand der Gläser hinweg an, auf eine Antwort wartend. Aber ich schwieg. In die Gemengelage der im Raum stehenden Frage, gemischt mit meinem Schweigen, tröpfelte nur das Vor-sich-hin-Knistern der Buchenscheite ein, vielleicht noch angereichert durch das Knattern eines Mopeds, das sich den Hang hinauf quälte und das man von der Straße her hörte. „Welcher Idiot fährt denn bei dem Schneematsch noch mit 'nem Moped draußen rum?", vielleicht ließ sich Martina ja auf diese Art und Weise ablenken. Weit gefehlt, denn vom Sofa her vernahm ich deutlich: „Ist auch nicht die Antwort, ich weiß immer noch nicht, wie sich dieser Stahl…hmmm *Kahlmann* liest." Ach, leck' mich, dachte ich, lies doch selber, wenn du es genau wissen willst, kannste halt ein Häkeldeckchen weniger zu Weihnachten verschenken. „Hmmm, geht so", log ich, denn dass ich das Buch bei Seite fünfzig zugeklappt hatte, war nicht als Reaktion darauf zu verstehen gewesen, dass es mich nicht gefesselt hätte. Gefesselt hatte es mich leider von der ersten Seite an und dass ich aufhörte zu lesen, war reiner Frust (Reiner Frust, auch kein schlechter Name für einen Romanhelden, dachte ich genau in dem Moment, in dem wieder der Schriftsteller in mir durchkam; auf der Suche nach Namen, nach Gegebenheiten, nach... nach allem halt). Tja, dachte ich dann weiter, wenn mir alles beim Schreiben so leicht von der Hand ginge, wie die Namen für meine Romanhelden zu finden, tja, das wäre schon Spitze.

Martina, die im richtigen Leben (wie ich diesen Begriff liebte!) als Verkäuferin in einem Supermarkt arbeitete, hatte sich inzwischen einen Tee gemacht. Versonnen zog sie nach exakt drei Minuten den Teebeutel, der einer minderjährigen Maus, die sich soeben ertränkt hatte, nicht ganz unähnlich war, aus der Teetasse, legte ihn auf den Teelöffel und wickelte nun die paar Zentimeter Zwirn, die das kleine Pappschildchen, auf dem man die Teesorte ablesen konnte mit dem Beutel verband, um den Löffel, und zwar so, dass die noch im Teebeutel verbliebene Flüssigkeit aus dem Aufguss gepresst wurde und Tropfen für Tropfen in die Teetasse perlte. Dieser Vorgang dauerte bei Martina nicht weniger als zwei Minuten; wahrscheinlich war das kleine Kissen mit dem pulverisierten Tee inzwischen trocken, dachte ich. „Was heißt, hmm, geht so?", Martina war so gnadenlos und unerbittlich! Ich musste in dem Moment daran denken, wie sie schon Leute zur Weißglut gebracht hatte, weil sie im Supermarkt an der Kasse sitzend und selbst mit nicht ausreichend Wechselgeld ausgerüstete Kunden dazu gebracht hatte, den Inhalt ihrer Geldbörsen auf das Warentransportband zu schütten – „na, da haben wir doch den Zweier, den wir gesucht haben". Die Kunden räumten dann ihre Portemonnaies wieder ein, natürlich immer unter den gestrengen Blicken Martinas. Und wenn jemand weiter hinten in der Reihe stöhnte, weil es nicht weiter ging, dann hatte es Martina sogar drauf, den die Geldbörse wieder befüllenden Kunden vorwurfsvoll anzusehen und mit den Augen auszudrücken: Müssen sie denn hier alles aufhalten? Vorerst aber wollte meine Frau von ihrem Mann, der es als Schriftsteller ja wissen musste, nur erfahren, wie ihm denn der neue Becker-

Roman gefalle, und zwar mit ein paar mehr Worten als diesem einsilbigen „hmmm geht so".

Immer noch das Buch vor mir auf dem Tisch, musste ich daran denken, welche Mühe ich mir gemacht hatte, es zu besorgen. Eigentlich hätte ich es ja ganz einfach bei einem Internet-Händler bestellen können (ein Buch dabei – portofrei!) aber nicht ich, nicht der große Schriftsteller Martin Reiche, der Bücher angreifen musste, wenn er sie kaufen wollte, wie um festzustellen, ob sie auch passten, über den Schultern nicht spannten, die Ärmel nicht zu kurz oder zu lang wären. Gerade weil ich ja selbst Schriftsteller war, gestaltete sich das Beschaffen von Büchern für mich als kompliziertes Unterfangen. Handelte es sich um Bestseller, munkelte man bald, ich wolle wohl auch mal in einem guten Buch lesen oder womöglich gar abschreiben; handelte es sich um den ganz gewöhnlichen Schund, der zentnerweise die Bretter in den Regalen der Buchläden bis auf ein bedenkliches Maß zum Durchbiegen brachte, fragte man sich, auf welches Niveau ich wohl abgesunken sei. Die Leute hätten sich wahrscheinlich am wenigstens gewundert, wenn ich gar nicht gelesen hätte.

In der Landesinnung unseres Schriftstellerverbandes jedenfalls – ich war Schatzmeister, nicht weil ich so gut mit Geld umgehen konnte, sondern, weil (meine Kollegen hatten das feixend gesagt) bei mir keine Gefahr bestünde, dass ich etwas veruntreute, mit meinem einfachen Gemüt – war längst bekannt, dass Becker einen neuen Roman auf den Markt warf. Über tausend Seiten, munkelte man. Über tausend Seiten Schrott, sprach ich mir damals noch Mut zu. Eigentlich hatte ich vorgehabt, die Schwarte zu ignorieren, bis mir Martina – sie selbst war wahrscheinlich sogar der Meinung, dass das treusorgend und die Pflicht einer Ehefrau sei – fein säuberlich ausgeschnitten eine Rezension auf den Schreibtisch drapierte, die mir das Blut in den Adern gefrieren ließ. Drei Spalten im *Neuen Boten*, unserer renommierten Lokalzeitung mit einer Auflage von immerhin zweihunderttausend Exemplaren (ich überschlug im Kopf und stellte mit dem Gefühl der sich aufrichtenden Nackenhaare fest, dass das bedeute, dass rund vierhunderttausend Menschen die Möglichkeit hätten, diese Rezension zu lesen) in der Mitte eine große Abbildung mit Christoph Becker, der sein Buch *Kahlmann* vor einem mit Büchern vollgestopften Regal grinsend in die Kamera hält, und dazu Sätze wie „wird ein völlig neues Kapitel zeitgenössischer Literatur aufgeschlagen" oder „wird Eingang finden in das, was bleiben wird" oder „einfach genial und genial einfach" oder „sucht seinesgleichen unter den heutigen Schriftstellern". Mich wunderte, dass Martina das Wort „seinesgleichen" nicht rot angestrichen hatte und vielleicht noch mit einem Pfeil versehen hat, der auf mich zeigte. Immer. Und immer wieder.

Ja, was ich hätte alles tun können, um mich zum neuen Becker bemerkbar zu machen; ich hätte den Kulturredakteur des *Neuen Boten* anrufen können, um ihn zu fragen, was Becker denn hatte springen lassen, für diese tolle Rezension. Aber das getraute ich mir schon deshalb nicht, weil besagter Kulturredakteur wahrscheinlich nur hämisch am Telefon gelächelt hätte. Hämisch gelächelt deshalb, weil er sich gut daran erinnert hätte, mit welchen Tricks und Kniffen ich nach dem Erscheinen meines ersten kleinen Buches versucht hatte, mir den Mann gefügig zu schmieren. Da war die Einladung zu einer kleinen exklusiven Lesereise mit weiteren Schriftstellern aus unserem Landesverband – natürlich von Freitag bis Montag und natürlich nur in die besten Hotels in alten Schlössern – nicht einmal nur gefühlt war das eine Veranstaltung mit klar bestechlichem Hintergrund. Ich weiß nicht mehr, wie teuer die damalige Reise gewesen war, für mich und den Verband, der sich an den Unkosten beteiligt hatte. Aber ich weiß noch, dass besagter Kulturredakteur damals auch etwas geschrieben hatte zu meinem kleinen Bändchen – „…war Martin Reiche versucht, auf dem nicht leicht zu beschreitenden Weg, den Plot spannend zu halten, mit interessanten sprachlichen Mitteln zu agieren; leider ist der Versuch aus der Sicht des Rezensenten nur teilweise geglückt…" – und so weiter und so fort. Ganze Dreizehn Zeilen, in irgendeiner Dienstagsausgabe, pfui, schäm dich doch! Und dafür hat der schon am ersten Abend mindestens zwei Flaschen

Champagner allein gesoffen. Whisky – nicht zu knapp! Rotwein sowieso, immer, schon zum Frühstück. Erstaunlich, dass der in seinem Suff die dreizehn Zeilen in den Laptop hacken konnte, oder hat den missratenen Text auch noch die Dame geschrieben, die der mit hatte, eine Bekannte, olala, eine Bekannte, ich hab auch Bekannte… An der Stelle ein verstohlener Blick zu Martina, die weiter an ihrer Handarbeit werkelt – danke Martina!

Oder einen Leserbrief hätte ich schreiben können, unter falschem Namen, zum Beispiel unter dem Namen Andrea Chatwin, mit der ich sowieso noch ein Hühnchen zu rupfen hatte. Andrea ist Martinas Freundin. Und das Hühnchen zu rupfen habe ich Grund, weil Andrea immer – ich betone immer – in den allerunpassendsten Momenten stört. Zum Beispiel sonntags, wenn es mir fast gelungen ist, Martina zu einem Mittagsschlaf zu überreden – natürlich nicht, weil ich wirklich müde bin, sondern nur, weil ich Lust auf ungestörten Sex habe – wenn also Martina fast soweit ist, mir in das Schlafzimmer zu folgen, höre ich, schon unter der Dusche, ein Geräusch, das mir das Blut in den Adern gefrieren lässt: das Schellen des Telefons. Oh, diese vermaledeite Melodie, denke ich, noch in der Hoffnung, dass es Martinas Mutter sein könnte, mit der sie nie lange spricht. „Du bist's, schön dass du anrufst!", ich weiß immer noch nicht, wer am anderen Ende der Strippe ist. Vorsichtshalber stelle ich die Dusche ab und lausche – schon nach Sekunden wird mir klar, dass es nur Andrea sein kann, denn Martina ist nach wenigen Sätzen in einen Plausch mit ihrer Freundin verfallen, der jetzt noch ein bis zwei Stunden anhalten kann. Prima Sex, denke ich, steige aus der Duschkabine und habe schlechte Laune.

Zwei Stunden später, ich habe versucht, ein Stündchen zu schlafen, was mir aber wegen der ständigen Präsenz des nicht stattgefundenen Beischlafs mit meiner Frau nur andeutungsweise gelungen ist, ruft Martina aus der Küche: „Andrea hat angerufen!" – „Prima, lebt sie also doch noch", gebe ich gereizt zurück, was wiederum bei meiner Frau ein verstörtes Gesicht hervorruft. Ein böser Leserbrief zu

Beckers *Kahlmann* mit dem Absender Andrea Chatwin wäre also sicher eine schöne Strafe gewesen, für Becker und für Andrea. Und für meine Frau.

Natürlich hätte ich auch noch eine viel bessere Strafe für Becker auf Lager gehabt: Ich hätte selbst nur ein besseres Buch schreiben müssen. Aber diese naheliegendste der Strafen war leider auch mit den größten Schwierigkeiten für mich verbunden. Ich musste nämlich schreiben, beharrlich, einfallsreich, in einem ansprechenden Plot... Warum fällt es Schriftstellern eigentlich häufig so unsagbar schwer, ihren Beruf auszuüben? Gar nicht auszudenken, wenn Busfahrer nicht Bus fahren könnten, Schornsteinfeger nicht schwindelfrei wären oder Holzfäller sich weigerten, Bäume zu fällen, weil sich das nicht mit ihren ethischen Naturschutzvorstellungen deckt. Nur wenn Schriftsteller sich zu dumm anstellen, einen einzigen halbwegs sinnvollen Satz an einem ganzen Vormittag aufs Papier zu bringen, wird das als „kreative Leere" gedeutet. Und mit welchen ausgefeilten Mitteln ich versucht hatte, diese Leere zu überlisten. Einmal dachte ich, dass es besser würde, wenn ich fortan nur noch mit Füllfederhalter schriebe. Ich war auf diesen tollen Einfall nicht ganz von selbst gekommen; irgendwie hatte ein anderer Kollege, Ulli Tellmann, der mit seinem Roman mit dem Titel *Die Turmuhr* (auch so ein „Fastzwei-Kilo-Buch"), für einigermaßen Furore gesorgt hatte, mir ein Licht aufgehen lassen. Tellmanns Roman spielt in einem luxuriösen Villenviertel in einer barocken Stadt, in der er selbst wohnt. Und Tellmann lässt Authentizität und Fiktion miteinander in seinem Roman spielen, was heißen soll, dass man einen Teil der im Roman beschriebenen Häuser auch tatsächlich an den nach Nordwesten hin leicht ansteigenden Hängen an dem Strom, an dem die Stadt liegt, stehen sehen kann. Nachdem also der Roman meinem Kollegen Tellmann (grüßt der mich eigentlich noch, nachdem er irgend so einen Preis für sein Buch bekommen hat?) einige Berühmtheit eingebracht hat, sind gleich auch die Trittbrettfahrer aktiv geworden und es dauerte nicht lange, und es wurden thematische Stadtführungen mit dem Titel „Auf den Spuren der Turmuhr" in besagtem Villenviertel angeboten. Als ich einmal ganz sicher war, dass Tellmann zu einem Studienaufenthalt (woher hatte der immer diese Stipendien?!) weilen musste, buchte ich mich in solch eine Führung ein. „Und jetzt", die Stimme des narzisstischen Stadtbilderklärers wurde verschwörerisch leise, „nähern wir uns dem Wohnhaus von Ulli Tellmann." Dann erzählte er uns, dass er selbst schon bei ihm gewesen sei und Tellmann ihm dreißig Seiten Originalmanuskript geschenkt hatte – weil er sich so rührend um die Vermarktung der *Turmuhr* bemühe. Der Stadtbilderklärer griff in seine Umhängetasche und zauberte eine Mappe hervor, die die Kopie einer angeblichen Originalmanuskriptseite der *Turmuhr* enthielt. Die hielt er uns, sie im Bogen langsam schwenkend, vor die Augen. Andächtiges Schweigen breitete sich aus. Ich erlaubte mir, weiter zu atmen. Dann kam aus der Runde (nicht von mir!) die Frage, wieso denn Tellmann noch mit der Hand schreibe. Der Stadtführer lächelte verzückt: „Aber etwas für das Literaturarchiv in Marbach muss doch bleiben!"

Marbach hin, Marbach her, ich wäre ja schon froh, wenn mein Buch endlich irgendwie fertig würde. Aber vielleicht nützte die Nummer mit dem Füllfederhalter ja etwas. Also kaufte ich ein entsprechend teures Gerät, befüllte es mit Spezialpatronen (nachfüllbar – angeblich, was unbewiesen bleiben muss, weil ich es nie versuchte), brachte das Gerät wie eine Waffe in Anschlag und … kritzelte drei Worte auf das karierte Papier. „Ganz zu Anfang" stand nun in krakeliger Schrift auf einem Blatt und nahm gerade mal drei Prozent der DIN-A-4-Seite ein. Nach fünf Minuten fuhr ich mit der Hand vorsichtig über die Worte: prima, trocken war die Tinte schon mal. „Ganz zu Anfang" – ich starrte auf die drei Worte, bis sie verschwammen. Dann versuchte ich, die Augen wieder scharf zu stellen, was mir nur bedingt gelang. „Glanz nun langsam" las ich jetzt, nicht mehr ganz sicher, was ich damit ausdrücken wollte. Ich blickte noch immer wie gebannt auf das Blatt. Meine Augen hatten leicht angefangen zu Tränen, was einen neuen Halbsatz zutage brachte: „Gans und Sandmann" – damit wiederum konnte ich nun noch weniger anfangen als mit „Glanz nun langsam". Nach einer Viertelstunde und drei weiteren ebenfalls wenig sinnvollen Versionen meines ersten Teils des ersten Satzes fiel mir – völlig überraschend, weshalb ich irgendwie erschrak – die Fortsetzung meines Geschichtenbeginns ein: „Ganz zu Anfang" (ja, ich weiß, das stand schon da) „sah alles noch so aus, als wenn es sich wieder einrenken würde." Ich griff zum Füller, um den zweiten Halbsatz, den ich bis dahin nur leise vor mich hingemurmelt hatte, zu Papier zu bringen. Ich setzte die Feder im richtigen Abstand hinter das Ende von „Anfang" und wollte schreiben – ja was, ich hatte den zweiten Teil des Satzes wieder vergessen. Ich grübelte und drückte dabei die Feder so gegen das weiße Papier, dass sie sich bedenklich bog. „Ganz zu Anfang" las ich, aber ich wusste wieder nicht weiter. „Kratschsch" – aus der abgebrochenen Feder quoll schwarze Tinte auf das Blatt – jetzt konnte ich nur noch „Ganz zu Anf" lesen, „ang" war leise röchelnd in einem schwarzen See ertrunken. Ich warf den Füller weg.

Ein andermal versuchte ich, bei ausgiebigen Spaziergängen zu dichten. Dazu besorgte ich mir ein Diktiergerät der Marke Samsung inklusive Batterien zum Preis von 19,90 Euro. „Nehmen Sie nicht den billigsten Schrott, Herr Reiche", hatte die freundliche Verkäuferin gesagt und mir verschwörerisch zugelächelt, bevor sie mir ein Handbuch von der Dicke eines mittleren Telefonbuchs über den Ladentisch schob: „Die Bedienungsanleitung, in acht Sprachen, deshalb etwas voluminös." Das Wort „voluminös" hätte ich ihr gar nicht zugetraut, dachte ich in dem Moment, als ich mit einem Zwanzig-Euro-Schein bezahlte und das mit viel Styropor und reichlich Pappe umhüllte Gerät nebst des Telefonbuchs in einen Plastikbeutel gleiten ließ. „Na dann, viel Spaß beim Diktieren", rief mir die nette Verkäuferin hinterher, als ich aus dem kleinen Laden trabte, um schnell nach Hause zu kommen, denn ich wollte das Gerät sobald wie möglich ausprobieren. Zu Hause angekommen riss ich die Verpackung auf und versuchte, die Batterien in das Gerät einzulegen. Die Bedienungsanleitung hatte ich schon nach zwanzig Sekunden entnervt zur Seite geschoben, denn es war schon schwierig, den deutsch geschriebenen Teil in dem daumenstarken Büchlein zu finden, geschweige denn dafür zu sorgen, dass die einmal gefundene Seite aufgeschlagen blieb, denn nach einem Blick in das Buch musste ich natürlich das Gerät zur Hand nehmen, was unweigerlich damit verbunden war, das Buch beiseite zu legen, was wiederum damit einher ging, dass sich die Seite mit der in Deutsch geschriebenen Anleitung von selbst verblätterte... Nach zwanzig Minuten waren die Batterien in dem Gerät und ein erster Funktionstest verlief positiv. „Eins, eins, eins, zwo, drei", knarrte es in meinem Arbeitszimmer, nachdem ich die Wiedergabetaste gedrückt hatte. Ich spulte zurück, warf mir den Mantel über, steckte das Gerät in die Manteltasche, griff vorsichtshalber noch nach einem Schirm und war mir sicher, heute endlich den Durchbruch bei meinem neuen Buch zu schaffen.

Es war einer dieser Herbsttage, wie ich sie liebte. Die Temperaturen waren noch angenehm, sicher um die achtzehn Grad, es regnete nicht, auch wenn sich immer mal wieder Wolkenberge auftürmten und der Wind zerzauste einem die spärlicher werdenden Haare, dass es eine Freude war. Dazu ließ sich immer wieder auch für längere Perioden die Sonne blicken, strahlte schon tiefer über den Häusern stehend in die Gärten und brachte die noch vorhandenen Blätter in den Bäumen zum Glühen. So bekommt man den Kopf frei, dachte ich, so lässt sich arbeiten. Zielstrebig steuerte ich auf den Park am Ende unserer Straße zu. In dem kleinen Areal, das einstmals der Park zu einer Fabrikantenvilla war, ging ich gerne spazieren. Die Wege waren gepflegt und man hatte im allgemeinen seine Ruhe, verirrten sich doch nicht allzu häufig Besucher oder Jugendliche mit Fahrrädern oder Skatboards hierher. Ich ging durch das gusseiserne Tor, das immer offenstand und betrat meine kleine heile Welt. Ich verlangsamte meine Schritte, ein Griff in die Manteltasche sagte mir, dass auch das Equipment stimmte, denn das Diktiergerät mit seinen abgerundeten Ecken fühlte sich gut an und gab mir Sicherheit. Nach einigen Schritten hatte ich den Faden gefunden. Ich legte mir den ersten Satz im Kopf zurecht, nahm das Gerät aus der Tasche, drückte den Aufnahmeknopf und sprach: „Peter aber konnte einem Friedensangebot nie und nimmer zustimmen, dass wusste er schon in dem Moment, in dem er Mark die Hand reichte. Er würde alles daran setzen, als Sieger vom Platz zu gehen." Im Mittelpunkt der Geschichte, die ich gerade schrieb, standen zwei Jugendliche, die sich beide in das gleiche Mädchen verliebt hatten und nun, nachdem klar war, dass das Mädchen sich nicht würde entscheiden können, versuchten, in einer Art Wettbewerb auszuspielen, wer Anspruch auf die wahre Liebe der Schönen hatte. „Also stimmte er zwar pro forma zu, wusste aber in dem Moment schon, dass er alles tun würde, die Abmachung auf keinen Fall einzuhalten." Ich drückte den Halt-Knopf. Der böige Wind strich mir um den Kopf. Ich war mit den beiden Sätzen, die nun auf dem Speicher des Diktiergerätes fest eingebrannt waren, zufrieden. Daraus würde sich etwas entwickeln lassen, ein handfester Konflikt, um dessen Auflösung ich mir in dem Moment noch keine Gedanken machen musste. Ich hatte das Diktiergerät und Tage, die sich anböten, im Park zu diktieren, würde es noch wie Sand am Meer geben. Wie gesagt war der Park nicht gerade riesig; nach sieben Minuten war man den Rundweg bei normalem Tempo einmal abgegangen. Ich lief an jenem Tag mindestens zehn Runden und hatte nach meinem ausgiebigen „Diktier-Spaziergang" so um eine halbe Stunde herum gesprochen und kluge Sätze auf das Speichermedium gebannt. Ich kontrollierte den Batteriestatus; alles noch im grünen Bereich. Als ich das Gerät wieder in die Manteltasche gleiten ließ, spürte ich noch einmal deutlich die befreiende Wirkung des böigen Windes. Das einzige, was mir dazu einfiel war, dass ich vielleicht hätte eine Mütze aufsetzen sollen – wegen der Ohren, ich war manchmal etwas empfindlich auf den Ohren. Wenn ich wieder zu Hause wäre, würde ich alles Geschriebene sofort in meinen Rechner tippen, nahm ich mir vor und steuerte den Heimweg an.

Zu Hause angelangt brühte ich mir zuallererst einen großen Pott schwarzen Tee auf. Dann setzte ich mich an meinen Schreibtisch, fuhr den Computer hoch und stellte das kleine Diktiergerät neben denselben. Ich schaute das kleine mattschwarz glänzende Gerät an; irgendwie war ich von meiner guten Idee mehr als begeistert. Dann spulte ich zurück bis zum Anfang und drückte auf Wiedergabe: „Pssschhhciehhhhhüühhhriedens sshhchcccihehhehhhyhyhhhh-heiihhmmer zusticchchhccihhehehhhyyte er schon in decccchhch-ciheheuussshhhiiehhynt, in dem er Mark schhchhcciiuuuhhhiieeehhwürde alles daran setzen, alyyyhhiih-huhhhhhuutz zu ssccsshhiegen." Ich spulte noch einmal zurück und drückte die Wiedergabetaste. Das gleiche Ergebnis: „Psssch-hhciehhhhhüühhhriedens sshhchccihehhehhhhyhyhhhhheiihhm-mer zusticchchhccihhehehhhyyte er schon in deccchhchciheheuussshhhiiehhynt, in dem er Mark schhch-hcciiuuuhhhiieeehhwürde alles daran setzen, alyyyhhiihhuhhhh-huutz zu ssccsshhiegen." Noch einmal. Noch einmal und noch einmal. Dann wurde mir klar, dass die Windböen im Park dafür ge-sorgt hatten, dass ich nichts, aber auch gar nichts von dem, was mir an dem Nachmittag eingefallen war, auch nur annähernd würde ret-ten können. Vor Wut nahm ich das Diktiergerät und tauchte es in den noch nicht angerührten Pott Tee. Eine kleine bernsteinfarbene Flutwelle ergoss sich über den Rand des Glases auf die Untertasse und den Tisch; das Diktiergerät nahm das Aussehen einer Wasser-leiche an – wenigstens fühlte ich mich nicht mehr ganz so schlecht. Dann entsorgte ich beides, den Tee in den Ausguss und das Diktier-gerät in den Restmüll. Ich wusste, dass das nicht die richtige Art der Entsorgung von Elektronikschrott war. Na und!?

Neben der also mehr oder weniger wegen der eigenen Schwäche ausfallenden Möglichkeit, Becker durch Leistung zu schlagen (DAS BESSERE BUCH SCHREIBEN!!!! – DER ALPTRAUM), gab es nur noch eine ernst zu nehmende Alternative, ihn zu demütigen: Ich musste ihn in eine Situation manövrieren, in der er sich unsagbar blamierte. Das war mir übrigens schon einmal gelungen gewesen, und das ging so: Becker und ich waren gemeinsam (in meinem Auto – aha, geizig ist dieser Becker also auch noch) unterwegs zu irgend-einer Sitzung unseres Landesverbandes gewesen. Auf der Autobahn kurz vor einer größeren Stadt (ich glaube, wir fuhren damals in Rich-tung Osten) sah man schon von weitem auf der linken Seite zwei Türme aufragen, die entfernt den Kuppeln ähnelten, die man von Atomkraftwerken her kennt. Da ich kurz zuvor in der Zeitung gele-sen hatte, dass genau an der Stelle kürzlich eine Biogasanlage in Be-trieb genommen worden war, wusste ich also, dass da nichts mit Atom und so weiter war. Aber Becker? Als wir uns den beiden grau gestrichenen vierundachtzigmal vergrößerten Straußeneiern auf ein paar Hundert Meter genähert hatten, setzte ich – für Becker unbemerkt – die schönste Leidensmine auf, die ich irgendwie aus meinen Gesichtsmuskeln hervorkramen konnte und presste ein verzweifelt klingendes „Diese Dreckschweine!" hervor. Becker bewegte den Kopf langsam in meine Richtung, wohl immer noch annehmend, dass er sich nur verhört hätte. Links und rechts rauschten die Leitplanken an uns vorbei – ansonsten war es friedlich; die Welt schien mit sich selbst im Reinen. Aber ich setzte noch einen oben drauf. Als sich meine Leidensmine in eine Superleidensmine verwandelte, gleichzeitig aber kein weiteres Wort über meine Lippen kam, sagte Becker (wir waren in dem Moment in Höhe der Biogasanlage): „Was hast du gesagt, ich habe schlecht verstanden?" Ich ließ die Frage gefühlt vier Stunden lang in der muffigen Luft meines Autos hängen. In die Wind- und Abrollgeräusche, die mein Wagen, ein uralter Opel Kadett mit einer Ökobilanz, die nicht einmal ganz zu Beginn der industriellen Revolution gesellschaftliche Anerkennung gefunden hätte, verursachte, presste ich dann noch einmal aus meinen Stimmbändern: „Schweine, elende Dreckschweine!" hervor. Ich sagte es fast tonlos und Becker musste es von meinen Lippen ablesen. Als ich spürte, dass sein Blick mich traf, fing ich an, wie entgeistert zu blinzeln. Es hätte mich in dem Moment auch nicht gewundert, wenn mir eine Träne (links oder rechts – ganz egal) die Wange hinunter gerollt wäre. „Was denn für Schweine?", Becker wirkte ratlos. Die Biogasanlage war jetzt sicher schon einen Kilometer hinter uns. „Mensch, Becker, hast du denn die beiden Türme links nicht gesehen?" Becker hatte: „Ja und, was ist mit den beiden Türmen?" – „Das ist ein erst vor vier Wochen in Betrieb genommenes Atomkraftwerk, mein lieber Becker." – „Quatsch, Atomkraftwerke werden in Deutschland abgeschaltet, Martin, da werden die doch keine neuen in Betrieb nehmen." – „Weißt du Christoph, ich staune schon manchmal, wie leicht man die Leute für dumm verkaufen kann. Leider auch dich! Natürlich werden in Deutschland die Meiler abgeschaltet, aber nur die der sogenannten A-Klasse. Das ist die Klasse AKW's, die im Verbrauch über einer bestimmten Menge Uran pro

Jahr liegt. Als klar wurde, dass die Politik diese Klasse AKW's schritt-weise abschalten lassen würde, hat sich die beschissene Atomlobby hingesetzt und hat kleinere Meiler entwickelt, B- und C-Klasse, die nennen das Block-AKW's, wenig Uran, wenig Gefahr, behaupten die jedenfalls, Gefährdungsradius maximal zweihundert Meter – alles ganz prima." Ich musste wieder einmal nach rechts schauen, denn eigentümlicher Weise hatte sich Becker während meiner Ansprache erstaunlich ruhig verhalten. Jetzt erst sah ich, dass Becker mit weit aufgerissenen Augen vor sich hin starrte. Wir rollten, rollten und roll-ten. Es muss kurz vor Ankunft an unserem Ziel gewesen sein, als Becker zu mir sagte: „Das lassen wir uns nicht gefallen, das nicht, Martin. Das werden die büßen. Martin, ich werde noch heute einen offenen Brief verfassen, den unser Landesverband an die Bundesre-gierung schreibt. Und allen Zeitungen bei uns und den überregiona-len werde ich den auch zuschicken, bis hin zum SPIEGEL. Ja, Martin, so mache ich das – und danke, dass du mich so gut ins Bild gesetzt hast – Schweine, die elenden, elende Atomlobby..." Ich legte meine rechte Hand auf Beckers linken Oberschenkel, nahm sie aber schnell wieder weg, damit Becker nichts, aber auch gar nichts falsch verstehen konnte. Dann waren wir am Ziel.

Und Becker hielt Wort: Becker schrieb. Drei Tage nach unserer Landesverbandssitzung irgendwo im Osten erhielt ich eine E-Mail mit Anhang von Becker. Der Anhang war der Entwurf des offenen Briefes. Ich las:

Entwurf

Offener Brief des Landesverbandes Sachsen des Schriftstellerverbandes an die Bundesregierung

Sehr geehrte Frau Bundeskanzlerin,
sehr geehrte Damen und Herren,

wir, die Mitglieder des Landesverbandes Sachsen unseres Schriftstellerver-bandes, sind in großer Sorge. Und diesmal drehen sich unsere Gedanken nicht um Meinungs- oder Reisefreiheit, nicht um die Freiheit von Kunst und Kultur, nicht um den allgemeinen Werteverfall unter den jungen Menschen, nicht um neue Stipendien für unseren Verband, nein diesmal geht es um mehr, diesmal sind es existentielle Nöte, die uns plagen. Nein, wir wollen nicht über Auftragswerke und Honorare mit Ihnen verhandeln, wir wollen uns nicht beschweren über den Verfall der Sitten des öffentlich-rechtlichen Rundfunks und Fernsehens, wir wollen die Buchpreisbindung nicht aufheben – wir wollen Sie danach fragen, was Sie uns, unseren Kindern und unseren Enkeln hinsichtlich unserer weiteren Lebensgrundlagen noch zumuten wollen – ja, Sie haben richtig verstanden, zumuten wollen.

Das ist natürlich zu erklären: Kürzlich fuhr ich mit einem Kollegen zu einer Veranstaltung unseres Verbandes. Während der Fahrt auf der Autobahn kamen wir auch auf die zukünftige Energie- und Umweltpolitik zu sprechen, nach unserem Dafürhalten das Politikfeld mit den größten Risiken aber auch den meisten Chancen für eine gedeihliche Entwicklung. Wir waren noch nicht lange unterwegs, da tauchten am Rande der Autobahn zwei zwar kleine aber unverkennbar der Sparte Atomkraftwerk zuordenbare Meilerkuppeln auf. Wir haben uns kundig gemacht: Richtig, die großen Atomkraftwerke, die der Klasse A, werden in den nächsten Jahren schrittweise abgeschaltet werden. Richtig auch, dass damit ein nicht unerhebliches nukleares Gefährdungspotential beseitigt wird. Das aber sozusagen im Windschatten dieses Atomausstiegs durch Regierung und Parlament mit der Genehmigung kleinerer Block-AKWs die genau entgegenstehende Strategie gefahren werden könnte, ist uns im Traum nicht eingefallen.

Im Sinne unserer gemeinsamen Zukunft und im Sinne unserer Kinder und Enkel haben wir Sie aufzufordern, sofort und nachhaltig sämtliche Aktivitäten, die auf eine Fortsetzung der Gewinnung von Energie mit nuklearen Anlagen gerichtet ist, einzustellen.

Wir möchten des Weiteren mit Ihnen gemeinsam in eine breite öffentliche Diskussion zu diesem Thema eintreten, weshalb wir diesen offenen Brief den einschlägigen Redaktionen von Presse, Funk und Fernsehen zustellen.

Mit freundlichen Grüßen

Vorstand des Landesverbandes Sachsen des Schriftstellerverbandes

Ich schluckte. Armer Becker. Aber was sollte ich ihm sagen?...

Halthalthalthalthalt - ein Taktstock niedersausend und das Notenpult fast zerhackend. Neineineineinein! Dann, ein wenig versöhnlicher: Bis hierher ging das ja mal, konnte man lesen, ganz amüsant immerhin aber die letzten reichlich drei oder vier Seiten sind die blanke Zumutung. Wer soll denn das wirklich noch ernst nehmen? Man darf nicht überziehen! Falsch – man darf überziehen, aber wenn, dann bitte mit Niveau. Aber was hier steht ist ein Schmarren, einfach ein großer Schmarren. Na klar, man muss halt manchmal etwas übertreiben, ist so in der modernen Gegenwartsliteratur aber solche Posse darf man nicht zu Papier bringen. Da vergaloppiert sich M. R. doch, und wie er sich vergaloppiert. Bitte ins Notizbuch eintragen: Kapitel *Links und rechts der AKW* unbedingt überarbeiten. So, dann leg ich mich halt wieder hin...(Taktstock ab ins Futteral).

Die Strafkompanie im Einsatz

Manchmal, direkt nach dem Aufwachen, noch nicht ganz hier aber auch nicht mehr ganz dort, mit diesem fahlen Geschmack im Mund, wenn die letzten Traumfetzen, unkenntlich wie sie nun mal sind, einem an der unrasierten Wange entlang streichen, manchmal hängen bleiben, so wie an Sandpapier (grobe Körnung), dann gelang es mir, eine besonders heftige Abneigung gegen diesen borniertem Professor (war er das überhaupt und hatte es auch nur irgendeinen Sinn, etwas gegen ROMANFIGUREN zu haben?) Kahlmann und seinen Schöpfer, meinen hoch verehrten Kollegen Christoph Becker, zu entwickeln. Auch wenn ich eigentlich hätte aufstehen müssen (hast du nicht genug zu tun, hast du nicht zu schreiben, zu denken, etwas – irgendetwas auf Papier zu bringen, du Nichtsnutz?), ließ ich mich noch einmal in das zerknüllte und vom Nachtschweiß feuchte Kopfkissen, das alles andere als einladend war, zurücksinken und gab meinen Gedanken die Sporen. Dann galoppierten sie mit mir davon und wir überholten Becker auf seiner struppigen Mähre und schon bald auch den Professor, dessen Pferd nicht weniger klapprig war. Dann ließen wir uns gemeinsam (meine Gedanken, die sich irgendwie verselbständigt hatten und ich) etwas einfallen, wie wir die beiden strafen könnten.

Eine schöne Strafe hätte zum Beispiel darin bestanden, Beckers Buch nach Stellen abzusuchen, die er ganz offensichtlich abgeschrieben hatte, denn ich war mir mehr als sicher, dass Becker abschrieb. Dann sah ich ihn vor meinem inneren Auge, wie er bei trübem Licht und so den Buchdeckel abschirmend, dass ja auch niemand den Titel sehen konnte, mit krakeliger Schrift etwas in ein abgeschabtes Notizbuch übertrug, sich immer wieder umschauend, bei jedem kleinsten Windhauch (Becker hatte vergessen, das Fenster zu schließen, so dass sich die Gardinen manchmal leicht im Wind regten – also doch kein Profi, dachte ich dann) erschreckend, sich wiederum auch beeilend beim Schreiben mit dem angenagten Füllfederhalter, beeilend aus der Angst heraus, damals schon von mir und meinen Gedanken überführt zu werden. Noch zwei, drei Worte kratzte die Feder aus billigem Bandstahl in das grobe Papier des Oktavheftchens, violette Worte, die noch ein paar Sekunden feucht glänzten und dann in den gepressten Fasern aus Altpapier erstarrten; eigentlich waren sie in dem Moment schon verstorben. Welche Qual musste es für die armen Worte sein, später noch von diesem Scharlatan aus dem Oktavheftchen in den alten Rechner mit dem noch älteren Betriebssystem übertragen zu werden, wie musste das schmerzen, wenn man doch wusste, schon in einem Werk mit gutem Ruf aneinander gereiht zu stehen; und nun die Schmach, im *Kahlmann* von Becker wieder aufzutauchen!

Aber in welchen Werken würde er seine Plagiate suchen und finden? Meine Gedanken und ich gaben den Pferden richtig die Sporen, so dass sich die Spitzen der Stahldornen in die Weichteile gruben. Tief. Schmerzhaft. Blutig. Ach Becker, zählst du nicht zu den Faulsten von uns allen (nur noch durch mich selbst übertroffen – nein, diesen Teil später unbedingt wieder streichen!)? Was liest du eigentlich, dass du daraus abschreiben könntest? Was, Becker liest? Meine Häme lief zu Höchstform auf. Und wieso eigentlich pflegst du so eine innige Beziehung zu unserem gemeinsamen Kollegen Ulli Tellmann, der mit seinem Roman *Die Turmuhr* erst kürzlich so einen umwerfenden Erfolg gelandet hat. Ja – ein wohliger Schauer durchfuhr mich – ja, das musste eine Spur sein. Die Sporen gruben sich noch tiefer in die weichen Flanken unserer edlen Rennpferde. Die Tiere rasten vor Schmerz; aber sie liefen, sie liefen in rekordverdächtiger Zeit… Ich erinnerte mich im Halbschlaf auch daran, dass ich selbst *Die Turmuhr* gelesen hatte. Gleich nach dem Aufstehen würde ich das Buch wieder zur Hand nehmen, um nach verdächtigen Stellen, die sozusagen von Buch zu Buch gewandert waren, abzusuchen. Gleich nach dem Aufstehen, gleich – sofort – als erstes. Das feuchte Kopfkissen presste sich an mein linkes Ohr, dann an mein rechtes Ohr, dann an meinem Hinterkopf; oh, feuchtes Kopfkissen, wie ich dich trotz deiner Feuchte liebe, oder gar wegen deiner Feuchte?

Wahrscheinlich war ich noch einmal tief eingeschlafen. Beim nächsten So-gut-wie-wach-werden, das sich drei Viertelstunden später (der verschwommen wirkende Blick auf den Wecker sagte mir

„halb zehn", aber er sagte es leise, sehr leise) ereignete, nahm ich das Rennen wieder auf. Die Pferde hatten sich etwas erholt, die Blutung der Weichteile war vorerst gestillt; man konnte ja auch erst einmal versuchen, die Tiere nur mit der Peitsche zu schnellem Lauf zu animieren. Dann, urplötzlich, überkam mich ein Gefühl, das auch das schönste Pferderennen überlagerte. Eigentlich war es gar kein Gefühl, sondern ein Geruch. Martina, die gegen sieben zur Frühschicht aufgebrochen sein musste, hatte mir Kaffee übriggelassen. Der Duft des frisch gebrühten Kaffees (des damals noch frisch gebrühten Kaffees), hatte sich auf den Weg durch unsere Wohnung gemacht. Erst hatte er die ganze Küche erfüllt, war dann durch die nur angelehnte Tür in den Flur gewandert, hatte im Bad nach mir gesehen aber feststellen müssen, dass Martin Reiche dem Bad noch keinen Besuch abgestattet hatte – Irrtum mein lieber Duft, Martin Reiche war schon ganz früh, da lungertest du noch in der Blechdose rum, eingesperrt bei dem braunen Kaffeepulver, machtlos wie ich selbst! – im Bad gewesen, denn ohne den einschlägigen morgendlichen Badbesuch wäre jetzt wahrscheinlich nicht nur das Kopfkissen feucht gewesen. Freund Duft war dann irgendwann auch bis ins Schlafzimmer vorgedrungen, was ihm schon schwerer gefallen sein musste, denn wenigstens diese Tür hatte Martina, nachdem sie aufgestanden war, wieder hinter sich verschlossen. Freund Duft setzte sich in meiner Nase fest, umspielte die grauen Haare, die sich im Eingang zu den beiden Höhlen immer wieder, meinen Pinzettenoperationen kämpferisch standhaltend und fröhlich vor sich hinbüschelnd, bildeten, regte irgendwelche mir nicht persönlich bekannten Nervenzellen an, die nichts Besseres zu tun hatten, als elektrische Signale zu erzeugen, die mir vorgaukelten, dass jetzt keine Zeit für Pferderennen sei. Die geschundenen Pferde erfreute Freund Duft ganz besonders, denn es war die Zeit gekommen, die Gäule trocken zu reiben und in den Stall zurückzubringen. Dann stand ich auf, folgte der Spur, die Freund Duft hinterlassen hatte, kam endlich in der Küche an (nicht ohne dem Bad noch einen weiteren Besuch abgestattet zu haben – neuerlich wieder ein halber Liter), griff mir einen Pott aus dem Küchenschrank und goss mir die fast eingekochte schwarze und wie sich wenig später herausstellen sollte auch schon bittere Lorke in den Porzellanbecher. Jetzt hatte ich nicht nur Wut auf Becker sondern auch auf Freund Duft, denn beide täuschten! Ah, ja, Becker war mir wieder eingefallen (die Pferde ruhten sich inzwischen aus); Becker galt es zu überführen, Becker hatte abgeschrieben, Becker war ein Verbrecher – ich schäumte immer noch und das bittere Gift, das vor reichlich drei Stunden schmackhafter Bohnenkaffee gewesen sein musste, umspielte mein Zäpfchen. Ich schlurkste, die Tasse in der Hand, an das große Bücherregal, das im Flur eine ganze Wand einnahm. Zielsicher griff ich nach einem dicken Band in der vorletzten Reihe: Ulli Tellmann, *Die Turmuhr*, musste ich nicht lesen, denn ich wusste, dass die Worte sowohl auf dem Buchrücken als auch auf dem Einband prangten. Roman stand dann noch da. Ich schlug das Buch ganz hinten auf, die letzte vermerkte Seitenzahl des eigentlichen Romantextes war eine 972. Ich wog das Buch in der Hand. Wie viel Gramm mochte es wiegen? Herr Jauch, ich nehme mal lieber den Publikumsjoker. Wie lauten die vier Antwortmöglichkeiten? A 320 Gramm, B vier Zentner, C zwei Gramm oder D was weiß ich. Ich plädiere für D, lasse mir das aber vom Publikum lieber noch einmal bestätigen. Das Publikum plädiert auch für D. Dann können Sie jetzt einloggen oder den fifty-fifty-Joker zur Absicherung einsetzen. Das überlasse ich Ihnen! Ich sichere mal lieber ab. Wer hätte das gedacht, B und C bleiben übrig… Das Buch in der Hand gehe ich zurück in die Küche.

Lorke ist in der Zwischenzeit noch dunkler, kälter und bitterer geworden. Ich setze mich an den verkrümelten Küchentisch (Martina muss wieder in Eile gewesen sein) und blättere in dem Buch. Nach Seite 972 folgt nur noch das Inhaltsverzeichnis: drei Hauptabschnitte mit in Summe mehr als siebzig Kapiteln; demzufolge (ich überschlage grob) jedes Kapitel um die zwölf oder dreizehn Seiten lang, im Durchschnitt, logisch, Reiche, im Durchschnitt! Und was für schöne Kapitelüberschriften sich Tellmann hat einfallen lassen: *Die Reise nach Tadshikistan* zum Beispiel oder *Nach einer kleinen Weile gingen die Wochen … dahin* oder *Macht es wie die Blumenuhr* oder *Auf*

Usedom oder – ich sagte noch zwanzig verschiedene Kapitelüberschriften leise vor mich hin, mit diesem höhnischen Lächeln auf den Lippen, die sich, wenn ich höhnisch lächle, so unangenehm quer stellen, so als hätte ich einen Schlaganfall gehabt. Ich gebe Lorke eine letzte Chance, aus dem Kaffeebecher zu entfliehen – nicht genutzt – schluuurfff – schüttel – mit einem Glas Wasser nachspülen – Geschirrspüler auf – Becher hinein (Öffnung nach unten) – Wasserglas hinein (Öffnung auch nach unten, logisch Reiche) - Geschirrspüler zu – schlurf in Richtung Bad – Morgentoilette – schlurf – schlurf – schlurf…

Aber mit welcherlei Hilfsmitteln sollte ich ihn nun, da ich mir ziemlich sicher war, dass Becker abgeschrieben hatte, überführen. Unerwartet nahte Hilfe, denn zu der Zeit las ich gerade in Lars Gustafssons Erzählung *Die Tennisspieler*. Das kleine Büchlein – weniger als einhundert Seiten – hatte es mir angetan, wenn ich in irgendeiner Form eine „Erhellung meines schwermütigen Gemüts" benötigte – also sozusagen immer – nahm ich es zur Hand, blätterte ein wenig, las die eine oder andere Seite, manchmal auch das ganze Buch in einer anderthalben Stunde. Hatte ich nicht vor kurzem wieder einmal gelesen, dass man beliebige Schriftsätze mithilfe sogenannter Gödelnummern vergleichbar machen konnte? Lars Gustafsson, vielleicht bist du meine Rettung!? Ich ging zum Bücherregal, griff mir das kleine Büchlein und es dauerte gar nicht lange, und ich hatte die richtige Stelle gefunden. Ich las einmal und noch einmal: Gödelnummern von einem beliebigen Text erhielt man, indem man alle Buchstaben und Satzzeichen nummeriert (auch die Zwischenräume zwischen den Worten etc. erhalten eine eigene Nummer), dann nacheinander das Produkt jedes Satzes bildet, dann die Reihe der Primzahlen hernimmt und diese mit den bereits erhaltenen Produkten aus den Sätzen potenziert. Dann braucht man nur noch die Gödelzahlen der Sätze zu multiplizieren, um die Gödelzahl des Buches zu erhalten. Ganz einfach. Geradezu simpel. Null problemo.

Ich fasste einen höllischen Plan. Ich würde die Gödelnummern von Tellmanns *Die Turmuhr* und Beckers *Kahlmann* bilden, wie auch immer, und wenn ich nächtelang Produkte großer Zahlen auf ellenlangen Zetteln untereinander schrieb, notfalls mit der Hand berechnet. Ich würde zum Rechenmeister werden. Ich würde Becker überführen. Ja!

Austin, Texas – Gustafsson fährt Rad

Als Martina sicher war, dass niemand mehr im Haus weilte (die letzten Geräusche, die sie von ihrem Mann gehört hatte, waren ein mühselig daherkommendes Schnaufen – wahrscheinlich Ausdruck der Anstrengung, die Schuhbänder zu schnüren – dann ein metallisches Klappern, das von den Schlüsseln rühren musste, die Martin vom Schlüsselbrett genommen hatte und dann – endlich, endlich – das Zuschlagen der Tür; wohin ihr Mann gegangen war, würde wieder sein Geheimnis bleiben - vielleicht machte er ja wieder Tonaufnahmen im Park?!), als also tatsächlich niemand mehr in der Nähe sein konnte, griff Martina erneut zu dem Buch auf dem Couchtisch, ja, genau zu dem Buch, das ihr Mann so zu hassen schien und las:

...wohnte damals in einem ziemlich heruntergekommenen Teil der Stadt in einem Appartementhaus, das sich insbesondere dadurch auszeichnete, dass sich die Bewohner gegenseitig nicht – oder jedenfalls fast nicht – kannten. Wie sollten sie sich auch kennenlernen: jeder ging so gut es ging seiner Wege und die gemeinsamen Wege durch das Haus waren nur kurz: zehn Meter Gang, Fahrstuhl, Treppe zur Haustür, schon war man draußen. Zu der Zeit, zu der Lars Gustafsson das Haus damals also gewöhnlich verließ, immerhin schon ziemlich früh am Morgen, so gegen sechs oder halb sieben, war die Gefahr, jemandem zu begegnen, natürlich noch einmal ein ganzes Stück geringer, als sie vielleicht am frühen Vormittag oder am frühen Abend war. Gustafsson zog die Tür zu sich heran (sie abzuschließen, kam ihm nicht einmal in den Sinn – man lebte hier so abgeschieden voneinander, dass man das Gefühl absoluter Sicherheit hatte), ließ den Fahrstuhl links liegen und nahm die Treppe, immer zwei Stufen auf einmal, in Richtung der Tiefgarage, in der er sein Fahrrad mit einer Kette gesichert hatte (wieso eigentlich sicherte er das Fahrrad, ließ die Wohnung aber unabgeschlossen?). So flog er mehr als das er lief, immerhin fünf Stockwerke bis ins Erdgeschoss und noch einmal eine Etage unter die Erde in die Tiefgarage. Dann, in der nur mäßig gefüllten Garage angekommen, öffnete er das Vorhängeschloss, mit dem die schwere Kette die Zehngängige an dem Betonpfeiler arretierte, ließ die Kette geräuschvoll zu Boden gleiten (was niemanden störte, da es niemand hören konnte), klickte genauso geräuschvoll das wohl um die dreihundert Gramm

schwere und zwei Glieder der Kette umfassende Vorhängeschloss wieder zusammen, steckte den Schlüssel weg, schulterte den Rucksack mit den Büchern (Nietzsche, Brandes...), überprüfte den festen Sitz des Tennisschlägers auf dem Fahrrad (ach ja, den Tennisschläger zu erwähnen hatten wir bisher vergessen), schwang sich auf den Sattel – einige kräftige Tritte, vorbei an der Ausfahrschranke, die er mühelos umfahren konnte, anders als jedes Auto, das aus der Garage ausfahren wollte und schoss den ersten Hügel Richtung Campus hinab, weitere Hügel, die hinauf zu radeln waren, würden folgen. Travis County, so dachte er sich wahrscheinlich bei jeder Fahrt, ist eine hügelige Gegend. Aber er fühlte sich wohl in Texas, in Travis County und in Austin, an dessen Universität er ein paar Jahre als Gastprofessor tätig war. Später würde man lesen können, wie es ihm dort ergangen war, denn das kleine Bändchen Die Tennisspieler gab ziemlich verlässlich die Stimmung wieder, die in besagten Tagen an der University of Texas at Austin herrschte. Jetzt allerdings war Gustafsson nicht mit Schreiben sondern mit Denken befasst. Denken und Wagner-Melodien pfeifen, das war es, was Gustafsson bei jeder Radfahrt besonders gern und ausgiebig tat. Heute dachte er mehr; er dachte an die bevorstehenden Vorlesungen und daran, dass sich bald die Zeit in Travis County, dem texanischen Distrikt, in dessen Zentrum Austin, die texanische Hauptstadt lag, ihrem Ende zuneigen würde, dass er dann zurück nach Schweden musste, in die Kälte, in die Dunkelheit, in die europäische Tristesse... Und er dachte daran, dass an genau diesem Morgen etwas anders war, als an den anderen Morgen bisher, hier im wunderbaren Austin, mit der wunderbar weitläufigen Universität, deren Campus sich über Kilometer hinzog, so recht seine Seele baumeln zu lassen, in den Bibliotheken, zwischen den Vorlesungstagen oder auch nur in den Parks, die wie eingestreut und jeder mit einem anderen Charakter die Gefühle derjenigen, die sie an sich herankommen ließen, anregten. Heute früh, er hatte gerade seine Sachen, die er für gewöhnlich in einen zerschlissenen Rucksack stopfte, um sicherzugehen, dass sie beim Radeln nicht störten, zurechtgelegt, da fiel ihm ein Zettel auf, der wie achtlos hingeworfen zwischen dem Tennis-T-Shirt und den verwaschenen Jeans (Levi's 501, diese und nur diese würde er tragen, der eitle alte Mann, das hatte er sich geschworen, war es auch noch so unbequem, die blanken Knöpfe an den häufig zu waschenden Jeans zu schließen) hervor lugte. Nun war es bei weitem nicht so, dass ein einziger Zettel die Aufmerksamkeit von Professor Lars Gustafsson, dem berühmten schwedischen Literaturwissenschaftler und Autor *erregt hätte, bestand doch sein Leben im Wesentlichen aus nichts anderem als Zetteln: kleinen Notizen, Skripten, Sammlungen mit Gedanken und Skizzen, fein beschnittenen Zettelblöcken mit einer Fadenheftung an der Rückseite (Gustafsson freute sich über dieses schöne Bild, das er für den Begriff Buch gefunden hatte), Heftern, auch wieder mit Zetteln vollgestopft, Zeitungen zuhauf, Papier, Papier, Papier – was also sollte ein einzelner Zettel den Professor aufregen? Und doch war es genau dieses kleine Fitzelchen Papier, kariert, matte taubenblaue Linien bildeten die Karos, einmal gefaltet und aufgeschlagen wohl nicht größer als drei Mal fünf Zoll. Zuerst wollte Gustafsson den Zettel einfach wegwerfen; was wollte das Stückchen Papier zwischen seinen Tennisklamotten, wer hatte es dorthin gelegt? Weg damit! Dann aber hatte ihn für einen winzigen Augenblick doch die Neugierde überrumpelt; vielleicht war ja eine Botschaft verzeichnet, die sein Leben ändern würde (Lars Gustafsson schmunzelnd), also Zettel auffalten – jemand hatte mit violetter Tinte geschrieben. Violette Tinte benutzte er selber auch, aber was er da auf dem Zettel las, war keinesfalls von ihm geschrieben worden, nicht diese Schrift, nein, niemals. L. G. las:* Sie sind weit gekommen: nun ist es nur noch ein kleiner Schritt. Sie müssen die Freunde finden, die Freunde, die genau wie Sie suchen. Und dann müssen Sie Geduld haben, denn die Formel ist lang und nicht ganz leicht zu finden aber Austin in Texas ist schon ein guter Platz – nehmen Sie sich die Zeit – vier oder mehr werdet ihr sein und gebt Euch zu erkennen! *Wer verfasst nur so einen sinnlosen Quatsch? Also doch weg mit dem Zettel? Es war die violette Tinte, die benutzt worden war, den Zettel zu beschreiben, die dafür gesorgt hat, dass Lars Gustafsson den Zettel in dem Strindberg-Band verschwinden ließ, der heute am Nachmittag Inhalt seiner Literatur-Vorlesung sein würde. Dann aber galt es, endlich los zu radeln.*

Man konnte sich gut an das Leben in Austin gewöhnen, in diesem interessanten Distrikt, der zu den Distrikten gehörte, die nicht, wie viele in Texas, mit dem Lineal gezogene Grenzen hatte, mal davon abgesehen, dass seine südwestliche Grenze schon ziemlich mit dem Lineal gezogen schien. Man konnte sich gut daran gewöhnen, selbst als Schwede, der auch zu Hause ziemlich selten einen Menschen traf, wenn er nicht gerade in Stockholm oder Göteborg oder Malmö lebte, dass im gesamten Distrikt nicht einmal eine Million Menschen lebten, auf einer Fläche von fast dreitausend Quadratkilometern. Und die meisten Menschen lebten ja nicht im Distrikt, sondern in der texanischen Hauptstadt Austin. Man konnte sich gut daran gewöhnen, an die einmaligen Sonnenauf- und Untergänge, die in unnachahmlicher Art rosenfarben waren, an das Klima, das schon als heiß zu bezeichnen war, aber keine solch schwüle Hitze hervorbrachte, die einem aufs Gemüt schlägt, die einem den Kopf vernebelt und das Blut dickflüssig werden lässt... Schon von weitem sah Gustafsson den Universitätsturm, der das Zentrum des Campus bildete. Jetzt war noch eine Viertelstunde zu radeln, dann würde er seine Schönheit, das zehngängige Rennrad, vor der Uni anketten oder, man sah ihm das liebevoll nach, einfach in einen der erstbesten Keller bugsieren, schnell in einem der Umkleideräume, die an die diversen Sportsäle anschlossen, eine Dusche nehmen, sich die im Rucksack verstauten Jeans überziehen und auch das T-Shirt wechseln und zu seinen Studenten marschieren – vielleicht eine Wagner-Melodie auf den Lippen.... Brrrrümmmmmm... Brrrrümmmmmm... Brrrrümmmmmm... das Telefon; Martina hätte es fast nicht gehört, so vertieft hatte sie sich in die paar Seiten des Becker-Romans. Brrrrümmmmmm... Brrrrümmmmmm... Brrrrümmmmmm – ja doch, dachte sie, ich komme ja schon: „Martina Reiche!" Am anderen Ende der Leitung war erst ein Räuspern und dann Martin, der sich aus der Bibliothek meldete. Er hatte seinen Zettel zu Hause liegen gelassen, auf dem notiert war, welche Bücher er aus der Bibliothek ausleihen wollte. „Weißt du Martina, das Schreiben ist eine anstrengende Angelegenheit, Martina, da muss man tierisch viel lesen, um einen guten Satz schreiben zu können Martina, das ist Knochenarbeit, Martina, ach was weißt du denn schon..." - auf dem Weg zum Schreibtisch gingen ihr die diversen klugen Sprüche ihres Mannes durch den Kopf. Aber sozusagen als Nebenprodukt hatte sie erfahren, dass Martin in die Bibliothek gegangen war. Na wenigstens kein ganz sinnloser Weg, dachte sie. Endlich fand Martina den Zettel auf dem Schreibtisch, ging zurück zum Telefon und las ihrem Mann Titel für Titel vor. Als sie fertig war, legte sie auf. Irgendwie, ohne dass sie es gewollt hätte, war ihr der Telefonhörer ziemlich hörbar auf die Basisstation gekracht. „So ein Trottel", entfuhr es ihr leise, „eben kein Gustafsson und auch kein Becker." Dann legte sie den *Kahlmann* wieder so auf den Tisch, dass es aussah, als hätte das Buch niemand angerührt gehabt, aufgeschlagen auf Seite 234, der Seite, an der sich ihr Mann gerade abmühte, das Buch zu verstehen. Aber wahrscheinlich ohne Erfolg.

Mehrere Kopfschütteln, die es in sich haben

Klar, ich hätte vorgeben können, keine Zeit zu haben, als Becker mich bat, ihn doch zu seiner *Kahlmann*-Lesung in den Veranstaltungssaal des Naturkundekabinetts zu begleiten. Klar, das wäre immer gegangen. Aber dann muss man die erste und gleichzeitig fast letzte Chance nutzen, muss ein „TUTMIRLEID" hervorhüsteln, muss traurig dazu blicken und dann nachschieben „BINORTSAB-WESENDANDEMTAGTUTMIRWIRKLICHLEID". So macht man das, da kommen keine Zweifel auf; nicht so ich, ich hab natürlich erst mal gar nichts gesagt und dann den Fehler begangen, ihm zu verstehen zu geben, dass ich es mir überlegen würde. Nach vier Tagen (wir sahen uns häufig in dieser Zeit): „Und, Martin, kommst du nun mit zur Lesung am kommenden Freitag?" – „Tja, weißt du, eigentlich, aber... wann geht es denn los?" – „Um sieben, aber wir sollten halb da sein, besser vorher noch ein paar organisatorische Dinge durchsprechen." Richtig, um sieben hätte es mir spätestens an dieser Stelle nicht klappen können, nicht um sieben eben... Aber ich habe auch diese letzte Chance verstreichen lassen: „Also geht seinen Gang, ich kann dich ja ankündigen und ein paar Worte zu deinem Buch sagen und die Diskussion leiten." - „Danke, Martin, ist ein netter Zug von dir." Klappe zu, Affe tot, Reiche, das hast du dir selber zuzuschreiben – und nun Augen zu und durch.

Wir hatten uns vorgenommen, an dem Abend zu Fuß durch die Stadt ins Naturkundekabinett zu gehen, genügend Zeit also, einige Dinge schon auf dem Weg zu besprechen. „Bist du noch sauer auf mich wegen der Sache mit den Atomkraftwerken?", ich war um Versöhnung bemüht, bei allem was war, am Ende waren wir Kollegen, sozusagen gleich arme Schweine, da tat Versöhnung gut, so gut wie Kühlgel auf einem frischen Mückenstich. Becker hatte mich offensichtlich nicht richtig verstanden oder war das seine Strategie, aus mir noch mehr Versöhnung herauszupressen? Also noch ein zaghafter Versuch: „Ich weiß, war Scheiß aber ich konnte doch nicht ahnen dass du..." – „Was?", blaffte Becker zurück, „du konntest doch nicht ahnen dass ich was?" Nana, kam es mir in den Sinn, nicht doch in dem Ton, Herr Becker. Und selbstbewusster gab ich zurück: „Ich konnte doch nicht ahnen, dass du auch nicht einen blassen Schimmer von Atomkraft hast." – „Ich habe mehr Schimmer von Atomkraft, als dir und vielen anderen lieb sein dürfte." Den Satz nun wiederum verstand ich überhaupt nicht, weshalb ich daran interessiert war, das Thema, das ich ja blöderweise auf den Plan gerufen hatte, wieder zu beenden: „Weißt du was, wir machen da mal lieber einen Schlussstrich, reden einfach nicht mehr davon, ok, Christoph?" Auch das sollte versöhnlich klingen, was mir aber nicht so ganz gelungen schien, denn Becker winkte nur ab, was ich sowohl als zustimmendes als auch als ablehnendes Zeichen deuten konnte. Dann fiel mir ein, was ich am Morgen in meinem Notizbuch gelesen hatte: Kapitel *Links und rechts der AKW* unbedingt überarbeiten (lila Füllfederhalter, unordentliche Schrift, ausgewischt, hingeschmiert). Also deutete ich Beckers Abwinken als Zustimmung und ratzbatz standen wir vor dem Naturkundekabinett.

Es ist gerade mal zwanzig nach sechs und die Tür ist noch verschlossen; ein vorsichtiger Blick ringsum: Niemand scheint um Einlass zu bitten, niemand wartet auf die Lesung des großen Schriftstellers Christoph Becker. Ich sehe Becker an, dass er offensichtlich mit Magenkrämpfen zu kämpfen hat, als – sozusagen aus dem Off – die Direktorin der Städtischen Museen, eine platinblonde Schickse mit ohrenbetäubender Oberweite und Staksbeinen, die in obszön wirkenden roten Lackstiefeln stecken, auftaucht. „Ahhh, meine Herren, Sie warten doch hoffentlich noch nicht lange!" Drei Jahre, liegt mir auf den Lippen, als mich der Hauch ihres viel zu stark aufgetragenen Parfüms, das mich – wieso eigentlich? – an Tabledance und in billigem Whisky geschmolzene Eiswürfel erinnert, streift. Die Duftwolke legt sich augenblicklich auf mein Zentralnervensystem und ich muss mich zurückhalten, Schickse nicht unsittlich zu berühren. Auch Becker, auch Becker sehe ich, steckt die freie Hand (in einer hält er ja sein Buch) spontan in die Hosentasche. Dann fingert Schickse in ihrer Handtasche, die sie wahrscheinlich im Set mit den Stiefeln erworben hat, herum, zieht einen Schlüsselbund hervor, der dem Hauptschließer von Alcatrass grüne Neidflecke ins

Gesicht gezaubert hätte, führt geschickt einen sicher zweihundert Gramm schweren massiven Stahlschlüssel ins Schloss, dreht ihn erst nach rechts (wieso das denn, ist die zu doof, ein Schloss aufzuschließen?), stellt ihren Irrtum hinsichtlich der Schließrichtung fest, kichert blöd darüber, schließt dann richtigrum (weil es keine weitere Möglichkeit gibt) und kichert noch einmal, als sie die Tür geöffnet hat. Zwischenzeitlich haben Becker und ich uns an das Parfüm gewöhnt, weshalb die sexuelle Erregung am Abflachen ist, was ich irgendwie bedauere. Dann stehen wir zu dritt in dem kleinen Veranstaltungssaal des Naturkundekabinetts. „So, meine Herren, das ist für heute Abend Ihr Reich", Schickse, die unbemerkt neues Parfüm an ihrem Dekolleté nachgefüllt haben musste, lächelte mit einem breiten Grinsen, das mich an alles Mögliche denken ließ. „Vielen Dank", hauchte Becker und ich warf ihr einen verliebten Blick zu, den sie aber gottseidank nicht erwiderte, dann ließ sie uns allein, mutterseelenallein. Becker und ich schauten uns um. In der Nähe der Tür stand der kleine Tisch mit der Leselampe, die ihren Lichtstrahl auf die Tischplatte fokussierte, so wie Becker es sich gewünscht hatte. Daneben ein Glas Wasser, wie lange mochte das schon stehen, dachte ich. Und daneben wiederum eine Sanduhr, ach wie einfallsreich, dachte ich. Im Raum, der durch schummrige Wandleuchten nur wenig erhellt wurde, nahmen wir schemenhaft um die zwanzig Stühle wahr. Ich blickte auf die Uhr. Es war jetzt zwanzig vor sieben und langsam aber sicher mussten doch einmal ein paar Zuhörer kommen. Sonst hätten wir gleich noch auf ein Bier zu Karli um die Ecke gehen können – vielleicht wäre Schickse ja auch mitgekommen, dachte ich schon weiter, als sich langsam die Tür öffnete und zuerst ein Bein, dann ein Regenschirm, dann eine weibliche Brust, eine zweite weibliche Brust und dann eine ziemlich spitze Nase, unter der hervor ein piepsiges „Nabend" in den Raum stolperte, um sodann auf dem Fußboden (schöne Dielen) aufzuschlagen und in alle vier Himmelsrichtungen davonspritzend und sich damit entmaterialisierend, sichtbar wurden. Becker und ich nickten höflich zurück. Kaum hatte sich Nabend einen Platz gesucht (wohin nur mit dem Schirm?) ging erneut die Tür, und noch einmal, noch einmal, noch einmal – acht Minuten vor sieben waren fünfzehn der zwanzig Stühle besetzt, was Becker veranlasste, mich mit dem Ellenbogen in die Seite zu knuffen. Dann kam niemand mehr. Zwei Minuten nach sieben trat Schickse frisch in Parfüm gebadet (Martin, sagte ich mir, du musst jetzt stark bleiben) irgendwoher aus dem Dunkel, räusperte sich und begrüßte zuerst die Besucher, dann mich und dann (toll) den Ehrengast des heutigen Abends, den bekannten Schriftsteller Christoph Becker, der aus seinem neuesten Roman mit dem Titel *Kahlmann* lesen werde. Und ich, der ebenfalls bekannte Schriftsteller Martin Reiche (dein Glück, Schickse) werde nun in das Buch kurz einführen. Ach so (ich wollte eigentlich gerade anfangen einzuführen) und sie werde jetzt die Sanduhr herumdrehen, denn sie wolle uns in Summe nicht mehr als eine Stunde Zeit geben; warum sagte sie nicht. Dann ließ sie die Sanduhr einen Kopfstand machen, in einem feinen Strahl, nicht viel stärker als ein Haar, purzelten die feinen Sandkörner vom oberen Kolben in den unteren. Für den Moment einer Sekunde ging mir durch den Kopf, dass ich gelesen hatte, dass der Sand an der engsten Stelle des Glaskolbens bei manchen viel gebrauchten Sanduhren die Öffnung aufgeschmiergelt hat, was dazu führte, dass mehr Körnchen pro Zeiteinheit hindurchrieselten, was wiederum die Uhr schneller laufen ließ… „Hmmh, meine Damen und Herren, einen schönen guten Abend. Es ist mir eine Freude, heute eine kurze Einführung zu dem neuesten Buch meines langjährigen Freundes Christoph Becker geben zu können, bevor du, lieber Christoph dann ja selber zur Tat schreiten wirst, und uns ein paar Seiten zum besten geben wirst." Hüsteln im Publikum und Rascheln, Rascheln mit Bonbonpapier, oder einem Tempotaschentuch? Oder einem zerknüllten Kassenbon? Oder? Ich verzichte auf die weitere Wiedergabe meiner Einführung, die ich mehr oder weniger lieblos vortrug, dann setzte ich mich in die erste Reihe, nickte „meinem lieben Freund Christoph Becker" aufmunternd zu, blickte auf die Sanduhr, auf deren Boden sich ein kleines Häufchen Sand, nicht beunruhigend

viel, gerade so viel eben, dass „mein lieber Freund" noch würde ausreichend Zeit haben, aus seinem Machwerk vorzulesen, gebildet
hatte.

„Vielen Dank, mein lieber Martin. Besser konnte man es nicht
sagen." Und dann begann Becker, er begann mit dem Kapitel Nummer 1, auf Seite 1, erste Zeile.

*Der größte Wunsch von Gregor Kahlmann bestand darin, in der Zeit reisen
zu können. In jahrelangen Studien, die ihn an die bekannten Universitäten des
Landes in Frankfurt, Berlin und Jena geführt hatten, mit der Postkutsche wohlgemerkt, einem für Zeitreisen mehr als ungeeignet erscheinenden Transportmittel,
hatte er versucht, die theoretischen Grundlagen für Reisen im Zeitkontinuum
zusammen zu tragen. Die wenigen Professoren und Doktoren, mit denen er darüber gesprochen hatte, hatten müde gelächelt; einmal wollte man ihn allerdings
sogar der Universität verweisen, was nur durch das Veto eines väterlichen Freundes verhindert werden konnte. Kahlmann, um die vierzig Jahre alt, von Jugend
an allein lebend, war über seiner Idee, die mehr und mehr zu einer fixen Idee
geworden war, zu einem Eigenbrötler und Sonderling geworden. Auch die Lehr-
stühle, an die er als Professor gerufen worden war, waren wegen seiner Eigenarten
keinesfalls sicher und auf lange Zeit mit ihm besetzt. Allein der Besitz einiger
Wälder und Gehöfte im Mecklenburgischen, die aus dem Kahlmannschen Erbe
stammten und eine recht einkömmliche Pacht erwirtschafteten, sorgte für seine
wirtschaftliche Unabhängigkeit und erlaubten es ihm, den lieben langen Tag über
alten Folianten zu sitzen, trocken-staubige Bibliotheksluft einzuatmen, die die
Bronchien in regelmäßigen Schüben von vierzehn Tagen angriff und krakelig
wirkende Aufzeichnungen zu verfassen, für die sich offensichtlich niemand zu
interessieren schien. Mit den Jahren hatte sich bei Kahlmann ein ganz eigenartiges
Verhältnis zur Zeit als wissenschaftlicher Kategorie herausgebildet. Gerade weil
es sein Untersuchungsgegenstand war, in dem jeder, also auch Kahlmann lebte,
kam er manchmal nicht umhin, dem anthropisch wirkenden Gedanken nachzu-
hängen, die Zeit sei nur existent, weil wir sie messen und letztlich erkennen wollten. Darauf fußte dann auch sein Gedankengebäude: Wenn es uns gelingt, die
Zeit zu erkennen, dann kann es uns auch gelingen, sie zu verlangsamen oder zu
beschleunigen und am Ende für ein Milliardstel des Milliardstels einer Sekunde
anzuhalten, um an genau dieser Stelle in sie einzusteigen, mit ihr davon zu reisen*

und an beliebig anderer Stelle, wieder unter Zuhilfenahme des kurzen Augen-
blicks des Stillstandes, in anderer Zeitrechnung aus ihr auszusteigen.

Von den hinteren Stuhlreihen hörte ich ein deutlich vernehmba-
res Gähnen, was Schickse veranlasste (Schickse saß rechts von mir,
nicht weit genug entfernt, dass mich ihr Parfüm nicht gestört hätte –
ich hatte sie also im Augen- als auch im Nasenwinkel) resolut mit
dem Kopf zu schütteln. Dem ersten Gähnen folgte ein weiteres,
durchaus martialischer Natur zu nennen, was Schickse zu einem
noch überdeutlicheren Kopfschütteln bewegte, so dass ernsthaft Gefahr bestand, ihr Kopf würde diesen Härtetest nicht unbeschadet
überstehen, sich gegebenenfalls vom Hals lösen und mit einem
dumpfen wwwummmmpp auf meinem Schoß landen. Für kurze
Zeit hatte ich den Faden in Beckers Vortrag verloren, konzentrierte
mich dann aber wieder und hörte weiter zu.

… nun also damit befasst, ein Gerät zu entwickeln, das ihm bei dem ersten
Schritt, die Zeit im Gang ihres Laufes zu manipulieren, behilflich sein sollte.
Die Grundkonstruktion, die er sich dafür hat einfallen lassen, glich einer über-
dimensionalen Sanduhr. Um das Prinzip, nach dem eine Sanduhr arbeitet zu
verstehen, muss man die folgenden Eigenschaften verschiedener Aggregat- und
Oberflächenzustände in wohlabgestimmter Weise miteinander kombinieren: rie-
selnder feinkörniger Sand, jedes einzelne Körnchen der Schwerkraft unterliegend,
die glatte Oberfläche ungeschliffenen Glases, in einem Zylinder sich verjüngend
und nur eine kleine Öffnung zum Durchrieseln des Sandes offenlassend, die glei-
che Konstruktion nur auf dem Kopfe stehend sich nach unten wiederholend. Kahl-
mann hatte wochen- und monatelang die verschiedensten Konstruktionsprinzipien
von Sanduhren analysiert, miteinander verglichen, die für sein Anliegen günstigs-
ten Bedingungen berechnet, wieder verworfen, neu berechnet, wieder skizziert, wie-
der verworfen, noch einmal berechnet…

Das Gähnen war nun zum dritten Mal zu hören, diesmal so laut
und deutlich, dass sich nicht nur Schickse und ich umdrehten, sondern sich mindestens fünf oder sechs weitere Köpfe ziemlich gleichzeitig in Richtung der Rücksitze wendeten. Der junge Mann, dem

das Gähnen aus den Tiefen seines körperlichen Universums entstiegen war, hatte Tränen in den Augen, so inbrünstig hatte er gegähnt. Schickse schüttelte wieder mit dem Kopf, der junge Mann setzte zum nächsten Gähnen an, Becker war irgendwie verstört, Kahlmann forschte kurzzeitig nicht weiter, Schickses Blicke hätten in dem Moment töten können, links hinter mir lachte jemand, Becker las weiter, ich hörte nicht zu, Schickse verstärkte ihren Laserblick in Richtung hinten, Kahlmann forschte weiter, ich hörte Becker immer noch nicht zu, der junge Mann auch nicht, denn der wischte sich die Tränen aus den Augen, setzte zu einem neuerlichen Gähnen an, begriff dann aber endlich Schickses Hochfrequenzblick, ich hörte immer noch nicht zu, junger Mann stand langsam auf, begab sich zur Tür, Schickses Bannstrahl wurde zum Traktorstrahl, Tür auf, ich hörte immer noch nicht zu, Tür zu, junger Mann ab…

…*musste er irgendwie einen Weg finden, in das Innere dieses Konstruktionsprinzips von Stundengläsern zu gelangen, also nicht nur an der Oberfläche zu verharren – wobei Oberfläche alles war, was er über Sanduhren wusste. Und was wusste er nicht alles über Sanduhren. Immer und immer wieder hatte er seine Aufzeichnungen durchgeblättert. Sanduhren waren demnach bereits seit dem Anfang des 14. Jahrhunderts, also seit vielen Jahren bekannt. Die ersten Nachweise von Stundengläsern, eine Bezeichnung für Sanduhren, die Kahlmann liebte, fanden sich in italienischen Fresken. Die ältesten bekannten Exemplare von Sanduhren bestanden aus zwei einzelnen Glaskolben, die miteinander verbunden waren. Die zwischen den Glaskolben befindliche Lochblende war eine ganz besondere Konstruktion. Dieses Präzisionsscheibchen, gefertigt aus unterschiedlichen Materialien (Metall, Glas, Glimmer oder sogar Holz) regelte den Durchfluss des Sandes. Später wurden die Sanduhren aus einem Stück gefertigt und eine genau dosierte Einschnürung an der Taille des Kolbens ersetzte die Lochblende. Zuerst füllte man den Sand über eine kleine Öffnung am Boden einer Kolbenhälfte ein; diese Öffnung musste dann mit Wachs oder dergleichen versiegelt werden; später konnte diese Öffnung nachträglich mit einem Glasfluss verschmolzen werden, was den Sanduhren die größtmögliche Abgeschlossenheit ihrer Innereien gab.*

Kruhhhhmmmm – geschlossener Blick in Richtung eines Stuhls in der zweiten Reihe. Der Schirm. Der Schirm, der unserem ersten Gast des Abends vorausgeeilt war und nun schon ganz paar Minuten an einem Stuhlbein ausgeruht hatte, war offensichtlich auch ein wenig eingenickt, hatte dadurch dann das Gleichgewicht verloren und war mit diesem weithin vernehmbaren Kruhhhhmmmm auf den Holzfußboden geplumpst. Kahlmann musste wieder aufhören, weiter über Sanduhren zu sinnieren, die Sanduhr auf dem Schreibtisch rieselte unablässig weiter vor sich hin, Schickse tadelte mit Kopfschütteln, weitere Zuhörer waren offensichtlich auch erwacht… Ich musste ein Gähnen unterdrücken, dann weiter Becker, sichtlich um Fassung bemüht.

…durfte keinesfalls gewöhnlicher Sand benutzt werden. Vielmehr kam es darauf an, für die Füllung einen Sand zu finden, der sehr homogen und kleinkörnig ist. Wichtig ist, dass die einzelnen Sandkörner nicht verkleben dürfen und dass der Sand relativ unempfindlich gegenüber Temperatur- und Luftfeuchtigkeitsschwankungen ist. Kahlmann stockte beim Lesen seiner Aufzeichnungen. Wieso unempfindlich gegenüber Schwankungen der Luftfeuchte, sollte doch in einem geschlossenen Glaskolben immer die gleiche Luftfeuchte herrschen? Ausrufungszeichen an den Rand. Sinnieren. Blick ins Leere. Dann sah Kahlmann seine Aufzeichnungen weiter durch. Marmorstaub, Zinn- oder Bleisande, ja sogar fein gestoßene Eierschalen hatten schon als Füllung gedient; neuerdings griff man auch auf sehr kleine und gleichmäßige Glaskügelchen als Gleitmittel, das den Lauf der Zeit flüssig hielt, zurück. Wieder leerer Blick in die Unendlichkeit, nochmals und nochmals Blättern… Für diesen Tag schlägt Kahlmann seine Aufzeichnungen zu. Es ist schon kurz vor acht am Abend und er hat sich noch mit dem Glasbläser verabredet, der bereit ist, ihm bei der Herstellung eines Glaskolbens behilflich zu sein, gerade so groß, dass ein Mensch darinnen wie ein Körnchen Sand wirken muss.

Hustenanfall, Hustenanfall ganz rechts. Röcheln, jemand klopft auf einen Rücken, derb, es dröhnt zurück, wie wenn man auf den Resonanzkörper eines Instruments schlägt, mit der flachen Hand… Dann der nächste ab – verständlich, bei dem Husten… Nach und nach leert sich der Raum, auch wenn Schickse und auch ich versuchen, die verbliebenen Zuhörer dazu zu bewegen, die wenigen Minuten, die Becker noch lesen wird (die Schwerkraft in der Sanduhr auf dem Lesetisch, diese wiederum angestrahlt und sich im Licht der Leselampe sonnend, hat dafür gesorgt, dass der feinkörnige und hoffentlich recht schön homogene Sand zu reichlich drei Vierteln aus dem oberen Teil des Kolbens in den unteren gerieselt ist), hier im Veranstaltungsraum des Naturkundekabinetts zu verharren. Wenn sie doch wenigstens verharren würden, wenn sie schon nicht zuhörten! Aber geben wir uns und Becker noch eine Chance...

...befindet sich schon im Gehen, als ihm etwas auffällt, was ihn dazu bewegt, sich noch einmal umzudrehen. Auf dem abgeschrammten und gescheuerten Tisch, der Farbe nur aus seinen besten Zeiten, die lange zurück liegen müssen, kannte, liegt, halb eingegraben zwischen Kahlmanns Aufzeichnungen etwas, mit dem Kahlmann nichts anzufangen weiß. Das mattschwarze Ding, vielleicht zweieinhalb Zoll in der Länge messend, ein Drittel Zoll hoch und ein Zoll breit, abgerundete Ecken und aus einem Material, das Kahlmann nicht einzuordnen weiß, lugt da plötzlich zwischen den Sanduhr-Aufzeichnungen hervor... Kahlmann hat das Ding noch nie gesehen... Kahlmann greift danach... Kahlmann greift ins Leere... denn plötzlich hat sich das Ding in Luft aufgelöst...

Schickse hat es nun endgültig satt mit den ständig die Lesung verlassenden Besuchern – als auch die nächsten drei (und letzten drei außer Schickse, mir und Becker wenn man bei uns auch nicht von Besuchern im engeren Sinn sprechen kann) den Raum, leise zwar, aber immerhin, verlassen, räuspert sie sich so geräuschvoll, natürlich begleitet von einem eindeutigen Kopfschütteln, dass Becker aufschrickt, dabei mit der linken Hand, die nicht damit befasst ist, die Zeilen im Buch nachzuzeichnen, eine linkische Bewegung macht (schön – das merke man sich: mit der linken Hand eine linkische Bewegung machen), so dass er mit genau dieser Hand das Stundenglas mit einem einfachen Wisch von der Tischplatte fegt – Kliiirrschingkli. Als Becker feststellt, dass er den Fall des Stundeglases nicht mehr rückgängig machen kann, hält er ihn wenigstens noch mit violetter Tinte in seinem Notizbuch fest, oder träume ich das nur?

Auf dem Nachhauseweg, das Parfüm von Schickse immer noch in der Nase und Becker betrübt an meiner Seite, überkommt mich ein bis dahin ungekanntes Gefühl des Mitleids: „Das muss dich nicht stören, Christoph, das muss es wahrlich nicht; die Welt ist halt noch nicht reif für solche Literatur." Becker antwortet nicht. Mein Bedürfnis, Trost zu spenden, nimmt skurrile Züge an (ja, nennt mich Mutter Theresa!): „Im Gegenteil, es ist ein absolut gutes Zeichen, dass die Leute schon während der Lesung den Raum verlassen haben – das wird sich rumsprechen und bei der nächsten Lesung kommen die Leute schon, weil DU liest; die verstehen dann zwar auch nicht, WAS DU liest, aber die sehen DICH, die sind begeistert, weil DU an der Klampfe sitzt, weil BECKER den Mund aufmacht, CHRISTOPH rülpst…" Becker antwortet nicht und bei mir ist der Anfall, die Welt mit Mitleid zu bepudern, vorbei. „Weißt du was totale Scheiße ist? Als auf Kahlmanns Schreibtisch das Diktiergerät liegt." Daraufhin schüttelt Becker den Kopf. Na wenigstens das, denke ich.

Von Princeton nach Austin

Martina las weiter: *...Als Kurt Gödel (eigentlich Kurt Friedrich Gödel), Jahrgang 1906, im Jahre 1977, also weniger als ein Jahr vor seinem Tod, den Entschluss fasste, entlang einer der von ihm selbst entdeckten Zeitlinie in einem eigens nach ihm benannten Gödel-Universum von Princeton, New Jersey, wo er sich gewöhnlich und schon seit vielen Jahren aufhielt, nach Austin in Texas und dazu noch zurück in das Jahr 1975 zu reisen, sorgte er vorsorglich dafür, dass niemand etwas davon erfuhr. Jetzt, in diesem doch schon fortgeschrittenen Alter von über siebzig Jahren, war ihm dieser Entschluss, dessen Umsetzung einige Risiken barg, nicht mehr sonderlich schwer gefallen; schließlich und endlich hatte er das, was er erreichen konnte, erreicht und ob er noch mehr erreichen wollte, war ihm selbst nicht klar. Was ihm klar war, war allerdings die Tatsache, dass er den Beweis für seine eigene These, dass unter gewissen Umständen die Zeit verschwinden konnte, und aus dieser Tatsache folgte, dass Zeitreisen möglich werden konnten (man schaltete sozusagen die Zeit aus, um sie an anderer Stelle wieder einzuschalten – zugegeben ist das die unwissenschaftlichste Begründung für die Möglichkeit von Zeitreisen, die sich in der neueren Literatur wird finden lassen, aber sei es drum) noch angetreten werden musste. Warum also um alles in der Welt sollte er jetzt, da er sich im Spätherbst seines Schaffens befand, nicht selbst den letzten und gewagtesten Schritt tun? Warum er ausgerechnet in das Jahr 1975 und ausgerechnet nach Austin, Texas, reiste, lässt sich heute nicht mehr zweifelsfrei aufklären. Vermutlich könnte aber eine Rolle gespielt haben, dass die in Austin in Texas ansässige Universität mit dem schönen Namen University of Texas at Austin ihm von vielfältigen wissenschaftlichen Veröffentlichungen her bekannt war und das Travis County eine Reise wert zu sein schien. Außerdem wurde nachträglich immer wieder behauptet, Gödel habe kurz bevor er den Entschluss fasste, sozusagen eine virtuelle (sollte der Autor diesen Begriff vielleicht doch irgendwann durch einen anderen ersetzen, denn der Begriff scheint nicht recht in die hier beschriebene Zeit zu passen; virtuell, wer kann damit im Jahre 1975 schon etwas anfangen?) oder eine philosophische Raum-Zeit-Reise zu unternehmen, einen geheimnisvollen Brief erhalten. In dem Brief sei er aufgefordert worden, nach Verbündeten zu suchen und von Austin sei außerdem die Rede gewesen. Außerdem sei der Brief in einem dunklen Violett vermutlich mit einem Füllfederhalter geschrieben worden. Gödel allerdings soll die Handschrift* nicht gekannt haben, so wie er das Vorhandensein des Briefes – aus welchen Gründen auch immer – ziemlich geheim gehalten hat. Stellen wir also resümierend fest, dass Gödel bisher persönlich und in der tatsächlichen Zeit seines Lebens – also außerhalb eines Gödel-Universums – nie in Austin gewesen war. In Insiderkreisen (passt dieses Wort hierher? – auch überarbeiten!) munkelte man außerdem, Gödel, der als – das war auch Ergebnis seiner nicht leicht zu verkraftenden Lehrsätze – Eigenbrötler und als „etwas spinnert" galt, sei nun, da das Ende seines Lebens zu nahen schien, auf die Suche nach dem großen Glück aufgebrochen – dann lächelten die „Insider" (deutlich besser) und einige rollten mit den Augen.

Die Reisevorbereitungen waren denkbar einfach: Gödel musste nichts weiter tun, als ein Gödel-Universum schaffen und darin Bedingungen herstellen, die den von ihm prognostizierten Lehrsätzen entsprachen. Geht man davon aus, dass jedes Gödel-Universum nur eine mögliche und nicht die wirkliche Welt darstellt, dann darf man daraus auch schließen, dass in einem nur möglichen Universum die Zeit als solches nicht existiert. Dann der entscheidende Schritt: Da aber das wirkliche Universum auch nur ein mögliches Universum ist (in diesem Fall das Universum, in dem zu dem Zeitpunkt auch Gödel lebte) ist unter diesen „Laborbedingungen" auch im wirklichen oder tatsächlichen Universum die Zeit nicht existent. Mit anderen Worten: Gödel musste drei Schritte tun: Als erstes musste er in sein Gödel-Universum, in dem es keine Zeit gab, abtauchen, um sodann in Schritt zwei von dort aus unter Beibehaltung der Gödel-Bedingungen in das reale Universum hinüberzuschwimmen, um dann (Schritt drei) wieder aufzutauchen. Gödel überprüfte noch einmal die Parameter (Aufwachen in Austin Texas im Jahr 1975) und prägte sich die notwendigen Schritte genau ein. Dann ging er essen, was keine Selbstverständlichkeit war, litt er doch an einer fortgeschrittenen Paranoia, insbesondere der Form, durch Essen vergiftet zu werden.

Noch einige Überlegungen waren außerdem vor der Reise anzustellen und durch entsprechende Vorbereitungen zu flankieren. Er musste immerhin auch damit rechnen, dass seine Zeitreise missglückte oder er nie wieder in die Jetzt-Zeit zurückkommen würde. Deshalb gab es ein paar Dinge zu ordnen. Im privaten Bereich war das recht wenig – seiner Frau Adele, die sich daraufhin recht besorgt zeigte – wohl auch, weil ihr ihr Mann nur verschwommene Andeutungen machte – sagte er, dass er für einige Zeit verreisen werde. Er sagte weder in welche *zeitliche Richtung noch wohin. Im Institut in Princeton, an dem er viele Jahre seines Lebens verbracht hatte und zu dem er immer noch sporadische Beziehungen pflegte, sorgte er dafür, dass einige bisher unbeachtete Kisten mit Aufzeichnungen derart neu in den kleinen Labors aufgestellt wurden, dass, für den Fall, der Meister käme nicht noch einmal persönlich vorbei, nach spätestens einem Jahr irgendeinem Jungspund die Kisten derart würden im Weg stehen, dass man in sie hineinschauen würde, um dann festzustellen, dass Kurt Gödel auch postum wissenschaftliche Ergebnisse würde vorzuweisen haben, die ihresgleichen suchten.*

Dann gab es noch den Tag der Reise zu bestimmen und den Ort der Abreise. Jetzt war September und man sollte auch nichts überstürzen, so jedenfalls dachte Gödel, warum also sollte es kein Tag im Oktober sein, an dem er sich auf den Weg machte? Mehr Mühe gab er sich, den Ort seines Verschwindens und dessen Art und Weise zu identifizieren. Immerhin war damit zu rechnen, dass Gödel genauso wieder in der wirklichen Welt auftauchte, wie er in sein Universum abtauchte; liegend wäre also ziemlich dumm gewesen, denn man stelle sich vor, dass urplötzlich in Austin in Texas an einem sonnigen Oktobermorgen ein ziemlich abgemagerter Mann am Rande eines Trottoirs aus einem blubbernden und sich schnell verflüchtigenden Zeitnebel auftaucht, liegend auf dem ausgedörrten Rasen und schon nach kurzer Zeit vom ersten Vierbeiner angepinkelt. Nein, nein, das ging dann doch nicht. Dann kam ihm der rettende Gedanke: eine Bibliothek, ja, eine Bibliothek wäre eine gute Start- aber auch eine gute Landebasis.

Kurt Gödel, nicht einmal richtig von mittlerer Größe mit seinen 1,65 Metern und insgesamt sehr, sehr schlank (in dem Zusammenhang von schlank zu sprechen ist wohl eher eine Verbeugung vor dem Mann, denn eigentlich war er nichts als dürre), hatte es sich nicht nehmen lassen, sich für das vor ihm liegende Abenteuer „dem Anlasse entsprechend" (das wiederum ließ mannigfaltigen Deutungsspielraum zu) zu kleiden. Unter dem bitterschokoladenfarbenen Anzug – die Hose mit Aufschlag, scharf gebügelt aber irgendwie auch zu weit erscheinend (wie übrigens fast jedes Kleidungsstück zu weit an ihm erschien), trug er ein helles Hemd, Grundfarbe creme, auf dem sich hell taubenblaue Streifen elegant absetzten. Auf das Anlegen einer Krawatte oder Fliege, wie damals nicht unüblich, hatte er verzichtet. Gödels wache Augen, die dem gleichmäßigen Gesicht etwas Jungenhaftes gaben, versteckten sich wie fast immer hinter der annähernd kreisrunden Hornbrille mit den dicken Gläsern, die drauf und dran war, zu seinem Markenzeichen zu werden, wenn nicht noch etwas dagewesen wäre, ihr diesen

Rang ernsthaft streitig zu machen: ein Hut. Die Rede ist von einem hell sand-farbenem Hut aus dünnem Filz mit ausladender Krempe und einem feinen dun-kelbraunen Hutband (das ausgezeichnet zur Farbe des Anzugs passte) aus gutem Leder, leicht genoppt und durch die Struktur dem Hut irgendwie Leben einflößend. Es hatte den Anschein, die Krempe sei im Verhältnis zu Gödels vom Gesamteindruck her ausgezehrten Gesicht doch etwas zu breit aber man konnte sich am Ende mit etwas gutem Willen an dieses Gesamtkunstwerk gewöhnen. So ließ es sich an, dass Kurt Gödel am Freitag, dem 14. Oktober 1977 gegen zehn Uhr die Princeton University Library auf der One Washington Road, in der er seit vielen Jahren als Nutzer angemeldet war, betrat, um sich ohne Um-wege, allerdings immer wieder umsehend, in den großen Lesesaal zu begeben, der um diese Zeit nur mäßig besucht war. Gödel setzte sich mit Blick in den Lesesaal an einen Leseplatz ganz in der Ecke. Er nahm den Hut nicht ab, was Aufsehen hätte erregen können aber wegen der insgesamt nur geringen Zahl von Biblio-theksbesuchern mehr oder weniger unbemerkt blieb. Noch einmal nach der Brust-tasche gegriffen: ja, der geheimnisvolle Brief befand sich im Jackett. In seinem Rücken standen die Bände U bis W, Registriernummern B-87999-a-lkr bis C-12555-k-bks. Philosophische Schriften, zumeist. Die Leselampe - wieso brannte die vermaledeite Leselampe, wo doch vor Gödel augenscheinlich niemand an dem Tisch gesessen hatte? - schaltete er aus: langsam glitt der Schalter nach einem etwas den Berghinaufzuschieben gleichenden kleinen Anstieg über den Totpunkt, gewann auf dem zweiten Teil des Weges, der – im Gegensatz zum ersten Teil – ohne Anstrengung voranflutschte, an Fahrt und rastete mit einem Krrk ein. Jetzt begann eigentlich erst alles. Jetzt musste sich Gödel voll konzentrieren; immer wieder die bekannten Formeln gedanklich durchspielen, konzentrieren, Formeln leise vor sich hinsprechen, konzentrieren, konzentrieren, konzentrieren – lang-sam wurde es dunkler…

An dieser Stelle, liebe Leserin und lieber Leser, merkte Martina auf. Natürlich, so war sie sich sicher, ist es ausgemachter Nonsens, allein durch gezielte Konzentrationsübungen zu versuchen, Wurm-löcher oder Zeitlinien zu finden, die dem geneigten Probanden eine komfortable Möglichkeit eröffnen, sowohl Raum als auch Zeit zu überlisten. Weder Raum noch Zeit, das hatte man Martina so beige-bracht, ließen sich nämlich überlisten. Diese beiden grundlegenden

Kategorien der Philosophie, die das Wirken der Naturgesetze in unserem Universum erst möglich machten, basieren auf dem gleichmäßigen Fluss der Zeit (in einer Richtung, nur in einer Richtung!) und der dreidimensionalen Ausdehnung des Raumes. Zeit nur nach vorn – Raum in drei Richtungen, in drei, nicht in vier und nicht in zwei! Basta! Das jedenfalls glaubte Martina bis dahin. Wie also hatte sich Gödel nach Austin gebeamt? Martinas Blick begann über die Möbel im Zimmer zu gleiten. Erst das Sofa, dann der Schrank, wenig später auch Tür und Fenster, bekamen einen diffusen Strahlenrahmen aus warmem Licht, nicht so hell, dass einem die Augen tränten aber auch nicht so schwach, dass man sich konzentrieren musste, etwas zu sehen. Von ganz allein, ganz ohne dass es eines äußeren Antriebs bedurft hätte, glitt der Blick entlang der Linien im Wohnzimmer. Genau, so musste es auch Gödel geschafft haben. Genau, durch reine Konzentration – entlang einer, in welcher Dimension auch immer, wie ein Wundmal im Raum, mit scharfer Klinge geschlagener Zeitlinie war er aufgebrochen. Warum auch nicht, dachte Martina dann und nahm das Buch wieder zur Hand.

Der hagere Mann, der wie aus dem Nichts plötzlich in der Mathematisch-Physikalischen Bibliothek der University of Texas at Austin, gelegen an der Ecke Speedway/East Dean Keeton Street, an einem Lesetisch materialisiert wurde, blickte kurz auf und sah an der gegenüberliegenden Wand einen Kalender. Er rückte seinen Hut, der leicht verrutscht war, zurecht und sah sich um. Der kleine Zeiger des putzigen Kalendariums gegenüber zeigte auf Dienstag, den 14. Oktober 1975. Jetzt war es genau zehn Uhr und vier Minuten. Aber schon beim nächsten Blick vermochte Gödel die Zeit nicht mehr recht zu erkennen und auch das Kalendarium begann vor seinen Augen zu verschwimmen. Gödel sah sich weiter um, ah, ja, dort musste der Ausgang sein. Gemächlich, ohne Aufsehen zu erregen, begab er sich zur Treppe, um nach zwei weiteren Minuten auf der East Dean Keeton Street zu stehen, jetzt den Hut leicht in den Nacken geschoben, denn die Sonne schien gewaltig in diesem Oktober in Austin, Texas. Den Radfahrer, der aus Richtung East 24th Street mit ziemlichem Tempo angeradelt kam, hätte er fast übersehen. Nur durch einen Zufall blieb eine Kollision aus. Als beide Männer auf gleicher Höhe waren, sah Gödel, dass dem Radfahrer etwas aus der Tasche gefallen war. Gödel bückte sich nach einem Füllfederhalter – vielleicht sah er den Radfahrer ja irgendwann wieder, dann würde er das Schreibgerät zurückgeben, das jedenfalls nahm er sich vor.

Martina hatte gar nicht gemerkt, dass es fast dreizehn Uhr war. Um halb zwei musste sie in der Kaufhalle sein: Mittagsschicht!

Wer hat sich sowas ausgedacht?

Irgendein neuer Morgen – viertel vor elf. Guten Tag Martin (Lorke). Guten Morgen Lorke (Martin). Irgendwann musste doch Martina auch wieder mal Nachmittagsschicht haben, ging es mir durch den Kopf, damit wir wenigstens zusammen frühstücken könnten und Lorke heiß wäre und er dann auch endlich nicht mehr Lorke genannt werden müsste. Ich steckte Lorke in die Mikrowelle; zwei Minuten Stufe 600... Pling. Lorke stank noch jämmerlicher als vor der Bestrahlung, aber die Hände konnte man sich jetzt an dem Pott schön wärmen. Mein Plan war bestechend; einfach und überwältigend, einfach überwältigend – grins (Lorke und Martin). Wenn ich Lorke hinuntergespült hätte, würde ich damit beginnen, den Buchstaben des Alphabets Nummern zuzuordnen, dann noch Nummern für die Satzzeichen und dann noch eine einzelne Nummer für die Wortzwischenräume. Das wäre dann der krönende Abschluss meiner Arbeit bis zum Mittag. Dann könnte ich mir richtigen Kaffee kochen (der letzte Rest von Lorke wimmerte bereits im Becher) oder sogar eine Flasche Bier genehmigen, dann könnte ich eine ausgedehnte Zeitungsschau machen, dann könnte ich noch ein wenig Mittagsruhe halten, dann könnte ich noch einen Kaffee trinken, dann könnte ich mich über die erfolgreiche Arbeit vom Vormittag freuen, dann könnte ich Martina vom Supermarkt abholen, dann könnte ich mal nach dem Fernsehprogramm schauen, dann könnte ich langsam was zu essen brauchen, dann könnte ich noch etwas lesen, dann könnte ich noch ein Bier trinken, dann könnte ich noch einen Schnaps trinken (Klappe, Lorke), dann könnte ich noch ein Bier trinken, dann könnte ich Martina noch ein bisschen befummeln und dann, dann könnte ich endlich auch ins Bett gehen, nach so einem anstrengenden Tag.

Die vor mir liegende Arbeit wollte ordentlich vorbereitet sein. Zuerst suchte ich alle notwendigen Arbeitsmittel zusammen: den Füllfederhalter, violette Tinte (geil), kariertes Papier, vorsichtshalber den Duden (da mir niemand zusah – Lorke hatte ich inzwischen getötet – war mir die Sicherheit, die der Duden mit all seinen kleinen

Zeichen und Buchstäbchen ausströmte, wichtig) und sogar ein Lineal. Bruuuooocggh – Lorke, halte endlich die Klappe (Martin).

Sechsundzwanzig Buchstaben hatte das Alphabet, eine eigene Zahl brauchte ich für die Zwischenräume, diverse weitere Zahlen für die unterschiedlichen Satzzeichen. Und Sonderzeichen, Sonderzeichen mussten auch Beachtung finden. Wie viel Satzzeichen gab es eigentlich und wie viele Sonderzeichen? Ich bemühte meine Finger, kam aber nicht weit: Komma und Punkt fielen mir ein, logisch, Semikolon war auch noch nicht schwer, Doppelpunkt, Ausrufezeichen (oder sagte man Ausrufungszeichen? – keine Ahnung – würde ich aufklären müssen, denn Fehler konnte ich mir bei meiner Recherche natürlich nicht leisten – kleinste Fehler würden zu enormen Abweichungen bei den Gödelnummern führen können…), so, dann kam mir spontan noch das Fragezeichen in den Sinn, Anführungszeichen (brauchte man zwei Nummern, weil die Anführungszeichen am Anfang und am Ende des Wortes stehen konnten? – wieder keine Ahnung), Apostrophe, verschiedene Häkchen und Kringel, die in meinen Augen einzig dazu tauglich waren, einzelne Buchstaben zu verschandeln. Erst einmal gab ich auf, weil die Finger zweier Hände nicht mehr ausreichten. Also noch einmal. Nummer eins bis sechsundzwanzig für A bis Z. Da machen wir mal einen Haken ran. Die Umlaute, die Umlaute hatte ich vergessen und auch das S-Zett; vier Umlaute und ein S-Zett waren noch mal fünf Nummern zusätzlich, also waren schon mal die Zahlen eins bis einunddreißig gesperrt. Moment, ich stutzte, wieso vier Umlaute, ich nahm die Finger zur Hilfe: Ä, Ö, Ü, drei bis dahin, wie verdammt hieß der vierte Umlaut oder gab es wirklich nur diese drei? Wieso kam ich auf vier Umlaute? Ich wälzte den Duden. Auch ihm kamen auf Anhieb offensichtlich nur drei Umlaute in den Sinn. Aber um ganz sicher zu gehen, dass hernach bei der Gödelisierung der Texte nichts schief geht, beließ ich es vorsichtshalber bei vier Umlauten und sollte der vierte sich doch nicht mehr melden, würde diese Zahl bei der Bildung der Gödelnummern eben nicht berücksichtigt. Und nun Schluss mit dem Sinnieren!

Ich ging kurz in die Küche, um für Lorke ein jüngeres Geschwisterchen anzusetzen. (Spielt hier eigentlich keine Rolle, nur der Vollständigkeit halber – beim Überarbeiten kritisch prüfen!) Mit Klein-Lorke zurück an den Schreibtisch – schwups – brauner Fleck auf dem karierten Papier, tupftupf – sieht eigentlich total nach angestrengter Arbeit aus, also Spuren nicht ganz verwischen… Klein-Lorke oder das was von ihm übrig geblieben ist, dampft aus dem Becher… So, wir haben also schon mal einunddreißig fortlaufende Nummern für die vermaledeiten (Verzeihung liebe Lettern, euch zu beleidigen ist ungerecht, ich habe ja nichts außer euch) Buchstaben. Vorsichtshalber sperren wir mal zweiunddreißig bis vierzig, nur so für den Fall, dass weitere Buchstaben auftauchen sollten, denn nirgends bei Gustafsson und Gödel war zu lesen, dass die einzelnen Wortbestandteile fortlaufend nummeriert werden müssten. Also Sperrung ab zweiunddreißig. Ich begann an mir zu zweifeln – trotzdem: es geht erst mit einundvierzig weiter! Ende der Durchsage. Disziplin, Martin! Einundvierzig ist der Punkt. Zweiundvierzig ist das Komma, dreiundvierzig ist der Doppelpunkt, vierundvierzig für das Semikolon, das geliebte, fünfundvierzig für Klammer auf – logisch was jetzt kommt: sechsundvierzig für Klammer zu, siebenundvierzig für Ausrufungszeichen (gefiel mir irgendwie besser als Ausrufezeichen – so abnorm), achtundvierzig für Fragezeichen, neunundvierzig für Gleichheitszeichen, fünfzig, wem geben wir denn die fünfzig? - wer erhält diese große Ehre? – ich legte eine Pause ein um nachzudenken. Plötzlich durchfuhr es mich mit einem bitteren Schauder: ich hatte die Ziffern vergessen. Die Ziffern, die konnten unmöglich hinter den Satzzeichen und noch unmöglicher hinter den Sonderzeichen kommen, die Ziffern, jetzt musste ich dringend erst einmal Platz für die Ziffern schaffen. Also – ich blickte auf die karierten Blätter – einige verziert mit braunem Ornament – eins bis vierzig waren tabu. Zehn Ziffern gab es (sehr gut, Martin, nicht doch etwa die Null vergessen), was dafür sprach, einundvierzig bis fünfzig an die Ziffern zu vergeben, was wiederum zur Folge hatte, dass Punkt, Komma und so weiter nach hinten rutschten. Ich nahm die Hände

in den Nacken, Lorkes kleiner Bruder war inzwischen fast ver-
dampft, und bestaunte meine Zielstrebigkeit. Achtundfünfzig ist
jetzt das Fragezeichen, neunundfünfzig das Gleichheitszeichen und
sechzig erhält ... der Schrägstrich, slash, ok, dann geben wir dem
backslash die einundsechzig...

Die Minuten verrannen, klumpten sich zu Viertelstunden zusammen, die wiederum flossen ganz am Grunde zu halben Stunden zusammen, füllten die Sanduhren, eine an die andere gestellt, wenn eine
voll des weißen Sandes war, kam die nächste an die Reihe, Martin
musste schauen, den Überblick zu behalten – plötzlich war es halb
sechs. Martina (ja, schon wieder Frühschicht) war längst nach Hause
gekommen. Martin würdigte sie keines Blickes, zu tun, zu tun, meine
Liebe... Martina schüttelte den Kopf. Aber immer noch besser, Martin saß am Schreibtisch als vor der Glotze, mit der siebten Flasche
Bier in der Hand.

Vor mir lagen sechs Blatt kariertes Papier, allesamt mit violetter
Tinte beschrieben, vor allem auf den ersten Blättern Ausstreichun-
gen und Korrekturen, später deutlich mehr Gleichförmigkeit. Ich
blickte noch einmal prüfend auf das Ergebnis meiner Arbeit: das J
die Zehn, fünfunddreißig frei, einundvierzig die Null und fünfzig die
Neun, achtundsechzig das Euro-Zeichen, einhundertvier die eckige
Klammer und einhundertfünf die Schwester andersherum, hundert-
siebenunddreißig das Omega, zweihundertdrei ein krakeliges Zeichen, das einem Dach im Symbol für ein Parkhaus glich,
zweihundertachtzehn...

Ich zweifelte. Hatte ich noch etwas vergessen? Der Duden jedenfalls gab nichts mehr her. Ich legte die Blätter ordentlich übereinan-
der. Jetzt musste ich versuchen, digitale Versionen der beiden
Bücher zu bekommen, denn das konnte ich niemandem zumuten,
die beiden Bücher abzutippen – nicht mal Martina, ja nicht mal Andrea Chatwin.

Jedenfalls sollte es sich als deutlich komplizierter erweisen, an
zwei digitale Versionen der Bücher *Kahlmann* und *Die Turmuhr* von
Becker und Tellmann heranzukommen, als ich das ursprünglich für

möglich gehalten hatte. Na klar, am Ende ist man immer klüger, so jedenfalls steht es geschrieben.

Das Naheliegendste fiel mir logischerweise als erstes ein, wobei das für mich nicht völlig normal war. Natürlich, ich hätte beide einfach fragen können, schließlich kannten wir uns lange genug aus dem Schriftstellerverband. Aber wie hätte das denn ausgesehen? „Hallo Ulli, hallo Christoph, wie geht's?" – „Hallo Martin!" – „Hallo Martin, gut, und selbst?" – „Gut, alles ok." – „Na prima." – „Hmmmm." – „Ähhh, was ich euch noch fragen wollte, könnt ihr mir vielleicht mal ne word-Datei eurer neuesten Bücher schicken?" – „Nö." – „Nö, und wieso eigentlich?" – „Naja, hab gedacht, dass ich die gleich am Rechner lese." – „So, na dann kauf doch ein eBook." – „Nö." – „Also, ich schick Dir die Datei, wenn Du mir Dein neustes Buch auch schickst." – „Nö." Naja, und so weiter und so fort. Tauschgeschäfte waren mit mir eben auch nicht zu machen, sozusagen mangels Tauschmasse. Diese Variante fiel also aus.

Dann kam mir in den Sinn, dass ich vielleicht durch eine gezielte Internet-Recherche an die Dateien kommen könnte. Schließlich, so hört und liest man ja, kann man im Internet an fast alle Informationen herankommen. Warum also nicht an zwei solche vermaledeiten Dateien? Oh das Internet, wie würde es staunen, wenn ich mich wieder mal mit ihm abgäbe. Also setzte ich mich an meinen verstaubten Rechner (Martina war natürlich schon aus dem Haus), fuhr ihn hoch, was irgendwie knarzende Geräusche verursachte und öffnete einen Browser. Ich hörte, dass man diesen auch Internet-Explorer nennt und harrte der Dinge, die auf mich zukommen sollten. Als erstes stellte mein uralter Rechner fest, dass der auf ihm installierte Browser noch mausealter war. Ob ich irgendetwas aktualisieren wolle, wurde ich dann gefragt? Todesmutig drückte ich auf „Ja, jetzt installieren!" Irgendeine Sanduhr fing an zu nerven. Das Knarzen nahm an Intensität zu – ich hatte vergessen, ein Brüderchen von Lorke aufzusetzen... Seltsamerweise nahm das Knarzen wieder ab. Gefühlte zwanzig Minuten später musste die Sanduhr schon einen Drehwurm haben und mein Verlangen nach einem Geschwisterchen von Lorke nahm manische Züge an. Als ich wieder mit einem Becher heißen

Kaffees am Schreibtisch eintraf, hatte die Sanduhr das Zeitliche gesegnet, stattdessen war ein Bildschirm aufgeploppt, auf dem mir mitgeteilt wurde, dass das Betriebssystem meines Rechners dermaßen veraltet sei, dass die Neuinstallation eines Browsers keinen Sinn hätte, da er auf meinem Rechner sowieso nicht laufen würde. Das war eine Art Übersetzung – in dem Fenster standen ganz andere Dinge aber ich verstand sie so. Pahhh, dann arbeite ich eben mit meinem alten Browser weiter! Lorkes kleiner Bruder dampfte anerkennend! Es hat wenig Sinn, meine nutzlosen Ausflüge in die Weiten der virtuellen Welt eingehender zu beschreiben – wenig Sinn hat es auch deshalb, weil so, wie ein Schiffbrüchiger von Welle zu Welle getragen wird, ich zwar immer wieder Verweise zu den beiden Büchern fand aber am Ende trotz ausgeklügeltster Eingabe von mehr oder weniger sinnigen Wortkombinationen das Ergebnis, nämlich auf digitalisierte Versionen der Bücher zu stoßen, ganz einfach ausblieb. Sicher, ich hätte nun auch noch nach Programmen suchen können, die eingescannte Dokumente lesen und vergleichen konnten. Auch dazu fehlten mir jegliche Voraussetzungen. Weder hatte ich einen Scanner noch einen blassen Schimmer, welche Programme man wo suchen musste. Irgendwann, Tage mussten inzwischen vergangen sein und die Frau, die ab und an in unserer Wohnung gesehen wurde, ähnelte verdammt Martina, gab ich auf: ich schaltete den Rechner ab, nein nein, nicht so, wie man einen Rechner eigentlich ausschalten sollte, über dieses putzige Menü an dieser oben im Programm angepinnten Leiste; ich machte es mir und meinem Rechner einfacher, indem ich den Stecker zog. Das Knarzen hörte augenblicklich auf. Ruhe umgab mich. Irgendwo ganz weit weg schäumte das Internet, die Wellen bildeten Schaumkronen, die weit an Land gespült wurden. Nicht bis zu mir, dachte ich, lass das Internet ruhig überlaufen – bis zu mir läuft es nicht.

Dann verfolgte ich meinen Plan, die beiden Bücher irgendwie zu vergleichen, erst einmal einige Tage nicht mehr weiter. In dieser Zeit erkannte ich Martina wieder, brütete unzählige Lorke-Geschwister aus, telefonierte mit Andrea Chatwin (wohl mehr aus Versehen, weil Martina wieder die falsche Schicht hatte), köpfte früh halb zehn die erste Flasche Bier und um zehn die zweite, machte dann einen ausgiebigen Mittagsschlaf, mit dem Ergebnis, in der Nacht schlecht schlafen zu können, mit dem Ergebnis um halb drei aufzustehen – wähle 0180 und sechs Mal die sechs und wir zeigen dir's -, ging dann doch wieder ins Bett, ärgerte Martina, weil ich an ihr herumfummelte und sie das im Schlaf nicht ausstehen konnte (manchmal war ich drauf und dran sie zu fragen, ob es ihr vielleicht lieber wäre, wenn ich 0180 und sechs Mal die sechs wählen würde), dann trank ich um zehn erst die erste Flasche Bier, Lorkes Geschwister kamen zum Zug, Mittagsschlaf, Andrea rief nicht noch einmal an… Aber ich tat auch Sinnvolles: während der gesamten Zeit achtete ich peinlich darauf, mein Gödelsystem nicht zu verlegen. Im Nu waren auf diese Weise vier Wochen vergangen und weiter war ich kein auch noch so kleines Stück gekommen. Ich zog ein Zwischenresümee. Die Bücher vergleichen zu wollen und damit Becker zu überführen, war nach wie vor eine gute Idee. Aber ich musste konstatieren, dass ich es allein nicht schaffen würde. Ratlos war ich mir darin, wer mir helfen sollte. Meine Hilfe sollte mir nicht zu nahe stehen, damit mein teuflischer Plan nicht aufflog. Auf der anderen Seite wäre es natürlich auch von Nutzen gewesen, wenn man nicht erst ewig lange Literaturseminare würde abhalten müssen, um den Auftrag zu erläutern.

So sinnierte ich noch ein paar Tage, bis mir der rettende Gedanke kam. Zur damaligen Zeit verkehrte ich recht gern in den Studentenclubs unserer Stadt. Martina, die mich dafür mit Verachtung strafte, fragte mich manchmal, ob ich wegen meines Alters unbedingt den geballten Spott der um vieles jüngeren Studenten auf mich ziehen wolle. Nein, gab ich dann zurück, die jungen Menschen haben mehr als Verständnis dafür, dass ich meine Milieustudien ja irgendwo betreiben muss. Meistens allerdings nahmen sie mich nur aus. Das war natürlich besonders blöd, wenn ich Martina schon mal dreißig Euro abgeknöpft hatte (Kannst mir doch gleich den Fuffi geben! – Nein nein, schon gut, hab's auch kleiner!) um dann nach einer Stunde festzustellen, dass ich wieder blank war aber drei meiner Milieustudien jeweils zwei Bier auf meine Rechnung getrunken hatten. Irgendwann jedenfalls erzählte ich zwei Mathematikstudenten (Knut und Sven, aber im Grunde spielen die Namen wirklich keine Rolle), dass ich das gesamte Alphabet und alle Sonderzeichen, Satzzeichen etc. vergödelt hätte und nun auf der Suche nach Rechenexperten sei, die sich in der Lage fühlen würden, zwei ziemlich dicke Wälzer in Gödelnummern umzuwandeln, um sie vergleichbar zu machen. Knut und Sven glotzten erst mich blöd an, dann sich gegenseitig blöd an, um hernach wie aus einem Munde „Häää?" zu sagen. „Was ist so unverständlich?", fragte ich, „ich will doch nur erfahren, ob sich gleiche Textpassagen in beiden Büchern wiederfinden!" Ich glaube es war Knut, der als erster die Sprache wieder fand: „Und dafür braucht man Gödelnummern?" Das Wort klang aus Knuts Mund irgendwie unanständig. In Wirklichkeit war es der Beweis dafür, dass beide gar nicht wussten, was Gödelnummern überhaupt sind. Meine Antwort war ein überlegenes Lächeln. „Also hör mal zu, Martin", jetzt meldete sich Sven, „gib die beiden Schwarten her und wir werden Mittel und Wege finden, um festzustellen, ob sich Textpassagen gleichen – auch ohne G-ö-d-e-l-n-u-m-m-e-r-n." Immerhin hatte es Sven geschafft, das Wort noch unanständiger als Knut klingen zu lassen. „Wird aber nicht ganz billig!", fügte er noch hinzu. Am Ende habe ich den beiden dann in Summe zweihundert Euro bezahlt. Und das Ergebnis? Becker hat nicht bei Tellmann abgeschrieben, was ich wiederum bis heute Knut und Sven doch nicht so ganz glaube, denn ohne Gödelnummern zu verwenden…

Die Umrisse Spaniens verschwimmen

Spanien! Spanien – das ist eindeutig Spanien, oder besser die Iberische Halbinsel. Ja, Zweifel vollkommen ausgeschlossen: Im Norden zieht sich der ziemlich gerade Küstensaum hin, der den Golf von Biskaya vom Kalabrischen Gebirge trennt, fast waagerecht von La Coruna bis San Sebastian, wobei im Westen um La Coruna herum die Küstenlinie nicht so schön gleichförmig verläuft, wie nach Osten hin. Bei La Coruna schließen sich fast im rechten Winkel die Küsten zum Atlantischen Ozean nach Süden hin an, kurz vor der Hafenstadt Porto ins Portugiesische übergehend – obrigado – bis Lissabon, dann südöstlich und wieder raus aus Portugal und wieder rein nach Spanien bis Gibraltar (seltsam, von Afrika ist nichts zu sehen), weiter Richtung Malaga, Almeria, nun schon längst am Mittelmeer entlang, bis Barcelona, und weiter...? Doch dann, doch dann: Ist das Portugal, das sich da löst? Nein, das kann nicht nur Portugal sein, denn der fast senkrechte Riss beginnt bei Santander im Norden, geht knapp an Madrid vorbei weiter südlich Richtung Granada... dann franst auch der Norden aus, dann platzen die schönen Küstenlinien des Westens weg, dann, dann, dann blinzelt Martina, denn die Sonne ist plötzlich wieder vor der Iberischen Wolke erschienen und strahlt nun mit milliardenfachem Photonengewitter auf die Wiese, die Decke und Martinas Netzhaut. Das Blinzeln geht über in Sehschlitze – dann Augen zu – wohlige Röte, Wärme am Auge. Schon früher, denkt Martina, haben wir versucht, aus Wolken Landkarten zu formen. Spanien war häufig dabei – Griechenland selten. Martina lächelt. Martin ist heute den ganzen Tag auf irgendeiner Studienreise zu seinem neuen Buch – finanziert vom Schriftstellerverband, wahrscheinlich ein Besucherbergwerk im Erzgebirge oder eine Müllverbrennungsanlage oder eine Grüner-Punkt-Sortierstation oder ein Pumpspeicherwerk oder eine Hühnerfarm oder ein Kraftfahrzeugzulieferbetrieb oder eine Kiesgrube oder eine Mittelschule oder ein Straßenbahndepot oder... Martin hat es gesagt, egal, nicht mal draufgehört hat Martina und wenn, dann hat sie es längst vergessen. Wichtig ist, dass Martin den ganzen Tag unterwegs ist und Martina einen

ganzen Tag frei hat (für drei aufeinanderfolgende Samstagdienste) –
nur das zählt! Also her mit dem Beckerschen *Kahlmann*:

Die Szene, in der auf der East Dean Keeton Street in Austin, Texas, ein
Mann stand (irgendwie plötzlich stand er da), der wiederum fast von einem Rad-
fahrer, der sich mit ziemlichen Tempo aus Richtung East 24th Street näherte
und fast mit dem stehenden Mann kollidierte, oder umgekehrt, was auf das glei-
che hinauskommt, diese Szene also, hatte einen weiteren Beobachter. Dieser Be-
obachter sah auch, dass, als beide Männer auf gleicher Höhe waren, dem
Radfahrer etwas aus der Tasche fiel. Und er sah, dass sich der eine Mann, der
ohne Fahrrad (nur wir wissen, dass es sich um Gödel handelt) bückte, um einen
Füllfederhalter aufzuheben. Wir können nur mutmaßen, dass der stille Beobach-
ter dem stehenden Mann, auch ohne ihn bisher zu kennen, anheimstellte, dass
er, sollte er den Radfahrer vielleicht irgendwann wiedersehen (er sollte!), das
Schreibgerät zurückgeben würde oder er würde es zumindest versuchen. Und wir
wissen, dass dieser stille Beobachter sehr in Gedanken versunken war. Nun,
handelt es sich um einen Menschen, der immer sehr in Gedanken versunken ist
– Wissenschaftler immerhin, da gehört das Denken, auch und gerade das tief-
sinnige, zum Tagesgeschäft. Ja, gleich, gemach doch, gleich werden wir auflösen,
wer da die Szene beobachtet hat. Vorher müssen wir aber noch erwähnen dürfen,
dass es einen besonderen Grund für die Versunkenheit des Mannes an dem Tag
gab. Morgens beim Frühstück im Hotel hatte ihm ein livrierter Kellner auf einem
silbernen Tablett einen Brief gereicht, von wem er denn sei, hatte der gefragt, ein
Achselzucken des Kellners war die Antwort gewesen. Also lag der Brief vorerst
zwischen Orangensaft, Toast, Kaffee und Butter. Ach ja, die bittere Orangen-
marmelade nicht zu vergessen. Dann endlich, die Krumen waren auf dem Tisch-
tuch nach Poissant verteilt, noch ein Blick auf den Brief – Absenderangabe
Fehlanzeige, genauso wie nicht zu erkennen war, dass der Brief an ihn gerichtet
ist. Musste ihn also justament, da ich hier beim Frühstück sitze, jemand für
mich abgegeben haben, schloss der stille Beobachter messerscharf. Schwer wog das
Papier in seiner Hand, gutes schweres Papier, handgeschöpftes Bütten, eher Stoff
denn Papier. Er griff über den Tisch, um sich ein Messer von einem ebenfalls
eingedeckten Platz zu nehmen, war doch sein eigenes die Butter zu häufig rauf
und runter gefahren und setzte die Messerscheide am Falz des Kuverts an: zwei,
drei tiefe Ritsche, dann war der Brief offen. Das Papier in seinem Innern ebenso

hochwertig, dreimal gefaltet. Der stille Beobachter nahm den Bogen und faltete ihn auseinander. Er las: Sie sind weit gekommen: nun ist es nur noch ein kleiner Schritt. Sie müssen die Freunde finden, die Freunde, die genau wie Sie suchen. Und dann müssen Sie Geduld haben, denn die Formel ist lang und nicht ganz leicht zu finden aber Austin in Texas ist schon ein guter Platz – nehmen Sie sich die Zeit – vier oder mehr werdet ihr sein und gebt Euch zu erkennen! *Komisch, ohne Unterschrift. Dann faltete er den Brief wieder zusammen, verstaute ihn sorgfältig im Kuvert und beendete das Frühstück mit einem letzten Schluck Kaffee, der aber nun leider schon nicht mehr heiß war.*

Der Name des stillen Beobachters, keine zwanzig Meter vom Fast-Kollissionsort entfernt stehend, ist Steven Weinberg. Steven zu beschreiben, ist kein leichtes Unterfangen, denn seine hervorstechendste Eigenschaft scheint seine Durchschnittlichkeit zu sein; natürlich rein und nur auf die Äußerlichkeiten bezogen – dass Weinberg alles andere als ein durchschnittlicher Mensch ist, wird noch klar werden. Am meisten auffällig an ihm ist noch seine Haarpracht. Jeder Beobachter hat als erstes das Gefühl, dass Weinberg wohl jeden Morgen größere Probleme haben dürfte, die ohnehin schwer zu bändigenden und durch den Nachtschlaf zusätzlich durcheinander geratenen Haare wieder in eine einigermaßen normalen zivilisatorischen Gegebenheiten entsprechende Fasson zu bringen. Dabei bemüht er sich, die Haare durch einen Scheitel einigermaßen zu bändigen, jedoch schon bald wird klar, dass die bereits grauen Strähnen, die in welligen Formen um die Ohren und im Nacken spielen (lediglich am Hinterkopf wird das Haar langsam dünner) einfach keine Lust zu haben scheinen, sich irgendeinem Diktat zu unterwerfen. Der fast buschig zu bezeichnende Haarschopf findet in den nicht weniger ausladenden Koteletten, die Weinberg pflegt (im Übrigen völlig unabhängig davon, ob es gerade Mode ist oder nicht) seine Fortsetzung. Haare und Koteletten geben Stevens gutmütigem Gesicht, das immer wirkt, als wenn er hintersinnig lächle, einen wohltuenden Rahmen. Weinberg trägt keine Brille; mehr, muss man sagen, denn es existieren Bilder, auf denen er mit Brille abgelichtet ist. Keine Brille zu tragen tut dem Äußeren seiner Augen gut, denn seine wachen Augen verströmen eine Freundlichkeit, die schon nach kurzer Zeit dazu führt, dass jeder, der mit Steven Weinberg ins Gespräch kommt, Vertrauen zu ihm fasst. Mund, Nase, Augen und Ohren befinden sich in harmonischen Proportionen zueinander, sodass sein insgesamt länglich-oval wirkendes Gesicht eine freundliche Anmutung hat. Dann wird es aber schon schwieriger, noch etwas Hervorstechendes an Weinberg zu entdecken. Die äußerliche Mittelmäßigkeit setzt sich nämlich von nun an in rasender Geschwindigkeit sozusagen nach unten fort: mittelmäßiger Anzug mit mittelmäßiger Krawatte (mittelmäßig gebunden – niemals Windsor-Knoten, weil er den gar nicht beherrscht), nicht dünn, eher etwas untersetzt aber auch keinesfalls dick, Hosen an den Knien zerbeult, weder Schmuck an den Fingern noch besonders schöne Manschettenknöpfe, Schuhe leicht ausgetreten aber wenigstens geputzt, und so weiter und so fort. Halt, es gibt noch ein Merkmal an Steven Weinberg, das erwähnenswert ist: er ist größer als mittelgroß.

Aber wenden wir uns nach diesem Exkurs zu den Äußerlichkeiten von Steven Weinberg wieder dem Lauf der Geschichte zu: Es war Dienstag, der 14. Oktober 1975, kurz nach zehn Uhr Ortszeit. Jeder, der sich auch nur rudimentär beliest, wird ohne Schwierigkeiten feststellen können, dass Steven Weinberg zwar tatsächlich in Austin gewirkt hat, aber erst deutlich später, nämlich ab 1982. Auch den Nobelpreis für Physik hat er erst 1979 erhalten, also ebenfalls um Einiges später. Natürlich, räumen wir ein, das ist auch uns bekannt. Aber: Erstens brauchen wir Weinberg schon jetzt in Austin für den Fortgang der Story. Zweitens: Wenn Gödel in der Lage ist, im Raum und in der Zeit zu reisen, warum dann nicht auch Weinberg? Und drittens: Das ist eine Geschichte, in der noch mehr Merkwürdiges passieren wird, so wie in jeder Geschichte, egal, ob vom Leben geschrieben oder ausgedacht (wo eigentlich ist der Unterschied?) Eine Geschichte ist eine Geschichte ist eine Geschichte ist eine Geschichte…so jedenfalls steht es geschrieben. Ach ja, da passt es doch ins Bild, dass es noch eine Merkwürdigkeit gibt: Weinberg hat in seiner Tasche neben dem Brief sein Buch Die ersten drei Minuten *– eine der besten populärwissenschaftlichen Abhandlungen über den Ursprung unseres Universums, allerdings ist das Buch auch leider erst 1977 erschienen. Naja, wir können uns trösten, indem wir glaubhaft versichern, dass der stille Beobachter natürlich 1975 schon irgendwie gewusst haben wird, was er in den folgenden zwei Jahren zu Papier bringen wird, um es 1977 zu veröffentlichen.*

„Hallo, sie da, ja Sie, sind Sie verletzt?", Weinberg geht auf Gödel zu, der, den Füllfederhalter in der Hand, noch ziemlich benommen wirkt, was offensichtlich auf das Konto des soeben nur durch glückliche Fügung vermiedenen Zusammenstoßes mit dem Radfahrer geht. „Nein nein, schon gut, ich hätte besser

aufpassen sollen." – „Oder der Radfahrer, der hätte auch besser aufpassen kön- nen, naja, in jedem Fall haben sie da noch mal Glück gehabt. Weinberg, mein Name, Steven Weinberg, ich bin hier Professor an der Universität und Sie, darf ich fragen, was Sie machen, irgendwie sehen Sie auch wie ein Lehrer aus." *Gödel war sich nicht ganz sicher, wie er den letzten Satz verstehen sollte. War das nun ein Kompliment oder Spott? Gödel entschloss sich für Kompliment.* „Gödel, Kurt Gödel, und Lehrer ist irgendwie auch richtig, vielleicht wäre Wissenschaftler noch treffender und", *an der Stelle machte Gödel etwas, was schon ein wenig Hasard gleichkam,* „ich lehre auch hier an der Universität, Mathematik und Wahr- scheinlichkeitsrechnung, allerdings bin ich noch nicht lange hier in Austin, eigent- lich tatsächlich erst sehr kurz, wirklich sehr, sehr kurz." *Weinberg blickte ungerührt; solche spinnerten Sätze hörte man hier auf dem Campus immer und immer wieder. Das durfte man nicht zu ernst nehmen.* „Hier, den Füller hat der Radfahrer vorhin bei der Fast-Kollission verloren, wie könnte ich ihm den wie- dergeben. Kennen Sie den Mann etwa?" – „Na kennen ist zuviel gesagt, hab ihn schon gesehen und von ihm gehört, ein Gastprofessor aus Europa, Schweden glaube ich, hält Vorlesungen über Nordische Literatur, offensichtlich also nicht so das Gebiet, auf dem wir beide mehr oder weniger wirksam sind." *Dann fiel Weinberg ein, dass er Gödel ja noch gar nicht gesagt hatte, dass er der berühmte Steven Weinberg, der Nobelpreisträger für Physik, der Autor von* Die ersten drei Minuten *und so weiter und so fort sei... Gerade wollte er ansetzen, da sah er Gödel an, dass dieser längst Bescheid wusste.* „Also, Herr Weinberg, wenn Sie eine Möglichkeit sehen, wie ich dem Herrn den Stift zurückgeben kann, dann lassen Sie es mich wissen." *Gödel griff in die Innentasche seines Jackets und gab Weinberg eine Visitenkarte, auf der zwei Austiner Telefonnummern (eine private und eine von der Universität) sowie eine private Anschrift und eine Anschrift des Lehrstuhls für Mathematik verzeichnet waren. Darüber wunderte sich sogar Gödel.*

In dem Moment, in dem Gödel und Weinberg langsam aber sicher in eine lockere Plauderei verfielen (es stellte sich heraus, dass beide absolut Small-Talk- fähig waren), bemerkten sie auch, dass der Radfahrer, der soeben noch ihren Blicken entschwunden schien, wieder kehrt gemacht hatte und nun – deutlich gemächlicher als noch vor ein paar Minuten – bei den beiden mit verhalten quiet- schenden Bremsen anlangte. „Sorry, wollte Sie nicht umfahren", *sagte Lars Gus- tafsson in Richtung Kurt Gödels.* „Kein Problem, nichts passiert", *gab dieser zurück. Und dann fügte er noch an: „Im Übrigen, den Federhalter, den Sie eben verloren haben, habe ich vorsorglich aufgehoben – hier", er wollte ihm das gute Stück hinhalten, griff aber in seiner Tasche ins Leere… Gustafsson stutzte: „Wieso, ich habe keinen Federhalter verloren, ich glaube, ich besitze gar keinen…" – „Aber…", Gödel zieht die Hand aus seiner Tasche hervor, irgendwie erleichtert aber auch irgendwie mehr als verdutzt. Dann schaut er hilfesuchend in Richtung Steven Weinberg, doch auch der blickt eher betreten zu Boden und ist also keine echte Hilfe für Gödel. Ist es eine Fügung des Zufalls oder Gott Zufall selbst, dass in diesem Moment ein vierter Mann auf die drei zukommt, der auf frappierende Weise Gregor Kahlmann ähnelt? Nein, er ähnelt G. K. offensichtlich nicht nur; er scheint G. K. zu sein. Wiederum nein, er scheint es nicht nur zu sein; er ist G. K. „Ich hoffe, ich störe nicht", Gregor Kahlmann stellt sich wie selbstverständlich zu den drei Männern, die im ersten Augenblick (allerdings wirklich nur in diesem ersten Augenblick) mehr als erstaunt sind. „Ähhh…", Weinberg. „Wieso…", Gustafsson. „Ich bin schon erstaunt, dass…", Gödel. „Ach, hören Sie doch auf", Kahlmann blickt den Dreien fest in die Augen, „irgendwie scheint sich Ihr Gespräch doch um einen Füllfederhalter zu drehen und ich wollte nur anbieten, dass ich den gern an mich nehme, nur für den Fall, dass sich wirklich kein Besitzer findet." – „Woher wissen Sie von dem Füller?", es war Weinberg, der sein Erstaunen mit dieser Frage zum Ausdruck brachte. Aber Kahlmann ließ sich nicht überraschen: „Also meine Herren, ich heiße Gregor Kahlmann, reise in der Zeit", Gödel zuckte leicht zusammen, „und freue mich, Sie getroffen zu haben. Die Sache mit dem Füllfederhalter, na die weiß ich halt. Und was ich noch weiß ist, dass wir noch auf Becker und Reiche warten müssen." Jetzt blickten Gustafsson, Gödel und Weinberg erstaunt, denn von Männern dieser Namen hatten sie bisher nicht gehört. Aber Kahlmann ließ sich nicht beirren: „Also die beiden werden sicher über kurz oder lang", kicherte irgendwie, „noch zu uns stoßen." Da lachten die vier Männer, denn sie hatten das Gefühl, dass ihr Zusammentreffen in Austin doch nicht ganz zufällig gewesen sein konnte. Dann gaben sie sich zur Verabschiedung die Hand und gingen ihrer Wege, was nicht ganz stimmt, denn Gustafsson stieg natürlich wieder auf die Schönheit, um davon zu radeln. Alle vier wussten, dass sie sich schon bald wieder sehen würden, wo und wann spielte in dem Moment absolut noch keine Rolle.*

Vom Gartentor her waren Schritte zu hören, Martina erschrak. Sollte Martin seinen Studienaufenthalt (wohin wollte er eigentlich fahren, hatte es doch gesagt, etwa in einen Tierpark oder eine Universität? – nein hier nicht weiter aufzählen, das langweilt den Leser später ganz bestimmt, wer spricht eigentlich hier?) eher beendet haben oder ist er gar nicht erst losgefahren? Ist er gemeinsam mit Spanien den Bach runtergegangen? Martina lachte in sich hinein, wofür sie auch allen Grund hatte, denn es war nicht Martin, der auf dem Plattenweg zur Wiese auf sie zukam, sondern ihre Freundin Andrea Chatwin. Andrea ging in wiegenden Hüften, nicht zu ausladend, eher einladend und mit dem richtigen Schrittmaß, was auf das gleiche herauskam (gutes Wortspiel, nicht verbrennen, wird noch an anderer Stelle gebraucht werden und nicht vergessen, diese Anmerkungen wieder zu streichen, beim Überarbeiten, wann denn sonst!?) aber dafür hatte Martina keinen Blick. Es war nicht so, dass sie Andrea nicht hätte laufen sehen, es war so, dass sie nicht sah, wie Andrea lief. Weil sie beide Frauen waren, fehlten ihnen bestimmte Blickwinkel (Vorsicht, du solltest nicht sexistisch werden!), so wie Männern Blickwinkel fehlen, über die eigene Gattung (die Kurve noch mal gekriegt…). Einige Schritte von Martina entfernt ließ sich Andrea mit einem kaum als Frage definierbaren „Störe ich?" vernehmen. „Hallo, ach i wo", kam von Martina, die sichtlich versuchte, den Wälzer, in dem sie eben noch gelesen hatte, irgendwie unsichtbar zu machen, was ihr aber natürlich nicht gelingen konnte – sowohl wegen der Dicke des Buches als auch wegen der insgesamt allgemein bekannten Schwierigkeiten, die mit der Entmaterialisierung von Dingen im Zusammenhang stehen. Endlich gab Martina auf; wenigstens war es ihr gelungen, das Buch so auf die Decke fallen zu lassen, dass es mit dem Titel nach unten zu liegen kam, Kahlmann sozusagen kaum noch Luft bekommen konnte. Andrea: „Ich war grad in der Ecke unterwegs und Du hattest mir doch am Sonntag am Telefon gesagt, dass Du heute frei hättest…" – „Gute Idee, wollen wir was trinken?" – „Ja, schlag ich nicht ab, was hast Du zu bieten?" – „Die ganze Palette, mit oder ohne Alkohol?" – Ich muss zwar noch fahren aber trotzdem: MIT!" – „Ich bin gleich zurück." Als Martina im Haus verschwunden war, sah sich Andrea nach einem Gartenstuhl um, den sie auch schnell auf der Terrasse fand, holte einen zweiten für ihre Freundin, stellte beide Stühle schräg gegeneinander ganz in der Nähe der Decke auf – jetzt würde man gut plaudern können. Andrea nahm Platz. Ihr Blick glitt über den gepflegten kleinen Garten (Gärtnerstunde siebenundzwanzig Euro brutto – wäre ohne die nicht unerkleckliche Erbschaft Martins, die natürlich von Martina verwaltet wurde, ausschließlich mit dem Gehalt von Martina kaum zu bezahlen und Martin, das hörte man ja allenthalben, trug nicht sehr erquicklich zur Mehrung des Familieneinkommens bei), dann weiter zur Terrasse (auch aufgeräumt, naja, die Platten hatten einigen Frost abbekommen, die könnten wieder mal gerichtet werden, aber sonst, schon ok) um dann auf der Decke bei dem dicken mit dem Gesicht nach unten liegenden Buch anzukommen. Irgendwie kam Andrea das Buch bekannt vor, nur lag es so, dass man den Titel nicht lesen konnte und den Buchrücken verdeckte eine Falte der Decke, die sich gebildet hatte, als Martina aufgestanden war, um etwas zu Trinken zu holen. Dann hörte man vom Haus her eine Tür ins Schloss schlagen und kurze Zeit später tauchte Martina, in der einen Hand ein Tablett, das sie fein ausbalancierte, wieder bei den beiden Stühlen und der Decke auf. „Hmmm, sieht ja lecker aus, was ist denn das?" – „Cola-Wodka." Martina hatte jedes der beiden Gläser geschmackvoll mit einer halben Scheibe Zitrone garniert und außerdem geringelte Trinkhalme im Küchentisch gefunden, die den Drinks ein irgendwie lustiges Aussehen verliehen. Andrea griff nach einem der Gläser, Martina nach dem anderen, dann setzte sich Martina neben Andrea und beide prosteten sich zu. Schön kühl. Schön prickelnd. Schnell etwas benebelnd. „Was liest Du denn da eigentlich?" Natürlich musste diese Frage kommen, natürlich ließ sie sich nicht vermeiden. Contenance behalten! „Ist von Becker, kennst Du doch, oder?" Es blieb offen, ob gemeint war, dass Andrea Becker kenne oder das Buch oder beide. Andrea blieb die Antwort schuldig, dafür zog sie hörbar an der Cola (und am Wodka): Rschschschsch! Martina, die fast schon frohlockte, dass das Gespräch durch Andreas Schweigen schnell wieder eine andere Richtung würde einnehmen können, traf der nächste Satz Andreas, der wie ein Projektil aus ihrem Mund schoss, mitten zwischen die Augen: „Jeijeijeijeijei, das darf aber Martin nicht wissen, dass Du das liest, da bekommt der doch einen Tobsuchtsanfall!" Treffend beobachtet, dachte Martina und hätte in Ermanglung eines Jagdgewehres Andrea am liebsten geköpft, mit dem nachgebildeten Samurai-Schwert, welches im Wohnzimmer die schöne Wand gegenüber vom Kamin verschandelte. Aber wenn sie jetzt aufstehen würde, um das Schwert zu holen… Martina versuchte, so ruhig wie möglich zu bleiben: „Weiß der auch nicht, und so soll es auch bleiben. Noch mal zum Mitmeißeln: Das soll auch so bleiben, ok!?" Den Satz hatte Martina in einer irgendwie bedrohlichen Tonlage vollendet. Und es war auch besser, dass Andrea ihr dabei nicht in die Augen geschaut hatte. Fast noch bedrohlicher dieser Blick, der jetzt in die Weite des Gartens mäanderte. „Warum biste so gereizt? Ich kann doch auch nicht dafür, dass Martin nicht so erfolgreich ist wie Christoph." Martina staunte, dass Andrea von Christoph sprach, anstatt von Becker oder wenigstens von Christoph Becker. „Und, gefällt Dir das Buch?" – „Bin noch nicht weit genug." Martinas Antwort war einsilbig, denn irgendwie war die Stimmung im Eimer. Da half auch die Cola nicht weiter, nicht mal der Wodka. Nach weiteren sieben oder acht Minuten Austausch von Worthülsen niedriger Silbenzahl, spürten beide Frauen, dass das heute kein Tag mehr werden würde, aus dem ein richtig gutes Gespräch zwischen Freundinnen erwuchs. Der Form halber bot Martina noch einen Drink an; der Form halber lehnte Andrea ab und sie müsse sowieso weiter und viel Spaß noch bei Christophs (wieder!) Buch und sie werde nichts verraten. Versprochen! Und Tschüs! Küsschen links, Küsschen rechts. Andrea ab. Gang immer noch wiegend. Martina immer noch keinen Blick dafür. Startender Wagen vor dem Haus.

Martina hatte jetzt keine Lust mehr, weiter in „Christophs" Buch zu lesen. Sie stellte die Stühle zurück auf die Terrasse, nahm das Buch, legte die Decke zusammen und ging ins Haus. Vorsichtshalber hatte sie sich auf einen Zettel, der in der Küche im Kasten lag notiert, bei welcher Seitenzahl Martin das Buch aufgeschlagen auf seinen Schreibtisch gelegt hatte – 407. Dann ging sie zum Fenster, wenige

Wolken an einem strahlend blauen Himmel. Spanien hatte sich vollends aufgelöst.

Von den Reizen der Uckermark

Das Geräusch, das der Rolli in meinem Schlepptau verursachte, bereitete mir schon immer Unbehagen. Ich fühle mich beobachtet, denn das mit einem plärrenden Ton unterlegte Abrollen der kleinen Plastikräder auf dem brüchigen Asphalt der Bürgersteige auf dem Weg zum Bahnhof dröhnt jetzt in aller Herrgottsfrühe, da die Straßen noch leer und fast alle Fenster offen sind, besonders penetrant. Mir fällt ein, wie häufig ich selbst den einen oder anderen verwunschen habe, der zu später Abend- oder früher Morgenstunde vor unserem Haus mit dem Rolli Spektakel gemacht hat. Warum sollten die anderen anders denken als ich?

Dieses Mal kam noch erschwerend hinzu, dass der Rolli schon beim Packen versucht hatte, Sperenzien zu machen. Ja, man wird lachen, wenn man später meine Aufzeichnungen liest und trotzdem bleibe ich dabei, dass der kleine Koffer mit den Plastikrädern sich beim Packen irgendwie störrisch angestellt hat. Ganz zu Anfang waren Dinge, die ich schon eingepackt zu haben schien, auf einmal nicht mehr im Innern des Koffers, sondern lagen urplötzlich wieder auf dem Bett neben all dem Krimskrams, den ich noch einzupacken gedachte. Genau andersherum kam es aber auch vor, dass ich Gegenstände, die ich partout nicht mitnehmen wollte, wie von selbst in den Koffer zauberten; zum Beispiel das reichlich zerlesene Exemplar von Lars Gustafssons *Die Tennisspieler*. Was, so fragte ich mich ernsthaft, sollte ich damit in der Uckermark anfangen, denn dort sollte ICH schreiben, schreiben und nicht lesen.

Um 5.19 Uhr stehe ich auf dem Bahnsteig, mit mir sieben oder acht wankende Gestalten, zwei weitere mit Rollis, drei mit Aktentaschen, eine einzige Frau ist dabei, eine graue Frau, nicht weniger grau als die Aktentaschenträger und die Rollifahrer. Dann wird der Zug bereitgestellt, rollt langsam rückwärtsfahrend in das Stumpfgleis, ein in ölverschmierter Montur irgendwo werkelnder Eisenbahner (ich habe Reichsbahner gedacht, das gibt es nicht, ich denke immer noch Reichsbahner, das muss ich nachher im Zug sofort notieren) sagt ein paar Worte in ein kleines Funkgerät, welches er an der linken Schulter festgeschnallt hat, rauschrauschrausch kommt zurück, aha, die Eisenbahner haben eine fremde Sprache eingeführt, in der sie sich unterhalten, damit die Betriebsgeheimnisse nicht so schnell den Weg an die Öffentlichkeit finden – grins. In dem Moment, als ich das Wort Reichsbahner denke, kommt mir ein Bild aus meiner Kindheit wieder den Sinn. Ich erinnere mich, dass bei den häufigen Zugfahrten, die ich mit meinen Eltern und Großeltern durchgeführt habe, die Wartezeit auf den Bahnhöfen immer eine interessante Zeit der Erkundung für mich kleinen Knirps gewesen war. Und ich erinnere mich, dass es früher regelmäßig Reichsbahner gab, die, in einer Hand einen Hammer mit langem Stil, den ganzen bereitgestellten Zug entlang gingen und mit dem Hammer gegen die metallenen Radreifen schlugen, um zu hören, ob die Radreifen gerissen wären, was zu schweren Unfällen hätte führen können. Dieser Tätigkeit, so denke ich, dem Eisenbahner der das kleine Funkgerät malträtiert hat nachblickend, gibt es jetzt offensichtlich schon nicht mehr.

Die Zahl der grauen Gestalten auf dem Bahnsteig ist noch einmal um drei oder vier gestiegen; dann steigen wir ein. Ich suche mir einen Platz in Fahrtrichtung am Fenster, Nichtraucher natürlich. Der Sitz ist ausgesessen, Papier quillt aus dem kleinen Behältnis südlich des beschlagenen Fensters. Den Rolli habe ich in die für das Gepäck vorgesehene und für mein Verständnis viel zu flach konstruierte Ablage gehievt (wieder Erinnerung, Erinnerung an Reichsbahn-Gepäcknetze, stabil, unverwüstlich, auch ausgebeult, genügend Stauraum, wirkliche Netze); dann setzt sich der Zug langsam in Bewegung. Eine Stunde Fahrt bis Leipzig, umsteigen, eine reichliche Stunde bis Berlin, umsteigen in den Bummelzug in die Uckermark. Bernau, Eberswalde, Britz (wie schön), Angermünde, Prenzlau, Pasewalk – aussteigen. Die letzten Kilometer fahre ich mit einem Taxi. Der Taxifahrer ist beruhigend schweigsam. Vierzehn Euro und siebzig Cent. Ich gebe fünfzehn Euro. Um dreiviertel zehn stehe ich vor dem kleinen Landhotel, in das mich und weitere Künstler, die ich bisher noch nicht kenne, der Energiekonzern Greenwatt eingeladen hat. „Guten Tag, Herr Reiche", begrüßt mich eine freundliche Dame mittleren Alters, die an der Rezeption ihren Dienst versieht. „Wenn Sie bitte hier unterschreiben würden, danke, wir haben Zimmer 117 für Sie, Nichtraucher ist doch richtig oder?" Jetzt sehe ich schon aus wie ein Nichtraucher, ist das einzige was mir einfällt. Ich nicke. Dann schnappe ich mir den Rolli, bugsiere ihn nach Zimmer 117; noch eine reichliche Stunde Zeit, denn um elf ist die Begrüßung angesetzt. Ein schönes weiches Bett, denke ich, nur eine Viertelstunde, nur ganz kurz…

Als ich aufwache, ist es genau 11 Uhr und vier Minuten. Hose, Hemd, Krawatte – ach quatsch, natürlich keine Krawatte – 11 Uhr und sechs - Hemd, verknöpft, logisch, 11 Uhr und sieben – Hose schließen, Jacke, Haare – ja nicht kämmen, total uncool, 11 Uhr neun – gottseidank muss ich keinen Fahrstuhl bis ins Parterre nehmen, wo bitte ist denn Salon Usedom? - ah, ja, gleich links hinter den Toiletten, klopfen, nicht auf Antwort warten, eintreten… „Ahhh, das muss der Herr Reiche sein, hallo Herr Reiche, wir haben schon mal angefangen, schön dass sie da sind… also mein Name ist Rosner, Gerd Rosner, ich bin vom hiesigen Energiedienstleister, Greenwatt, Sie wissen ja, und wir stellen uns gerade gegenseitig vor, also noch nichts verpasst, Herr Reiche, nehmen Sie doch einfach hier Platz." Rosner weist mir einen Platz ganz in der ersten Reihe zu. Dann die Vorstellung, neben mir sitzt ein Schriftsteller aus Neubrandenburg, Gerhard Wiese, graue Hosen, gelbes Hemd, zukünftig werde ich ihn Grauhosenmann nennen, Ralph Meusel aus Rostock; ich nenne ihn Dumpfbacke, und so weiter und so fort… Dann kommen die bildenden Künstler an die Reihe, zwei Grafiker, Peter Schlagmichtot und Karlheinz Ichweißnichtmehr, eine Malerin Gudrun Leckmichfett, und, und eine Fotografin, Maria (Maria! diese Frau heißt tatsächlich Maria) Maria Salinaris. Dumpfbacke und Freunde sind ganz plötzlich Luft geworden, denn Maria Salinaris gelingt es, in Sekundenbruchteilen meine gesamte Aufmerksamkeit wie in einem Brennglas auf sich zu ziehen. Maria Salinaris: „Ja, ich freue mich sehr, an diesem Arbeitssymposium teilnehmen zu dürfen. Es gibt ja momentan kaum etwas Spannenderes als die Entwicklungen in der Energiewirtschaft, da ist es für mich als Fotografin sozusagen chronologisch-abbildende Verpflichtung, diesen Prozess in Bildern für die Nachwelt aufzubereiten." Chronologisch-abbildende Verpflichtung, holla, das sind ja mal Sätze, denke ich. Maria Salinaris weiter: „Ganz besonders freue ich mich auch auf den Austausch mit den Kolleginnen und Kollegen aus den anderen Bereichen der Kunst; ich erwarte eine ganz spannende Woche, hier an der Wiege der Energiewende, wenn ich mal so sagen darf." Hallo Maria, jetzt übertreiben Sie aber, Rosner wird Ihnen kein Stück Torte zusätzlich ausgeben, da können Sie noch so schleimen... Maria Salinaris ist mittelgroß, einsfünfundsechszig schätze ich und sie trägt Jeans und einen ihre Figur (schöne Brüste, überkommt es mich) betonenden Rollkragenpullover, sandfarben, nicht gerade billig aussehend, nicht ausgeleiert, weder an den Bündchen noch am Hals. Ihr Haar ist kurz geschnitten, fast eine Jungenfrisur, und dann fällt mir auf, dass sie betörend rote Haare hat, erst beim zweiten Blick bekommt man mit, dass diese Haare so wunderbar rot sind, erst wenn die Sonne schräg von hinten die kurzen Strähnen beleuchtet. Im Moment tut die Sonne das, danke, liebe Sonne. Im Gesicht von Maria Salinaris fällt als erstes der volle Mund auf, mit Lippen, die eine Wiederholung andeuten, einem gut auf die Haarfarbe abgestimmten Lippenstift und rege beobachtenden Augen, nicht mit einem stechenden Blick, nein, eher neugierig. Vor sich auf dem Tisch hat Maria Salinaris ihre Spiegelreflexkamera liegen, in ihrem matten Schwarz im wohltuenden Kontrast zu ihren schlanken Fingern mit den gepflegten Nägeln, die (gottseidank) in keiner Scheißfarbe nuttig lackiert sind. Ich erschrecke über mich; Martin, Deine Gedanken, Deine Gedanken, die gehen offensichtlich mit Dir durch. „Vielen Dank, Frau Salinaris", Rosner, „bleibt uns noch die Vorstellung von Herrn Reiche. Herr Reiche, Sie haben das Wort." – „Tja, Reiche, wie Herr Rosberg, ähh Rosner ja schon gesagt hat, Martin Reiche also... Alter spielt sicher keine Rolle", unsicheres Lächeln, „ich freue mich auch, hier an dem Arbeitssymposium teilnehmen zu dürfen und ich hoffe, mit meinen Texten einen wichtigen Beitrag für das Verständnis der Arbeit der Energiewirtschaft leisten zu können." Absolut achter Parteitag, denke ich dann, aber Rosner scheint froh zu sein, dass die Vorstellungsrunde jetzt vorbei ist, denn jetzt erhalten wir erst einmal einen Schnellkurs zu allen Themen rund um Energie. Powerpoint an … vermutlich Folie 13 … sicher Folie 24 … Folie 31 oder ganz in der Nähe … Vielen Dank für Ihre Aufmerksamkeit. Meine Kontaktdaten… Man kann, wenn die Powerpoint-Präsentation noch nicht im Modus der Bildschirmpräsentation läuft, an der Länge des Scrollbalkens abschätzen, wie viele Folien gezeigt werden. Ich hatte die Länge des Scrollbalkens nicht verinnerlicht; vielleicht auch, weil meine Blicke nur noch Maria Salinaris galten.

Am Nachmittag werden wir in Gruppen eingeteilt. Maria Salinaris ist nicht in meiner Gruppe. Meine Gruppe begibt sich auf eine Exkursion zu einem Umspannwerk, man erzählt uns, es sei das wichtigste Umspannwerk zwischen Berlin und der Ostsee. Am Abend bin ich hundemüde. Gleich nach dem Abendessen gehe ich auf mein Zimmer (die Gruppe, zu der Maria Salinaris gehörte, besuchte ein Erdgaskraftwerk – aber offensichtlich gab es dort mehr zu sehen, denn zum Abendbrot war die Gruppe noch gar nicht zurück); ich wollte noch ein paar Zeilen schreiben… Fast wäre ich eingeschlafen, dann aber zwinge ich mich, noch ein paar Worte aufs Papier zu bringen. Ich schreibe:

Um zwei soll es losgehen, um zwei am Hotel. Pünktlich drei Minuten vor zwei biegt knirschend ein Kleinbus auf die weiße Kieszufahrt des Landhotels und wir vier, neben mir ein weiterer Schriftsteller aus Rostock und zwei Grafiker aus Lübeck und Hamburg, steigen ein. Zuerst folgen wir der Bundesstraße ein paar Kilometer in Richtung Norden. Wir verlassen die Bundesstraße an einer Ampelkreuzung nach links. ZUW ist auf der gelben Tafel zu lesen: Zentrales Umspannwerk. Dies ist die einzige Zufahrtsstraße zum Umspannwerk, lasse ich mir erklären. Nur einen Bahnanschluss gibt es noch, wird extra für den Transport von Transformatoren vorgehalten, zweigt aber an einer anderen Stelle von der Nebenstrecke der Eisenbahn ab, erklärt man weiter. Man ist Gerd, Mitte fünfzig, vom Äußeren her eher Durchschnitt aber wache Augen, fast jungenhaft. Neben den wachen Augen bemerke ich sofort auch, dass Gerd eine schicke Dienstkleidung von Greenwatt trägt, grau, schiefergrau genauer, mit orangenen Streifen abgesetzt, das Logo auf der linken Brusttasche, aufwändig aufgestickt.

Schon auf den ersten Blick fällt auf, dass die Zufahrt zum ZUW gut ausgebaut ist, glatter Asphaltbelag, Ausweichstellen für die Begegnung größerer Fahrzeuge, eine intakte Regenwasserableitung, Begrenzungspfähle – man spürt, dass man in eine Welt kommt, in der Ordnung großgeschrieben wird. Nach fünf Minuten Fahrt – immerhin sind es doch runde vier Kilometer bis zur Anlage – wird die Straße unvermittelt weiter, die Hecken links und rechts lichten sich: der Blick fällt als erstes auf ein scheinbar überdimensionales Tor. Wir halten kurz, Ged steigt aus, macht sich an der Wechselsprechanlage am Tor zu schaffen, steigt wieder zu und wie von Geisterhand schwebt das Tor langsam nach links, dann springt eine kleine Ampel von rot auf grün um; wir rollen in das Allerheiligste ein. Gerd bittet uns als erstes in einen kleinen Aufenthaltsraum gleich rechts von der Pförtnerloge, auf dem Tisch eine in mattem Silber vornehm glänzende Thermoskanne mit Kaffee und außerdem ausreichend Kaltgetränke. „So, nehmt erst mal Platz Kollegen, darf ich doch sagen, oder?", Gerd lächelt verschmitzt. Dann kommt die obligatorische Arbeitsschutzbelehrung, die wir auch unterschreiben müssen. „Energiewirtschaftliche Anlage, Kollegen, ist nicht ganz ungefährlich, aber wenn man auf den ausgeschilderten Wegen bleibt und keine Schalthandlungen vornimmt, kann eigentlich nichts passieren", bei dem Wort Schalthandlungen blickt Gerd ziemlich ernst drein. Dann vermittelt er uns ein Bild von der Anlage: neu gebaut von 1998 bis 2001, sorgt für die Transformation und Verteilung des Stromes von der Insel Usedom bis nach Schwerin und Rostock und speist auch in Netze nach Berlin ein, bezieht den Strom aus insgesamt vier Kraftwerken und mehreren Windkraft- und Solaranlagen…

Dann zieht es mir die Augen zu. Aber ich muss weiter schreiben, ich darf jetzt keine Pause machen.

Dann begeben wir uns, ab sofort schick behelmt – schiefergrau, orange abgesetzt – in die Weiten der Anlage. Rund um uns Leitungen, Isolatoren, riesige Schalter… Gerd weist nach links: „So, mal aufpassen, hier wird gerade ein Schalthandlung vorbereitet." Ein metallener Bügel bewegt sich in Richtung einer Metallfläche, kurz bevor sich Bügel und Auflagefläche berühren, schlägt ein Funke über; hörbar aber auch irgendwie spürbar. Dann führt uns unser Weg in das Herz der Anlage, Gerd spricht stolz von der Warte. Wir werden gebeten, uns ruhig zu verhalten und nichts anzufassen. Auf dem Weg in die Warte müssen wir durch mehrere Sicherheitsschleusen. Dann stehen wir in einem fensterlosen Raum, ungefähr vierzig Quadratmeter Fläche, ein pultartiger breiter Schreibtisch mit fünf Plätzen, drei davon besetzt mit Kollegen, die uns den Rücken zukehren, steht vor einer Wand, an der Lichter blinken, rote und grüne, gelbe sind auch dabei, auch ein paar weiße und blaue, die Verbindungen dazwischen ebenfalls matt gelb leuchtend, einige blinkend. Ein paar leuchtende Ausrufungszeichen, ein paar glimmende Zahlen und Buchstaben, Gerd erklärt mit flüsternder Stimme… Dann fällt mir auf, dass zwischen den beiden links sitzenden Kollegen zwei Bücher liegen, es sieht aus, als wären es Tellmanns Turmuhr *und Beckers* Kahlmann, *es sind Tellmanns* Turmuhr, Beckers Kahlmann *und dann drehen sich Sven und Knut um und lächeln mich an….*

Halt, halt – schlafen, ich muss jetzt schlafen, ich kann alles morgen noch einmal überarbeiten, ich will jetzt endlich schlafen. Endlich. Schlafen. Schlafen.

Am nächsten Morgen wache ich mit Kopfschmerzen auf. Frühstück – ah, da sind ja die Kollegen Schlagmichtot und Leckmichfett und Ichweißnichtmehr undundund… ah und da ist ja auch Maria Salinaris, aber leider schon fertig mit dem Frühstück, sieht auch nicht so aus, als ob die Kopfschmerzen hätte. Also, bis dann also. Bis zum Mittag werden die bereits bekannten Programmpunkte mit einem anderen Kulissenhintergrund noch einmal durchgespielt: Fahrt mit dem Bus (Gerd Rosner ist auch an Bord, Maria Salinaris wieder in einer anderen Gruppe) – Tor – Sicherheit – diesmal Anschlussgleis – Trafo wird mit einem Kran von einem offenen Güterwagen gehoben – Achtung und Vorsicht, nicht zu nahe! (Gerd Rosner) – das Ding wiegt zig Tonnen – Kran knarrt unter der Last – Güterwagen knarrt nicht mehr – drehende Bewegung des Armes in Richtung Kranführer – langsames Absetzen – Trafo steht… Nach dem Mittag, das ich ausfallen lasse, haben wir noch einmal Zeit, uns über unsere Texte zu machen. Ich getraue mir kaum, meinen Text hervorzuholen, tue es aber dann doch. Verwundertes Reiben der Augen: Mein Text endet mit den Worten *Ein paar leuchtende Ausrufungszeichen, ein paar glimmende Zahlen und Buchstaben, Gerd erklärt mit flüsternder*

Stimme… Prima, so einfach haben sich Knut und Sven, und vor allem Becker und Tellmann wieder verflüchtigt, sehr prima. Irgendein beschissenes Ende für den Text wird mir schon noch einfallen, jetzt halte ich erst einmal ausgiebig Mittagsruhe.

Um Punkt sechs Uhr am Abend treffen wir uns alle in einem extra von der Gaststätte abgetrennten Raum. Warum wir uns absondern ist mir unklar, drückt sich doch sonst so gut wie niemand in der Hotelgaststätte herum. Greenwatt hat uns zu einem opulenten Abendessen eingeladen und neben Gerd Rosner treten noch eine Reihe weiterer Greenwatt-Funktionäre, an deren Namen ich mich nicht mehr erinnern kann, auf. Vielen Dank, dass sich die Damen und Herren Künstler wichtigen Themen der Energieversorgung annehmen. Man sei gespannt auf die Texte und Bilder, man erwarte neue Sichtweisen blablabla… rechts neben mir sitzt an diesem Abend Maria Salinaris. Zaghaft versuche ich, sie in ein Gespräch zu verwickeln. Dabei steigt mir immer wieder der Duft ihres Parfüms in die Nase. Auch Maria scheint genug zu haben von dem blablabla… „Und, haben sie ein paar interessante Fotomotive gefunden?" Tja, denke ich, was sollte sie sonst finden, außer Fotomotiven, wo sie doch Fotografin ist? Ohhh Reiche, du bist und bleibst ein begnadeter Nicht-Small-Talker! „Naja, so prickelnd war die Auswahl nun direkt nicht", kommt von Maria, „aber mit ein bisschen Nachbereitung wird das eine oder andere Bild bestimmt nutzbar sein." – „Ich weiß auch nicht so richtig, was ich schreiben soll, kommt zu viel Produktion vor, leidet die Poesie, kommt zu viel Poesie vor, leidet die Produktion." Prima Satz, könnte ich mir patentieren lassen, müsste Maria eigentlich stolz sein auf solch einen gebildeten Tischnachbarn. „Naja, ist schon so eine komplizierte Sache mit den Auftragswerken", kommt von Maria. Sie wendet sich mir zu und plötzlich streift mein Gesicht ein Hauch ihres Atems. Kein bisschen unangenehm, denke ich. Kein bisschen, dann muss ich kurz an Martina denken. Aber ziemlich kurz nur. „Was wollen wir trinken?", Maria schwenkt die Karte. Zwei Stunden später haben wir zu zweit mindestens drei Flaschen Riesling getrunken – ich vorher noch zwei Glas Bier. Weitere zwanzig Minuten später lege ich den rechten Arm um Marias

Schultern. Seltsam, denke ich, denn ich hatte erwartet, dass sie mit einer Meidbewegung (quatsch, Meidbewegungen gibt es beim Boxen, Reiche, du willst dich doch mit der Frau nicht boxen, oder jedenfalls nicht so boxen) meiner Umarmung ausweicht. Keine Meidbewegung. Drei weitere Minuten müssen vergehen, dann quatsche ich Maria Salinaris irgendetwas Dümmliches ins Ohr. Aber auch das lässt sie geschehen, denn offensichtlich hat der Alkohol auch bei ihr seine Wirkung nicht verfehlt. Rosner und die anderen haben sich inzwischen längst zu kleinen Grüppchen verklumpt, mit wechselnden Anteilen. Ich schaue schräg in die Runde der einzelnen Gruppen und höre sie diskutieren: Realität, Verfremdung, objektives Abbild, verschiedene Techniken, neue Sichtweisen, Blickwinkel..., Parteitag, denke ich, warum sagt ihr nichts zum Thema Parteitag, ihr Nasen. Irgendwie fällt es mir schwer, meinen Blick so zu fokussieren, dass ich die einzelnen Mitglieder der Gruppen scharf erkennen kann. Dafür fällt mir ein scharfer Witz ein, den ich Maria unbedingt erzählen muss. Aber ich bringe den blöden Witz nicht richtig zusammen, keine Pointe, Scheiße, Maria lacht trotzdem, legt mir ihre linke Hand auf den Oberschenkel, noch zwei Schoppen Wein, den Riesling, ja, der schmeckt uns, bitte sehr, die Herrschaften, Rosner, die anderen, Marias Hand, leicht im Kopf, auch leicht drehend, blicke mich um, inzwischen halb zwölf, Maria, Rosner auch noch da, knutsche Maria, treffe ihren Mund nicht sofort richtig, feuchter Kuss, Hand, streife ihre linke Brust, kein Protest, nehme sie mit meiner rechten bei der linken Hand, Hotelschlüssel, ah, ja, lass uns gehen, Maria, Zimmer 117, hier lang... Plötzlich tritt jemand hinter einer Säule hervor und stößt mich barsch vor die Brust. Ich lasse Marias Hand los. „Guten Tag, mein Name ist Gregor Kahlmann, Herr Reiche. Sie sollten allein zu Bett gehen." – „Was, was geht Sie das an, mit wem ich zu Bett gehe?" – „Reiche, treiben Sie es nicht auf die Spitze, ich bin Ihnen auf der Spur, sammle Beweise, gegen Sie natürlich aber wo ist eigentlich Ihre Gespielin hin?" Kahlmann und ich schauen in die Runde; gerade sehe ich noch Rosner schwankend die Treppe zu seinem Zimmer nehmen, dann, plötzlich, ist auch Kahlmann wieder weg und Maria, Maria hat sich offensichtlich gänzlich aufgelöst. Zuerst stehe ich noch ein paar Sekunden grübelnd und schließlich auch zweifelnd in der Nähe der Treppe aber dann besinne ich mich und schwanke in Richtung Zimmer 117, schließe unter Aufbietung der letzten Kräfte auf und falle ins Bett.

In den ersten zwei oder zweieinhalb Stunden ist mein Schlaf noch vermeintlich fest gewesen, was allerdings wahrscheinlich lediglich der benebelnden Wirkung des übermäßigen Alkoholgenusses zuzuschreiben ist, dann aber – ein eingetrübter Blick auf die Armbanduhr sagt mir, dass es erst (oder schon?) halb fünf am Morgen ist - wird mein Schlaf zunehmend unruhiger. Auf Phasen des übergebührlichen Wälzens von Ost nach West folgen Phasen, in denen ich (für Sekunden? – oder Minuten? oder Tage?) in einen flachen Schlummer versinke. In einer dieser Phasen steigt ein violett eingefärbtes Traumbild in mir hoch: Kahlmann besteigt seine Sanduhr, rutscht ab, stürzt aus siebzig Metern in die Tiefe und bricht sich am Fuße des Monstrums das Genick. Beim Sturz stößt er so gegen die Leiter, dass diese in Höhe der Nahtstelle der beiden Zylinderhälften in einer Art gegen das Behältnis stößt, dass augenblicklich ein feiner Strahl Sand aus dem Monstrum zu rinnen beginnt und den am Boden liegenden Kahlmann unter sich zu begraben beginnt. Eigentümlicherweise ist auch der Sand violett eingefärbt. Dann wieder von Ost nach West wälzen – und wenige Minuten später zurück. In einer der nächsten flachen Schlafphasen das nächste Bild: Der violette Sand hat Kahlmann inzwischen völlig unter sich begraben, als Becker von irgendwoher angerannt kommt, in dem Sandhaufen wühlt – offensichtlich, um Gregor Kahlmann zu befreien (weiß er denn nicht, dass dieser sich schon das Genick gebrochen hat und gar nicht mehr in dem Sand ersticken kann?) – nach ergebnislosem Wühlen nach Kahlmann aber etwas anderes ans Tageslicht zieht. Ein schwarzes Diktiergerät. Dann stehe ich auf – auch wenn es erst zehn vor sechs ist und ich keine drei Stunden richtig geschlafen habe. Der Rest ist schnell erzählt. Die nächsten Tage gleichen einer dem anderen – seltsamerweise sind Maria Salinaris und ich jetzt bei allen weiteren Exkursionen in derselben Gruppe; aber wir sprechen nicht miteinander.

Am Ende der Woche sprechen wir alle noch einmal über unsere Arbeiten. Ich schwafle irgendetwas von „noch hineininterpretieren" und „lässt gedankliche Spielräume" und „regt den Leser zum Weiterdenken an" und „bildet nur ein gedankliches Sprungbrett" und, und, und, bis mich Gerd Rosner bittet – ziemlich eindeutig bittet – ihm doch endlich das Manuskript zu geben. Ich reiche ihm den einen Zettel, auf dem der kurze Text mit den Worten *Ein paar leuchtende Ausrufungszeichen, ein paar glimmende Zahlen und Buchstaben, Gerd erklärt mit flüsternder Stimme…*endet. Ach ja, einen Titel hatte ich mir noch ausgedacht: Von den Reizen der Uckermark.

Ein Geheimnis wird gelüftet, ein anderes nicht

Ganz am Anfang ihrer Beziehung, noch lange bevor sie heirateten, gab es Tage, da war Martina stolz darauf, zwei Schriftsteller, ja leibhaftige Schriftsteller (es gibt Menschen, die können sich nicht vorstellen, dass Schriftsteller wie ganz normale Lebewesen der Gattung homo sapiens aussehen) zu ihrem engeren Bekanntenkreis zählen zu dürfen. Und eigentlich waren es ja sogar drei Schriftsteller, die Martina kannte, denn auch Ulli Tellmann gehörte im weitesten Sinne zu ihrem Bekanntenkreis und seinen Roman *Die Turmuhr* hatte sie regelrecht verschlungen; auch damals schon zum Ärger von Martin. Als dann aber auch noch durchsickerte, dass sie zu einem der Schreiberlinge ein deutlich intensiveres Verhältnis pflegte, wurde sie von einigen Kollegen sogar beneidet. Und anfangs sonnte sich Martina auch in diesem Gefühl, etwas Besonderes zu sein und zu wissen, dass man hinter ihrem Rücken über ihr Verhältnis zu Martin sprach. Aber das alles wurde irgendwie auch zur Gewohnheit, wie so vieles allein durch den Ablauf der Zeit zur Gewohnheit wird; dazu kam, dass Martin nicht sonderlich produktiv war, der lange angekündigte Roman mit dem Titel… mit dem Titel… verdammt, sogar den hatte Martina vergessen, wurde ewig nicht fertig, Martin freute sich, wenn er ihr einmal drei neue Sätze vorlesen konnte und Martin ärgerte sich, wenn Martina an diesen drei Sätzen nichts, aber auch gar nichts Außergewöhnliches feststellen konnte. Irgendwann hatten sie dann aber doch auch geheiratet, sei es aus Vernunftsgründen gewesen (welche Vernunft kann zwei Menschen dazu bringen, sich in eine dermaßen verhärtete gegenseitige Abhängigkeit zu begeben? – oder doch wieder streichen bei der Überarbeitung?) und irgendwann sprach auch im Supermarkt niemand mehr davon, dass Martina Reiche die Ehefrau des bekannten Schriftstellers Martin Reiche war.

Angesichts der Unproduktivität ihres Mannes kamen Martina manchmal sehr eigentümliche Gedanken. Gerade weil sie ja selbst als gestrenge Herrscherin über die Kasse und das Warenband im Supermarkt galt („Einen Zweier haben Sie doch sicher, oder? Was, na da schauen Sie aber erst mal richtig nach. Nichts gefunden, darf ich mal... klimperklimperklimper ... na bitte, da haben wir doch den kleinen Kupferling, aber mir weismachen wollen, dass wir kein Wechselgeld hätten und so weiter...") verwunderte es sie umso mehr, dass man auch mit so wenig Produktivität sein Leben einigermaßen auskömmlich fristen konnte. Diese Verwunderung nahm angesichts der Tatsache, dass der Hauptverdiener in der Familie immer noch sie war und Martin manchmal nicht umhin kam, sie um etwas Geld anzubetteln, sogar noch zu. Und dass Martin sie manchmal anpumpen musste, das tat ihr sogar irgendwie gut, wobei anpumpen nicht das richtige Wort zu sein scheint, denn gepumptes Geld gibt man im Regelfall irgendwann zurück. Vergleichbare Fälle jedenfalls sind aus dem Innenverhältnis zwischen Martina und Martin nicht bekannt geworden. Trotzdem, immerhin bekam Martin einige Stipendien, hielt ein paar Vorlesungen (uralte Skripte verwendend, einmal ausgearbeitet und nie wieder etwas daran gemacht, Begründung: die Bücher haben sich doch auch nicht gewandelt – cleverer Martin!) und von dem Verkauf der Bücher, die er – wann auch immer das gewesen sein mochte – geschrieben hatte, kam auch noch etwas Geld in die Haushaltskasse. Erstaunlich, dachte Martina, erstaunlich, erstaunlich. Besonders häufig dachte sie das, wenn sich wieder mal am Freitagnachmittag eine endlose Schlange an Kasse Nummer vier gebildet hatte („Bitte Kasse besetzen, bitte Kasse besetzen!"), die Hälfte Rentner, die auch am Donnerstagvormittag hätten einkaufen gehen können und die andere Hälfte genervte Mütter mit quengelnden Kindern, genervte Väter mit nicht quengelnden Bierkästen, die sie am Laufband vorbei über die gefliesten Supermarktböden schleiften, schschzzschschzzschsch, Leute mit nur einem Artikel (beliebt war Quark – wir brauchen noch Quark, oder Eier, auch beliebt) und andere wiederum, die eigentlich auch besser zwei Wagen genommen hätten, weil ja vielleicht doch eine Hungersnot drohen könnte. Noch erstaunlicher war es allerdings für Martina, dass neben diesem immer noch vergleichsweise relativ einträglichen Einkommen (im Vergleich zu dem, was an Wert dagegen stand) Schriftsteller auch in regelmäßigen Abständen zu Studienreisen eingeladen wurden; auf Kosten des Verbandes oder anderer Sponsoren natürlich. Später dann hatte sie aber auch darüber nicht mehr allzu viele Gedanken verloren; wenn das Berufsbild des Schriftstellers das hergab, warum nicht. Schließlich, innerlich musste sie darüber lachen, hätte sie ja auch Schriftstellerin werden können. Jawoll.

Martin weilte gerade wieder einmal auf einer ausgedehnten Studienreise in Mecklenburg, gestiftet von einem Energieriesen; einzige Gegenleistung: eine Reportage für einen Sammelband. Na, dachte Martina, die Beiträge werden ja unheimlich unabhängig sein. Weiter machte sie sich keine Gedanken, denn in letzter Zeit fand sie es sogar ziemlich angenehm, wenn Martin nicht zu Hause war, die Küche nicht in ein Schlachtfeld verwandeln konnte, die Bude nicht mit seinen billigen Zigaretten vollqualmte, nicht schon um zwei am Nachmittag Bildungsfernsehen schaute (RTL, RTL II, Pro Sieben und was weiß ich), nicht um zehn am Morgen schon eine Bierstandarte im Haus hisste... Und außerdem konnte sie, wenn Martin nicht da war, auch viel ungestörter im *Kahlmann* weiter lesen. Neuerdings hatte sie das Buch sogar mit auf Arbeit genommen, denn in der Mittagspause blieb genug Zeit, im Flaschenlager auf einer abseits vom Trubel stehenden Bank noch zehn oder fünfzehn Seiten zu lesen. Das Lesezeichen fiel Martina in den Schoß, dann hatte sie die Stelle gefunden, an der sie kürzlich aufgehört hatte.

...bestand die größte Schwierigkeit darin, einen Glaskolben ausreichender Festigkeit sowohl zu konstruieren aber auch herstellen zu lassen, der die ungeahnten Maße hatte, die Gregor Kahlmann für sein Experiment brauchte. Immerhin, so hatte Kahlmann berechnet, würden sich einige tausend Tonnen Sand in dem oberen Teil des Zylinders befinden und die Last dieses Sandes musste so austariert werden, dass das gesamte Monstrum nicht schon im Ganzen umkippte oder in sich zusammen sackte, bevor auch nur ein Körnchen des feinen Sandes durch die Lochblende an der engsten Stelle zwischen den beiden kegelförmigen Zylinderhälften zu rieseln begann. Nach Kahlmanns Berechnungen hatte das gesamte Stundenglas (natürlich war es längst kein Stundenglas mehr) eine Höhe von insgesamt etwas über einhundert Metern, jeweils fünfzig Meter für jede Hälfte der Glaskonstruktion und rund zwei Meter für die Auflagefläche, die wiederum mit Fundamenten fest im Boden verankert war. Jeweils am Boden betrug der

Durchmesser der Zylinder nicht weniger als vierzig Meter; an der von der Aus-
dehnung her jüngsten Stelle wurde das Glas auf die lichte Weite von 65 Zenti-
metern verengt, so dass also ein Mensch normalen Wuchses gerade hindurch
passen konnte. Mit Lochblenden unterschiedlicher Weite ließ sich diese jüngste
Stelle auf bis zu 0,3 Millimeter verengen, was – Kahlmann lachte, wenn er daran
dachte – eine Laufzeit für die Uhr von mehr als 130 Jahren bedeutet hätte. Eine
Besonderheit gab es des Weiteren zu beachten. Damit die Kolben gedreht werden
konnten, mussten die Böden der beiden Zylinderhälften annähernd einer Kugel-
sphäre entsprechen, da ansonsten beim Ausschlag in Richtung der Horizontale
die äußere Kante des Bodens schon bald an der Auflagefläche hängen geblieben
wäre. Es gab eine besonders kritische Stelle in Kahlmanns Konstruktion: Beim
Drehen der beiden Zylinder würden beide nacheinander in eine waagerechte Po-
sition kommen, was wiederum eine enorme Standhaftigkeit insbesondere von dem
am meisten verjüngten Glasstück in der Mitte der Konstruktion verlangte. Bei
der geplanten Größe des Monstrums spielte natürlich die Dicke der Wandung
eine entscheidende Rolle. Weder durfte das Glas zu dünn sein noch zu dick.
Ersteres hätte die Gefahr bedeutet, dass die Glaskonstruktion dem enormen
Druck, der auf ihr lastet, nicht standgehalten hätte, bei letzterem wäre die Ge-
samtmasse des Vehikels noch einmal exorbitant gestiegen, was sich negativ auf
das ohnehin schon miserable Masse-Festigkeits-Verhältnis ausgewirkt hätte.
Kahlmann wurde schon bald klar, dass die beiden Kegel nie und nimmer aus
einem Stück Glas würden hergestellt werden können. Vielmehr ging es darum,
optimale Größen einzelner, jeweils genau bemessener, Glasscheiben zu finden,
die, ähnlich einer Bleiverglasung bei einem Kirchenfenster, in ein Gerüst aus ein-
zelnen Rahmen eingefügt würden. In Gregor Kahlmanns Gedanken stieg ein
Bild auf, das einem überdimensionierten Treibnetz aus dem Fischfang glich.
Nach Kahlmanns Berechnungen hätten Wandstärken von rund sechs Millime-
tern bei den einzelnen Glasscheiben ausreichen müssen, hier allerdings war er sich
alles andere als sicher. Dann rechnete er weiter: Bei den von ihm angesetzten
Maßen hatte ein Kegel eine Oberfläche von rund 4640 Quadratmetern, in
Summe kam das gesamte Stundenglas also auf mehr als 9000 Quadratmeter
Glasfläche. Bei einer Dicke von sechs Millimetern wog ein Quadratmeter Glas
ungefähr fünfzehn Kilogramm, dieses Gewicht wiederum multipliziert mit 9000
ergab das stattliche Gewicht von 135.000 Kilogramm oder 135 Tonnen allein
für den Glaskörper, daneben hatte natürlich auch die Rahmenkonstruktion, die

die einzelnen Scheiben aufnehmen sollte, noch ein gehöriges Gewicht. Eine weitere Schwierigkeit bestand darin, eine Halterung für das Gesamtsystem zu entwickeln, die mehreren Bedingungen Genüge tun musste. Zum einen musste sie so konstruiert sein, dass die beiden riesigen an nur einer schmalen Naht verwobenen Kegel aus Glas in jeder möglichen oder unmöglichen Stellung, also auch, wenn man den mit Sand gefüllten Kegel in die obere Position brachte, einen festen Stand fanden…

„Frau Reiche an die Kasse bitte, Frau Reiche, Kasse vier bitte!"

…eignete sich natürlich am besten eine feste Holzkonstruktion von Vierkanthölzern mit einem Durchmesser von mindestens achtzehn Zentimetern auf achtzehn Zentimetern, Eiche am besten, nur grob behauen, dafür aber an den Ecken fest verschraubt und zusätzlich versplindet und in alle Richtungen mit dicken Hanfseilen abgespannt, so dass man, wäre die Konstruktion schon im Bau gewesen, mit Sicherheit angenommen hätte, auf dem Marktplatz würde ein Riesenschiff zusammen gebaut oder ein Zirkuszelt für Riesen nähme langsam aber sicher Form an, nur die Zeltplane müsse man noch überziehen…

„Frau Reiche, Frau Reiche, bitte Kasse vier besetzen, Frau Reiche, hören sie uns?"

… atte Kahlmann eine sehr übersichtliche und korrekt bemaßte Skizze nebst aller Berechnungen angefertigt, die er nunmehr in seiner Schönschrift sauber mit Lineal und schwarzer Tusche auf Büttenpapier übertrug, um sie bei nächster Gelegenheit…

„Hier bist Du? Hast Du nicht gehört, dass wir Dich nun schon zweimal haben ausrufen lassen? Was soll denn das? Drückst Dich hier, hast Du geschlafen?"; Martinas Abteilungsleiter stemmte die Hände in die Hüften. Martina legte das Lesezeichen in das Buch zurück, murmelte eine Entschuldigung undefinierbarer Wortwahl, dann trottete sie zur Kasse mit der Nummer vier, nach wie vor das Buch in der Hand. Aufs Klo hätte ich eigentlich auch gemusst, dachte sie, und das Buch stört hier auch nur an der Kasse, dachte sie außerdem. Dann legte sie das Buch auf eine halbhohe Ablage in Griffweite und entsperrte die Kasse mit ihrem persönlichen Code. „Hallo, sie können sich ruhig auch hier anstellen." Auch hier anstellen, auch hier anstellen, auch hier …piep, piep, piep – na komm schon – ach der Strichcode – tipp tipp tipp tipp – soll das hier eine Drei sein? – vierundzwanzig neunzig – nicht kleiner? – Bon? – dann eben nicht – hallo – können sie das mal alles aufs Band legen!? – nur die drei Flaschen? – piep, piep, piep – zwölf dreißig – passend bitte – hallo … dann stockte Martina: „Mensch Andrea, mit allem hätte ich jetzt hier gerechnet, aber nicht mit Dir." – „Hab noch was vergessen, und bei Dir kaufe ich doch so gerne ein", Andrea, die nur ein Päckchen Nudeln aufs Band gelegt hatte, rollte bei dem zweiten Teil des Satzes sichtbar mit den Augen. Dann blieb Andrea Chatwins Blick in halber Höhe zwischen der Kasse und Martinas Knie hängen: *Kahlmann* lag dort, dort lag doch tatsächlich und unverkennbar ein Buch auf dem in großen Lettern *Kahlmann* prangte. „Dürft ihr jetzt beim Kassieren schon lesen?" Andrea blickte unverhohlen in Richtung des Buches. „Ach, hab in der Pause weiter gelesen, komm doch sonst kaum dazu." Irgendwie spürte man, dass es Martina peinlich zu sein schien, dass Andrea das Buch an der Kasse hatte liegen sehen. Am Warenband äußerte sich glücklicherweise in dem Moment ein unüberhörbares Räuspern, was die Freundinnen veranlasste, sich für einen der nächsten Abende zu verabreden. Andrea Ab. Piep, piep, piep, hatten sie Leergut? – bitte nachrücken – neunzehn neunzig – fast eine Schnapszahl – hahaha – mit Karte – hier bitte – piep, piep, piep…

Andrea und Martina trafen sich dann vier Tage später, Martin ist immer noch auf Studienreise, in einem kleinen Cafe nahe des Flusses. Zuerst Belanglosigkeiten; Wetter, Martins Studienreise, die Jobs (Andrea ist Bibliothekarin in der Universitätsbibliothek und v-ö-l-l-i-g überarbeitet), gemeinsame Bekannte, Zeitungstratsch – hast Du gelesen, was der *Neue Bote* schreibt? – die Gebühren in der Bibliothek sollen steigen, steigen, sage ich Dir, unglaublich… - und erst allmählich wird den beiden Frauen klar, dass dies alles nur nicht weniger als die Ruhe vor dem Sturm ist, denn Andrea will Martina heute ein lang gehütetes Geheimnis verraten und Martina muss unbedingt davon ablenken, dass sie sich so an diesem vermaledeiten Becker-Buch festgebissen hat, dass sie es sogar schon mit in den Supermarkt nimmt. Nach einer Weile und die verzagte Ruhe der versiegenden Nachrichten des *Neuen Boten* ausnutzend setzt Martina vorsichtig an: „Also, Andrea, dass Du da mal kein falsches Bild kriegst, das Buch und so…" – „Falsches Bild, kapiere ich nicht." – „Also Du weißt schon, lag doch neben der Kasse, der *Kahlmann*, so als ob ich ständig darin rumlesen würde, süchtig irgendwie." – „Ach so, das meinst Du. Ist mir eigentlich egal, was Du wann und wo liest. Ich staune nur, wo doch Dein Martin den Roman von Christoph so runtergeputzt hat. Oder liest Du ihn gerade deshalb?" – „Ich finde die Story gut, auch gut geschrieben. Das ist alles, nicht mehr und nicht weniger und tu mir den Gefallen und interpretiere nichts hinein, ja, tust Du mir den?" – „Kein Problem, wenn Du möchtest, schweige ich wie ein Grab. Wenn Du auch schweigen kannst." – „Wieso ich jetzt, was soll ich denn verschweigen, hast doch gar nichts gesagt, was ich verschweigen könnte." – „Noch nicht." – „Aha, Andrea Chatwin hat also auch Geheimnisse." – „Kann man so nennen." – „Also, raus mit der Sprache, wenn Du es mir verraten willst." – „Ok, schweigst Du auch?" – „Versprochen." – „Seit ein paar Monaten habe ich, also mehr oder weniger bin ich mit, na wie soll ich es ausdrücken, seit ein paar Wochen habe ich halt ein Verhältnis mit Christoph Becker." Martina hebt vorsichtig die Tasse mit dem Milchkaffee in Richtung Mund und setzt zu trinken an, wohl auch, um in diesem ersten alles entscheidenden Moment nichts sagen zu müssen. Aber sie schaut ihre Freundin an dabei, ohne ein Wort. Tasse absetzen, dann, langsam gewinnt die Stimme wieder Lautstärke: „Mit allem hätte ich gerechnet, mit allem, Andrea, aber das überrascht mich doch." – „Na ja, weißt Du doch, der Christoph gefällt mir schon länger und vor vier Monaten glaub ich, da ergab es eben die Situation, dass wir länger Zeit hatten, uns mal richtig ausgiebig zu unterhalten, naja und dann – das, was eben vorkommen soll. Nein nein, nicht so was Festes, eher eine lockere Beziehung, ich weiß auch noch gar nicht, was draus werden wird. Lass ich einfach alles rankommen. Mal sehen." –

„Weiß Martin davon?" Die Frage war irgendwie sinnlos, denn sie spielte weder für die Beziehung zwischen Andrea und Christoph noch für die Beziehung zwischen Martina und Martin, noch und schon gar nicht für die Beziehung zwischen Martina und Andrea eine echte Rolle. Da es zwischen Andrea und Martin keine Beziehung gab, konnte sie dort sowieso keine Rolle spielen. Aber nun war sie einmal gestellt. „Denk ich eher nicht", gab Andrea zurück, kann er aber eigentlich ruhig wissen, ist auch kein Geheimnis, vielleicht hat Christoph ja selber mit Martin gesprochen, hängen ja ständig zusammen rum, die beiden." Nichtsnutze hat gefehlt, dachte Martina, hängen ja ständig zusammen rum, die beiden Nichtsnutze! Wobei, Christoph hat ja wenigstens sein aktuelles Buch vorzuweisen, das Buch, in dem sie so gern liest, weil es ihr tatsächlich gefällt und dass deshalb auch das Buch sein muss, über das sie mit ihrem Mann nicht reden darf, weil der nämlich kein Buch vorzuweisen hat, jedenfalls kein aktuelles. Als hätte Andrea Martinas Gedankengänge lesen können, fragte sie nach Martin: „Und, Martin, was macht der gerade so?" Tja, Martin, was wird der wohl gerade so machen? Er wird es selbst kaum richtig wissen. Dann, an Andrea gewandt, aber irgendwie auch zu sich selber sprechend: „Martin ist gerade in Mecklenburg auf einer Studienreise, so ein Energiereise hat fünf Schriftsteller eingeladen und noch ´ne Menge mehr an Künstlern, die Schreiberlinge sollen die Segnungen der deutschen Energiewirtschaft feuilletonistisch beschreiben; soll ein Sammelband entstehen, eben die Feuilletons, dazu Grafiken und Reproduktionen von Gemälden und Kunstfotografien – aus Spaß hab ich mal zu Martin gesagt, dass er ja als Titel *Links und rechts der AKW* vorschlagen kann. Konnte der aber nicht so richtig lachen, ich solle froh sein, dass er solche Auftragswerke bekomme, da weiß offensichtlich noch der eine oder andere um seine Qualität, und so weiter und so fort. – Und nun ist er schon ein paar Tage irgendwo in der Uckermark oder wo weiß ich." Leise strich der Wind um das Cafe, in dem die beiden saßen und wer Bescheid wusste, sah am Tresen hinter der Theke einen Mann stehen, der Gregor Kahlmann ziemlich ähnlich sah. Aber ich glaube, wir schweifen an dieser Stelle in für jeden Leser unzumutbarer Weise vom eigentlichen

Handlungsstrang ab. Lasst uns also den Blick abwenden von dem Mann, der Gregor Kahlmann ähneln soll und hören wir weiter zu, worüber sich Andrea Chatwin und Martina Reiche unterhalten. „Martina, ich muss Dir etwas gestehen." Martina blickte auf, denn sie war einigermaßen darüber erschrocken, dass sie nun, nachdem ihr Andrea von ihrem Verhältnis zu Becker erzählt hatte, noch ein Geständnis machen wollte. „Immer zu, wenn Du das Bedürfnis hast, Dich gedanklich zu erleichtern, immer zu", sie legte Andrea die rechte Hand auf den linken Unterarm, gerade so, dass es den Anschein hatte, damit den Gang des Geständnisses zu erleichtern. „Christoph hat mich um etwas gebeten, um etwas, was mich total verwirrt." Oh nein, dachte Martina, bitte erzähle mir jetzt nicht von abartigen sexuellen Praktiken oder von seinem Geständnis für die Stasi gearbeitet zu haben oder von seinen Schulden bei der Bank oder … langsam, fast unmerklich lockerte sie den Griff der Hand auf Andreas Unterarm und zog die Fingerspitzen um den Hauch eines Millimeters zurück. „Bitte versprich mir, dass Du mir nicht böse sein wirst." Martina nickte, obwohl sie dachte, dass das ja nun der absolute Quatsch sei, im Vorfeld schon zu versprechen, dass man nicht böse sein werde, ohne auch nur andeutungsweise zu wissen, worüber man nicht böse sein dürfe. Und außerdem schlussfolgerte sie, allerdings immer noch leicht nickend, kann man „Bösesein" nicht irgendwie an- oder abschalten, da ist nicht irgendwo in einem drin ein Schalter oder Knopf oder Hebel… „Also, Martina, Christoph hat mich gebeten, rauszubekommen, woran Martin derzeit arbeitet. Er hat unheimliche Angst, dass Martin an einem Bestseller arbeiten könnte, der ihn mit seinem *Kahlmann* ins absolute Abseits drängt. Und da solle ich doch mal bei Dir ein wenig…", Andrea stockte, ehe sie das nächste Wort auszusprechen in der Lage war, „spionieren, eben." So, nun war es raus und Martina, Martina konnte nicht anders, sie musste lauthals lachen (blickte der Mann, der Kahlmann so ähnelte, da vom Tresen her auf die lachende Frau?). Dann fasste sie sich, legte die Hand wieder fester auf Andreas Unterarm und sagte: „Also, meine liebe Andrea, das ist ein Geheimnis, das ich eher nicht lüften kann. Du wirst es nicht glauben, aber", immer noch leise prustend, „das weiß wahrscheinlich nicht einmal der werte Herr Künstler selbst, woran er arbeitet. Ich jedenfalls kann nichts Substantielles erkennen, was langsam auf dem Papier Gestalt annehmen würde. Nichts, Moment, nichts außer ein paar mit violettem Federhalter hin gekraxelten Notizen. Ja, sag dem Christoph doch, dass Martin im Moment auf der Suche nach... ja, nach der Weltformel ist. Ja, sag ihm das, das ist gut, wirklich gut. Ja, und diese Weltformel verstecke sich in einem Buch, das schon geschrieben sei, aber er wisse nicht in welchem und Christophs *Kahlmann* sei es aber nicht, sag ihm das, ja sag ihm das auch, aber Martin werde das Buch noch finden, da sei er ganz sicher, er brauche nur noch Verbündete, die mit ihm gemeinsam suchen würden, er wisse noch nicht wann und wo, aber das werde er auch noch herausbekommen, der Martin, der Weltformelsucher..." Martina bekam sich kaum ein, lachte und prustete immer noch, als Andrea, einigermaßen verwirrt auf ein anders Thema zu sprechen kam. Irgendwann zahlten die beiden und gingen und, wenn uns nicht alles täuscht, blinzelte der Mann, der Kahlmann so ähnelt, den beiden beim Gehen zu.

Ein weiterer misslungener Versuch

Irgendwann war ich soweit gekommen, mir meine jämmerlichen Schreibblockaden als „kreative Atempausen" schön zu reden und in einem besonders abstrusen Moment ungezügelter Selbstreflexion mit hohem Narzisspotential gebar mein Hirn einen Begriff für meine stümperhafte schriftstellerische Art und Weise, nicht mehr als zwei Seiten – ach, was heißt Seiten? – Zeilen, Zeilen! - am Stück schreiben zu können: Short Realism. Dann las ich in Gedanken schon die Einträge in den Schriftstellerlexika der nächsten Jahrhunderte: „... war M. R. auch der Begründer der Strömung des Short Realism, die schon bald ihren Siegeszug um den gesamten Erdball antreten sollte. ...mit Werken wie *Von den Reizen der Uckermark*, das als das eigentliche Schlüsselwerk des Short Realism gilt, ist es besonders R. gelungen, einen Prosastil zu entwickeln, der einerseits so sparsam mit Inhalten und Formen umgeht, dass er ein überaus breites Interpretationspotential für den Rezipienten bietet, andererseits trotzdem die möglichen Deutungsinhalte nicht so breit streut, dass die vermeintlichen Richtungen der Deutungen diametral auseinander zu laufen drohen... ist es verwunderlich, dass das Nobelpreiskomitee in Stockholm sich bisher noch nicht dazu durchringen konnte, M. R. für den Literaturnobelpreis zu nominieren..."
Versonnen lungerte ich mit einem entfernten Verwandten von Lorke auf dem Sofa und zappte durch die Kanäle. Es muss gegen halb elf oder elf gewesen sein, Lorke hatte Mundgeruch, ich wahrscheinlich auch, als ich hörte, dass etwas in den Briefkasten plumpste. Nun ist es bei mir schon lange nicht mehr so, dass ich mich erwartungsvoll zum Briefkasten schleppe, wenn ich sehe, dass die Postbotin wieder in ihrem gelben VW-Bus sitzt und um die Ecke gekurvt ist (Treffen will ich die nämlich nicht wirklich – ach, die dummen Fragen – welche Fragen eigentlich? – was kann die von mir wissen wollen?); also nahm ich das Plumpsen erst einmal emotionslos zur Kenntnis. Aber es hatte anders als an anderen Tagen geklungen, irgendwie massereicher, inhaltsschwerer, bedeutungsvoller, nicht wie so eine Rechnung von der Wasserwirtschaft, die eher in

den Briefkasten getröpfelt wäre, oder eine Postkarte von Tante Eva aus dem Urlaub in Koserow, die am Boden des Briefkastens noch ein, zwei Hopser gemacht hätte, ehe ich sie hätte herausfischen und zerreißen können, oder... tja, wie hatte das wohl geklungen? Es hatte wie eine Menge Papier geklungen. Schickte mir da jemand ein Buch, mit dem er mich demütigen wollte? Oder war es nur die neueste Ausgabe der *Gelben Seiten*, die wahrscheinlich auch wieder nicht einmal zum Feuermachen taugen würde. Ich gab Lorke den Gnadenstoß und hievte meine Einsfünfundsiebzig in die Senkrechte, knacks da, ziep dort – aber irgendwann kam ich zum Stehen (Prima, Reiche, du stehst wie eine Eins, Glückwunsch – man muss sich nämlich regelmäßig belohnen, das hatte ich mal irgendwo gelesen). Dann kam die Sache mit dem Laufen – rechtes Bein – linkes Bein – rechtes Bein – linkes Bein – GANZ GROSSES KINO!!! Ich weiß nicht mehr, wie lange ich bis zum Briefkasten gebraucht habe; irgendwann jedenfalls musste ich ihn erreicht haben. Im Kasten lag ein Umschlag in der Größe DIN-A-vier, allseits bekanntes hellbraunes Packpapier, ausreichend freigemacht (das war jetzt wirklich rhetorischer Käse, denn erstens hatte ich gar keine Ahnung, wie schwer das Teil war und die Tarife der Post kannte ich auch nicht und wäre der Brief nicht ausreichend freigemacht gewesen, hätte die Hüterin des gelben VW-Busses bestimmt geklingelt, und Nachporto bei mir eingefordert – also ohne Polemik bitte, Herr Reiche); also dann eben mit Briefmarken beklebt, die fein säuberlich abgestempelt waren, an mich adressiert (auch polemischer Käse!) und (ah, Herr Reiche kommt endlich auf den Punkt) mit einem Absenderstempel links oben. Ich las: Greenwatt AG, Vorstand, Straße, Hausnummer, Postleitzahl, Ort. Zuerst dachte ich an unseren Stromverbrauch und es dauerte einen Augenblick, bis mir ziemlich klar war, dass der nicht so hoch sein konnte, dass man uns die Rechnung in gebundener Darreichungsform schickte. Dann fiel mir auf, dass wir gar kein Kunde von Greenwatt waren. Dann merkte ich, dass der Ort, von dem der Brief abgeschickt worden war, doch in der Uckermark lag. Uckermark, Reiche! Da muss doch nun auch bei Dir ein Groschen fallen! Na endlich!

Entgegen meiner sonstigen Gewohnheit, Briefe fein säuberlich mit einem Brieföffner, in Ermanglung eines solchen Geräts auch mal mit einem langen Messer, zu öffnen, fetzte ich den Brief auf: edler Kopfbogen, lieber Herr…, freuen wir uns…, beigetragen haben…, Bändchen entstanden… gerne weitere Exemplare (natürlich für Sie kostenfrei) anfordern…, gern irgendwann wieder ein gemeinsames Projekt…, Spaß bei der Lektüre… Dann endlich nahm ich das Buch zur Hand: *Von den Reizen der Uckermark*, tatsächlich hatte das Bändchen mit den Arbeiten vom Symposium bei Greenwatt den Titel meines bahnbrechenden Beitrags erhalten – eigentlich hätte ich schon an der Stelle die ersten Schampusflaschen köpfen müssen. Wenigstens fand ich im Kühlschrank noch eine Flasche Bier – flopp – zisch – herrlich: VON DEN REIZEN DER UCKERMARK. Nein, man konnte ein Buch nicht besser betiteln, nein, das konnte man nicht. Die Tasse, in der Lorke gelebt hatte, stand noch auf dem Couchtisch und bekam nun Gesellschaft von der Bierflasche, als ich mich, mit dem Buch in der Hand, aufs Sofa plumpsen ließ.

Der schmale Band, nicht mehr als hundert Seiten stark, hatte eine edle Anmutung: fester Einband, anthrazitfarbiges und dezent an Schiefer erinnerndes strukturiertes Material, alles andere als billig, Umschlag, Lesebändchen, handsigniert vom Vorstand von Greenwatt – das schien der richtige Rahmen für ein Werk des Begründers des Short Realism zu sein. Versonnen ließ ich die Seiten wie ein Kartenspiel bei einer Volte durch die Finger der linken Hand gleiten: Bilder, Bilder, Text, Text, Text, Bilder, Text, Bilder, Bilder, Bilder, Bilder, Text, Bilder, Bilder, Text… Dann durchsuchte ich das Inhaltsverzeichnis. Martin Reiche, stand da, und dahinter *Von den Reizen der Uckermark*, Essay. Aha, dachte ich, es musste ein Essay gewesen sein, was ich abgeliefert hatte. Und Seite 45 las ich. Blättern, 42, 43, 44, 45, dann, endlich, Martin Reiche, Von den Reizen der Uckermark. Ich las die ersten drei Sätze meines „Werkes", irgendwie kam mir der Text tatsächlich noch bekannt vor. Dann blätterte ich vor, dann blätterte ich zurück. Dann wieder vor und wieder zurück. Nach einer reichlichen Viertelstunde nahm ich wahr, dass auch andere Künstler Werke für das Bändchen abgeliefert hatten; richtig:

Peter Schlagmichtot und Karlheinz Ichweißnichtmehr, eine Malerin mit Namen Gudrun Leckmichfett fand ich im Inhaltsverzeichnis wieder und – einige Synapsen in meinem Gehirn begannen offensichtlich zu glimmen, später zu glühen, denn es wurde mir warm im Kopf: Maria Salinaris, las ich. Maria Salinaris. Von Maria Salinaris war eine Bilderserie, bestehend aus sieben Bildern, auf den Seiten 72 bis 76 abgedruckt worden. Wieder suchen und blättern. Das erste Bild, schwarz-weiß, hatte den Titel *Struktur*. Es zeigte eine Unmenge von Isolatoren, Leitungen, Schaltern, Schützen, Kabeln und weiterem elektrotechnischen Equipment, für das mir der Name fehlte. Das nächste Bild hatte den Titel *Substruktur* und wirkte wie in das Bild *Struktur* hinein gezoomt. Bestimmt, so dachte ich, heißt das Bild auf der nächsten Seite *Mikrostruktur* – hieß es natürlich nicht und ich wollte ja einfach nur ein bisschen witzig sein. Ich blickte auf von dem Buch. Mein Blick glitt in die Ferne. Maria Salinaris, seit unserem gemeinsamen Aufenthalt in der Uckermark hatte ich nichts wieder von Maria Salinaris gehört, was sicher auch besser war, sowohl für Maria als auch für mich, denn es ist mir bis heute noch nicht ganz klar geworden, in welchem Maße ich mich damals in dem einsamen Landhotel, getrieben von den fleischlichen Begierden eines Mannes in den mittleren Jahren, daneben benommen haben könnte. Aber offensichtlich war ja dann doch noch alles ganz glimpflich abgelaufen, keine Verwicklungen, kein Stress mit Martina, keine Nachricht von Maria Salinaris, so in der Art „denke ich gerne an den schönen Abend mit dir zurück", gottseidank keine solchen Meldungen. Und wem verdanke ich das alles. Verschwommen taucht ein Bild in meinem Gedächtnis auf, das Bild von Gregor Kahlmann, der am Tresen in der Lobby des Hotels steht und dafür sorgt, dass ich Maria Salinaris nicht auf ihr Zimmer folge. Ja, Kahlmann, Kahlmann ist das richtige Stichwort. Urplötzlich habe ich einen bitteren Geschmack auf der Zunge. Es ist mir immer noch nicht gelungen nachzuweisen, dass Beckers Roman absoluter Schwachsinn ist. Ich habe immer noch keine vernichtende Kritik geschrieben. Ich habe immer noch nicht nachweisen können, dass ganze Passagen, wo auch immer, abgeschrieben sind. Plötzlich kommt mir ein teuflischer Plan in den

Sinn. Wenn ich schon nicht mit Maria Salinaris schlafen konnte und sogar Kahlmann derjenige war, der das zu verhindern wusste, so könnte Maria mir jetzt behilflich sein, Kahlmann als schwachen Schatten seiner Selbst zu entlarven und Becker damit bloß zu stellen und unsterblich zu blamieren. Richtig: Ich musste Maria Salinaris, wie ich inzwischen wusste, war sie eine anerkannte Künstlerin, deren Wort auch über die Sparte Fotografie hinaus etwas in Künstlerkreisen galt, dafür gewinnen, ein vernichtendes Urteil zum *Kahlmann* abzugeben. Dazu musste sie das Buch aber erst einmal lesen.

Die nachfolgenden Tage und Wochen hatte ich endlich wieder einmal richtig zu tun; logisch, das Schreiben blieb dabei auf der Strecke aber meine sonstigen Bemühungen konnten als durchaus intensiv gelten. Als erstes suchte ich nach Maria Salinaris Adresse und richtig, sie hatte mir bei unserem Aufenthalt in der Uckermark eine Visitenkarte gegeben, die ich nun in einem Wust von Papier auf meinem Schreibtisch wiederfand. Dann entwarf ich einen Brief, in dem ich Maria Salinaris bat, mich bei der Abfassung eines Gutachtens zum *Kahlmann* zu unterstützen. Den Brief fasste ich so ab, dass er schon in wesentlichen Zügen meine vorgefasste Meinung abgab, jedoch nicht so offensichtlich, dass Maria Salinaris zu der Meinung gelangen musste, sie würde nur noch um ein Gefälligkeitsgutachten ersucht. Ich palaverte, machte Andeutungen, legte Fallstricke aus... der Brief selbst passte vorzüglich in das Spektrum des Short Realism; ich jedenfalls war mir dessen sicher. Dann gab es eine weitere Schwierigkeit: Ich konnte Maria Salinaris natürlich nicht um ein Gutachten bitten und gleichzeitig Verkaufsförderung betreiben, in dem ich sie bat, sich das Buch zu beschaffen. Die Beschaffung des Buches blieb also an mir hängen, denn was auch ausschied, war die Möglichkeit, ihr das Buch zu schicken, welches ich schon besaß. Das hätte Martina gemerkt und die hämischen Bemerkungen, ich wolle wohl das Werk meines Freundes verleugnen, indem ich es verbanne, diese Häme konnte ich mir sparen, ehrlichen Herzens konnte ich das. Also kaufte ich einen weiteren *Kahlmann*, so leid es mir auch um das Geld tat. Dann, nach zwei oder drei Wochen war alles fertig: Brief ge- und unterschrieben (Mit freundlichen Grüßen, Ihr Martin Reiche, keine

Anspielung auf die Uckermark und das Landhotel!), das Päckchen mit Brief und Buch gepackt und ab zur Post. Das Porto bewegte sich ungefähr in dem Rahmen des Preises des Buches – dann, urplötzlich, war das Päckchen aus meinem Blickfeld verschwunden, eingetaucht in die Tiefen und Weiten eines postalischen Universums, in dem ganz sicher sowohl eine andere Zeit als auch andere Naturgesetze galten.

Endlich, endlich konnte ich es mir wieder mit Lorkes Geschwistern auf dem Sofa bequem machen. Endlich. Und Lorke war wie gehabt natürlich nicht mein einziger Gefährte, denn die Flaschen Bier, die ich um halb zehn schon aufploppen ließ, waren irgendwie auch Halbgeschwister der Pötte kalten Kaffees, die ich am laufenden Band in mich hineinschüttete. Endlich hatte ich meinen Seelenfrieden wiedergefunden. Endlich würde ich Becker und Kahlmann und die ganze Sippe überführen können. Endlich hatte ich mit Maria Salinaris jemanden ausfindig gemacht, der meinen „hochverehrten Kollegen" würde zur Strecke bringen können. Aber so ganz weit her mit dem Seelenfrieden war es dann wohl doch nicht, denn schon am dritten Tag, nachdem ich das Päckchen zur Post gebracht hatte, schlich ich mehrmals am Tage und auch bereits am Vormittag um unseren Briefkasten herum, obwohl ich doch wusste, dass die Post bei uns erst eine ganze Weile nach dem Mittag ausgetragen wurde. So vergingen ein Tag nach dem anderen, eine Woche nach der anderen, wahrscheinlich sogar mehrere Monate. Ab und an sah ich die Frau in meiner Wohnung, die eine verdammte Ähnlichkeit mit Martina hatte. Ab und an kam Post, ab und an schrieb ich etwas, ich glaube, es waren Beiträge für das „Review of Short Realism", ab und an verließ ich das Haus, niemals jedoch, ohne noch einen Blick in den Briefkasten geworfen zu haben.

In jenen Tagen trafen sich die Frau, die Martina Reiche so sehr ähnelte und Andrea Chatwin, also die Frau, die ich so ins Herz geschlossen hatte, relativ häufig – jedoch so gut wie nie bei uns zu Hause. Meistens war ich also tage- oder wochenlang, so fühlte es sich jedenfalls an, allein zu Hause. Welche Fügung des Schicksals musste es also bedeuten, dass just an dem Tag, als Martina UND Andrea

Chatwin ein mehrstündiges Treffen bei uns in der Wohnung abhielten, dass also genau an dem Tag Post von Maria Salinaris kam. Ich hatte kurz vor dem Mittag, eigentlich genau in dem Moment, in dem ich feststellte, dass Martina und Andra würden sich länger austauschen müssen, meinen nicht vorhandenen Hut genommen und war in die Weiten unseres Stadtteils aufgebrochen, mehr oder weniger ohne direktes Ziel, vielleicht dort ein Bierchen, da noch einen Kaffee, mal sehen.

Als ich gegen halb vier leicht wankend wieder in unsere Wohnung komme, höre ich immer noch Stimmen aus dem Wohnzimmer. Verdammt, denke ich und in dem Moment fällt mein Blick auf einen Brief, der auf der Flurkommode liegt. Ein unscheinbarer Brief, Adresse und Absender mit der Hand geschrieben – Maria Salinaris, lese ich, den Absender begutachtend. In dem Moment tönt es auch schon aus dem Wohnzimmer: „Martin, Du hast Post, von irgendeiner Maria. Was ist es denn?" Ich tue so, als ob ich nichts gehört hätte. Da meldet sich Andrea zu Wort: „Ist das die bekannte Fotografin Maria Salinaris, Martin? Von der haben wir einige Bildbände bei uns in der Bibliothek stehen." Ich schweige immer noch. „Martin, sprichst Du nicht mehr mit uns?", das wiederum war wieder Martina. Und Andrea setzt dem ganzen die Krone auf, als sie ruft: „Was schreibt Dir Maria Salinaris denn?" Es dauert noch eine geschlagene Viertelstunde, dann öffne ich genervt im Beisein der beiden Frauen den Brief von Maria Salinaris. Sie freut sich über das Vertrauen, eine Meinung zum *Kahlmann* abgeben zu dürfen und ist voll des Lobes; interessanter Plot, sprachlich dicht und fesselnd... Ich sehe ein Strahlen in Andreas Augen. Ich sehe ein Strahlen in Martinas Augen. Außerdem sehe ich die nutzlose Investition in den zweiten *Kahlmann*, der jetzt bei Maria Salinaris im Bücherregal steht.

Von der Arbeit des Denkers

Ich bin mit Martina Reiche verheiratet, aber das sagte ich wahrscheinlich schon. Und wie lange bereits – kurz überlegen – also jedenfalls einige Jahre, ziemlich viele Jahre offensichtlich, mehr Jahre als man an einer oder zwei Händen abzählen kann. Kennengelernt haben wir uns in unserer Studentenzeit, denn auch Martina wollte studieren, hatte auch schon angefangen; sie war auf dem Weg zur Betriebswirtschaftlerin und ich war angehender Germanist. Irgendwann aber hat Martina dann ihr Studium abgebrochen, um arbeiten zu gehen, „Geld verdienen" hat sie damals gesagt, ist auch von Nutzen. Dass es sie in den Einzelhandel zum „Geld verdienen" verschlagen hatte, fand ich nie sonderlich toll, schließlich waren die Möglichkeiten, sich weiter zu entwickeln, doch ziemlich dürftig, sobald man die Bedienung der Registrierkassen einigermaßen beherrschte, kam man von den stupiden Kassenarbeitsplätzen schlechter wieder weg, als man gemeinhin annehmen durfte. Martina war über viele Jahre hin der Meinung geblieben, dass sie sich ja auch während ihrer beruflichen Laufbahn im Einzelhandel würde noch qualifizieren können, vielleicht sogar noch einmal ein Studium aufnehmen, das war ihr Traum; tja, geworden ist dann aber tatsächlich nie was draus. Ich hingegen habe es mit dem „Geld verdienen" nicht ganz so eilig gehabt. Also mein Germanistikstudium habe ich ja wenigstens noch ganz passabel zu Ende gebracht aber schon allein über die Frage, was ich danach machen würde, haben sich Martina und ich abende- und nächtelang den Kopf zerbrochen. Germanist, wie stolz das klang, aber als was sollte man mit diesem Abschluss arbeiten? Vielleicht in einer Bibliothek versauern, indem man auf Buchrücken fein säuberlich kleine weiße Zettelchen klebte, die von da an immer genau Auskunft davon gaben, wo das liebe Büchlein denn in der Flucht der bibliophilen Regale zu stehen hatte? Und wehe, es stand nicht da, man hätte es an dem kleinen Buchrückenkleber sofort gesehen, schon von Weitem hätte man es bemerkt. Nein, nein, so weit ging meine Ordnungsliebe dann doch nicht. Oder hätte ich lieber in einem Lektorat eines Fachbuchverlags Texte nach Fehlern in der deutschen Rechtschreibung durchgesehen? Texte, von denen man nicht einmal mit Sicherheit wusste, ob sie überhaupt in deutscher Sprache geschrieben worden waren? Ich kannte da wirklich Beispiele, die waren hanebüchen. „Strategische Leitlinien für das managen vernetzter Systeme – Eine Studie zur Management-Kybernetik hochkomplexer Systeme" oder „Eine kurze Einführung in die systemische Organisationstheorie" oder „Ein kurzes Zusammentreffen mit Wellen, Teilchen und den realen physikalischen Gegebenheiten (Ein Abriss)"… Also schied Lektor auch aus, jedenfalls Lektor in einem Fachbuchverlag. Na klar, die Werke von Thomas Mann, Hermann Hesse, Kurt Tucholsky, Lion Feuchtwanger und so weiter und so fort, die hätte ich schon gerne lektoriert. Da hätte ich mich so richtig auslassen können, zeigen können, was in mir steckt, den Beweis meines Könnens liefern. Aber wie wurde man Lektor in einem berühmten Verlag? Aussichtslos. Und wenn meine Ordnungsliebe schon nicht so berauschend war, mein Ehrgeiz war es wahrscheinlich noch weniger. Dann kam ich auf die Idee, bei einem Landtags- oder Bundestagsabgeordneten im Wahlkreisbüro zu arbeiten. Die Idee war ja auf den ersten Blick gar nicht so schlecht. Aber einige Dinge, so fiel mir ein, waren im Vorfeld zu klären. Da wäre als erstes festzulegen, welcher Partei denn der von mir auserkorene Abgeordnete angehören sollte. Es bestand nämlich die Gefahr, dass ich nach einem erfolglosen Versuch bei Partei A danach bei Partei B, die gerade nicht mit Partei A in Koalitionsverhandlungen war, würde gar nicht anklopfen müssen. Bei Überlegungen dieser Art fiel mir zusehends auf, dass ich politisch als völlig unfestgelegt gelten durfte. Zu Wahlen war ich eigentlich nie gegangen und ob ich für eine der sogenannten etablierten Parteien besondere Sympathien empfand, ist mir nie richtig klar geworden. In Summe keine guten Voraussetzungen für die Zusammenarbeit mit einem politischen Mandatsträger. Und man stelle sich nur vor, der Mandatsträger respektive die Mandatsträgerin hätten den Wunsch geäußert, ich würde Mitglied in der Partei, für die ich dann ja arbeiten müsste. Unvorstellbar für mich. Damit war dieses Kapitel auch geschlossen.

Oder ich ging zu einer Zeitung. Mal abgesehen davon, dass die mich alles andere als suchten (wer suchte mich eigentlich überhaupt – der Beginn einer ersten großen Sinnkrise?) kam mir diese Möglichkeit noch als die interessanteste vor. Im Gegensatz zur Mitgliedschaft in einer Partei würde ich die Zeitung nur kaufen müssen, im Abo, das ließ sich notfalls auch schnell wieder abbestellen. Und ich würde schreiben können, ich würde recherchieren können, ich würde die Welt neu ordnen helfen. Natürlich, zuerst fielen mir die *Frankfurter Allgemeine Zeitung* und der *Spiegel* ein, dann wurde mir bewusst, dass es für den Anfang auch etwas gemächlicher beginnen durfte. Also bewarb ich mich beim *Neuen Boten*, unserer beliebten Lokal- und Heimatzeitung. Tatsächlich wurde ich auch zu einem Vorstellungsgespräch eingeladen. Ich sollte um zehn Uhr da sein; ich glaube an einem Donnerstag. Bereits am davorliegenden Montagabend ging ich Martina auf die Nerven, was ich wohl anziehen solle. Schwarz, natürlich schwarz, hatte Martina gesagt, du ziehst deinen schwarzen Anzug an und gut sieht es auch aus, wenn du dazu noch ein schwarzes Hemd trägst. Beflissen ging sie nachschauen, ob das Hemd gebügelt werden musste, und es musste. Also nahm sich Martina das Bügeleisen vor und bügelte mein Hemd, ich kann von meinem Hemd sprechen, denn ich besitze bis heute nur dieses eine schwarze Hemd. Und Martina hatte mehrfach zum Ausdruck gebracht, dass sie genau dieses Hemd nicht so gerne (will heißen überhaupt nicht gerne) bügelte. Am Dienstagabend legte ich mir einen Gesprächsleitfaden zurecht. Martina kam dabei die unangenehme Aufgabe zu, mir die Fragen zu stellen, mit denen ich bei dem Vorstellungsgespräch zu rechnen hatte. Die Fragen hatte ich auf einen Zettel geschrieben. Sie lauteten etwa: Können Sie mit der Spiegel-Affäre aus den sechziger Jahren in der BRD etwas anfangen? Oder: Für wie groß halten Sie den Einfluss des Qualitätsjournalismus auf die Meinungsbildung der jeweils politisch herrschenden Partei in der BRD? Oder: Gibt es für einen investigativ arbeitenden Journalisten Grenzen beim Informantenschutz? Ich war von meinen Fragen begeistert. Martina aber weigerte sich zuerst, solche Fragen von dem

Blatt abzulesen. Ihr kamen eher Fragen wie die nach bereits veröffentlichten Arbeiten, nach der Möglichkeit, auch Wochenenddienste zu schieben oder nach dem gewünschten Gehalt in den Sinn. Dann aber las Martina die von mir ausgearbeiteten Fragen ab und ich nuddelte meine auswendig gelernten Antworten herunter. Am Mittwoch vor meinem Vorstellungsgespräch verlegte ich mich vorwiegend aufs Meditieren. Außerdem besorgte ich mir die Ausgaben der vergangenen vierzehn Tage des *Neuen Boten* und studierte diese ausgiebig. Darüber hinaus hielt ich einen ausgiebigen Mittagsschlaf, der allerdings durch Martinas Rückkehr aus dem Supermarkt – sie hatte wohl Frühschicht und kam schon so gegen drei oder halb vier zurück – abrupt gestört wurde. Missmutig fuhr ich Martina an, wie ich mich da wohl auf das wichtige Gespräch würde vorbereiten können, wenn sie es nicht für nötig hielte, mir eine ungestörte Vorbereitungsphase zu verschaffen. Aber an besagtem Donnerstag, an diesem Tag der Entscheidung, an dem sollte alles ganz anders laufen. Ich stellte mir den Wecker auf halb vier am Morgen und ließ ihn solange klingeln, bis auch Martina wach war. Dann belegte ich das Bad fürs erste bis halb sieben und in einer zweiten Etappe – ich duschte mich an dem Morgen besser zweimal, man konnte ja nie wissen, was für feine Nasen die Herren aus der Chefredaktion haben würden – und war so gegen halb neun bereit zum Aufbruch. In die Redaktion wollte ich mit dem Bus fahren und der fuhr laut Fahrplan (hatte ich in der Vorwoche ausgiebig studiert) aller zwanzig Minuten und hatte bis zur Redaktion eine Viertelstunde zu fahren, also, so rechnete ich, würde es genügen, wenn ich den Bus nahm, der halb zehn fahren sollte. Also stand ich pünktlich drei Minuten vor halb zehn an der Haltestelle. Na ja, lange Rede kurzer Sinn, kurz vor Dreiviertel stand ich immer noch; genau der Bus, mit ich fahren wollte, war natürlich, aus welchen Gründen auch immer, ausgefallen. Sofort, wenn die Tinte unter meinem Arbeitsvertrag getrocknet sein würde, würde ich einen bissigen Kommentar zum hiesigen Nahverkehr schreiben, das wusste ich in dem Moment schon mal ganz genau. Der Bus zehn vor um kam pünktlich und ich war unter Aufbietung meiner letzten Sprintreserven um sieben Minuten nach zehn in der Chefredaktion, durchgeschwitzt, schwarzes Hemd aus der Hose, mit flachem Atem… „Wir dachten schon, Sie wollten gar nicht mehr kommen, Herr Reiche", ein vornehmer Herr mit graumelierten Schläfen sah, als er diesen Satz sagte, missbilligend auf die Armbanduhr. Ich zog die Schultern ein und wartete, bis mir ein Platz angeboten wurde. Dann kam die Frage, was mich denn bewogen hätte, mich als Redakteur beim *Neuen Boten* zu bewerben. Ich wollte gerade loslegen, vor dem Herrn, der von einer hinreißenden Personalleiterin im Alter von vielleicht fünfunddreißig Jahren begleitet wurde, mein gesamtes Wissen über den Journalismus moderner Prägung auszubreiten, als dieser abwinkte: „Schon gut, ist schon klar, wissen Sie was, Sie können erst mal vier Wochen bei uns ein Praktikum absolvieren, dann werden wir weiter sehen." Also, der Rest ist schnell erzählt: Das Praktikum hat mich nicht begeistert und ich habe wahrscheinlich auch die Redaktion nicht zu Begeisterungsstürmen veranlassen können. Dieses Ergebnis war uns spätestens an dem Abend klar geworden, als ich vom zehnjährigen Bestehen des Karnevalsvereins „Schwarz-Gelb" berichten sollte. Meine Reportage begann so:

Zehn Jahre Karnevalsverein Schwarz-Gelb bedeuteten für den Vereinsvorstand auch, ein Resümee der vergangenen zehn Jahre zu ziehen und das wiederum fiel alles andere als positiv aus. Die Besucherresonanz der Karnevalsveranstaltungen sei rückläufig, der Haushalt werde nur mit Mühen Jahr für Jahr neu ausgeglichen, auch die Zahl der Vereinsmitglieder gehe zurück und zu allem fange man jetzt in der Öffentlichkeit an, den Namen des Vereins in Frage zu stellen. „Biene Maja nennt man unseren stolzen Verein jetzt schon in der Öffentlichkeit", beklagte sich Hanspeter Schlumpeter lauthals vor den bei Nennung des Namens laut johlenden Vereinsmitgliedern…

In dem Duktus ging es noch ein ganzes Stück weiter. Ich fand den Beitrag gar nicht so schlecht, zumal sich alles so oder ähnlich abgespielt hatte. Das Problem war nur, dass Vereinsvorsitzender Hanspeter Schlumpeter gleichzeitig Hauptverantwortlicher Sportredakteur beim *Neuen Boten* war. Das Ende meiner Zeitungsambitionen ist schnell erzählt: Wir trennten uns nach nur zehn Tagen Praktikum einvernehmlich.

Bleibt in Summe festzuhalten, dass ich also keine richtige Arbeit fand. Wochen- und monatelang hatte ich mir dann etwas Geld hinzuverdient, indem ich Aushilfsarbeiten übernahm: Sonntags Zeitungen austragen, Nachtschichten im Postverteilzentrum, Regale im Supermarkt auffüllen (tat ich aber nur zwei Mal), ich klebte vor einer Bundestagswahl Plakate (meinen missglückten Versuch bei einem Abgeordneten zu arbeiten, hatte ich flugs wieder ausgeblendet) – erst für die SPD, dann für die FDP und dann für die Grünen, dann klebte ich wieder Plakate, diesmal vor einer Landtagswahl, jetzt wieder für die SPD, diesmal aber nicht für die Grünen oder die FDP sondern für die Linken. Dann kam eine völlig neue Herausforderung auf mich zu: In einem Beate-Uhse-Versandhandelszentrum half ich beim Konfektionieren der Bestellungen aus. Dort wurde mir aber nach kurzer Zeit unmissverständlich mitgeteilt, dass ich nicht wieder auftauchen müsse, dabei hatte ich mir nur zwei Porno-CD's in die Tasche gesteckt. Nein, natürlich kein Diebstahl, denn bei den CD's waren die Hüllen zerbrochen, die würden sowieso weggeworfen werden, warum also sollte ich nicht noch ein bisschen Spaß damit haben…

Nach ein paar Monaten des nicht gerade rast- und ruhelosen Tingelns (zehn Stunden in der Woche fand ich durchaus genug) musste also eine Entscheidung her, was nun tatsächlich aus mir werden sollte. Es muss an dieser Stelle angemerkt werden, dass ich schon während meiner Studentenzeit ab und an eher schriftstellerisch für Zeitschriften und Anthologien bei mäßigem Salär gearbeitet hatte. Diese Art Arbeit könnte mir liegen, dachte ich. Du tust nur etwas, wenn du Lust dazu hast und wenn noch Glück dazu kommt, dann wird das Wenige, was du vollbracht hast, sogar noch als schöpferische Leistung anerkannt. Also schrieb ich in den kommenden Wochen, was das Zeug hielt; Kurzgeschichten, Gedichte (wenige), Aphorismen, drei Novellen, ein Theaterstück, drei Märchen… Ich kann heute guten Gewissens behaupten, dass das eine wirklich produktive Zeit war. Und was noch erstaunlicher war: Ich fand jemanden, der bereit war, meine Werke in einem Sammelband zu veröffentlichen. Das kam so. Irgendwann also hatte ich einen ganzen Haufen Papier mit meinen Werken gefüllt. Wollte ich meinen Plan, ein richtiger Schriftsteller zu werden, verwirklichen, so musste ich jetzt dringend einen Verlag finden, der bereit war, meine geistigen Ergüsse zu verlegen. Genau an der Stelle lief mir Christoph Becker wieder einmal über den Weg. Becker und ich kannten uns schon. Aber unsere bisherigen Begegnungen waren nicht davon geprägt gewesen, dass wir Kollegen werden sollten. Das musste ich ändern, und zwar so ändern, dass Becker keinen Verdacht schöpfte. Fortan versuchte ich, einen engeren Kontakt zu Becker herzustellen, was mir auch gelang. Dass es mir insbesondere dadurch gelang, dass ich ihn regelmäßig zu Kneipentouren einlud, war wohl der Preis für meine Schriftstellerambitionen. Von einem zu dem nächsten abendlichen Biergeplauder mehr brachte ich meine schriftstellerischen Neigungen in unsere Gespräche ein. Natürlich, Becker hatte sich erinnert, dass ich doch Germanistik studiert hatte. Schließlich hatte ich ihn durch mein Gelaber soweit, dass er bereit war, sich mal ein paar Werke von mir anzusehen. Also brachte ich am nächsten Tag einen Stapel Papier mit meinen gesammelten Werken mit in die Kneipe und krachte ihn Becker neben das Bierglas. Die erste Reaktion Beckers war etwas ernüchternd: „Pass doch auf, schmeiß mein Bier nich um!" – „Guck doch mal rein", gab ich betont gelassen zurück, allerdings schon auch darauf bedacht, meine geistigen Ergüsse nicht durch Ergüsse von fahlem Pilsener Bier verwässern zu lassen. Becker blätterte gelangweilt in dem wenig geordneten Stapel aus DIN-A-4-Blättern: „Und, hat das nen Titel?" – „Das ist nicht ein Stück, Christoph, das sind viele Stücke, sozusagen mein bisheriges Euvre, oder wie man das nennt." – „Na und, hat dein Euvre nun einen Titel?", Becker blieb hartnäckig, was mich erstaunte, denn für mich hatte es bisher keine Rolle gespielt, ob das Werk einen Titel hatte oder nicht. In Windeseile ließ ich mir also einen Titel einfallen: „Klar, ich habe es *Von der Arbeit des Denkers* genannt." – „Soso, *Von der Arbeit des*

Denkers." Wäre es vernichtend gemeint gewesen, hätte Becker es anders gesagt. Dann ließ Becker ein weiteres Mal ein paar Blätter durch Daumen und Zeigefinger der rechten Hand gleiten, zehn Blätter vielleicht oder zwölf, nicht mal zehn Prozent des Stapels. Ich war psychologisch ausreichend genug gebildet, zu wissen, dass ich ihn jetzt, genau jetzt, bei Laune halten musste. „Und, willste noch was trinken?", ich sagte es genau in dem Moment, in dem sich der schwarz gekleidete Mensch mit der langen Schürze, der in den davor liegenden Wochen zu unserem Stammkellner mutiert war, in Höhe unseres Tisches befand. „Also, willste? Letzte Chance." Und ob Becker wollte. Im Laufe des Abends trank Becker noch das eine oder andere Bierchen auf mein Wohl und auf Kosten meines Geldbeutels. Schließlich, so gegen halb zwölf, schwarze Schürze hatte schon ein paar Mal müde in Richtung der Registrierkasse geschaut, nahm Becker den Stapel Papier, schob ihn unsanft in einen Stoffbeutel, den er offensichtlich immer mit sich herumtrug und machte mich darauf aufmerksam, dass ich noch zahlen müsse, außer ich bliebe noch sitzen. „Ähh, Christoph", ich musste aufpassen, dass mein Protest ihn nicht beleidigte, „in dem Stoffbeutel, bin mir nicht sicher, ob, weißt du, hast du nicht irgendwas ande…" – „Wenn das gute Literatur sein sollte, Martin, dann hält die den Transport in dem Stoffbeutel auch aus. Und ansonsten ist es eh egal." Das Argument war bestechend. Klar, einfach, rhetorisch sauber vorgetragen – Hut ab, Herr Becker, nach der Menge Bier, wirklich Hut ab. Wir waren inzwischen die letzten Gäste, ich zahlte und schwarze Schürze konnte endlich auch Feierabend machen.

In den nächsten beiden Wochen ging ich weiter mit Becker Bier trinken, vermied es aber tunlichst, ihn auf meine Texte anzusprechen. Nach einer weiteren Woche, die vergangen war, machte ich einen vorsichtigen Versuch: „Im Übrigen, bist du schon mal dazu gekommen, in meine Texte zu schauen?" – „Nö, weiß gar nicht mehr, wo ich die hingetan habe." Ich taumelte: „Na die hast du in dem Stoffbeutel hier rausgetragen, Christoph, in dem Stoffbeutel." – „Genau, na da werden die auch noch in dem Stoffbeutel sein." Tatsächlich hatte ich festgestellt, dass Becker in den vergangenen drei Wochen ohne diesen Stoffbeutel auf Kneipentour gegangen war. Weitere drei Wochen mussten ins Land gehen, bis Becker endlich selber anfing, unser Gespräch auf meine Texte zu lenken. Wir saßen wieder mal beim Bier (was Becker bisher auf meine Kosten gesoffen hatte, ging deutlich über meine monatliche Barschaft hinaus), als Becker plötzlich anhob: „Hab dein Zeug mal gelesen, Martin, gar nicht so schlecht." Ich taumelte erneut, stellte das Atmen ein, setzte meinen Rehblick auf und hätte fast angefangen, Becker liebevoll den Unterarm zu streicheln. Dann fing ich behutsam wieder an zu atmen und hörte Becker weiter sagen: „Willste, dass das irgendwo gedruckt wird?" Ich nickte heftig. „Na ich seh da eine Chance, hab auch gerade was fertig gestellt, auch kurze Arbeiten, mehr oder weniger aber der Verlag druckt es nur, wenn es deutlich über zweihundert Seiten werden, werden es aber nich, so dass wir ja das Buch gemeinsam rausbringen könnten, deine und meine Texte, hab auch schon einen Titel." Glückshormone bahnten sich den Weg durch meinen Körper, das Blut pulsierte in Wahnsinnsgeschwindigkeit in meinen Adern, ich hatte plötzlich den Geschmack von Honig auf der Zunge und den Geruch von Rosen in der Nase, ich hörte Glocken läuten... Naja, schließlich und endlich brachten Christoph Becker und Martin Reiche nach einem weiteren halben Jahr gemeinsam ein Buch auf den Markt. Ach so, genau, Becker hatte sich auch einen Titel einfallen lassen, er nannte das Buch *Von der Arbeit des Denkers*. Mir aber war auch das egal, schließlich hatte ich endlich einen Beruf und Becker und ich waren Kollegen.

Ich hatte jetzt also eine Arbeit, von der weder ich noch Martina würden leben können aber dafür hatte ich ja auch noch Martina... Ach ja, ich hatte das Kapitel ja damit begonnen, dass ich mit Martina verheiratet bin. Warum Martina und ich nach ein paar gemeinsam verbrachten Jahren die unter anderem beredtes Zeugnis meiner Faulheit waren, die aber wirklich auch schöne Seiten gehabt hatten, uns dann doch dazu entschieden hatten, zu heiraten, ist uns manchmal heute nicht mehr ganz klar. Vielleicht hatten wir uns nur zu gut aneinander gewöhnt. Irgendwie war es wie mit meiner Arbeit: Obwohl ich kaum etwas tat, hätte sie mir unheimlich gefehlt, wenn ich sie nicht mehr gehabt hätte. Martina also ging jeden Tag fleißig in ihren Supermarkt - Flaschenannahme, Kassieren, Ware auspreisen, Regale auffüllen, Lager aufräumen, neue Lieferungen entgegen nehmen, Lager neu ordnen, neue Waren bestellen, überlagerte Produkte aussondern, Schaufenster dekorieren, Bestandsbücher führen, Müll entsorgen. Die Palette der Tätigkeiten, die zu verrichten sind, ist nicht klein. Und das alles in immer wieder wechselnden zeitlichen Abläufen: Frühschicht, Spätschicht, Dienst an Samstagen, vor Weihnachten immer Dienst, verkaufsoffene Sonntage und so weiter und so fort. Irgendwie war es irgendwann auch kein Wunder mehr, dass wir uns nur selten sahen, denn meine Schaffensperioden ließen sich in keinem Falle mit den Schichtrhythmen von Martinas Supermarkt in Einklang bringen. Logisch, dass ich, wenn Martina Frühschicht hatte, noch ein wenig von meinen nächtlichen Denkeskapaden ausruhen musste. Und wenn Martina nach der Frühschicht um, sagen wir mal, halb fünf am Nachmittag wieder nach Hause kam, hatte ich mich vielleicht schon wieder unter die Leute gemischt, denn Milieustudien sind unabdingbare Voraussetzung für eine anschauliche und von Leben triefende Schreibe. Na und wenn Martina Spätschicht hatte, sie also erst so gegen neun am Abend nach Hause kam aber auch erst am späteren Vormittag zur Schicht gehen musste, da kam es häufig vor, dass wir die paar schönen Stunden am Morgen, die wir ja wirklich gemeinsam gehabt hätten, einfach verschliefen. Oder Martina musste sich um irgendetwas in unserem Haushalt kümmern; Wäsche, Geschirr, Fenster putzen, Staub saugen, aufräumen, einkaufen (sinnlos, dafür Zeit zu veranschlagen, wenn man bei einem Supermarkt arbeitet) Geldangelegenheiten regeln – erstaunlich, was da so alles so zu tun ist. Und was das alles für Zeit kostet; kein Wunder, dass die Zeit, die Martina für mich aufbringen konnte, auf ein Minimum zusammen schmolz. Na, jedenfalls sahen wir uns also nicht allzu oft – aber wir erkannten uns noch, so jedenfalls witzelte ich manchmal.

Von einer Qualifikation im Einzelhandel sprach Martina jedenfalls schon lange nicht mehr. Ich auch nicht. Überhaupt sprachen wir selten über ihre Arbeit und über meine gab es sowieso nichts zu reden, denn die schien völlig geheim zu sein. Sie spielte sich sozusagen in den dunklen Weiten des Unterbewusstseins ab. Aber ganz gefühllos war ich dennoch nicht. Natürlich, in den ersten beiden Jahren stellte sich bei mir schon noch so etwas wie ein Schuldgefühl ein, wenn Martina um neun am Abend nach Hause kam und ich es nicht einmal geschafft hatte, das Geschirr vom Frühstück in unseren Geschirrspüler zu packen. Aber seltsamerweise nahmen diese Schuldgefühle irgendwann immer mehr ab, so dass ich mich heute kaum noch an sie erinnern kann. In diesen frühen Momenten des gefühlten Ertapptseins gab ich dann vor, unheimlich produktiv an meinen Werken gewesen zu sein. Naja, man merkt es wohl schon, zu schwindeln, dass sich die Balken biegen, fällt mir nicht direkt schwer.

Nach sieben oder acht Jahren gemeinsamen Lebens (so viel muss es mindestens gewesen sein) fassten wir den Entschluss, zu heiraten. Ich bin auch heute noch davon überzeugt, dass es eine richtige Entscheidung war, jedenfalls für mich, denn ich hätte nie im Leben auch nur ansatzweise eine berechtigte Chance gehabt, eine auch nur annähernd so taffe Frau wie Martina zu finden. Und Martina? Nun, ob Martina glücklich mit mir ist oder doch wenigstens war, weiß ich nicht. Nach ihren Äußerungen zu urteilen ist da noch Luft nach oben. Aber dass sie jetzt direkt unglücklich ist, kann ich auch nicht erkennen. Einen eigentlichen Anlass für unsere Hochzeit kann ich nicht benennen. Nein nein, auch kein Kind, das sich irgendwann angekündigt hätte. Das Thema Kinder ist sowieso der Schwachpunkt unserer Beziehung, denn eigentlich hatten wir ja zu Anfang auch beide gerne welche gehabt. Aber dann passte der Zeitpunkt nie: zuerst Martinas Studium, dann meins, dann wollte Martina im Beruf Fuß fassen, dann musste ich sehen, dass ich Beckers Kollege wurde, und dann spielte auch das Geld eine Rolle. Nach was weiß ich wie vielen Jahren haben wir uns dann ganz bewusst eingeredet, dass wir uns schon immer gegen ein Leben mit Kindern ausgesprochen hätten. Ja, wir haben uns das eingeredet, das steht hier ganz bewusst so. Und dass unser Leben trotzdem durchaus auch richtig schöne Seiten hat, das wissen wir beide, denn es gibt immer wieder Momente, in

denen wir gemeinsam richtig glücklich sind. Einmal im Jahr zum Beispiel fahren wir in den Urlaub. Da wird nicht geknausert, da geht es
auch mal mit dem Flieger richtig weit weg. Einmal waren wir sogar
in den USA, Städtereise. In die Staaten würde ich gern wieder einmal
fliegen, da zählt das Leben eines Schriftstellers mehr in der Öffentlichkeit als hier in dieser drögen Unterschichtenfernsehwelt, bei den
Amis, da ist man als Writer angesehen. Da wird nicht nur geguckt,
wie viel Bücher man in welcher Zeit veröffentlicht und dann auch
verkauft hat. Da gibt es irgendwie mehr ideelle Werte. Oder kommt
mir das nur so vor? Unsere damalige Städtereise führte uns nach
New York, Chicago und Washington. Wenn es tatsächlich wieder
mal klappt und wir auch genug Geld auf der hohen Kante haben
sollten, dann sollten wir unbedingt New Orleans oder San Franzisco
oder Los Angeles einen Besuch abstatten. Oder Texas? Und weitere
gute Seiten unseres Lebens, mal von dem Urlaub einmal im Jahr abgesehen? Na unser kleiner Garten zum Beispiel, der von dem schon
erwähnten Gärtner so gut in Schuss gehalten wird – eine richtige
Oase der Erholung. Nur dass wir auch diese Oase der Gemeinsam-
keit selten gemeinsam nutzten ist schade. Aber wenigstens legte sich
Martina manchmal in besagtem Garten auf eine Decke und las Bücher, nein, keine Bücher von ihrem Mann…

Ach so, und noch mal kurz zum Thema Geld. Dass da bitte wirklich kein ganz falsches Bild entsteht. Momentan trage ich wirklich
nicht viel bei zum finanziellen Familienetat. Aber ich bin mir ganz
sicher, bald wieder einen Bestseller zu schreiben, von dessen Verkauf
man wirklich richtig gut leben kann. Da bin ich mir wirklich sicher,
dass der Durchbruch nicht mehr lange auf sich warten lassen wird.
Und dass ich Hunderttausend Euro geerbt habe, schon vor Jahren,
hat uns doch auch ein ganzes Stück weiter geholfen. Oder?

Ein Treffen, das Mut erfordert

Ich war ratlos: Weder gelang es mir, Christoph Becker als Plagiator von Ulli Tellmanns Roman *Die Turmuhr* zu entlarven, noch fand sich jemand, der bereit war, Beckers *Kahlmann* öffentlich und in Bausch und Bogen als den „größten, seit Jahren verfassten und zwischen zwei Buchdeckel gepressten, Humbug" (was war das bloß für eine geile Formulierung!) hinzustellen. Gern hätte ich ja mal bei Amazon geschaut, auf welchem Verkaufsrang der *Kahlmann* inzwischen schon stehen würde, aber meine bereits beschriebene Computerphobie hielt mich davon ab. Also schlich ich manchmal durch unsere gut sortierte Buchhandlung, irgendeine speckige Mütze tief in die Stirn gezogen und blieb zum Beispiel bei den Regalen mit den Romanen der Schriftsteller, deren Nachnamen mit den Buchstaben K bis R begannen, stehen. Ich stand dort nicht etwa, weil mich die Bücher von Thomas, Klaus und Heinrich Mann besonders interessiert hätten, sondern weil man von dort aus den besten Blick auf den Bereich hatte, in dem sich die Kasse der Buchhandlung befand.

Obwohl an der Kasse recht reger Verkehr herrschte, stellte ich aus den Augenwinkeln heraus fest, dass es nicht so viele Bücher, sondern eher Zeitungen, Zeitschriften und Firlefanz war, was über den Ladentisch ging. Erst eine *Computerbild*, dann zweimal hintereinander irgendwelche Sammelbilder für quengelnde Gören, die ausdrücklich keine Geschwister zu sein schienen, sich aber wie siamesische Zwillinge benahmen, dann ein Käufer des *Neuen Boten*, dann, Achtung, dann kam eine Frau mit einem Buch in der Hand, unterhielt sich mit der Dame an der Kasse, ich hatte immer noch nicht erkennen können, um welches Buch es sich handelte, Kundin mit Buch zurück, ohne es gekauft zu haben, Buch wandert zurück in ein Regal; beim Einstellen ins Regal kann ich für einen Augenblick den Titel erkennen: *Holländische Gartenkunst des achtzehnten Jahrhunderts*; ich atme geräuschvoll aus. Jetzt nur nicht den nächsten Kunden an der Kasse verpassen. Dann wieder ein *Neuer Bote*, dann ein *Kicker*, dann eine *taz* (hätte mir den Käufer gerne gemerkt, wenn ich nicht so viel anderes zu tun gehabt hätte), dann wieder ein Buch, Achtung ein Buch! Und als wäre ich wirklich nur in diese Buchhandlung gegangen, um mich selbst zu kasteien, stellte ich schon von weitem fest, dass es *Die Turmuhr* von Tellmann, war, die da über den Ladentisch wanderte. Na immer noch besser, als der *Kahlmann*, dachte ich. Dann stockte mein Atem: Auf den Käufer der *Turmuhr* folgte – nur getrennt von einer *BILD* und einem *Focus* - ein Käufer des *Kahlmann*. Ja, richtig, ganze zwei Bücher waren in den vergangenen Minuten verkauft worden, ganze zwei. Aber genau die Bücher, deren Verkauf ich mir eben am allerwenigsten gewünscht hatte.

Nach drei, fünf, neun, dreizehn oder achtzehn Minuten – jedenfalls nach einer gefühlten Ewigkeit – plötzlich schräg von hinten eine Stimme: „Suchen Sie etwas Bestimmtes – kann ich helfen?" Natürlich suche ich etwas Bestimmtes, dachte ich, als ich mich umdrehte und die Verkäuferin erblickte, aber eben nichts aus diesem Regal, auch wenn ich hier stehe, dachte ich, auch wenn es so aussieht, als wenn ich mich ganz besonders für die Gebrüder Mann und deren Ableger interessierte… „Hmmmh, nein danke, schon alles klar, komme zurecht, besten Dank…" Ich brummelte noch ein paar unverständliche Silben in irgendeine Richtung, allerdings bemüht, die Verkäuferin, die mir irgendwie auch leid tat, mit meinem abgestandenen Lorke-Atem nicht gar zu sehr zu belästigen und ging zweieinhalb Schritte nach rechts, so dass ich die Kasse immer noch im Blick hatte aber jetzt bei den Autoren S bis U anlangte. Bevor ich meinen Blick wieder in Richtung Kasse wenden konnte, bekam ich einen bitteren Geschmack in den Rachen, einen Geschmack, der die Folge von Wut, Unverständnis und Verzweiflung war, denn mir wurde unweigerlich bewusst, dass die Verkäuferin – immerhin eine Verkäuferin für BÜCHER – mich, den berühmten Schriftsteller Martin Reiche, nicht einmal erkannt hatte. Ich schluckte wortlos die Bitterkeit hinunter. Ich würde noch eine oder zwei Minuten warten, dann würde ich den Laden verlassen. Man muss als Schriftsteller ein Mensch sein, der Nerven wie Stahlseile hat, dachte ich und klopfte mir gedanklich auf die Schulter, denn immerhin hatte ich es tatsächlich vermieden, vor Ekel in die Buchhandlung zu brechen. Auf dem

Weg nach draußen fasste ich den teuflischen Plan, mich mit Ulli Tellmann zu treffen.

Wie gesagt, ich war sogar Mitglied des Vorstandes unserer Landesinnung (so ein flausiger Begriff von mir, mit dem ich gerne gepunktet hätte, weil Innung irgendwie nach Handwerk klang und Schreiben auch nur Handwerk ist aber niemand konnte lachen, niemand meiner Kollegen fand mich witzig, so dass ich den Begriff nur noch für den Eigengebrauch verwendete) im Schriftstellerverband unseres Bundeslandes geworden, wie gesagt also, es dürfte für mich gar kein Problem darstellen, einen Termin mit Tellmann zu vereinbaren, wie gesagt also…

Mein erster Versuch war ein telefonischer; ich landete bei Tellmanns Agentur (Herr Tellmann leistete sich seit dem Erfolg mit der *Turmuhr* eine Agentur!), worüber ich im zweiten Moment froh war, denn – wie so häufig vorher in ähnlichen Fällen auch schon – hatte ich zwar, infiziert von blankem Aktionismus, ganz schnell bei Tellmann angerufen, aber was, wenn er wirklich leibhaftig sofort ans Telefon gegangen wäre? Was hätte ich ihm denn gesagt? Was hätte ich ihn gefragt? Hätte ich vielleicht *Hallo Ulli, hast du nicht auch das Gefühl, dass Becker von deinem Roman ganze Passagen abgeschrieben hat?* entgegen geflötet? Oder hätte ich einen auf Verschwörung gemacht, etwa so: *Ulli, ich muss mit dir reden, ich habe einen Verdacht, einen schlimmen Verdacht – nein! – unterbrich mich jetzt nicht. Ich habe den Verdacht, mein lieber Ulli, dass unser gemeinsamer Kollege, nein, ich mag den Namen gar nicht nennen, nein, es ist ZUUUU schrecklich…* Oder hätte ich nur rumgedruckst, wie schon manchmal vorher bei den verschiedensten Telefonaten, etwa so: *Und, wie läuft's? Jaja, ist schon so ein Kreuz mit der Schreiberei, hast du recht, Ulli. Ach so, ob ich dich deshalb anrufe, weil es so ein Kreuz ist… Na, du bist ja gut drauf heute. Ach so, warum ich nun eigentlich… ach, nur so, gar keinen richtigen Grund, wollte nur, naja, dann lass dich mal nicht weiter…* Oder hätte ich einfach ganz normal mit Tellmann gesprochen und gesagt, dass ich mich vergewissern wolle, ob er nicht auch das Gefühl hätte, dass unser gemeinsamer Kollege Christoph Becker bei ihm ein wenig abgeschaut hätte, als er seinen Roman *Kahlmann* verfasst hat?

Nein, das hätte ich natürlich nicht, denn diese am nächsten liegende Idee wäre mir natürlich nicht gekommen.

Tuuuuuut – Tuuuuuut – Tuuuuuut – Tuuu … „Literarische Agentur Schimmel, guten Tag. Am Apparat ist Frau Keilmann." – „Hallo Frau Keilmann, Reiche hier, Martin Reiche." Pause – gefühlt ein halbes Jahrhundert, dann scheint sich Frau Keilmann zu fangen. „Tja, was kann ich denn für Sie tun, Herr Reiche, soviel gleich mal vorweg, wir nehmen im Moment ü-b-e-r-h-a-u-p-t keine Manuskripte zur Prüfung an, wenn Sie deshalb anrufen sollten." Aha, dachte ich, Martin Reiche ist bei dieser Scheißagentur also nicht einmal bekannt, als Schriftsteller, meine ich, als ob ich es nötig hätte, meine Manuskripte bei oder besser von diesen Heinis prüfen zu lassen, ich doch nicht, dachte ich, ich ganz gewiss nicht, FRAU KEIL-MANN!!! Dann gewann ich die Contenance zurück: „Also nein, danke für den Hinweis, das war nicht mein Begehr, vielmehr wollte ich sie fragen, ob ich mit Ulli Tellmann sprechen könne, man sagte mir, er sei telefonisch über die Agentur zu erreichen." Pause, diesmal nur wenige Jahre lang. Dann wieder diese Keilmann: „Oh, da muss ich sie enttäuschen, Herr Tellmann legt größten Wert darauf, möglichst wenig öffentliches Aufsehen zu erregen, das widerspräche völlig seinem Naturell, also er ist für so gut wie niemanden zu sprechen, das tut mir wirklich leid, sehr leid sogar." Ja, denke ich, und dass er ein paar Seiten seines Romans mit der Hand geschrieben hat, damit man in Marbach im Literaturarchiv die Seiten besser aufbewahren könne, das passt natürlich ganz und gar zu seiner bescheidenen Art. Aber das dachte ich nur, in die Muschel sprach ich: „Könnte es denn aber nicht sein, Frau Keilmann, dass Herr Tellmann sich mit seinen Schriftstellerkollegen doch ab und an telefonisch abstimmt?" Dieser Satz, der mir auch im Nachgang noch ganz gut gefiel, war in Wirklichkeit schlecht gewählt gewesen, ganz schlecht, denn die Keilmann fing plötzlich am anderen Ende der Leitung an zu lachen. Zuerst kicherte sie nur, dann aber kam langsam aber sicher ein ziemlich unflätiges Lachen aus ihrer Kehle, auf dessen Wiedergabe hier getrost verzichtet werden kann. Schließlich bekam sie sich aber wieder ein. Noch ein wenig außer Atem von dem obszönen Lachen prustete sie ins Telefon: „Tja, Herr, wie war der Name?", ich spürte schnell, dass sie ihn eigentlich nicht wissen wollte, „tja, haha, mit Kollegen, aber das können sie sich doch vorstellen, oder? Natürlich spricht er mit Kollegen, mit KOLLEGEN hahi…" – „Öhh, Frau Keilmann, ich bin ein Kollege von Herrn Tellmann." Ich hatte allen Mut zusammen genommen und am Ende hatte der Satz auch gar nicht weh getan. Die Keilmann aber blieb unerbittlich: „Ein, haha, sehr schöner Witz, erlebe ich dreimal am Tag, dass sich irgendwelche Hein…, öhhh, entschuldigen sie, irgendwelche Anrufer dann eben als Kollegen ausgeben, nur weil sie mal eine Minute lang mit Ulli Tellmann sprechen wollen – so, und ich hab auch noch zu tun, also einen schönen Tag…" – „FRAU KEILMANN!", ich schrie dermaßen ins Telefon, so dass ich einen winzigen Augenblick Angst bekam, Frau Keilman könne am anderen Ende taub werden oder gar erblinden, „Frau Keilmann, geben sie mir doch bitte mal Herrn Tellmann, hier spricht der Kollege Reiche, Martin Reiche." – „Ist ja gut, Herr Reiche, sie sind also wirklich ein Kollege von Herrn Tellmann?" Jetzt hätte es nur noch gefehlt, dass sie sich erst mal ein Buch von mir hätte schicken lassen, diese Schickse. „Ja, Frau Keilmann, Herr Tellmann und ich sind Kollegen und – nun genau zuhören, Frau Keilmann, im Schriftstellerverband bin ich sogar im Vorstand, was Ulli nicht ist, Frau Keilmann, also, kann ich ihn mal sprechen?" – „Nein, können sie nicht." Im ersten Moment hatte ich das Gefühl, gleich explodieren zu müssen, dann meditierte ich kurz, dann betete ich für Frau Keilmann, dass ihr nichts geschehen möge, dann holte ich tief Luft, ganz tief, dann blieb ich noch einen ewig langen Moment still. Frau Keilmann schien noch zu leben, denn ich hörte ihren Atem. „Nein, Herr Reiche, können sie nicht, denn Ulli Tellman ist heute nicht in der Agentur, er ist sowieso so gut wie nie hier, denn er schreibt ja nicht hier, sondern an geheimen Orten, aber wir vermitteln die Telefonate, wenn sie mir ihre Nummer hinterlassen, ruft er sie bestimmt an. Oder vielleicht, ja vielleicht ruft er sie an, wenn er sie tatsächlich kennen sollte." – „Er wird mich ganz bestimmt anrufen, Frau Keilmann, ganz bestimmt, da können sie getrost Gift drauf nehmen, Frau Keilmann, aber bevor sie das Gift holen, nehmen sie erst mal einen Stift zur Hand." Dann folgte die Nummer.

Im ersten Moment hatte ich das Gefühl, dass dieser Tag ein schöner Tag werden könnte. Zwar war er nicht so gut losgegangen, wie ich es mir gewünscht hatte, denn ich musste ja mit eigenen Augen mit ansehen, wie sie in unserer zwar leidlich als gut sortiert geltenden aber in Wirklichkeit doch eher als verkifft zu nennenden kleinen Buchhandlung Bücher meiner ärgsten Konkurrenten verkauften, und zwar offensichtlich gar nicht mal so selten; immerhin bereits zwei in weniger als – na sagen wir – ach ist doch auch egal. Aber dann hatte der Tag deutlich an Drive zugelegt, denn ich hatte eine Frau namens Keilmann (was für ein Name für eine Frau, schon die Schmach, Mann heißen zu müssen und dann noch Keil, was irgendwie auch nach Keiler klang; eigentlich konnte man die Frau nur bedauern…) zur Schnecke machen dürfen, was mir ein ganz besonderes Vergnügen war, weil, ja weil sie ganz einfach selber schuld war. Aber dann fiel es mir wie Schuppen von den Augen: gar kein guter Tag, trotz Watschen für die Keilmann, ein ganz schlechter Tag sogar, denn ich hatte – wie schon häufig zuvor – wieder einmal einen grandiosen Fehler begangen. Und zwar bestand mein Fehler darin, in der Agentur meine Telefonnummer hinterlassen zu haben, so dass Ulli Tellmann mich würde anrufen müssen, Tellmann also wieder einmal den aktiven Part würde spielen können, ich wieder auf die Gnade des Anrufs eines anderen Menschen angewiesen sein würde – ach Martin, was bist du doch für ein Trottel. Ganz anders macht man das, wenn man die Frau Keilmann schon mal so richtig zur Schnecke macht, dann kommt es doch auf weitere Beschimpfungen auch nicht mehr an, dann hätte man die blöde Kuh doch auch einfach nach der Nummer von Tellmann fragen können, weil ICH anrufen will, weil Martin Reiche schön selbst anruft und nicht auf die Gnade eines Rückrufs angewiesen ist. Diese Chance also war wieder einmal verspielt. Der liebe Martin würde nun schön an seinem Telefon sitzen und auf den Rückruf des berühmten Kollegen warten – ach was Anrufbeantworter; Tellmann würde garantiert die

Nummer bei seinem Anruf unterdrücken, so dass das Nichtanwesendsein in der Wohnung verheerende Folgen haben würde. Nein, der Tag schien doch nicht so schön zu werden, wie es nach dem Anschiss für Frau Keilmann im ersten Augenblick den Anschein gehabt hatte.

Also galt es für mich, abzuwägen: War mir das Gespräch mit Ulli Tellmann so wichtig, dass ich fortan die Wohnung nicht eher verlassen würde, bis dieser bei mir zurückgerufen hätte? Und was würde sein, wenn er nie zum Telefon greifen würde, um meine Nummer zu wählen? Würde ich dann eines Tages still und leise hier sterben, ohne auch nur ein einziges Mal die frische Luft in dem kleinen Park am Ende unserer Straße in der Nase gespürt zu haben? Und was war, wenn Ulli gerade anruft, wenn ich – sagen wir mal – schlafe oder auf der Toilette bin oder zu angetrunken, um mit ihm vernünftig zu reden oder… ja, oder gerade mit Martina guten Sex habe? Wobei: letzteres scheint als Grund eher auszufallen. Was also, wenn ich das Telefon nicht höre, obwohl ich in der Wohnung bin? Oder was passiert eigentlich, wenn Ulli mich schon bald anruft, und mein Mut nicht ausreicht, ihm offen und ehrlich zu sagen, warum ich mit ihm sprechen möchte? Oder was passiert, wenn noch jemand in der Wohnung ist, wenn Tellmann und Reiche gerade telefonieren, wenn die Frau zum Beispiel in unserer Wohnung auf und ab läuft, die Frau, die Martina so zum Verwechseln ähnelt? Oder Ulli ruft an und es telefoniert gerade jemand auf unserer Leitung, schrecklich. Noch verheerender war es sich vorzustellen, was geschieht, wenn Tellmann mich nicht selber zurückruft, sondern diesen Drachen mit dem Namen Keilmann beauftragt, mir irgendetwas auszurichten. Zum Beispiel könnte Frau Keilmann ja von Tellmann den Auftrag erhalten, mich danach zu fragen, was ich eigentlich mit dem berühmten Autor des Wälzers *Die Turmuhr* besprechen möchte. Ich weiß heute beim besten Willen nicht mehr, wie lange ich dagesessen haben mag, tief in Gedanken versunken, das Telefon trotzdem immer im Augenwinkel, was völliger Quatsch ist, da die visuelle Benachrichtigung bei einem eingehenden Anruf viel weniger auffällig ist, als das

Schellen – welch schöner alter Ausdruck, dachte ich – das ein Telefon immer noch von sich gibt, wenn jemand die Nummer des Menschen wählt, mit dem er sprechen möchte. Mochten es zwei Minuten gewesen sein? Wohl kaum, denn zwei Minuten sind eine eher kurze Zeit und ich traue mir ehrlich gesagt nicht richtig zu, so tiefgründige Abwägungen in zwei Minuten zu treffen. Aber vielleicht waren es ja zwei Stunden. Ja, sicher waren es zwei Stunden. Zwei Stunden ist eine gute Zeitangabe für eine Dauer, die weder kurz wirkt, noch als übermäßig lang zu gelten in der Lage ist. Auf jeden Fall ist die Zeitangabe von zwei Stunden sicher naheliegender, als wenn ich versucht gewesen wäre anzunehmen, dass ich wohl zwei Tage sinniert hätte. Erstens habe ich noch nie etwas zwei Tage am Stück ausgehalten. Zweitens wäre im Verlaufe von zwei Tagen mit übergroßer Sicherheit auch Martina einmal wenigstens an mir vorbeigelaufen. Drittens hätte ich zwei ganze Tage nur schwer ohne etwas zu essen ausgehalten und noch viel schwerer ohne ein Fläschchen Bier. Viertens hätte in zwei Tagen sicher wenigstens einmal das Telefon geklingelt. Fünftens hätte mich sicher auch der Schlaf irgendwann übermannt. Sechstens…

Kllllliiiing… Kllllliiiing… Kllllliiiing… Kllllliiiing… Ich erstarrte fast. Trotzdem, vielleicht unter Aufbietung der letzten Kraftreserven, ging ich auf das Telefon zu. Ich getraute mir kaum, zu schauen, wer wohl am anderen Ende der Leitung sein würde. Vorsichtig, so vorsichtig wie es halt ging und gewärtig, dass mich vom Telefon her etwas anspringen und böse verletzen oder gar umbringen könnte, lugte ich nach dem Display: Unbekannter Teilnehmer, leuchtete dort auf, so als wolle mich das Ding zur Weißglut bringen. Das einzige, was in dieser Situation beharrlich zunahm, war die Angst, die ich vor dem kleinen schwarzen Apparat entwickelte. Kllllliiiing… Kllllliiiing… Kllllliiiing… Wenn ich jetzt nicht beim nächsten Mal Klingeln rangehen würde, würde sich der Anrufbeantworter anschalten und wenn Ulli Tellmann am anderen Ende der Leitung sein sollte, würde der sofort auflegen, denn dass er bei Martin Reiche etwas auf den AB sprechen würde, schien mir so aussichtslos wie der Anbau von Ananas in der Antarktis. Kllllliiiing… Ich hatte den Hörer in der

Hand und hauchte ein „Guten Tag, hier ist Martin Reiche" in das kleine Feld im schwarzen Plastikgehäuse, das aus zig Löchlein bestand und die Gnade hatte, meine verschämt dahin geflüsterten Worte an das Ohr meines zukünftigen Gesprächspartners zu tragen. „Guten Tag Herr Reiche, schön, dass Sie gleich selbst dran sind." Angesichts der Tatsache, dass mich jemand mit Herr Reiche und mit Sie ansprach, war die Gefahr, dass es Ulli Tellmann selbst wäre, da, am anderen Ende der Leitung, da in dem noblen Villenviertel am Rande der mondänen Stadt am Fluss, jedenfalls also weit weg, war also diese Gefahr gebannt. Am anderen Ende räusperte sich jemand, etwa so: „Hmmm, Hallo?" Einen Augenblick lang musste ich lächeln, denn die Stimme, ohne Frage eine Frauenstimme, klang im ersten Moment wie Martinas Stimme. Aber mit Verlaub; Martina sprach mich noch nicht mit Herr Reiche an (wieso dachte ich noch, wieso noch nicht?) Aha, eine Frauenstimme also, ging es mir durch den Kopf, dann dachte ich für einen ganz kurzen Augenblick an Andrea Chatwin aber auch die sagte nicht Sie zu mir und dann kam mir da noch Maria Salinaris in den Kopf. „Hallo, Herr Reiche?", hörte ich vom anderen Ende der Leitung her, „sind Sie noch dran?" Da fiel es mir mit einem Male ein, woher ich diese Stimme kannte. „Jawoll, Frau Keilmann, ich bin noch dran und ich staune schon, dass Sie hier wieder anrufen; also jedenfalls mein Kollege, hören Sie, KOLLEGE Ulli Tellmann jedenfalls hat sich noch nicht gemeldet, was ich unzweifelhaft mit Ihrer Unfähigkeit in Verbindung bringe, Frau KEILMANN!" Ich spürte förmlich, wie die Keilmann nach Luft schnappte, denn man konnte das Gefühl bekommen, dass sich an der Hörmuschel des Telefons ein leichter Unterdruck bildete. Als der Unterdruck nach ein paar Hundertstelsekunden langsam wieder abnahm, staunte ich, dass es trotzdem im Hörer still blieb. „Hallo, hallo Frau Keilmann, sind Sie noch dran?", jetzt war ich es, der im Dunkeln tappte. Noch drei Zehntelsekunden Schweigen, eigentlich wohltuend, dieses Schweigen dachte ich, als ich jäh wieder aus meinen Gedanken gerissen wurde. „Jetzt passen Sie mal auf, Sie Macho", die Keilmann schien an Fahrt zu gewinnen, das merkte ich deutlich, „was denken Sie denn, warum ich anrufe, ha? Ich rufe genau deshalb an, weil ich es eben nicht vergessen habe, mit Herrn Tellmann über Ihren Anruf zu sprechen aber eigentlich ärgere ich mich schon wieder darüber, hätte ich Ulli doch einfach alles verschwiegen, dann könnte ich mir das idiotische Gespräch mit so einem Schnösel wie Ihnen, Herr Reiche, sparen, ja das könnte ich." Einen Augenblick lang bestand Gefahr, Frau Keilmann würde in Tränen ausbrechen. Aber eine große Gefahr war es eher nicht. Dann legte Frau Keilmann nach, natürlich so, dass ich wieder in Zugzwang kam: „Also, was nun, Herr Reiche, wollen Sie wissen, was mir Herr Tellmann aufgetragen hat Ihnen auszurichten oder soll ich lieber doch gleich wieder auflegen, wozu ich unheimlich viel Lust hätte; und lassen Sie sich mit der Antwort nicht allzu viel Zeit, Herr Reiche!" Der Verbalschlag saß. Natürlich wollte ich wissen, was Ulli dieser Dame aufgetragen hatte aber ich wollte auch mein Doggengesicht mit den gefletschten Zähnen nicht zugunsten dieser Frau bei der Telefongesellschaft, die uns freundlicherweise verbunden hatte, im Serverraum abgeben. Gleich wirft sie den Hörer auf die Station, dachte ich, ein „Ist ja schon gut!" hervorpressend. „Wie bitte, man versteht Sie sehr schlecht, Herr Reiche, Sie haben doch hoffentlich nicht schon wieder zu tief ins Glas geschaut?" Nächster Tiefschlag und woher wusste sie überhaupt…? „Also, Frau Keilmann, wären Sie so freundlich mir zu sagen, was Uli Tellmann ausrichten lässt." – „Na bitte, geht doch. Also er lässt ausrichten, das er morgen um zehn anrufen will, damit Sie sich ein wenig einrichten können, Herr Reiche, und nicht nutzlos die Zeit bis zu seinem Anruf verplempern. Ist Ihnen das recht?" Ohne zu wissen, wie sie das mit dem Verplempern meinte, nickte ich. Dann fiel mir ein, dass es besser wäre, wenn ich ihr den Termin des Telefonats auch akustisch bestätigte, denn mein Nicken war garantiert nicht so ausdrucksstark, dass sie es am anderen Ende der Strippe vernommen hätte. Also brubbelte ich ein OK in Richtung des kleinen Mikrofons, das am anderen Ende der Leitung in keinem Fall Missverständnisse hervorgerufen haben konnte aber auch nicht als Kapitulation vor Frau Keilmann zu deuten gewesen sein dürfte. Ob Frau Keilmann noch einmal etwas erwiderte, ist mir nicht mehr erinnerlich. Dann legten wir auf, beide.

Nächster Morgen um zehn, Anruf von meinem lieben Kollegen Ulli Tellmann, ging es mir durch den Kopf. In Gedanken ging ich noch einmal meine Gesprächsstrategie Schritt für Schritt durch. Als erstes freundlich einige Belanglosigkeiten austauschen – langsam zur Arbeit einiger Kollegen umschwenken – auf keinen Fall sofort auf Christoph Becker zu sprechen kommen – dann, einige Gedanken später, doch und ganz so wie hingeworfen auf den *Kahlmann* zu sprechen kommen – das Buch loben – aber einige Ungereimtheiten feststellen – Tellmann genügend Zeit geben, sich zu äußern – feststellen, wie Tellmanns Meinung zu dem Roman ist – schließlich und endlich raus mit dem Plagiatsvorwurf – offen und ehrlich – und dann einfach mal sehen, was weiter passieren würde.

Die Zeit bis zum nächsten Morgen verging wie im Flug. Martina hatte Spätschicht, kam also erst gegen neun am Abend nach Hause. Wie durch ein Wunder – war es die Wirkung meiner angestrengten Tätigkeit über den ganzen Tag? – hatte ich so gut wie noch keinen Alkohol getrunken. Also fragte ich Martina, ob wir gemeinsam eine Flasche Wein trinken sollten. Martina bejahte. Ich holte den Wein – Riesling, trocken, lecker, goss aus, stieß mit Martina an (tief in die Augen schauen beim Anstoßen, alles andere bedeutet Unglück), wir tranken, unterhielten uns, dann später – was war nur los – schliefen wir noch zusammen – das war wirklich mehr, als ich manchmal in einer ganzen Woche erlebte. Auch den darauffolgenden Morgen genossen Martina und ich gemeinsam. Ich war schon um halb sieben aufgestanden, um frische Brötchen zu holen. In der Zwischenzeit sorgte Martina dafür, dass sich in der ganzen Wohnung ein betörender Duft nach frischem Kaffee ausbreitete (vor meinem gedanklichen Auge sah ich Lorke, wie er gegen diesen Duft ankämpfte, aber ohne Erfolg). Dann frühstückten wir gemeinsam und ich erzählte Martina, dass ich in ein paar Stunden mit Ulli Tellmannn sprechen würde. Warum ich mit ihm sprechen wolle, ließ ich ungesagt. Auch Martina erzählte einiges von ihrer Arbeit, kam dann aber noch einmal auf Beckers *Kahlmann* zu sprechen und darauf, dass ihr das Buch eigentlich gefalle. Seit Stunden war das die erste Stelle, die mich stutzig machte. „Wieso gefällt Dir das Buch eigentlich, was heißt eigentlich, gefällt es Dir, oder nicht?", ich war mir nicht sicher, ob ich die Frage behutsam genug gestellt hatte, denn ich wollte Martina nicht verprellen, nicht heute jedenfalls. „Tja, das ist eine gute Frage", gab Martina zurück, „weißt Du, ich habe manchmal das Gefühl, als ob..." Schweigen. „Als ob was, was für ein Gefühl hast Du manchmal?", ich blinzelte verstohlen, um die gute Allgemeinstimmung mit meinen nervigen Fragen nicht zu zerstören. „Einiges kommt mir so, na eben so bekannt vor, Martin, als ob ich es schon irgendwo gelesen hätte." Danke Martina, und ich liebe Dich. Das dachte ich aber nur, leise aber vernehmlich sagte ich: „Tja, wir Schriftsteller haben es eben nicht leicht – es ist halt ein schwerer Beruf, sich immer etwas Neues ausdenken zu müssen." Dann gab ich Martina einen Kuss auf die Nasenspitze; das hatte ich wahrscheinlich schon zehn Jahre nicht mehr getan.

Gegen neun musste Martina los und ich konnte getrost noch ein paar Seiten lesen, bis Tellmann anrufen würde. Das Telefon klingelte genau vier Minuten nach um zehn und da an diesem Tag meine Toleranz grenzenlos zu sein schien, wertete ich die vier Minuten Verspätung noch als pünktlichen Anruf. „Martin Reiche am Apparat." – „Hallo Martin, Ulli hier. Du hast bei mir angerufen, willst dringend – so sagt jedenfalls Frau Keilmann – mit mir sprechen. Also was gibt's so Dringendes, dass die Keilmann es nur mit einem Blick voller Verachtung, in dem Todesangst mitzuschwingen scheint, rüberbringen kann?" Verdammt, dachte ich, denn ich hatte meine mühevoll entwickelte Gesprächstaktik vergessen. Also sprach ich ohne Leitfaden weiter: „Ach weißt Du, ich wollte einfach mal mit Dir sprechen, wir sehen uns doch so selten, wollte einfach mal wissen, wie's Dir so geht, naja, einfach mal klönen... hast Du nicht Lust, Dich mal mit mir zu treffen, trinken wir ein Bierchen, reden über die Arbeit und über die Kollegen, tauschen uns einfach mal aus..." – „Und deshalb machst Du die Keilmann fast zur Schnecke? Ich hatte nach den Erzählungen von ihr den Eindruck, Du wärst in einer schlimmen Krise, brauchtest Hilfe – na was weiß ich..." – „Ja, ich war vielleicht ein bisschen unhöflich zu ihr – tut mir leid.“ Wir sprachen noch ein paar Minuten über Belanglosigkeiten und verabredeten ein Treffen in zwei Wochen in Ullis Heimatstadt in irgendeiner Kneipe, die ich schon finden würde. Dann verabschiedeten wir uns und legten auf. Sieben Minuten waren vergangen und ich hatte das Gefühl, wieder einmal alles vergeigt zu haben.

In den folgenden beiden Wochen nahm ich mir immer wieder Zeit, mein Gespräch mit Ulli Tellmann gedanklich doch noch einmal durchzugehen und damit gebührend vorzubereiten. So eine Schlappe wie am Telefon, als mir nichts, besser gesagt gar nichts mehr einfiel, wollte ich mir unbedingt ersparen, wenn ich dem Mann, den ich zu retten aufgebrochen war, leibhaftig und Auge in Auge gegenübersitzen würde. Bereits an dieser Stelle überfielen mich erste Zweifel: wieso wollte ich Tellmann retten? War es nicht eher so, dass ich Becker überführen wollte? Diente mir Tellmann dabei nicht nur als gefügiges (das werden wir noch sehen) Medium? Mit einem gekonnten Wisch der rechten Hand fegte ich die Zweifel über die Tischkante. Dabei ging ich gedanklich so vor, dass ich natürlich Christoph Becker nicht direkt verzinken wollte; lediglich sollte Tellmann Verdacht schöpfen, Verdacht in der Richtung, dass jemand aus seinem Buch sozusagen „großflächig“ abgeschrieben haben könnte. Natürlich bestand die Gefahr, dass Tellmann den *Kahlmann* schon gelesen hatte und selbst darauf gekommen war, dass mit dem Buch etwas nicht zu stimmen schien. Aber eigentlich, so sinnierte ich weiter, wäre das ja gar nicht so schlecht, könnte ich in dem Fall doch Tellmann nahe legen – sozusagen als Wächter von Ordnung und Ethik unter uns sächsischen Schriftstellern – dass man solch ein Tun nicht ungestraft bleiben lassen durfte.

Die zwei Wochen vergingen wie im Fluge. Wir hatten uns als Treffpunkt eine gemütliche Kneipe in der Nähe einer als bekannt geltenden großen Brücke im Osten der Stadt auserkoren. Damit ich auch ein oder zwei (?) Glas Bier würde trinken können, war ich mit dem Zug zu Tellmann gefahren und da wir uns schon für nachmittags um drei verabredet hatten, würde wohl genug Zeit sein, nach den ein oder zwei (?) Bierchen noch einen Zug zurück zu erwischen.

Bereits um zwanzig vor drei stand ich vor der Kneipe. Aber da ich keinesfalls als erster da sein wollte sondern es den Anschein haben sollte, dass ich so viel zu tun hätte, dass ich mir eigentlich kaum die Zeit nehmen könnte, mich mit Ulli Tellmann zu treffen, wollte ich – na sagen wir mal – sieben Minuten nach drei und ziemlich abgehetzt in der Kneipe aufschlagen. Also musste ich mir noch fast eine halbe Stunde die Zeit vertreiben. Bei meinem Spaziergang bemühte ich mich, der Gaststätte unseres Treffs nicht mehr allzu nahe zu kommen. „Pünktlich" um sechs Minuten nach drei öffnete ich die Eingangstür und Sekunden später stand ich in einem mit funzeligem Licht nur wenig ausgeleuchteten Gastraum, holzgetäfelt, altes Mobiliar, knarrende Dielen, Geländer aus Eisenguss... Ich blickte in die Runde. Vereinzelt saßen an wenigen Tischen wenige Menschen – da, da saß ja Ulli Tellmann schon. Ich ging auf den Tisch in der Ecke zu, an dem ich Ulli erspäht hatte. Wir begrüßten uns höflich aber nicht überschwänglich. So, dachte ich, jetzt von der ersten Sekunde an absolut fit sein und das Gespräch in genau die Richtung lenken, in der ich es haben wollte. Aber, wie sollte es anders sein, der erste Aufschlag misslang völlig, besser gesagt kam ich gar nicht dazu, den Schläger über Hüfthöhe zu hieven, denn Ulli landete unversehens ein As, als er mich fragte, wieso ich denn schon ein paar Minuten um die Kneipe getänzelt sei („getänzelt", das war O-Ton, das war die Verhöhnung an sich!), ich hätte doch reinkommen können, er wäre auch schon etwas länger da gewesen... „Ach, weiß ich auch nicht so recht..." Advantage Tellmann. Ich bestellte mir ein Bier. Ulli bestellte sich einen weiteren Schoppen Riesling. Ein richtiges Gespräch kam nicht zustande. Ich nahm noch einmal Anlauf. Ins Netz. Ulli hatte den Weißwein ziemlich schnell ausgetrunken. Ich bestellte noch ein Bier. Ulli sagte etwas Kluges. Advantage Tellmann. Ich gab etwas ähnlich Kluges zurück. Ausgleich. Ich hatte Durst und bestellte noch ein Bier, das dritte von ein oder zwei Bierchen. Ich sagte etwas halbwegs Kluges. Advantage Reiche. Tellmann konterte backhand down the line. Ausgleich. Wir tranken beide noch etwas. Ich fing an, leicht beschwipst zu werden. Tellmann wurde redselig. Tellmann erzählte Dinge, die mich nicht interessierten. Ich erzählte die

Dinge nicht, die mich interessierten. Beide noch ein Bier – Wein auf Bier, das rat ich dir, Bier auf Wein, das lass sein. Advantage Becker. Tellmann zog mich in sein Vertrauen (warum das denn, hatte er zu viel getrunken oder war er froh, dass er überhaupt mal jemanden ins Vertrauen ziehen konnte?). Tellmann bat mich, das, was er mir jetzt erzählen würde, niemandem, aber wirklich niemandem, weiter zu erzählen. Ich schwor: vier Finger in der Luft. Vorerst aber bestellten wir noch etwas zu trinken. Prost. Ausgleich. Tellmann rückte ganz nah an mich heran. Vorteil Reiche. „Jetzt hör mir mal zu, Martin", der Einfachheit halber wird auf die Wiedergabe der schon etwas verzerrten Sprache in der hier anzuwendenden Schriftform verzichtet, „hör mir also ganz genau zu, ok?" Ich bestätigte mit einem echt amerikanisch klingenden OK. Erstmals ging ich mit zwei Punkten in Führung. Tellmann weiter: „Also Martin, als ich an der *Turmuhr* gearbeitet habe, da hatte ich Zeiten, da lief das gut und dann kamen Zeiten, da lief das schlecht." – „Und? Kenn ich." Die Bedienung brachte den Alkohol jetzt bereits ungefragt. „Und wenn mir so richtig gar nichts mehr einfiel, weißt du, was ich dann gemacht habe? Kannst du es dir denken, Martin?" Ich spielte den Ahnungslosen und hatte damit wohl soeben den Satz nach Hause gebracht. „Dann habe ich – aber pssccchhhtttt, kein Wort, denk an dein Gelübde", - ich dachte an mein Gelübde – „dann hab ich einfach ein paar ziemlich alte und unbekannte Bücher zusammengesammelt und paar passende Passagen…" Ulli Tellmann schaute mir tief in die Augen, oder besser, er versuchte es, aber die Augen, die hatten irgendwie ein Eigenleben entwickelt. Gegen halb elf war uns der Spielstand völlig entglitten – keiner konnte mehr richtig mitzählen. Ich hatte zu meinen ein, zwei Bieren noch drei, vier Schnäpse getrunken und ich war froh, dass mir kein Sprichwort einfiel, das einem den Genuss von Schnaps auf Bier verwehren wollte. Prost. Prost. Gegen Viertel nach elf lallten wir bloß noch. Tellmann bestellte die Rechnung. Tellmann bezahlte alles. Wieder ein leichter Vorteil Reiche. Mit dem mühsam als Frage formulierten Satz *Schreiben wir nicht alle ständig irgendwo ab?* überließen wir das Spielfeld den noch verbliebenen Gästen.

Gegen halb zwölf verließen wir völlig besoffen und uns gegenseitig stützend die Kneipe. Tellmann hatte mir angeboten, dass ich mit bei ihm würde schlafen können. Er fand seine Wohnung mit Müh und Not. Ich hatte natürlich für den nächsten Tag noch keine Rückfahrkarte, denn die ich hatte, galt nur heute. Aber vielleicht zog ich ja ganz bei Tellmann ein, ging es mir durch den Kopf und ein schiefes Lächeln verband meine Mundwinkel mit den Ohren.

Ein weiterer Protagonist stellt sich vor

Munter sind wir bisher von Ort zu Ort gesprungen, haben der Uckermark einen Besuch abgestattet und der barocken Stadt am Strom, haben Bekanntschaft mit Gregor Kahlmann schließen dürfen (und nicht ausschließlich mit der Romanfigur Gregor Kahlmann), haben Sven und Knut kennengelernt und haben sie beobachtet, wie sie bemüht waren, uns bei schwieriger investigativer Arbeit behilflich zu sein, am Ende aber nichts als Spesen übrig geblieben sind... ja, bis nach Austin im fernen Texas hat es uns verschlagen. Ist es jetzt nicht langsam an der Zeit, ein wenig mehr Stetigkeit in den Fluss der Geschichte zu bringen? Wäre es jetzt nicht angebracht, die Protagonisten, die mit violett beschriebenen Zettelchen malträtiert wurden, aus deren Inhalt man wenig schlau wird, zusammen zu bringen, um wenigstens den Versuch zu unternehmen, die Geschichte aufzulösen? Ja, es täte unserer Geschichte wahrscheinlich wirklich gut, die ausgeworfenen Enden langsam wieder zusammen zu führen und gekappte Seile wieder zu verknoten. Bitte? Hören wir da etwas? Meldet sich jemand? Hallo? Tatsächlich, eine feine Stimme, lauschen wir einfach einen Augenblick.

„Guten Tag, he, Sie da, ich spreche mit Ihnen. Ja, hallo, hier, hier bin ich, in dem Buch – nein, nicht in diesem vermaledeiten Becker-Buch und auch nicht in dem von Herrn Reiche, das nie fertig zu werden scheint, in dem hier, hallo, hier – na endlich! Ja, ja, ich weiß, ist schon seltsam, dass ich hier eine Rolle spiele, weiß ich längst, mach ich mir keine Gedanken drüber, ich nicht, jedenfalls. Sollen sich andere Gedanken drüber machen, oder auch nicht, oder was weiß ich, ist ja aber irgendwie auch logisch, dass ich dabei bin... Oh, Verzeihung, ich vergaß mich vorzustellen, mein Name ist *Erster Unvollständigkeitssatz von Gödel*, (an dieser Stelle gab es einen in der Zuhörerschaft, dem der Name nicht so ganz angenehm zu sein schien), „aber nennen Sie mich ruhig Satz, ja, Satz, und duzen Sie mich ruhig, ich bin es gewöhnt, mit wenig Respekt behandelt zu werden, denn wer es gewöhnt ist, dass man ihn kaum kennt, der gewöhnt sich auch an Respektlosigkeit", Satz musste erst einmal Luft holen, denn das

Vorstehende war wie ein Wasserfall aus ihm herausgesprudelt. Nach dieser kleinen Pause setzte Satz fort: „Tja eigentlich ist *Erster Unvollständigkeitssatz von Gödel* auch nicht mein voller Name, der lautet nämlich *Ist U ein Bereich, der die natürlichen Zahlen enthält und L eine Sprache, in der die Arithmetik der natürlichen Zahlen ausdrückbar ist, so ist jedes in L formulierbare Axiomensystem A, das eine endliche oder allgemeiner eine rekursive Menge von Axiomen ist, in dem Sinne unvollständig, dass nicht alle in U wahren Aussagen aus A abgeleitet werden können.* Tja, mit dem Namen kann man sich natürlich nirgendwo vorstellen, schlafen ja alle spätestens bei Axiomen oder rekursive Menge ein. Ach so, Sie wissen jetzt mit meinem Namen nichts Richtiges anzufangen? Das wundert mich natürlich nicht, denn die wenigsten wissen mit mir und meinem Namen etwas anzufangen." Satz räkelte sich versonnen in dem aufgeschlagenen Buch mit dem schönen Titel *Fermats letzter Satz.* Dann setzte er seine moralische Belehrung der Zuhörerschaft (Ja, wer hörte eigentlich zu und wo lag das Buch und wieso konnte Satz sprechen und wo befinden wir uns überhaupt???) unbeirrt fort: „Also, ich will Ihnen eine Brücke bauen. Nehmen Sie einen meiner unzähligen Brüder", jetzt wieder belehrend, „denn Sätze haben natürlich fast unendlich viele Brüder, und untersuchen Sie ihn auf seinen Wahrheitsgehalt. Nein, Sie dürfen natürlich nicht irgendeinen Satz nehmen. Wenn Sie irgendeinen Satz nehmen, zum Beispiel den Satz *Heute früh hat es geregnet,* dann klappt das nicht, mit dem, was ich Ihnen zeigen will. Denn natürlich ist es zweifelsfrei nachweisbar, ob es in Austin (lassen Sie uns auch festlegen wo, zum Beispiel auf dem Campus) geregnet hat und heute früh lässt sich natürlich auch eingrenzen, vielleicht trifft die Zeit von sechs Uhr am Morgen bis um neun die Spanne am besten." Satz holte noch einmal tief Luft. „Also, worauf ich hinaus will, ist, dass mit den meisten meiner Brüder ein leichtes Spiel in der Richtung zu spielen ist, dass sie entweder wahr sind oder nicht. Ja oder nein, L oder 0, Yes oder No, Da oder Net!" Satz lehnte sich zurück, sich wohl selbst in der Erwartung sonnend, dass der eigentliche Clou in seinem Vortrag noch kommen sollte. Dann straffte er sich wieder, setzte ein einigermaßen gelehrt wirkendes Gesicht auf und fuhr fort: „Tja, wie wir eben gesehen haben, funktionieren die meisten meiner Geschwister ganz einfach; entweder sind sie wahr oder falsch. *Tomaten sind blau* oder *Tomaten sind rot* ist ein treffliches Beispiel dafür, was ich sagen will. Natürlich sind Tomaten nicht blau, deshalb falsch, natürlich sind Tomaten (reife) rot, deshalb richtig. Aber jetzt, jetzt schreiten wir in der Abhandlung fort und suchen uns einen Satz, der es uns nicht so leicht macht." Satz baute an der Stelle wieder eine der schon bekannten Kunstpausen ein; Sekunde für Sekunde verstrich, die Zuhörerschaft (wir wissen immer noch nicht, wer zuhörte), zeigte sich nach wie vor interessiert, auch wenn man anheimstellen muss, dass die etwas verschnörkelte und barock anmutende Art der Erklärung, die Satz gewählt hatte, die Aufmerksamkeit über jegliches Maß an Verträglichkeit hinaus beanspruchte (Lieber Satz, bitte übertreibe es nicht!). Sekunde für Sekunde, und so weiter und so fort… dann ein Räuspern. „Wie sieht es denn beispielsweise mit folgendem Konstrukt aus?" Wieso sich Satz in der Art gedrechselt ausdrückte, ging weder Gustafsson, noch Gödel, Weinberg oder Kahlmann auf, obwohl alle vier an dieser Stelle nun wirklich gespannt waren, was noch kommen könnte. Dann straffte sich Satz und ohne weitere Nebengeräusche ließ er „Ich bin ein Lügner!" auf den Kaffehaustisch fallen. Ich bin ein Lügner! Kahlmann sah Gustafsson an, beide nippten von ihrem Espresso, Gödel schaute zu Weinberg, dann schaute Gödel zu Kahlmann, der wieder an dem Espresso nippte (gottseidank hatte er einen doppelten Espresso bestellt) dann schaute Gustafsson zu Weinberg, der wiederum Kahlmann anschaute und schließlich tauschten auch Gustafsson und Gödel einen Blick. Jetzt setze Satz fort: „Na, habe ich Sie überrascht? Natürlich nicht, denn zu *Tomaten sind rot* muss es ja wohl noch eine Steigerung geben, oder? Natürlich, sie haben es längst bemerkt. Wenn der Satz *Ich bin ein Lügner* eine wahre Aussage ist, dann bedeutet dies, dass ich ein Lügner bin. Wenn ich aber ein Lügner bin, dann sage ich nicht die Wahrheit, was wiederum bedeutet, dass auch der Satz gelogen ist. Ist der Satz aber gelogen, so bin ich kein Lügner, was wiederum nicht mit der Aussage übereinstimmt, dass ich ein Lügner bin", Satz räkelte sich. Die vier

Herren an dem Tisch hatten bis dahin mit Interesse zugehört. Lars Gustafsson war es, der plötzlich das Buch nahm, es zuschlug, so dass die nächsten Worte von Satz nicht mehr zu vernehmen waren. Das führte dazu, dass Satz auch nicht mehr mitbekam, dass die vier Herren sich, nachdem sie gezahlt hatten, auf die Straße begaben, um jeder seines Weges zu gehen; Gustafsson natürlich mit seiner zehngängigen italienischen Schönheit. Satz zappelte noch etwas in der Enge des zugeschlagenen Buches, stellte dann aber auch schnell fest, dass es keinen Sinn hatte, sich gegen das eigene Schicksal einer Folge von Worten aufzulehnen und schlief alsbald ein. Irgendwer würde irgendwann das Buch an genau der Stelle wieder aufschlagen.

Ja, lieber Satz, wir werden wieder von Dir hören. Zunächst erinnern wir uns aber an die erst wenige Zeilen vorstehend geäußerte Maxime, mehr Stetigkeit in die Geschichte zu bringen. Und warum sollte uns da nicht das wohlig warme Texas mit seiner Hauptstadt Austin treffliche Dienste zu leisten in der Lage sein? Bevor wir aber endgültig nach Texas auswandern, kehren wir noch einmal nach Europa zurück, sozusagen um Schwung zu holen für den Fortgang unserer Story.

Weiche Landung Austin

Nein, dass wir Freunde waren, konnte man nicht sagen. Zwar kreuzten sich unsere Wege immer wieder, aber dass das zu einer größeren Nähe, zu gegenseitigem Verstehen oder gar zu gegenseitigem Verständnis oder (noch garer) zu gegenseitigem Vertrauen geführt hätte – Fehlanzeige. Wir waren und blieben Konkurrenten – und was für jämmerlich unterschiedliche Konkurrenten. Auf der einen Seite war da mein Nicht-Freund Christoph Becker, stolzer Verfasser des noch stolzeren Buches *Kahlmann*, gelistet in allen großen Ketten, besprochen von den meisten renommierten Kritikern der Literaturseiten der regionalen Presse, beäugt von vielen In-Spe-Schwiegermüttern auf der Suche nach einer guten Partie, verstanden von einigen Kollegen, missverstanden von einigen wenigen Neidern, gehasst von einem einzigen Nichtsnutz. Von mir, der ich kaum etwas Produktives vorzuweisen hatte, der sich mühte, zwei Seiten zu schreiben, die dann als Feuilleton mit dem barbarischen Titel *Von den Reizen der Uckermark* durchgingen, nur weil man bei Greenwatt keine Ahnung hatte, nur weil ich der Meinung war, Short Realism sei wirklich eine neue Stilrichtung – wo ich doch wusste, dass ich einfach nur zu faul war, ein paar Seiten Papier zu füllen, wo ich doch lieber… Ja, was tat ich eigentlich lieber, als – sagen wir mal – schreiben: noch lieber tat ich nichts. Was wiederum auch nicht ganz der Wahrheit entsprach, denn wenn dieses Nichtstun durch angeregte Unterhaltung untermalt wurde, dann war das noch einen Tick angenehmer, als nur absolut faul vor der Glotze zu hängen. Illustriert sah das ungefähr so aus: Vor der Glotze hängen: gut – vor der Glotze hängen und regelmäßig mit frischem Bier versorgt werden: sehr gut – vor der Glotze hängen, regelmäßig mit frischem Bier versorgt werden und ab und an einen… ausgezeichnet und nicht mehr zu toppen.

Was nicht zu meinen Stärken gehört, ist zum Beispiel, den Briefkasten regelmäßig zu leeren. Das rührt einzig und allein daher, dass ich selten Post bekomme und die Post, die ich bekomme, meistens aus Rechnungen besteht oder idiotischen Lobpreisungen von Büchern, die eigentlich verrissen gehörten und die natürlich nicht ich geschrieben hatte. Das Thema Briefkasten haben wir ja an anderer Stelle bereits abgehandelt, so dass der geneigte Leser mein Verhältnis zu diesen kleinen Blechgefängnissen durchaus schon verinnerlicht haben dürfte. Also mache ich im Regelfall um den Kasten einen Bogen, was mir bei meinem etwas eingeschränkten Bewegungsradius, der im Wesentlichen von den Fixpunkten Bett, Fernsehgerät inklusive Couch, Kühlschrank und Klo markiert ist, auch nicht sonderlich schwer fällt. Welcher Teufel muss mich geritten haben, an irgend so einem Wie-immer-Tag doch zu dem Kasten zu trotten, obwohl ich keine Post von Maria Salinaris erwartetete? Ein Katalog für Martina, noch einmal der gleiche Katalog, diesmal aber an mich, Post vom Finanzamt, für Martina und mich (wahrscheinlich hatte die Frau, die häufig in unserer Wohnung auf und ab ging und Martina zum Verwechseln ähnelte, wieder unsere Steuererklärung nicht rechtzeitig abgegeben), irgendeine Gratiszeitung, irgendein Angebot billiges Geld zu bekommen (zu SUUUPERZINSSÄTZEN), irgendein unscheinbar graues Kuvert vom Schriftstellerverband, natürlich nicht an Martina, natürlich an mich. An Martin Reiche. Das war doch ich, oder? Wow, mit dem kleinen Packen unter dem Arm trottete ich in die Küche, wow, was ich heute schon alles geleistet hatte, wirklich wow. Flupppsch, der Stapel landete auf dem Küchentisch und wegen der geringen Kohäsionskräfte, die sich zwischen dem glatten Papier aufbauen konnten, fächerten die Einzelteile des Stapels auf dem Küchentisch auf, so dass man jedes Teil zu sehen bekam. Nichts mehr mit Stapel, dachte ich, und Entropie, tatsächlich, der Begriff Entropie kam mir in dem Moment in den Sinn (sollte ich jemals einem Psychiater vorgeführt werden, werde ich genau diese Szene schildern, denn wem in solch einem Augenblick der Begriff Entropie in den Kopf kommt, der kann nicht verrückt sein – oder der muss es). Die Verbandspost lag irgendwo in der Mitte, eingerahmt von den Zwillingskatalogen. Was konnte der Schriftstellerverband schon wieder von mir wollen? War ich im Rückstand mit den Beiträgen? Oder wollten die mich rauswerfen, wegen nachgewiesener Unproduktivität, mich den Begründer des Short Realism? Moment, da würden noch einige mit über die Klinge springen…

Ritsch, ritsch…

Sehr geehrter Kollege Reiche (ah, Kollege, ich war also noch drin!), *freuen wir uns, Ihnen mitteilen zu dürfen, dass Ihrem Antrag auf Belegung einer mehrwöchigen Studienreise seitens des Verbandes stattgegeben wurde. Bababa babababa tatata tatatata bla blu bli… unsere guten Beziehungen zum Texanischen Schriftstellerverband ist ein Austausch möglich geworden… nun die Möglichkeit, eine Studienreise nach Texas in Austin anzutreten. Die näheren Einzelheiten erfragen Sie bitte bei unserer Geschäftsstelle in blalbla bla .. freundlichen Grüßen… PS: Noch eine kleine Überraschung: Sie fahren gemeinsam mit dem geschätzten Kollegen Christoph Becker, gute Reise und viele, viele interessante Eindrücke.*

Soso, Austin in Texas. Zuerst war ich drauf und dran, zum Telefon zu gehen und irgendeinen Sachbearbeiter anzubrüllen, er solle sich mit mir nicht noch einmal solche Scherze erlauben, schließlich sei ich der Begründer des Short Realism. Dann las ich alles noch einmal in Ruhe durch. Langsam, ganz langsam dämmerte mir, dass es kein Spaß sein konnte. Mir fiel wieder ein, dass ich mich vor Urzeiten um einen solchen Auslandsaufenthalt beworben hatte und mir fiel wieder ein, dass tatsächlich in jedem Jahr Kollegen irgendwohin fuhren und Schriftsteller aus den Gastländern bei uns weilten. Dann fiel mir auch wieder ein, dass Martina und ich leider nie ein Quartier bereitstellen konnten. Leider. Ok, ich würde also nach Austin in Texas reisen, sozusagen Nichtstun mit einem hohen Unterhaltungsfaktor. Wahrscheinlich hatte ich doch einen Beruf ergriffen, der mir wie auf den Leib geschneidert zu sein schien. Ach so, ja, eine kleine Kröte war natürlich zu schlucken, ich würde mit dem geschätzten Kollegen Christoph Becker reisen.

Ich legte den Brief so auf den Couchtisch, dass Martina, sollte sie je wieder aus ihren Supermarkt vom Kassenband losgebunden werden, ihn unbedingt sofort sehen musste. Weiter tat ich an dem Tag nichts, denn natürlich musste man sich auf solch eine große Reise vorbereiten, auch mental. Und dazu gehörte auch, einfach einmal nichts zu tun. Gar nichts. So tat ich. Dann schellte das Telefon:

„Christoph hier, grüß Dich Martin." – „Mhhhm." – „Was biste denn so angegrummelt, Du hast doch sicher auch heute Post bekommen. Mensch, Alter, wir beide fahren nach Texas, hallo, nach Texas, wir beide…" – „Hhhmmm." Ich wollte und konnte Becker nicht das Gefühl geben, dass ich nicht über den Dingen stehen würde: „Ach weißt Du, eigentlich passt mir das terminlich gar nicht in den Streifen, ich hab jetzt meinen Roman fast fertig, Feinarbeit, jetzt steht die Feinarbeit an, Du weißt ja, da ist jede Minute, die einem fehlt, eine gestohlene Minute…" – „Ach komm", Becker fiel mir ins Wort, „Dein großes Werk wirst Du schon noch fertig kriegen und die texanischen Erfahrungen kannst Du ja noch mit einfließen lassen. Wir beide, Mensch, Martin, wir beide – düs düs, Texas voraus, da wird…" Tüt, tüt, tüt, tüt, tüt,… ich war ausversehen auf irgendeinen Knopf am Telefon gekommen und die Verbindung war unterbrochen. Plötzlich bekam ich Panik. Becker, wenn er das so auslegen würde, dass ich nicht mit ihm reisen wolle. Vielleicht ruft der jetzt schon beim Verband an und teilt mit, Reiche habe abgesagt. Wo ist die Nummer von Becker? Warum weiß ich die Nummer nicht aus dem Kopf? Hier ist sie ja. Tipp, tipp – vertippt, verdammt, noch einmal, tipp, tipp, besetzt, verdammt. Irgendwann, gefühlte vier Stunden später, bekam ich Becker wieder an die Strippe. Nein, kein Problem, natürlich wisse er, dass ich mich auf unsere gemeinsame Reise freue. Ich fühlte mich, als hätte ich in den vergangenen Minuten an einem Stück rund drei Kilo abgenommen. Aber ich war froh, Becker endlich wieder ans Telefon bekommen zu haben.

Szenenwechsel, Wohnung Becker, einige Minuten vorher: Tüt, tüt, tüt tüt, tüt, tüt – verdammt, was ist denn jetzt los. „Martin, Martin, bist Du noch da?" Tipp, Tipp, Tipp, Tipp – quatsch, falsch, na klar, Wahlwiederholung, Tipp – besetzt, wieso denn das jetzt? Roter Hörer. Wahlwiederholung – Tipp – besetzt, wieder besetzt! Minuten (gefühlte Stunden) später: „Prima, was war denn los, hast Du aufgelegt?" – „Nö, bin irgendwo draufgekommen." – „Ich hatte schon – naja, ist ja auch egal…"

Wieder Szenenwechsel, zurück in die Wohnung Reiche. Irgendwann kam auch Martina nach Hause. Als sie den Brief überflogen hatte, war ihre einzige Sorge, dass sie ja nun noch einige Hemden bügeln müsse. Aber, sie lächelte, das wolle sie gern tun, wo doch ihr Mann so eine weite Reise antreten würde, und noch dazu mit dem geschätzten Kollegen Becker. Das saß.

Wir unterhielten uns nie darüber, wirklich nie, wie man gerade auf uns beide bei der Auswahl der Reisekader in das sonnige Texas gekommen war. Aber ich spürte, dass nicht nur ich ein schlechtes Gefühl haben durfte, sondern dass auch Becker einigermaßen überrascht war und dass sozusagen post-*Kahlmann* auch so gut wie nichts Verwertbares aus seiner Feder geflossen war – jedenfalls nichts, was es in irgendeiner Form zwischen zwei Buchdeckel geschafft hätte. Im Gegenteil, ich lächelte, da war ja sogar *Von den Reizen der Uckermark* noch regelrecht druckfrisch gegenüber dem *Kahlmann*, wenn der auch das Fünfhundertfache wiegen dürfte. Irgendwann in der nächsten Woche schlugen wir gemeinsam (reiner Pragmatismus, schließlich mussten wir auch gemeinsam reisen, weshalb sollten wir diesen Selbstversuch nicht also auch schon eher beginnen?), bei der Geschäftsstelle des Schriftstellerverbandes auf. Gratulation – Danke – Danke – Einweisung in die näheren organisatorischen Einzelheiten, und, siehe da, der Haken. Ja, die Sache hatte einen kleinen Haken, oder besser zwei Haken: einen Becker-Haken und einen Reiche-Haken. Man teilte uns nämlich mit (die Frage, warum das nicht in dem Brief gestanden hätte, verkniffen wir uns), dass man so kalkuliert habe, dass für jeden ein Selbstkostenanteil von eintausend Euro für den Zeitraum von vier Wochen zu zahlen sei. Becker und ich schauten uns an. Dann nickten wir, beide noch nicht wissend, wo wir das Geld hernehmen würden und beide ahnend, dass es nicht bei den Tausend Euro bleiben würde, denn schließlich konnte man in nur vier Wochen nicht wirklich umfassende Studien über das Leben unter der texanischen Sonne anstellen. Ich greife an dieser Stelle vor, wenn ich berichte, dass Martina ohne mit der Wimper zu zucken bereit war, unser Gespartes für meine Reise um mindestens eintausend Euro zu reduzieren und dass sie auch schon begriffen hatte, dass das nicht das Ende der Fahnenstange sein würde.

Die nächsten Tage waren mit Reisevorbereitungen ausgefüllt und ich war erstaunt, was mir Martina alles zum Einpacken bereitlegte. Neben gebügelten Hemden, Leibwäsche, Badesachen, Kosmetiktasche (vollständig bestückt), einem Erste-Hilfe-Set, in dem ich auch ausreichend verschiedene Medizin vorfand, vier (!) paar Schuhen, Socken ohne Ende, zwei Anzügen, zwei weiteren Jeans, T-Shirts, zwei wärmenden Pullovern, mit denen ich auch eine Grönland-Rundreise gut überstanden hätte, einer Wollmütze (die allerdings reklamierte ich), einem Schal (den ich als Kröte für die Mütze schluckte), einem ziemlich dicken Anorak, mit ausknöpfbarem Futter und einem Regencape befand sich unter den von Martina für mich bereitgelegten Sachen auch ein offensichtlich echt texanischer Hut aus Leder mit extrabreiter Krempe. Martina hatte alles, was wir einpacken mussten, auf mein Bett gestapelt. Es ist mir völlig unklar, welche Tragfähigkeit ein normales Bett hat, aber mit zweihundert Kilogramm rechnete ich schon. Ich erwähne das an der Stelle nur, weil ich ernsthaft Bedenken hegte, ob die Tragfähigkeitsgrenze des Bettes schon erreicht gewesen sein könnte. Jedenfalls, ich weiß heute nicht mehr wie, bekamen wir alles in zwei Koffer. Alles bedeutet, dass auch noch ein paar Utensilien, die ich bereitgelegt hatte, mit in den Tiefen der Samsonite-Hartschalenkoffer verschwanden. Einige Utensilien, wie: ein paar Stifte, dazu Papier und drei Notizbücher, eine Karte von Austin und eine von Texas, meine Papiere (vorsichtshalber nahm ich meinen Führerschein mit, denn ich hatte gehört, dass man sich in den Staaten auch gut mit dem Führerschein ausweisen könne – wieso ich gerade daran dachte, mich gut ausweisen zu können, ist mir heute völlig rätselhaft), eine kleine Digitalkamera, ein zwei Taschenbücher, einen Wecker (hört, hört!), das Ladegerät fürs Handy, Zellstofftaschentücher (die hatte Martina nun wirklich vergessen), ein Feuerzeug (ich rauchte damals immer noch), ein Taschenmesser (keine Ahnung, wofür ich das brauchen könnte), Skatkarten (ziemlich sinnlos, mal abgesehen davon, ich wollte mit Becker Offiziersskat spielen, was ich nicht wirklich wollte), zwei USB-Sticks (die lagen offensichtlich irgendwo rum und wurden als Reiseutensilien zwangsrekrutiert); einige wenige Utensilien waren also noch zusätzlich zu Martinas Wäschebergen zusammengekommen. Irgendwann stellten wir fest, dass es doch keine zweihundert Kilogramm waren und dass tatsächlich alles – von dem kleinen Häufchen Handgepäck abgesehen – wie schon erwähnt in zwei, wenn auch große, so doch nicht monströse, Koffer passte.

Dann nahte der Tag unseres Fluges nach Amerika. Becker und ich hatten vereinbart, dass wir uns erst in Frankfurt treffen würden und jeder für sich sah, wie er zum Rhein-Main-Flughafen kam. Ich kam mit Martina, die mich auf der Autobahn offensichtlich gern nach Frankfurt zum Airport kutschierte, denn ein Lächeln umspielte ihre Lippen und einige Lieder im Radio summte sie beschwingt mit. Becker und ich hatten eine Zeit verabredet, zu der wir uns am Check-in unweit der Sicherheitskontrolle treffen wollten, um uns gemeinsam von unseren Lieben und damit auch von der alten Welt zu verabschieden. Martina und ich waren bereits eine halbe Stunde eher an der vereinbarten Stelle und wir waren froh, auch Becker schon bald mit seinen ebenfalls zwei Koffern antraben zu sehen. Aber wer begleitete meinen geschätzten Kollegen? Ich sah einmal hin, ich sah ein zweites Mal hin, dann sah ich Martina an, die wegsah, dann sah ich ein drittes Mal hin, um festzustellen, dass Andrea Chatwin Christoph Becker am Frankfurter Flughafen zur Verabschiedung auf seine große Amerika-Reise begleitete. Sekunden noch, dann kamen die beiden bei uns an. Händeschütteln und Verlegenheit: „Tja, weißt Du Martin, Du wirst Andrea ja kennen, ähhh, sie ist heute mit hier, weil wir, na sozusagen, weil wir…" – „Kein Problem, Christoph, absolut kein Problem."! Dann gab ich Andrea Chatwin die Hand. Dann gab ich meiner Frau die Hand, diesmal zum Abschied, dann gab ich Andrea wieder die Hand (auch zum Abschied) und dann begaben sich Becker und ich zum Check-in und später in die Sicherheitskontrolle.

An mir hatten die Beamten vom Sicherheitsdienst nichts auszusetzen aber Becker, Becker schien mehr als verdächtig zu sein, was dazu führte, dass er sogar seine Schuhe ausziehen musste und man Hunde an seinem dürftigen Handgepäck schnüffeln ließ. Drei Stunden später, rund dreizehntausend Meter über dem Atlantik und gerade dabei, ein schwammiges Sandwich als erste von insgesamt zwei

Mahlzeiten zwischen den Backenzähnen zu malträtieren, sprach ich Becker, der versonnen von Reihe 42 Platz A aus auf die Wasseroberfläche blickte, mit noch halbvollem Mund an: „Wiehscho sagscht Du nischt, dass Du mit Andrea...?" Becker hatte sein Sandwich schon verschlungen, nippte an seinem Tomatensaft, der ja angeblich im Flugzeug, kilometerweit über dem Meer, so anders schmecken soll, und gab dann, nach einem kurzen Augenblick überlegener Überlegung zurück: „Warum, Martin, was hätte es gebracht, wenn ich Dich eingeweiht hätte?" Dann, ohne mir eine Chance zu geben, gab er sich selbst die Antwort: „Es hätte Dir nichts genützt und mir nichts genützt und Andrea, mit der Du ja offensichtlich nicht das beste Verhältnis zu pflegen scheinst, hätte es vielleicht sogar geschadet, weil Du sie ja – warum auch immer – auf dem Kieker zu haben scheinst." Ich wusste, warum ich sie auf dem Kieker hatte, und der durch Anrufe zunichte gemachte Geschlechtsverkehr an Sonntagmittagen war schon längst nicht mehr mein Hauptgrund.

Das kleine Flugzeug im Bordinformationssystem zog beruhigend seine hellblaue Bahn über den Bildschirm und das große, sozusagen das richtige Flugzeug, schien ihm wie auf einer Perlenschnur aneinander gereiht zu folgen. Wir hatten einen Pan Am Flug von Frankfurt nach Philadelphia gebucht, dort mussten wir umsteigen. Jetzt, nach reichlich acht Stunden Flugzeit und die zweite Mahlzeit längst widerwillig eingenommen, spürten wir, dass das Flugzeug langsam aber sicher seine Reiseflughöhe verließ und Minuten später sah man voraus eine Küstenlinie – Becker und ich entdeckten gerade Amerika. In Philadelphia hatten wir eine reichliche Stunde Zeit zum Umsteigen und irgendwie musste es uns wohl auch gelungen sein, anhand der Piktogramme sowie eines radebrechenden amerikanischen Englischs, welches wir beide eher nicht sprachen, den richtigen Ausgang für unseren Anschlussflug zu finden. Diesmal war es ein Flug von American Airlines, der uns nach Austin Texas tragen sollte: *AA 3021 Austin Texas* konnte ich über dem Ausgang lesen; lediglich die Boarding-Zeit erkannte ich nicht. Da fiel mir ein, dass ich auf dem gesamten Flughafen keine Uhr gesehen hatte. Ich sprach Becker an, ob er wisse, wie spät es sei, aber auch der verneinte und seine Armbanduhr habe er seltsamerweise nicht im Handgepäck. Egal, irgendwann blinkte *Boarding* grün und wir schlossen uns den anderen Fluggästen, die den Silbervogel nach Texas bestiegen, kurzentschlossen an. Noch einmal fünf Stunden Flug, dann eine butterweiche Landung auf dem Austin-Bergstrom International Airport. Wir waren angekommen.

Der Himmel war blau, die Sonne schien von einem wolkenlosen Azur herab, wir fanden das Gepäckband schnell, wir kamen mit den Einreiseformalitäten gut zurecht, wir fühlten uns matt aber wohlig matt, wir hatten es fast geschafft. Dann, urplötzlich, standen wir vor dem Flughafen, der uns eben noch diese Geborgenheit des umbauten Raumes gegeben hatte und das texanische Leben brandete auf uns zu. Wir hatten die Wahl, unser Quartier, ein – wie sich später, aber was heißt schon später in unserer Geschichte, herausstellen sollte – ziemlich heruntergekommenes Wohnheim im University District ganz in der Nähe des Campus mit dem Taxi zu erreichen oder den 100er Bus, den sogenannten MetroAirport Service zu nehmen. Wir nahmen den Bus. Ein, zweimal umgeschaut und schon hatten wir die Busstation im Blick, nächster Bus in Richtung University of Texas in... wieder nicht zu erkennen... Minuten, Koffer in das Fahrzeug wuchten, Fahrschein beim Fahrer (nett), Abfahrt. Irgendwie konnten es offensichtlich weder Becker noch ich fassen, dass wir in einem ganz normalen Bus mitten durch die texanische Hauptstadt Austin rollten. Schnell entfernten wir uns vom Flughafengelände und bogen nach ein paar Minuten Fahrt in den Riverside Drive ein und nach weiterer kurzer Fahrt, wir waren gerade über den Interstate Highway 35, einem grauen Betonband Marke „Autobahn" wie offensichtlich auf der ganzen Welt, die einmal in Fahrt gekommene Blechlawine nur noch kanalisierend aber nicht mehr bremsend, gefahren, tauchte zur Rechten der Lady Bird Lake, ein langgezogener See auf, im Hintergrund die Skyline von Austin. „Puhhh!", Becker, fasziniert. „Wow", ich, nicht minder. Vom Riverside Drive bogen wir nach rechts ab auf die Congress Ave, querten den Lady Bird Lake über die Ann W. Richards Congress Ave Bridge (über diesen sinnlos langen Namen sollte ich mich natürlich erst später wundern, denn in dem Moment des ersten Querens kannte ich ihn natürlich noch nicht), und tauchten ein in die Straßenschluchten von Downtown Austin. An der Endstelle, ganz in der Nähe des Darrell K. Royal Texas Memorial Stadiums, stiegen wir aus, wuchteten unsere Koffer aus dem Fahrzeug und hatten noch ganze zwei Straßen zu queren, bis wir unser Quartier für die nächsten Wochen gefunden hatten. Eine freundliche studentische Hilfskraft begrüßte uns in diesem „Hotel" und zeigte uns unsere Zimmer. Es gab wieder Grund froh zu sein, denn unser Schriftstellerverband hatte weder Kosten noch Mühen gescheut, uns zwei Einzelzimmer zu organisieren. Die beiden Zimmer waren zwar direkt nebeneinander und ein prüfender Blick verriet mir auf Anhieb, dass die zur Anwendung gekommene Trockenbauweise Beckers vermeintliches Schnarchen niemals (NIEMALS!) auch nur annähernd würde dämpfen können, aber was soll's. Immer noch besser, Becker durch die Wand schnarchen zu hören, als ihn zu fragen, ob er im Bad schon fertig sei und man selbst mal das Klo benutzen dürfe. Ich sah Becker an, dass er haargenau die gleichen Gedanken hegte. Unsere Zimmer ähnelten sich nicht nur; sie waren mehr oder weniger als eineiige Zwillinge auf die Welt gekommen. Sagen wir mal fünf Meter lang und vier Meter breit, gegenüber der Tür ein Fenster, rechte Seite Bett, linke Seite Schrank, ganz rechts von der Tür aus Eingang zu einem kleinen Bad. Aber, so musste ich mit gespielter Betroffenheit feststellen, die Eineiigkeit der Zwillingszimmer war durch eine böse Mutation im Erbgut beschädigt worden, denn in Beckers Zimmer ging es nicht rechts von der Tür ab ins Bad, sondern links. Als Becker und die studentische Hilfskraft mich endlich allein in meiner neuen Bleibe ließen, sank ich aufs Bett und lächelte. Was würden wir wohl hier alles erleben!?

Irgendwie hatten wir wahrscheinlich eine zu kleine Portion Jetlag konsumiert oder zu wenig Alkohol im Flugzeug genossen; jedenfalls übermannte uns keine Müdigkeit, so dass wir gemeinsam zu einem ersten Erkundungsbummel zu Fuß durch die Stadt aufbrechen konnten. Unser Weg führte uns zu Fuß in Richtung Süden und nach einigem Weg kamen wir voran bis zur Sixth Street, auf der wir weiter in Richtung Osten gingen. Irgendetwas beflügelte unseren Schritt.

Urplötzlich und ohne, dass wir auch nur das Geringste abgesprochen hätten, standen wir vor einem Restaurant mit dem wohlklingenden Namen Maggie Mae's. Ich weiß heute noch nicht warum, aber wir gingen hinein. Die Augen mussten sich erst an die Dunkelheit gewöhnen, die hier, in dem Café herrschte, die texanische Sonne draußen lassend, auf der East Sixth Street. Wir blickten uns um, drei Männer saßen an einem Tisch, Espresso trinkend, ein Buch lag aufgeschlagen auf diesem Tisch, ein vierter Mann, der offensichtlich sowohl zu den drei Männern aber auch zu dem Café zu gehören schien (so etwas spürt man eben), stand am Tresen. Er trug eine lange schwarze Schürze und ich hatte den Eindruck, auf seiner Kleidung eine Applikation erkennen zu können, die *Maggie Mae's/Mr. Kahlmann* lautete. Zielsicher gingen Becker und ich auf den Mann am Tresen zu, gaben ihm die Hand („Hello, Mr. Kahlmann!"), dann gingen wir an den Tisch und setzten uns zu den drei Männern, die dort bereits saßen. Ich schwöre, noch nie vorher in meinem Leben in Austin in Texas gewesen zu sein. Ich schwöre, diese vier Männer noch nie vorher in meinem Leben gesehen zu haben. Ich schwöre, dass Becker genau das gleiche dachte wie ich. Ich schwöre! Es war Steven Weinberg, der uns begrüßte: „Schön, dass ihr endlich da seid. Wir haben eigentlich nur auf euch gewartet, wir wissen nicht genau wie lange wir schon warten, aber nun ist ja die Zeit des Müßiggangs vorbei, also, herzlich willkommen."

Irgendwann, zwei doppelte Espresso später, gingen wir zurück in unsere Bleibe und fielen in die Kissen; endlich, endlich übermannte uns ein tiefer Schlaf, durch nichts getrübt, nicht einmal durch Träume, an die man sich hätte erinnern können. Es muss am nächsten Tag gewesen sein, als ich Becker die Wasserspülung der Toilette betätigen hörte, aber auch möglich, dass es die Wasserspülung des nächsten oder übernächsten Zimmers war, denn die Trockenbauwände machten ihrem Ruf alle Ehre und sorgten für Sichtschutz, für mehr aber nicht. Dann hörte ich ein auf dem Fußboden kratzendes Geräusch, das aus Beckers Zimmer kam. Dann klang es, als wenn sich Becker verdutzt am Kopf gekratzt hätte – quatsch, so hellhörig waren die Zimmer nun auch wieder nicht.

Ppppbbb, Ppppbbb – jemand klopfte an meiner Tür. Ich öffnete: Becker: „Kannst du mal kurz rüberkommen." Ich konnte. Becker hatte einen alten Koffer auf seinen kleinen Tisch gehievt. Erst wollte ich fragen, ob er jetzt auch schon zu faul sei, seine Koffer selbst auszupacken, als ich sah, dass das niemals eines seiner Gepäckstücke gewesen sein konnte. Becker öffnete vorsichtig den Koffer: ein Diktiergerät, eine Sanduhr, Schreibzeug, alte Bücher, ein Fässchen Tinte… Seltsam, seltsam, dachten wir beide und Becker schloss den Koffer behutsam wieder.

Zurück vom Tauchgang

Nachdem sich L. G., K. G., S. W. und G. K. an der „Fast-Fahr-rad-Unfallstelle" verabschiedet hatten (wir erinnern uns, sie verabschiedeten sich, ohne sich einigen zu können, wem denn nun der Füllfederhalter gehöre und ohne auch nur ansatzweise zu wissen, wo er sich in dem Moment befand), dauerte es nicht lange, bis sie sich wieder einmal trafen; das Erstaunlichste an den neuerlichen Treffs war, dass sie nicht einmal verabredet werden mussten, sondern sich sozusagen „ergaben", was diesem Wort, welches ja in seinem eigentlichen Sinn eher etwas kapitulierendes beinhaltete, einen völlig neuen Bedeutungsinhalt zu geben schien. Jetzt, nachdem auch M. R. und C. B. in Austin weilten, war es natürlich alles andere als ein Zufall, dass auch die beiden Schriftsteller fortan mit zu der illustren Runde der fröhlich die Philosophie von Raum und Zeit verhöhnenden Sechserbande gehörten. Lassen wir ungeklärt, wie Becker und Reiche von den Verabredungen erfuhren, lassen wir ungeklärt, wie sich die Treffs ergaben und warum Becker und Reiche, wie im vorangegangenen Kapitel gesehen, so zielsicher das Maggie Mae's ansteuerten, lassen wir einfach vieles ungeklärt, so wie sich auch im Leben von uns allen vieles als ungeklärt erweist, obwohl es so, und genau so, kein Jota abweichend, gekommen ist, wie wir es vorfinden. Stellen wir also einfach fest, dass es genau so war, dass sich fortan in Austin, Texas, zu einer nicht genau bestimmbaren Zeit, sechs Männer mit den Namen Lars Gustafsson, Kurt Gödel, Martin Reiche, Christoph Becker, Steven Weinberg und Gregor Kahlmann an unterschiedlichen Orten aber dennoch regelmäßig trafen. Und vergessen wir Satz nicht, der meistens mit von der Partie war.

Einen der Orte der regelmäßigen Treffs von Herrn Gödel, Herrn Reiche, Herrn Becker, Herrn Gustafsson und Herrn Weinberg bestimmte die Tätigkeit von Herrn Kahlmann, der nämlich, um nicht völlig nutzlos die Zeit vom Aufstehen bis zum Ins-Bett-Gehen zu verplempern – angereichert nur durch permanentes Gähnen, in dem Maße sich steigernd, wie die Langeweile zunahm – eine schlecht bezahlte aber nützliche Tätigkeit in Austin angenommen hatte. Zwar stellte sich bald heraus, dass er für diese Arbeit nur die zweitbeste Wahl war, allein bedingt durch mangelndes Geschick und wenig Übung in diesem rauen Geschäft, das sich Service nennt. Sein Chef hatte allen Grund, mehr als häufig ein Auge zuzudrücken, was er dann angesichts der zerbrochen Gläser, beschmutzten Röcke, Mit-dem-Daumen-im-Teller servierten Suppen und so weiter auch tat. Der Leser rät richtig: Kahlmann hatte sich im Maggie Mae's, einem Restaurantkomplex mit Cafés, Bars, Bistros, Feinschmeckerläden etc. anheuern lassen. Dem Personalchef des Hauses hatte es offen-sichtlich gereicht, dass Kahlmann guten Willen zeigte; weder wurde er gefragt, ob er ausgebildeter Kellner sei, noch interessierte es je-manden, ob er in diesem Beruf schon gearbeitet hätte. Die ersten Tage waren tatsächlich verheerend verlaufen, so dass Kahlmann kurz davor gestanden hatte, fristlos gekündigt zu werden – dann aber kam er in eine gute Routine, die seine nach wie vor vorhandenen Unzulänglichkeiten handwerklicher Natur schon recht passabel übertünchte.

Das Maggie Mae's (wir haben ja schon einmal kurz den Fuß über die Schwelle gesetzt) lag an der East Sixth Street, gut durch den 3er, den 4er, den 5er, den 7er aber auch den 10er, den 17er, den 20er und den 30er Bus zu erreichen, außerdem in fußläufiger Entfernung zur Station Downtown der Capitol MetroRail. Warum an dieser Stelle diese dezidierte Aufzählung der Verkehrsverbindung? Nun, keiner der oben erwähnten Herren besaß oder verfügte über ein eigenes Auto in Austin, was es natürlich notwendig machte, Treffpunkte so zu vereinbaren, an die man gut mit Bus oder Bahn hin - und nach Möglichkeit auch wieder zurück kam.

Keiner hat je wirklich versucht, das Maggie Mae's und die ge-samte Gegend, die an jeder Ecke zum Verweilen einlud, endgültig zu erkunden. Mit seinen Cafés und der aus jeder Ecke dudelnden Live-musik ist das ein zu schwieriges Geschäft. Kahlmann jedenfalls be-diente in einem Café, das irgendwie auch in Frankfurt, Stockholm, Dublin, Hamburg oder Triest hätte sein können. Der rund hundert Quadratmeter große Raum, der sich an der zur Sixth Street gelege-nen Seite des Maggie Mae's befand, was die Möglichkeit von

Fernstern mit richtigem Licht und einer richtigen verglasten Drehtür eröffnete, wirkte auf den ersten Blick bieder. Die vier Seiten des Raums hatten alle eine klar abgegrenzte Bestimmung: die Fenster- und Türseite gaben Licht und ermöglichte den Ein- und Austritt, die ihr gegenüberliegende Seite war mit Sitzbänken aus dunkelbraunem Leder verstellt, davor natürlich Tische, davor wiederum Stühle, die auch Leder aber nicht ganz so viel wie die Bänke abbekommen hatten. Hinter den Bänken waren unzählige Reproduktionen von modernen Bildern, durchwirkt von Fotos (berühmte Menschen mussten hier schon gewesen sein – leider kannten unsere Herren keine der abgelichteten Persönlichkeiten), aufgehängt, das alles an einer rostroten Wand, die schon recht passabel mit den Lederbänken und den polierten Tischen harmonierte. Seite drei war in Gänze vom Tresen eingenommen und Seite vier beherbergte noch ein paar Tische – bei weitem nicht so prunkvoll wie die, die an Seite zwei standen, außerdem ging von Seite vier eine Treppe ab, die nach unten zu den Toiletten und Waschräumen führte. Der Fußboden war in ziemlich rohem und mit der Zeit schon arg abgenutztem Holz ausgeführt, was dem Raum wiederum – das stand in gewissen Konflikt zu den Lederbezügen – eine Gemütlichkeit gab, die durch das Knarren einiger der Dielen noch verstärkt wurde. In der Mitte des Raum lag, man sah schon auf den ersten Blick, dass er deutlich zu klein für die Dimension des gesamten Raumes war, ein verschlissener und abgelatschter Teppich, der seine besten Zeiten ungefähr ein halbes Jahrhundert hinter sich gelassen hatte. Auch die Decke des Raums war holzgetäfelt und mit modernen Strahlern versehen, die trotz der großen Lichtausbeute den gesamten Raum nicht wie Flutlichter ausleuchteten, sondern eine schummerige Caféhausatmosphäre herbeizuzaubern in der Lage waren. Das eigentliche Schmuckstück des gesamten Restaurants stellte ohne Zweifel der Tresen dar. Bis zur Brusthöhe eines ausgewachsenen Mannes war er mit satt dunkelbraunem Nussbaumholz getäfelt, das ganze eingefasst von einer Art Reling aus gebürstetem Edelstahl, die eine Noblesse ausstrahlte, die fast unangemessen war. Darauf lag eine farblich fein abgestimmte sicher vier Zentimeter starke Platte aus zart geädertem dunklen Marmor, die so gut farblich zu Holz und Reling passte, dass auch Laien im Fach Innenarchitektur eine glatte sechs/null vergeben hätten. An den Seiten und jeweils einmal die Platte drittelnd, gingen insgesamt acht Streben (jeweils vier an der Vorderfront des Tresens und jeweils vier an der dem Schankraum zugewandten Seite) nach oben bis fast unter die Decke, im Übrigen aus demselben Material wie die Reling. Diese Streben wiederum nahmen Regale auf, allerlei Gläser und Barutensilien zu beherbergen, die aber wohl mehr dekorative als praktische Funktion hatten. Im Bereich hinter dem Tresen lag der Schankraum mit den üblichen Utensilien wie einer Spüle, einer Durchreiche für die Speisen aus der Küche, den Zapfhähnen (nicht golden, wie man es erwartet hätte, sondern in eben der edlen gebürsteten Stahlausführung, die wir nun schon kennen), einem Kaffeeautomaten, einem Wasserkocher, diversen Kühlfächern, einer Eismulde mit gecrashtem Eis, des Weiteren Gläser, Gläser, Gläser und natürlich Flaschen, Flaschen und Flaschen, einer Kasse, mehreren Tabletts, einem Telefon, einer Mikrowelle, einem elektrischen Mixer, mehreren Shakern, die sich jetzt wohlig in der schon tief stehenden Sonne räkelten, Hand- und Geschirrtüchern, einer Lederschürze an einem Haken, Kaffeeservices, Teekannen, mehreren Büchsen verschiedenen Kaffees, Zucker in Dosen aber auch in kleinen Tütchen, Milch, Sahne, aromatisch dreinschauenden Früchten, die ein intensives Aroma ausströmten, ein paar weißen Handschuhen(?), und – und einem weißen Hemd. Das Hemd allerdings hing, im Gegensatz zur Lederschürze, nicht einfach so rum, es war ausgefüllt, ausgefüllt mit dem Oberteil von Kahlmann, sein Kopf schaute aus dem Hemdkragen, genauso seine Hände, nach unten setzte eine schwarze Hose an, von vorn durch eine lange schwarze Schürze ohne Latz verdeckt, die Schürze verziert mit dem Schriftzug *Maggie Mae's* und dem Namen – die Buchstaben in einem edlen Bordeauxrot auf den schwarzen Stoff gestickt, nicht zu groß und nicht zu klein. Der Schriftzug wiederholte sich auf dem Hemd, wie wir ja schon wissen. Aus den Hosen blickten glänzende schwarze Schuhe, alles tiptopp. Kahlmann lehnte mit dem Rücken an der Spüle, beobachtend, wie der Kaffeautomat vor sich hin zischend Espresso aus sich herauspresste. Zwei Gläser mit Wasser hatte er schon auf ein Tablett gestellt.

Nur wenige Menschen saßen um diese frühe Nachmittagszeit in dem Café; neben Gödel und Reiche, die sich an einen Tisch möglichst nahe dem Tresen niedergelassen hatten, saßen in der Ecke nur noch zwei junge Frauen, augenscheinlich Studentinnen oder Akademikerinnen, denn sie hatten Laptops vor sich auf dem Tisch stehen und verglichen irgendwelche Dateien. Gödel und Reiche hatten, wie wir eben bei einem Blick hinter den Tresen feststellen konnten, bei Kahlmann schon je einen doppelten Espresso in Auftrag gegeben, mit Wasser, am besten Leitungswasser, als man durch eine der großen Fensterscheiben schon von Weitem Gustafsson und Weinberg heran spazieren sah. Beide unterhielten sich angeregt. Irgendetwas hatte Weinberg in der Hand aber weder Reiche noch Gödel konnten auf die Entfernung erkennen, worum es sich handelte. Auch Satz, der wie gewohnt schweigsam auf dem Tisch herumlungerte, konnte nicht ausmachen, um welchen Gegenstand es sich handelte, der in Weinbergs linker Hand eine Pendelbewegung vollführte, die, gekoppelt mit der Vorwärtsbewegung von Weinbergs Schritten eine Wellenbewegung im Raum hinterließ. Wenn man sich Mühe gab, entstand vor dem inneren Auge eine durchgehende Linie, die diese Wellenbewegung im Raum (und der Zeit hinterließ). Aber Achtung: es war keine einfache Wellenbewegung, nicht einfach eine Sinuskurve. Da Weinberg kein Passgänger war, bewegten sich seine Hände (ganz gleich, ob die linke oder rechte) in einem Teil seiner eigenen Vorwärtsbewegung, die vom Setzen der Füßen zu Schritten rührte, wiederum nach hinten. Das wiederum hatte zur Folge, dass am Umkehrpunkt, dort also, wo sich erst die Rückwärtsbewegung der Hand gegen die Vorwärtsbewegung des gesamten Körpers neutralisierte, um Bruchteile von Sekunden später in eine gemeinsame Vorwärtsbewegung überzugehen, dass also genau an dieser Stelle in der Wellenbewegung eine kleine Schlaufe entstand, die lustig wippend auf den Kronen der Wellenberge schaukelte. Auf jeden Fall war das Ding in Weinbergs Hand ungefähr so groß wie ein kleiner Faustkeil und mattschwarz. Als Weinberg und Gustafsson an der Drehtür anlangten, wanderte der Faustkeil in Weinbergs Jackettasche – rsssccchhht – Ruhe!

Anstelle einer Begrüßung – allein Kahlmann, der immer noch am Tresen stand, hatte Weinberg ein leichtes Nicken des Kopfes zugeworfen – fragte Weinberg noch im Hinsetzen, wo denn Becker sei. Gödel und Reiche zuckten mit den Schultern. Kahlmann brachte jetzt die beiden doppelten Espresso mit dem Leitungswasser für Gödel und Reiche, Weinberg und Gustafsson bestellten ebenfalls zwei Espresso; Satz war offensichtlich eingenickt. Er wurde erst wieder wach, als Weinberg in seine Jackettasche griff und den schwarzen Faustkeil, vorerst ohne ein Wort zu sagen, mitten auf den Tisch legte. Der erste, der sich meldete, war Reiche: „So ein Diktiergerät hatte ich auch einmal." – „Es ist Dein Diktiergerät, Martin, ich habe auf dem Band deutlich Deine Stimme vernommen", Weinberg blickte provozierend in die Runde. Dann kamen zwei – Verzeihung, drei - Espresso, denn Kahlmann konnte sich es wegen des geringen Publikumsverkehrs leisten, mit an dem Tisch seiner Freunde Platz zu nehmen (auch wenn das sein Chef niemals hätte sehen dürfen). „Kommt Becker nun noch oder nicht?", diesmal war es Gustafsson, dem das Diktiergerät ziemlich egal zu sein schien, der die Frage stellte. „Ach, wir sind auch so beschlussfähig, sollte es etwas zu beschließen geben", den zweiten Teil des Satzes hatte Kahlmann recht leise und mehr für sich selbst gesagt. Nun setzte Weinberg zu einer Erklärung an: „Also, dieses – Dein", er blickte zu Reiche, „Diktiergerät, habe ich in dem Koffer gefunden, der vor ein paar Nächten in meinem Hotelzimmer auftauchte, um später, wie wir heute wissen, bei jedem von uns gesehen worden zu sein. Letzte Nacht war er wieder bei mir. Aber ihr habt ja alle schon reingeschaut und festgestellt, dass bei offensichtlich niemandem der Inhalt der gleiche war. Also habe ich mir gedacht, dass es doch dann auch nichts machen würde, wenn man sich des einen oder anderen Dings aus dem vermaledeiten Koffer bediente und mein Interesse galt dem Diktiergerät." Satz war inzwischen wieder hellwach und mischte sich in die Diskussion ein, indem er keck fragte, was denn zu hören gewesen sei, als Steven Weinberg auf die Wiedergabetaste gedrückt hatte. Gerade wollte Reiche nach dem Faustkeil greifen, da kam ihm Weinberg zuvor, fummelte an dem Gerät herum, legte es wieder auf den Tisch und nach nur zwei oder höchstens drei Sekunden klang es aus dem Gerät wie folgt: „Pssschhhciehhhhhüühhhriedens sshhchcccihehhehhhhyhyhhhhheiihhmmer zusticchchhccihhehehhhyyte er schon in deccchhchciheheuussshhhiiehhynt, in dem er Mark schhchhcciiuuuhhhiieeehhwürde alles daran setzen, alyyyhhiihhuhhhhhuutz zu ssccsshhiegen."

„Moment, Moment, Moment", es war nicht genau zu vernehmen, wer sich so vehement zu Wort meldete, mag es Reiche gewesen sein, der es am besten wissen musste, Satz, der sowieso immer alles besser wusste, oder Becker, der zwar wieder mal nicht zum Treff gekommen war, aber vielleicht alles von der Ferne her beobachtete? Wer weiß, wer weiß? Noch einmal: „Moment, Moment, Moment, das kann nicht sein, der Besitzer des Diktiergerätes hat es, nach einem verunglückten Versuch, bei starkem Wind in einem Park etwas aufzunehmen, in einem Glas Tee ertränkt. Das wiederum muss unweigerlich dazu geführt haben, dass das Gerät unbrauchbar geworden ist – nie und nimmer hätte man heute und hier etwas auf diesem Gerät abspielen können, noch dazu etwas, das genau so klingt, wie die missglückte Aufzeichnung in dem Park damals, nämlich so: Pssschhhciehhhhhüühhhriedens sshhchccciehhehhhhyhyhhhhheiihhmmer zusticchchhccihhehehhhyyte er schon in deccchhchciheheuussshhhiiehhynt,   in   dem   er   Mark schhchhcciiuuuhhhiieeehhwürde alles daran setzen, alyyyhhiihhuhhhhhuutz zu ssccsshhiegen." Die sechs am Tisch, zählen wir Satz ruhig dazu, blickten sich an. Sie wussten immer noch nicht, wer gesprochen hatte aber sie wussten, dass das, was gesprochen worden war, ziemlich logisch klang. Aber sie hatten in den vergangenen Wochen auch festgestellt, dass sie mit Logik allein nicht weit kommen würden, auf ihrer Suche nach dieser vermaledeiten Formel.

Die beiden jungen Frauen wenige Meter entfernt hatten inzwischen die Laptops zugeschlagen und schauten missbilligend in Kahlmanns Richtung; offensichtlich wollten sie zahlen und fanden es für den einzigen Kellner im Lokal schon – na sagen wir – gewagt, dass er sich seelenruhig mit Gästen an einen Tisch setzte, um mit ihnen gemeinsam laut zu palavern und darüber die Gäste des Cafés völlig zu vergessen. Gustafsson stieß Kahlmann den Ellenbogen in die Seite und blickte verstohlen in Richtung des Tisches, an dem die beiden Frauen nervös mit ihren Geldbörsen spielten. Kahlmann erhob sich, kassierte ab und kam zurück. Jetzt war die Gesellschaft völlig unter sich, denn meistens wurde das Lokal erst gegen sechs oder halb sieben am Abend wieder voller, jetzt aber war es gerade mal halb vier (was allerdings wieder nur wir wissen und unsere Protagonisten nicht).

„Tja, Freunde", Satz hatte mit seiner Rede extra gewartet, bis Kahlmann wieder Platz genommen hatte, „tja Freunde, das werden wir auch erst aufklären können, wenn wir diese Formel gefunden haben." Und eigentlich wollte Satz auch noch das Folgende sagen: „So jedenfalls sieht es jetzt aus. Ich stelle also fest, dass es eine Menge Indizien gibt, sehr unterschiedliche Indizien. Zettel mit lila Schrift, auf denen vermerkt ist, dass man sich mit Gleichgesinnten treffen solle, um eine Formel zu suchen, Zeitreisen, Diktiergeräte, die eigentlich längst über den Jordan gegangen sind, aber hier zu neuem Leben erweckt werden, herrenlose Koffer, die in verschiedenen Zimmern auftauchen und ihren Inhalt wechseln, mysteriöse Fast-Fahrrad-Unfälle – wer hat noch etwas beizusteuern?" Diesen zweiten und durchaus wichtigeren Teil seiner Rede dachte Satz nur. Warum? Weil Satz die Dramaturgie zu kennen schien. Die nämlich sieht vor, dass erst ein paar Kapitel später Lars Gustafsson zum Beispiel auf die mit lila Tinte beschriebenen Zettel zu sprechen kommt. Hätte Satz also bereits an dieser Stelle… Aber wer schrieb eigentlich diese Dramaturgie? Satz jedenfalls blickte an der Stelle in die Runde, schweigsam, als man plötzlich die Drehtür hörte und Becker in voller Lebensgröße im Café erschien. Becker hielt etwas in der Hand. Dann zog er sich einen weiteren Stuhl an den Tisch und setzte an: „Sorry, dass ich zu spät kommen, aber, ich war schon fast dabei zu gehen, da sah ich in meinem Zimmer diesen Koffer, den jeder von euch auch schon in seinem Zimmer gefunden hatte und den ich auch schon mal nach der ersten Nacht bei mir unterm Bett gefunden hatte, da bin ich noch einmal umgekehrt, denn die Neugier war schon riesig und ihr lauft mir ja nicht weg." An der Stelle blickten insbesondere Gustafsson und Gödel missmutig, denn sie galten gemeinhin als Pünktlichkeitsfanatiker, was man angesichts der minimalistischen Ausstattung unserer Geschichte mit Zeit doch recht schwer leben konnte. Becker setzte fort: „Ich also auf dem Absatz kehrt, hin zu dem Koffer, ziemlich verstaubt aber intakt, schieb ihn erst mit dem Fuß ein Stück übers Parkett – scheint weder recht schwer noch recht leicht zu sein, beug mich drüber, ratsch das erste Mal, ein Schloss ist offen, ratsch das zweite Mal, Schloss Nummer zwei ist offen, Deckel vorsichtig nach oben, auf den ersten Blick Papier, Bücher, Stifte, eine Mütze (?) und ein – na was denkt ihr?" Becker legte etwas auf den Tisch, ein mattschwarz glänzendes Diktiergerät. Niemand am Tisch staunte mehr. Becker setzt fort: „Hab ich natürlich sofort ausprobiert, das Ding, funktionierte noch, kaum zu glauben, obwohl, was wissen wir denn, wann der Koffer gepackt worden ist? Und, ihr werdet staunen, Lars' Stimme schallt mir da aus dem kleinen Lautsprecher entgegen." Gustafsson, der fast eingenickt war, wohl auch, weil er in den vergangenen Nächten nicht sonderlich gut geschlafen hatte, war sofort hellwach, als er seinen Vornamen hörte. Becker nestelte an dem Gerät herum und nach einer Sekunde hörte man es aus dem kleinen Ding herauskrächzen: „Pssschhhciehhhhhüühhhriedens sshhchcccihehhehhhhyhyhhhhheiihhmmer zusticchchhccihhehehhhyyte er schon in deccchhchciheheuussshhhiiehhynt, in dem er Mark schhchhcciiuuuhhhiieeehhwürde alles daran setzen, alyyyhhiihhuhhhhhuutz zu ssccsshhiegen." Es war eindeutig die Stimme von Lars Gustafsson, die man bruchstückhaft hören konnte, natürlich, der Sturm, den hörte man um vieles deutlicher.

An der Stelle winken wir vorsichtshalber ab und lassen uns Gäste einfallen, die das Café betreten, zu dieser sonst so ungastlichen

Stunde, denn wir müssen dafür sorgen, dass wenigstens Kahlmann etwas zu tun hat und die anderen ihren Espresso austrinken, außer Becker, der nun gar nichts getrunken hat. Sei es drum. Die Drehtür, ein junges Paar, beide um die Mitte zwanzig, offensichtlich verliebt, schnell hin zu einem Tisch in der Ecke, ziemlich dunkle Ecke, Kahlmann steht auf, richtet die Schürze, zum Paar, Bestellung… Reiche und Weinberg machen in dem Augenblick auch Anstalten aufzustehen, Gödel und Gustafsson schließen sich an, Becker will nach dem Diktiergerät greifen – weg. Weinberg greift in seine Tasche – Diktiergerät auch weg. Gödel greift nach dem Buch mit Satz, schlägt es zu (AU!), Satz brubbelt noch etwas, was man wegen des bereits zugeschlagenen Buches nicht mehr hört, dann verlassen die Kameraden leise miteinander diskutierend das Café. Kahlmann brüht zwei Pötte Kaffee – mit Sahne – und ab in die Dunkelecke.

Die Dramaturgie, wer schreibt eigentlich die Dramaturgie? Ob wir das jemals ergründen?

Gespräche in der Bibliothek

Immer, wenn L. G. einen Raum betrat, in dem sich – sagen wir – mehr als einhundert Bücher versammelten, überkam ihn dieses unangenehme Gefühl der Hilflosigkeit, das seine Wurzeln darin hatte, dass man sicher sein konnte, nicht mehr genug Lebenszeit zu besitzen, wenigstens noch das Staubkorn eines Promilles des jemals Verfassten und bis zu seinem Tode noch zu Verfassenden lesen zu können. Und die Bibliotheken – es gab allein siebzehn verschiedene von ihnen an der University of Texas at Austin - besaßen mehr als hundert Bücher, mehr als tausend, mehr als zehntausend, mehr als… - im Übrigen jede einzelne von ihnen. Gustafsson hatte den Vorschlag gemacht, dass man sich doch für seine Gespräche ab und an auch in einer Bibliothek treffen könne, was sofort, nachdem der Vorschlag auch nur ausgesprochen worden war, auf heftigen Widerspruch aus drei verschiedenen Richtungen führte. Kahlmann, natürlich, Kahlmann meldete sich als erster. Ob sich Lars denn überlegt hätte, dass er, Kahlmann, dann nur mit von der Partie sein würde, wenn er keinen Dienst im Maggie Mae's hätte und ob Lars (er sprach Gustafssons Vornamen leicht süffisant aus, ungefähr so, als ob zwei Mal der Buchstabe A aufeinander folgte) das gerecht fände und ob er ihn vielleicht sogar aus dem illustren Kreis ausschließen wolle? Wolle er nicht und er wisse um Kahlmanns Verdienste und man könne sich ja zum Beispiel immer dann in Bibliotheken treffen, wenn Kahlmann keinen Dienst im Maggie Mae's hätte (jetzt war es Gustafsson, der den Eigennamen des Restaurants über Gebühr in der Aussprache dehnte, so, als wenn sich noch eine ganze Reihe weiterer E's und A's in dem Namen tummelten, mehr jedenfalls, als es ohnehin jetzt schon waren) und es sei auch nur ein Vorschlag gewesen und wenn der halt keine Mehrheit finde, dann gehe er zu den Akten. Und Ende. Ein zweiter Einwand, den man deutlich ernster nahm, kam von Reiche. Martin Reiche gab zu überlegen, dass Bibliotheken ja eigentlich Orte seien, an denen man lese und in Ruhe Bücher suche (hoho, hört, höhnten die Kameraden). Nach einer kurzen Weile: Na und (Becker)? Reiche blieb ruhig. Ob sich denn auch der verehrte Kollege Becker im Klaren darüber sei, dass man an Orten, an denen man sich gemeinhin ruhig verhalte, keine Diskussionsrunden veranstalten könne, die nicht selten in ausgemachten Streitgesprächen endeten? Becker war urplötzlich leise. Schließlich einigte man sich, dass man dann eben eine Bibliothek suchen und finden müsse, die über Nebengelasse verfüge, in denen man solche Diskussionen ungestört abhalten durfte und der Zugriff auf die Bücher ebenfalls gewährleistet bliebe. „Und Kaffee sollte es geben, Kaffee und Wasser, also eine bescheidene gastronomische Versorgung", hörte man aus Weinbergs Ecke. Worauf sich Kahlmann wiederum zu der Bemerkung „Kaffee und Wasser haben wir natürlich im Maggie Mae's immer!" hinreißen ließ, was ihm wiederum tadelnde Blicke von Gödel einbrachte. Man wollte sich schon endgültig darauf verständigen, welche Bibliothek an der Universität man zukünftig regelmäßig aufsuchen würde, da drang eine kaum zu vernehmende fast wispernde Stimme aus Gustafssons Rucksack, den er auch heute – wahrscheinlich vollgestopft mit den verwaschenen Jeans (eitler alter Mann) und einem verschwitzten T-Shirt – mit sich herumschleppte. Die sechs lauschten: „Hallo, habt ihr euch das richtig überlegt? Hallo, hört ihr mich?" – „Das kommt aus Deinem Rucksack, Lars", diesmal lag keine Überbetonung in Kahlmanns Worten, als er den Vornamen von Gustafsson aussprach. Gustafsson wiederum nestelte an seinem Rucksack – natürlich hatte sich, wie eigentlich immer, ein Knoten gebildet, weil er die Schleifen, die den Rucksack auch verschnüren würden, nur ohne Liebe und Ausdauer band, natürlich quäkte es immer noch aus der Dunkelheit („Haaalllloooo, haaaaaallllllllloooooo ------",), natürlich dauerte Weinberg das ganze Procedere wieder zu lange, natürlich verloren auch Reiche und Becker fast die Geduld, als sie sahen, wie sich L. G. mit den Knoten abmühte, natürlich brauchte man irgendwann Hilfsmittel („Eine Gabel, eine Gabel wäre jetzt nicht schlecht!", Kahlmann), natürlich verdrehte Weinberg die Augen zunehmend mehr, natürlich ließ sich Gustafsson nicht aus der Ruhe bringen, natürlich quäkte es weiter aus dem Sack, natürlich geben wir dieses monotone Hallo hier nicht noch einmal wieder, natürlich hatte Lars den Rucksack irgendwann geöffnet.

Er zerrte ein kleines Büchlein hervor, schlug es auf und, richtig, Satz holte tief Luft und setzte noch einmal zu einer aus seiner Sicht nicht unerheblichen Kommentierung an.

Wir müssen dem geneigten Leser an dieser Stelle mitteilen, dass Satz die außergewöhnliche Eigenschaft besaß, in den verschiedensten Büchern unterzutauchen, zwischen den Büchern hin und her zu diffundieren, auch innerhalb der Bücher von Seite zu Seite zu mäandern; aber es mussten zwingend Bücher sein, in denen er sich aufhielt. Gödel, Weinberg und Gustafsson hatten einmal versucht, Satz in einem Notizblock der Marke Moleskine unterzubringen, Gödel hatte ihn dort mit violetter Tinte unter Zuhilfenahme eines nicht unerheblichen Drucks fast schon in die pastellgelben Blätter eingraviert, dann hatten sie den Block schnell zugeschlagen und das Gummiband um den sauberen Schnitt der Blätter verspannt aber als sie nach vier oder fünf Minuten (die Tinte musste in der Zwischenzeit getrocknet gewesen sein) das Moleskine wieder aufschlugen, hatte sich Satz verdünnisiert. Verdünnisiert nicht nur in dem Sinne, keine, nicht mal die kleinste Tintenspur hinterlassen zu haben, sondern auch die Abdrücke in dem mattgelben Papier waren verschwunden. Dafür lugte Satz aus einem Buch hervor, das zufällig auch auf dem Tisch gelegen hatte und lächelte die drei an: „Bitte lasst diese Versuche, ich lebe nur in Büchern. NUR IN BÜCHERN!"

Und damit kommen wir zu der Kommentierung zurück, zu der Satz bereits in Gustafssons Rucksack angesetzt hatte. Wenn Satz nur in Büchern und nur war hier im Sinne von ausschließlich zu verstehen, seiner Existenz frönen konnte, dann waren Bibliotheken die undenkbar schlechtesten Orte, angeregte Diskussionen zu führen, bei denen Satz anwesend war, denn es war mehr als unüblich, in Bibliotheken eigene Bücher mit hineinzunehmen; noch unüblicher war es, aus Bibliotheken mit Büchern zu verschwinden, die man nicht über den Tresen hatte registrieren lassen. Als Satz geendet hatte, schauten sich alle an: Mit Satz und nicht in Bibliotheken? Ohne Satz, den neuen Freund also ausgrenzen? Mit Satz in Bibliotheken, wohl wissend, dass man damit zumindest eine Hausordnung wenn nicht gar ein Gesetz verletze? Gar nicht in Bibliotheken - lächelte da Kahlmann süffisant? Der Kompromiss bestand am Ende darin, dass man erst einmal nach einer geeigneten Bibliothek Ausschau halten wolle und, sollte man eine gefunden haben, schon das berechenbare Risiko eingehen werde; schließlich werden ja wohl nicht ständig Taschenkontrollen und Leibesvisitationen stattfinden. Und an Kahlmanns Interessen werde man auch denken: Bibliotheken werden nur besucht, wenn Kahlmann keinen Dienst hat.

An der University of Texas at Austin gab es insgesamt siebzehn Bibliotheken, die ziemlich klar den verschiedenen Instituten zugeordnet werden konnten. Darunter befanden sich kleinere Leihhäuser, die meistens sehr spezialisiert waren, wie zum Beispiel die Bibliothek des Sinologischen Instituts, mit nur ein paar Zehntausend Bänden und die meisten noch in Schriftzeichen, von denen keiner unserer Freunde auch nur einen blassen Schimmer hatte. Und natürlich gab es drei oder vier richtig große Bibliotheken, ganz voran die Perry-Castaneda-Library oder Main-Library, jede von ihnen mit mehreren Lesesälen, einer Fernleihe, drei Meter hohen Regalen, die bis unter die Decke fein säuberlich mit Büchern jeglicher Machart und jeglichen Genres vollgestopft waren, außerdem mit einem riesigen Fundus an Periodika und Tonträgern, mit Garderoben, Telefonzellen in den Ecken, mit mehreren – nennen wir sie mal Clubräumen, in denen man, abgeschirmt von der Ruhe der Lesesäle, in gedämpfter Atmosphäre Gespräche führen konnte; am Ende eben mit allem, was zu einer wirklichen Bibliothek gehören sollte. Als erstes besorgten sich die sechs (Satz wurde an der Suche nach einer geeigneten Bibliothek aus naheliegenden Gründen nicht beteiligt) eine Karte, auf der alle Bibliotheken, die zur Universität gehörten, verzeichnet waren. Nach einigem Hin und Her war aber klar, dass die Entscheidung zwischen der Classics Library und der Live Science Library fallen würde, beide sehr gut erreichbar über den Inner Campus Drive; die Live Science Library sogar in dem berühmten Wahrzeichen der Universität, nämlich dem Main Building, untergebracht. Die meisten Diskussionen gab es darum, wieso man eine Bibliothek mit auf der Liste hatte, die sich der Biologie und der Medizin verschrieben habe, wo doch kein Biologe und kein Mediziner unter unseren Freunden war. Gödel gab die einzig richtig Antwort, als er „genau deshalb" sagte. Als dann endlich klar war, dass die endgültige Wahl auf die Live Science Library fallen würde – nur Gustafsson hatte sich bis zum Schluss irgendwie lullig gehabt: Ihr wisst, von dem schlimmen Attentat, das mit dem Main Building im Zusammenhang steht – Ach Laaaars, olle Kamellen (Kahlmann) – Ja Lars, nun höre endlich auf, in deinem eigenen Buch weiter leben zu wollen (Gödel) – Du musst Dich gerade melden (Gustafsson) – Ruhe jetzt, Lars, Du bist leider einfach überstimmt (Reiche) – Ja (Becker) – Nein, so einfach mach ich euch das jetzt aber auch nicht (Gustafsson) – Ende der Übertragung, Hallo, hören Sie mich noch – hmhm – keine Verbindung mehr… Als also klar war, tatsächlich absolut klar und allen klar, dass man einen Teil der Besprechungen in die Live Science Library verlegen würde, vereinbarte man, dass sich jeder dort erst einmal einschreiben solle.

Die Einschreibung wurde von unseren Protagonisten mit unterschiedlichem Geschick gemeistert. Schließlich, nach nicht allzu langer Zeit, verfügten alle über einen Bibliotheksausweis, ausgestellt an dem unbequemen Service-Desk, beäugt von einer der blond gesträhnten Mitarbeiterinnen mit den grauen langärmligen Pullovern. Der Ausweis aber berechtigte sie fortan, die Live Science Bibliothek uneingeschränkt zu nutzen. Nach einer weiteren Zeitspanne – man hatte sich zwischenzeitlich, auch um Kahlmann zu beruhigen – noch das eine oder andere Mal im Maggie Mae's getroffen und wollte das auch für die nächste Zeit so belassen, fand das erste gemeinsame Treffen im Main Building statt. Satz, der zu dieser Zeit in einem Buch Beckers lebte, wurde nicht mitgenommen: sozusagen aus Sicherheitsgründen. Man hatte vereinbart, nicht zu sechst auf einmal in die Bibliothek einzufallen, weshalb es eine Viertelstunde dauerte, bis sich alle versammelt hatten. Dann standen alle sechs unvermittelt im Lesesaal, der nur wenig gefüllt war und schauten sich an. Gödel war der einzige gewesen, der die Bibliothek bereits im Vorfeld inspiziert hatte. Er wies mit der rechten Hand in Richtung des Endes des Lesesaals. Richtig, hinter den Regalen und eingepfercht zwischen ein

Waschbecken und ein Fenster, das den Blick auf den Turtle Pond, eine kleine, annehmlich gestaltete Freifläche im Garten, die zur Bibliothek gehörte und in die man, wenn man die Service-Leute gut kannte, auch das eine oder andere Buch mitnehmen durfte, freigab, fand sich noch eine unscheinbare Tür, über der „Herbarium" stand. In diese Richtung also wies Gödels Hand. Gödel übernahm die Führung und nach ein paar Sekunden waren die Männer nacheinander durch die Tür geschlüpft und im Herbarium der Bibliothek angekommen. Der Zufall wollte es, dass sich an diesem Tag niemand in dem gegenüber dem Lesesaal deutlich kleineren Raum aufhielt. In der Mitte des Raumes, umgeben von Regalen, die allerdings nur reichlich mannshoch waren, dafür aber auch von beiden Seiten mit den unterschiedlichsten Materialien, offensichtlich im Wesentlichen der Pflanzenwelt entlehnt, standen drei große Tische, jeder mit insgesamt acht Stühlen, jeweils drei an den langen Seiten und jeweils einem an jeder Stirnseite. Das Interessante war, dass diese acht Stühle pro Tisch ziemlich zusammengewürfelt zu sein schienen. Einige waren samt und sonders aus Holz, die nächsten mit Leder bezogen, wieder andere mit Rückenlehnen aus Korb und so weiter und so fort. Von jeder Sorte mögen es nicht mehr als drei oder vier gleiche Stühle gewesen sein, die auch noch gemischt an den einzelnen Tischen standen. „Na prima", entfuhr es Reiche, allerdings viel zu laut, weshalb ihm Gödel ein zischendes „Pschschschscht" zuwarf. „Na prima", sagte Reiche daraufhin noch einmal, aber viel leiser. Und dann fuhr er fort, immer noch leise, aber so, dass es die anderen fünf gut verstehen konnten: „Wenn hier immer so wenig Betrieb ist, sind das die besten Bedingungen für unsere Treffs." Zustimmendes Nicken aus der Runde; Kahlmann etwas weniger intensiv. Gödel, der wie gesagt das Herbarium schon einigermaßen kannte, hatte veranlasst, dass auch ein paar Tassen Kaffee und eine Flasche Wasser mit an Bord waren – natürlich hatte er genau diesen Auftrag nicht Kahlmann übertragen; diesmal waren es Gustafsson und Becker, die sich in die Organisation von Wasser und Kaffee hinein geteilt hatten. Beim nächsten Mal würde halt jemand anders dafür sorgen, dass die Diskussion durch belebende Getränke angeregt werden konnte und wenn jemand, zum Beispiel ein Biologiestudent oder jemand, der das Herbarium nur einfach wunderbar abgeschieden fand, an einem der großen Tische Platz nehmen sollte, dann war sowieso Sense mit Trinken; wahrscheinlich sogar mit Flüstern. Heute aber gebar das Herbarium mit all dem Heu zwischen den Buchdeckeln die ideale Atmosphäre für sechs Männer, die alle einem Ziel hinterher hechelten aber noch nicht einmal wussten, ob sie es voneinander wussten.

„So." – „So", klapp, klapp, Thermoskanne, Wasserflasche, klapp, klapp, klapp... sechs Pappbecher. „Das Wasser müssen wir dann eben aus der Flasche trinken – jemand Bedenken?", Gustafsson, der Naturbursche hatte die Frage so gestellt, dass niemand Bedenken anmeldete. Eigentümlicherweise lagen auf dem Tisch ein paar Sandkörnchen, die Becker mit einer eleganten Handbewegung, die einem gelungenen Rückhandreturn beim Tennis nicht unähnlich war, vom Tisch wischte. Der Kaffee aus Beckers Thermosbehältnis reichte gerade so für sechs zur reichlichen Hälfte gefüllte Becher, Kaffeesahne oder Zucker gab es nicht, die Wasserflasche kreiste am Tisch und Kahlmann dachte wahrscheinlich an den Espressoautomaten im Maggie Mae's, den er offensichtlich außerordentlich vermisste. Die Männer schauten einander an. Dann endlich, nach gefühlten zwei Tagen, setzte Weinberg an: „Also, meine Herren, wer steckt letztlich dahinter, dass wir sechs hier in Austin sitzen, in einer Bibliothek, sechs Männer, die sich – jedenfalls zum Großteil – ja, Sie Becker und Sie Reiche nehme ich ja schon aus – nicht einmal begegnet sein dürften, geschweige denn in Austin, Texas?" Alle Achtung, der Satz hatte Tiefgang; zumindest Reiche und Becker zogen im Verborgenen den Hut. Aber Weinberg war noch nicht fertig: „Ich für meinen Teil weiß, wonach ich hier suche und mir stellt sich nur die Frage, ob Sie alle das gleiche suchen wie ich oder ob Sie mir bei meiner Suche behilflich sein können oder ob ich es bin, der jemandem von Ihnen bei der Suche behilflich sein kann." Na prima, dachten Reiche und Becker, wenn der weiter so mit geschliffenen Sentenzen um sich haut, dann wird es schon bald die ersten Verbalverletzungen geben. Wieder hatten sich auf dem Tisch ein paar Sandkörnchen angefunden, diesmal war es Kahlmann, der die Rückhand schlug, weniger elegant als Becker, aber mindestens genauso wirkungsvoll, fast hätte er mindestens zwei Becher mit inzwischen lauem Kaffee (Lorke, dachte Reiche, Lorke hat Geschwister in Amerika!) mit vom Tisch gewischt. „Ja, Sie haben Recht, wir alle werden wohl das Gefühl nicht los, auf etwas nach der Suche zu sein aber ich habe auch das Gefühl, dass niemand von uns so richtig mit der Wahrheit rausrückt, oder Gödel?" Es war nicht ganz klar, wieso Gustafsson, den eigentlich ja sein bekanntes Angstgefühl in Räumen mit mehr als einhundert Büchern hätte überkommen sollen, gerade Gödel ansprach. Gödel räusperte sich und warf dann ein: „Wer sein Geheimnis als erster preisgibt, scheidet wahrscheinlich aus dem Rennen um das goldene Kalb aus, weshalb unsere erzwungene Schicksalsgemeinschaft weder Bestand haben noch zerfallen kann." Reiche hätte kotzen können; warum fielen immer nur anderen solche Sätze ein? Becker hätte kotzen können, warum fielen solche Sätze... „Gut, dann lassen Sie uns die Zeit damit verbringen, uns durch mehr oder weniger intelligente Gespräche dem Geheimnis weiter zu nähern", Gustafsson war offensichtlich auf dem Friedenspfad. Diesmal war es schon eine richtige Sandspur, die sich quer über den Tisch schlängelte aber keiner der sechs Herren hatte eine Erklärung dafür, wo der Sand wohl herkam. Gustafsson und Reiche stiegen in das Tennismatch ein, auf dem Fußboden knirschelte es jetzt schon bedenklich, wenn man den Fuß, aus Gründen der besseren Bequemlichkeit beim Sitzen zum Beispiel, in eine andere Position brachte. Als Gustafsson sich wie eben beschrieben bewegte, knirschelte es bereits beachtlich; er ließ sich aber von seinem Gedanken nicht abbringen: „Nehmen wir uns mal Ihr Beispiel her, Weinberg!" Der Angesprochene knirschelte jetzt seinerseits, doch eher aus dem Grunde eines wegen der gezielten Ansprache in ihm aufsteigenden Unwohlseins als wegen besserer Bequemlichkeit. „Man hört also in Fachkreisen, dass Sie, Weinberg, in nächster Zeit ein Buch verfassen werden, das den schönen Titel *Die ersten drei Minuten* tragen soll." – „Soso, hört man das?", Weinberg hatte sich offensichtlich wieder gefangen – diesmal Vorhand Sand auf dem Fußboden, anschwellende Höhe, vielleicht bereits drei Millimeter, knirschel, wer? Gustafsson, der sich in eine gewisse Rage redete, fuhr fort: „Ja und man hört auch in Fachkreisen, dass dies ein Aufsehen erregendes Buch sein wird, mit einer Schlusssentenz, die es in sich hat. Darf ich zitieren?" Becker rieb sich die Augen, Reiche rieb sich die Augen, nicht wegen des Sandes (weiter steigende Tendenz sowohl auf dem Fußboden – rund sieben Millimeter als jetzt auch auf dem Tisch, nicht mehr mit Tennisschlägen herunter wischbar). Gustafsson zitierte: „Man versteht kaum, dass all das nur ein Sandkorn eines überwiegend feindlichen Universums ist. Mit alle, das ist jetzt kein Zitat, ist offensichtlich unsere erkennbare Welt gemeint. Jetzt weiter Zitat: Und noch weniger versteht man, dass unser Universum sich aus einem Urzustand entwickelt hat, der mit Worten nicht beschreibbar ist, und schließlich durch unendliche Kälte oder unendliche Hitze sich selbst auslöschen wird. Und je mehr wir versuchen, dieses Universum zu begreifen, desto sinnloser wird es uns vorkommen. Das sind doch so ungefähr Ihre Worte, oder?" Gustafsson schaute Weinberg tief in die Augen. Dann setzte Weinberg an, seinen Becher mit dem kalten Kaffee so abstellend, dass er in dem inzwischen vier, fünf Zentimeter hohen Sand auf dem Tisch nicht ins Kippeln kam: „Tja, so würde ich es wahrscheinlich schreiben, Gustafsson, so, wie sie es eben gesagt haben." Es knirschelte jetzt überall und man hörte auch das feine Rieseln, das der Sand auf seinem Weg zwischen den Büchern verursachte. Aber Gustafsson blieb hartnäckig: „Und man hört allenthalben auch, dass Sie einem großen deutschen Nachrichtenmagazin ein Interview geben werden." – „So, das hört man also auch", in Weinberg stieg langsam Groll auf, der dazu führte, dass sich die Adern an seinem Hals unter der Truthahnhaut leicht hervorzuwölben begannen; wieso um alles in der Welt hatte sich dieser Gustafsson gerade auf ihn eingeschossen? Sollte er es sein, der aus erster aus dem Rennen geworfen wird? Hatten sich die fünf auf ihn eingeschossen? Weinberg schaute nacheinander Reiche, Gustafsson, Becker, Kahlmann und Gödel in die Augen – keine verdächtigen Spuren. Dafür nahm der Fluss des Sandes im Herbarium stetig zu, knöcheltief vergruben sich die Lederschuhe in den ersten kleinen Dünen, die sich unter dem Tisch gebildet hatten und der Sand auf dem Tisch wurde inzwischen in kein Tennismatch mehr verwickelt: Vorhand aussichtslos, Rückhand ebenso... „Wissen Sie was, Gustafsson, schreiben Sie doch erst mal ihr Buch *Die Tennisspieler* und dann reden wir weiter über die Interviews, die ich gegebenenfalls wem auch immer geben werde." Aber der Konter saß nicht, war zu schwach, rutsche glibbernd an der Wand herunter, verlief sich im Sande, war bald schon verhallt. „Nein, nein, nein, so einfach machen wir es uns mal nicht, Weinberg, denn es könnte sein, dass gerade Ihr Interview für den (Auslassung, keine Produktwerbung bitte) uns ein ganzes Stück weiter bringt auf unserer Suche nach dem, was uns verbindet. Wann werden Sie denn das Interview geben?" Gustafsson blickte triumphierend in die Runde. Die nachfolgende Diskussion kann nur verkürzt wiedergegeben werden, weil der Chronist damit zu kämpfen hat, den inzwischen im Dezimeterbereich sich ansammelnden Sand, der die violette Spur des Federhalters zu verwischen droht, wegzublasen. – Soso, ein Interview, das uns weiterbringen kann. (K. G.) – Nicht nur kann, weiterbringen wird. (L. G.) – Und wann, wann wird es erscheinen? (C. B.) – Ist noch Kaffee da? (G. K.) – Nein, kein Kaffee mehr, aber Wasser aus der vollgespuckten Flasche. (K. G.) – Also wann nun? (M. R.) – Was weiß ich, irgendwann *nach* dem Erscheinen meines Buches. (S. W.) – Und worum geht es noch, Lars hat uns neugierig gemacht? (M. R.) Ach es geht um alles, um die, nennen wir es, ach, was weiß ich... (S. W.) – Nicht so einfach lieber Freund, wenn Sie das Interview geben werden, müssen Sie auch wissen, was Sie auf bestimmte Fragen antworten werden. (L. G.) Aber er kennt doch noch nicht einmal die Fragen. (G. K.) – Dass *Sie* ihn in Schutz nehmen, wundert mich nicht, wo doch schon Ihr Name so einen Klang hat. (K. G.) – Was soll das denn jetzt, wieso spielen Sie auf meine Namen an? (G. K.) Nun, vielleicht spielt der noch eine Rolle. (C. B.) Dieser Sand, dieser Sand macht mich noch verrückt. (M. R.) Tja, nicht nur Sie, Reiche, auch uns, auch uns... (S. W.) – Na mal Sie ausgenommen, Gödel, Sie dürfte das doch nicht verrückt machen, dieses Theater hier, wo Sie doch als der Erfinder der Zeitreisen gelten, oder? (L. G.) – Nein, es macht mich nicht verrückt, es macht mich betroffen, hätte ich doch nie diese Zeitlinien... (K. G.) – Kein

Kaffee mehr, kein Kaffee... (G. K.) – In dem Moment erhebt sich Gödel, will offensichtlich nach irgendeinem Buch in einem der Regale im Herbarium suchen aber schon der erste Schritt auf dem Weg zum nächsten Regal wird wegen des Sandes (inzwischen rund einen Meter hoch, feiner Sand, das Korn im Mikrometerbereich, weiß, hoher Quarzgehalt, fast von selbst fließend, noch die kleinsten Ritzen erspähend) unmöglich, so dass Gödel sich zwar erhebt, jedoch bereits beim ersten Schritt ins Wanken gerät, stolpert... und sich wieder auf seinen Stuhl sinken lässt.

Der weitere Verlauf der Geschichte gestaltet sich erfreulich eindimensional. Kaum hatte Gödel wieder am Tisch Platz genommen, setzte ein leichter Wind ein, kaum spürbar zuerst, doch dann immer stärker werdend (wie der Wind in, na in wessen Uhr wohl, dachte Becker), der den Sand Schicht für Schicht abtrug, millimeterfein aber wegen der Stetigkeit doch spürbar, auch die Ritzen zwischen den Büchern nicht auslassend, sehr sauber arbeitend, dieser Wind, dabei die Holzfußböden abschleifend, Patina gebärend, Strukturen freilegend, durch nichts zu bremsen, Ordnung schaffend... So, wie dieser Sand gekommen war, so war er urplötzlich auch wieder verschwunden. Dann ein Geräusch, vom Lesesaal her hörten die sechs Stimmen, die Klinke der Tür zum Herbarium ging mit einem Knarren auf, herein traten zwei junge Männer, wohl Studenten der Biologie oder Jungverliebte auf der Flucht vor ihren Freundinnen oder was wissen wir. Einzig Martin Reiche erschrak kurz, als er die beiden Studenten wahrnahm, denn sie ähnelten verdammt Knut und Sven, die Studenten von zu Hause und wenn er eines nicht wollte, war es in seiner blinden Wut erkannt zu werden. Die beiden Studenten staunten nicht schlecht ob der Alte-Männer-Riege am Tisch, einer gerade dabei die Pappbecher verschwinden zu lassen, sie staunten nicht schlecht aber auch nicht lange... Mit einem Kopfnicken verabschiedeten sich die Männer von den beiden (Reiche bildete eine Ausnahme beim Grüßen des Abschieds wegen) und im Gänsemarsch verließen sie das Herbarium...

Wie wird Satz staunen, wenn wir ihm dies alles erzählen! Apropos Satz, was hat der eigentlich in der Zeit getan, in der das Gespräch in der Bibliothek versandete? Nun, er hat das getan, was er am besten kann, sich Gedanken machen- etwa die folgenden:

Computer, Computer fehlen ja völlig, fällt mir auf. – Und wer spricht diese Kommentare, die ständig störend in der Handlung stehen. Und was sollen 1975 Computer für eine Rolle spielen? Aber, mal ganz davon abgesehen, wer spricht, wer spricht hier ständig hinein? - Es ist ganz gleich, wer hier spricht, mehr oder weniger uninteressant, für den Fortgang der Geschichte völlig unerheblich, trotzdem noch einmal kritisch nachgefragt: Ist das nicht eine Geschichte, die sowohl im Raum als auch in der Zeit mäandert? Warum also 1975 – und wer sagt, dass wir uns noch dort befinden, nur weil wir dort angelangt sind, auf dem Campus der University of Texas at Austin - keine Computer, wo doch Diktiergeräte auftauchen und verschwinden, Sand vom Winde verweht wird, der an Stellen gelegen hat, die wahrlich im wahren Leben (oh, schön, gelungen!) nur wenig Sand vertragen, ja sogar Sätze wie ich eine eigene Rolle bekommen. Warum also um alles in der Welt 1975 keine Computer? Nur weil es so geschrieben steht? – Weil jemand es so und nicht anders will! – Und Frauen fehlen, Frauen fehlen ebenso wie Computer, oder gab es 1975 auch noch keine Frauen? – Kann ich jetzt endlich erfahren, wer hier ständig kommentiert, bitteschön? Wer mischt sich so neunmalklug in die mühsam ersonnene Handlung dieses Buches ein? Wer wagt das? Soll er doch selbst ein Buch schreiben, im stillen Kämmerlein, sich abplagen, die Daten vergleichen, die Namen vergessen, beim Schreiben... - Halt, gutes Stichwort. Wieso werden am Ende dieses Kapitels für Kahlmann die Initialien G. K. verwendet? Wofür steht das G. Wenn ich mich nicht täusche, haben wir Kahlmann noch gar keinen Vornamen gegeben. Soll das G. vielleicht für Gregor stehen? – Von mir aus auch für Gregor. – Und die Figuren, die Figuren sind noch blass, sehr, sehr blass... - HALT! HALTE ER ENDLICH DEN MUND! RUHE! Wir arbeiten daran. – Dann ist es gut. Dann ist es wirklich gut. Stehe gern zu Diensten. Und nicht vergessen: die violette Tinte ist noch nicht verbraucht. – Ach...

Advantage Gustafsson

Neben dem Maggie Mae's und dem kleinen Herbarium in der Live Science Library der Universität gab es einen weiteren, also dritten Ort, an dem sich unsere Protagonisten manchmal trafen: ein verwahrloster Tennisplatz mit zwei Spielfeldern jenseits des Lamar Boulevard, ungefähr in Höhe der neunzehnten Straße. Früher, in Gustafssons erstem Austiner Leben, hatte sich gleich neben dem Tennisplatz ein ebenso verwahrloster Gemüseladen befunden; den gab es nicht mehr aber die Hickorybäume mit den harten Nüssen, die zu Hauf auf dem Asphalt landeten, hatten überlebt. Der Platz an sich sah jämmerlich aus, wohl auch, weil sich niemand so recht um ihn zu kümmern schien. Zuerst hatten sich besonders Weinberg und Gödel, die offensichtlich vom Tennis so viel verstanden wie von der Bereitung schmackhaften Pflaumenmuses, wahrlich mit Händen und Füßen gegen diesen Treffpunkt gewehrt. Aber als Kahlmann, Becker und Reiche sich der Idee Gustafssons gegenüber durchaus geneigt gezeigt hatten, wollten auch Gödel und Weinberg nicht als Außenseiter abgestempelt werden und mit den Worten „aber einen Tennisschläger fassen wir nicht an" stimmten sie schließlich gelegentlichen Treffen auf dem Platz doch noch zu. Auch Satz war im Übrigen regelmäßig mit von der Partei, denn Gustafsson bezog nach wie vor aus Schweden die Tennis-Sonderausgaben der *Vestmanlands Läns Tidning*, in deren gebundener Ausgabe sich Satz – für ihn tatsächlich ungewohnt aber was soll's – wunderbar einrichten konnte.

Die Treffen auf dem Tennisplatz hatten von Anfang an eine Besonderheit: Gustafsson war allen anderen – jedenfalls was das Thema der sportlichen Betätigung betraf - klar überlegen. Das lag daran, dass er der Einzige war, der in einer, wenn auch weit zurück liegenden Zeit, schon einmal recht erfolgreich Tennis gespielt hatte. Das hatte natürlich zu Anfang unweigerlich dazu geführt, dass niemand so recht spielen wollte; wohl aus der Scheu heraus, sich unsterblich zu blamieren im Vergleich mit dem schwedischen Schriftsteller. Nach und nach aber – Gustafsson hatte einfach ein paar Schläger fast wie ungewollt wirkend auf einer kleinen Mauer am

Rande des Platzes liegen lassen und selbst Aufschläge trainiert - hatten zuerst Becker und Reiche, später aber auch Kahlmann und Gödel nach den Schlägern gegriffen und ein paar Bälle geschlagen. Weinberg war der letzte, der sich, wohl mehr der Gruppendynamik gehorchend als aus eigenem Antrieb, eines kleinen gelben Filzballes bemächtigte und ihn mit ungelenker Hand in das Netz beförderte. Trotzdem war es Gustafsson auf diese Art und Weise gelungen, den Spieltrieb bei seinen Komplizen anzustacheln. Nach und nach stellte sich heraus, dass sich drei Pärchen bildeten, die von ihrer Spielanlage her durchaus ein einigermaßen passables Match abzuliefern in der Lage waren. Am schwächsten spielten Weinberg und Gödel, die deshalb meistens gegeneinander spielten. Schon recht passabel sah das Spiel von Becker und Reiche aus und wider Erwarten war Kahlmann offensichtlich ein rechtes Naturtalent, so dass der meistens gegen Lars Gustafssons spielen durfte. Da aber sowieso nur einer der beiden nebeneinander gelegenen Plätze einigermaßen nutzbar war, hatten also immer vier Männer Pause, während sich zwei am Netz abmühten; oder genauer: vier Männer und Satz hatten Pause.

Uhhff (L. G.) – Ahhh (G. K.) – Uhhff (L. G.) – Ahh (G. K.) – Uhhff (L. G.) – aber lauschen wir lieber den Gesprächen am Rande des „Center Court": Verrückt, ich hätte nie gedacht, in meinem Alter noch mit Tennis zu beginnen (S. W.). Ja, was macht man nicht alles im fortgeschrittenen Stadium, wovon man in jungen Jahren nicht einmal zu träumen wagt. Aber was soll eigentlich die Anspielung aufs Alter, weiß hier überhaupt jemand, wie alt der eine oder andere von uns ist? Also ich für mein Teil möchte mich da alles andere als festlegen. Oder können Sie mir Ihr tatsächliches Alter nennen, Steven? (K. G.). Wie soll ich Ihnen mein oder Ihr tatsächliches Alter nennen können, wenn ich doch nicht einmal genau weiß, in welchem Jahr wir uns hier befinden. Jedes Mal wenn ich auf diesem Campus bin und zum Beispiel zu der großen Uhr im Main Tower hinaufschaue, ist dort keine Uhr mehr. Und auf den Zeitungen verschwindet wie durch Wunderhand die Datumsangabe, wenn ich mich einer dieser Gazetten auch nur auf Blickweite nähere (K. G.). Ach, meine Herren, also als Reiche und ich in Europa losflogen, war wohl 2012, aber ob hier auch noch 2012 ist, wage ich zu bezweifeln (C. B.). Uhhff (L. G.) – Ahhh (G. K.) – Uhhff (L. G.) – Ahh (G. K.) Wie lange wollen sich die beiden eigentlich noch abmühen? (M. R.). Seien Sie doch froh, wenn Sie nicht ans Netz müssen, meine Herren, was ich da so gesehen habe, was Ihr Spielvermögen betrifft, Hut ab oder besser gesagt herrjeminee… (Satz). Satz, Sie sollten sich hier raushalten; es unterhalten sich Menschen aus Fleisch und Blut, in einer sehr besonderen Situation, dafür habe ich Sie nicht geschaffen, dass Sie alles und jeden kommentieren, dafür nicht… (K. G.). Gödel, nun lassen Sie ihn doch, stören doch nicht, so ein paar lässig dahin geworfene Bemerkungen (M. R.) Stören *Sie* vielleicht nicht, mich schon (K. G.). Also, meine Herren, wenn das jetzt hier Streit gibt, dann werden wir ganz schnell dafür sorgen, dass am Netz für Ablösung gesorgt wird (S. W.). Uhhff (L. G.) – Ahhh (G. K.) – Uhhff (L. G.) – Ahh (G. K.) Klingen übrigens schon ziemlich außer Puste, unsere beiden Tennisgötter (C. B.). Na dann spiele ich jetzt eine Runde mit meinem Freund Christoph Becker, na los, Ablösung die Herren! (M. R.).

Gustafsson und Kahlmann wischen sich den Schweiß von der Stirn und machen Platz für Becker und Reiche, die schnell in ein zwar gemächliches aber flüssiges Spiel finden Uhhff (C. B.) - - - Ahhh (M. R.) - - - Uhhff (C. B.) - - - Ahh (M. R.)

Nachdem sich Kahlmann und Gustafsson ein wenig erholt haben, findet die rege Diskussion am Rande des Spielfeldes ihre Fortsetzung: Wie war das damals Lars, als Sie schon einmal hier gespielt haben, in den, ich glaube siebziger Jahren, ja? War es nicht so, dass Sie genau auf diesem Platz das erste Mal von mir gehört haben? (K. G.). Ach Sie meinen die Geschichte mit den Gödelnummern und Ihrem Satz, Ihrem Unvollständigkeitssatz? (L. G.) Genau, genau die meine ich (K. G.). Ja, was soll gewesen sein, lässt sich doch alles nachlesen (L. G.). Ja, lässt sich tatsächlich nachlesen, deshalb keiner Erwähnung mehr wert, lassen Sie uns lieber schauen, wie wir das Spiel hier bei einigen Herren verbessern, der Nachholbedarf ist riesig (Satz). Seien Sie doch endlich still, Satz, lassen Sie uns lieber endlich auch herausbekommen, was wir hier alle wollen; ich für meinen Teil habe den Sinn meiner Rolle in diesem Spiel noch nicht herausgefunden (S. W.). Ach Weinberg, wir reisen in der Zeit und im Raum, ist doch schon immer der Menschen liebste Phantasie gewesen; ich zum Beispiel kann Ihnen gar nicht in umfänglicher Tiefe schildern, was ich schon angestellt habe, um mir diesen Traum zu erfüllen, wenn ich auch zugeben muss, dass es mir lieber wäre, zu erfahren, wie es nun eigentlich möglich geworden ist, diese Reisen anzutreten. Und dass wir alle nicht wissen, in welcher konkreten Zeit wir uns befinden, ist der Preis dafür, dass sechs Menschen, die teilweise völlig unterschiedlichen Epochen entspringen, hier fröhlich miteinander Tennis spielen (G. K.). Gegeneinander, nicht miteinander, sie spielen gegeneinander Tennis (Satz). Ruhe jetzt, Satz. Meine Erfahrungen mit Zeitreisen habe ich ja auch ausführlich beschrieben, und wie ich belacht worden bin, in Princetown (K. G.). Dann schweigt aber auch Gödel, denn die Frequenz des Uhhff (C. B.) - - Ahhh (M. R.) - - Uhhff (C. B.) - - Ahh (M. R.) nimmt merklich zu, was darauf schließen lässt, dass Reiche und Becker langsam in ihr Spiel finden, was besonders von Gödel und Weinberg mit einem anerkennenden Kopfnicken quittiert wird.

Nach einer halben Stunde Spiels allerdings sind auch Reiche und Becker außer Atem, was unweigerlich dazu führen muss, dass nunmehr Weinberg und Gödel auf den Platz gehen. Wir verzichten auf die Wiedergabe von Spielgeräuschen, merken an dieser Stelle nur an, dass sich Satz vor Gram nicht einmal mehr aus der gebundenen Tenniszeitung meldet.

Sie haben ganz gut in ihr Spiel gefunden, man hört es, wenn jemand flüssig spielt, man hört, ob ein Abschlag richtig getroffen worden ist, ein trockener kurzer Laut, so klingen gelungene Abschläge, trockene kurze Laute auch hier beim Tennis, man hört es wirklich... (L. G.). Danke, das ist fast schon zu viel des Lobes, und gerade von Ihnen, Lars (C. B.). Naja, ein Lob ist immer ein guter Einstieg für ein Anliegen oder eine Bitte, die man hat (L. G.). Ohoh, hört, hört, der Meister hat eine Bitte oder ein Anliegen (G. K.). Hören Sie doch auf, Kahlmann, lassen Sie doch einmal Ihren Zynismus (L. G.). Ja, Kahlmann, Sie sollten sich zurückhalten, ständig haben wir hier nur mit

Ihren Befindlichkeiten zu kämpfen (M. R.). Jetzt hört doch endlich mal auf, auf Kahlmann herumzuhacken, wenn ich richtig informiert bin (lächelt), hat er die weiteste Zeitreise von uns allen absolviert (C. B.). Allerdings (G. K.). Worum wollen Sie uns denn nun bitten, Lars? (M. R.). Ich möchte Sie alle bitten, mit offenen Karten zu spielen, denn – aber das will ich erst erzählen, wenn auch Gödel und Weinberg wieder bei uns sind (L. G.).

Gödel und Weinberg aber scheinen sich ganz passabel eingespielt zu haben; wenn man auch Angst haben muss, dass der mehr als hagere Gödel irgendwann seine Kräfte deutlich überstrapazieren wird, denn man sollte jeglicher sportlichen Tätigkeit einigermaßen skeptisch gegenüber stehen, wenn man nicht bereit ist, wenigstens diejenigen Energiedepots wieder durch Nahrungsaufnahme aufzufüllen, die durch den Sport angegriffen worden sind. Und wie wir ja nun wissen, steht Kurt Gödel dem Thema Nahrungsaufnahme an sich eher abwartend gegenüber. Sei es drum, er spielt einen ganz ordentlichen Stiefel und auch Weinberg, der sich ja ganz sicher war, nie nach einem Tennisschläger zu greifen, schickt seinen Gegner geschickt von links nach rechts und wieder zurück, um am Ende mit einem gar nicht ungeschickt geschlagenen Slice einen Punkt zu machen. Nach einer reichlichen halben Stunde sind aber auch diese beiden Männer down und sehnen sich nach der Gemütlichkeit der Mauer am Rande des Platzes. Dort werden sie bereits von den verbleibenden vier Herren und Satz erwartet.

Und, haben Sie sich schon etwas akklimatisiert? (M. R.). Mhhm, geht schon (S. W., mehr als tief einatmend). Weil nämlich, weil Lars uns um etwas bitten will (C. B.) Nun machen Sie es mal nicht so spannend, Christoph (L. G.). Doch, doch, Sie wollen uns etwas fragen und ich bestehe jetzt darauf, dass Sie es auch tun (G. K.). Kahlmann, Sie nerven echt (C. B.) Ja, wer wird denn dafür können, dass Kahlmann nervt? (M. R., böse Blicke in Richtung Becker werfend). Ich weiß nicht, ob uns das jetzt weiter bringt, wenn wir uns hier wie kleine Kinder im Sandkasten streiten; also Lars, schießen Sie los (S. W.). Also, ich will es kurz machen (L. G., greift in seinen Rucksack und holt einen Zettel hervor und liest laut vor):

„Sie sind weit gekommen: nun ist es nur noch ein kleiner Schritt. Sie müssen die Freunde finden, die Freunde, die genau wie Sie suchen. Und dann müssen Sie Geduld haben, denn die Formel ist lang und nicht ganz leicht zu finden aber Austin in Texas ist schon ein guter Platz – nehmen Sie sich die Zeit – vier oder mehr werdet ihr sein und gebt Euch zu erkennen!

Irgendwann habe ich einen Zettel mit diesem Text, nein eigentlich genau diesen Zettel, zwischen meinen Sachen gefunden und da die Umstände unseres Zusammentreffens wohl mehr als merkwürdig sind, gehe ich davon aus, dass Sie hier diejenigen sind, die ich finden soll. Auch wenn ich heute noch immer nicht weiß, wer diesen Zettel geschrieben hat und wie er zu mir gekommen ist."

Schweigen in der Runde. Nach einigen Sekunden ein nicht genau einer Person zuordenbares Räuspern. Danach wieder Schweigen. Kein zweites Räuspern, dafür ein nur angedeutetes Kopfnicken von zwei Herren aus der Runde. Mit diesem Nicken geben Weinberg und Gödel zu erkennen, dass sie diesen Text sehr wohl auch kennen und dass sie ähnliche Zettel oder Briefe erhalten haben. Und natürlich – das erkennen alle sofort, auch wenn kein weiteres Nicken oder Räuspern zu vernehmen ist - kennen auch Becker und Reiche den Text, so dass der Einzige, der in der Runde nicht Bescheid weiß, Satz zu sein scheint. Scheint, wohlgemerkt, denn Satz kennt alles jemals Aufgeschriebene, alles. Und Satz ist froh, dass er vor kurzem im Maggie Mae's nur an die mit lila Tinte beschriebenen Zettel gedacht und nicht über sie gesprochen hat, denn das hätte die Dramaturgie nun wirklich vollends durcheinander gebracht. Ah, da ist sie ja schon wieder, die Dramaturgie, denken wir – wohl nie völlig ergründend, wer sie schreibt.

Die Runde schweigt immer noch. Grund genug, denkt Gustafsson, dem das Schweigen am unangenehmsten zu sein scheint, wieder in ein normales Gespräch zu verfallen, ehe er sagt: „Also, meine Herren, damit wäre ein erstes Geheimnis gelüftet. Offensichtlich hat uns irgendeine übersinnliche Macht dazu auserkoren, hier in Austin gemeinsam auf die Suche nach etwas zu gehen, was wir aber momentan noch gar nicht kennen. Also, wenn es denn so sein soll, gerne doch, ich bin bereit." Lars Gustafsson schaut angriffslustig in die Runde. Weinberg findet als erster nach Lars Gustafsson die Sprache wieder: „Ich habe bereits in einem kürzlich stattgefundenen Gespräch deutlich gemacht, dass ich von diesem ganzen übersinnlichen Schnickschnack nichts halte, aber weil Sie mir alle – ich betone alle – einigermaßen sympathisch sind, bin ich bereit, dieses Spielchen mitzuspielen; und zu verlieren habe ich in meinem Alter ja wohl so viel auch nicht mehr." Auf das Alter hätte Weinberg die Sprache nicht lenken sollen, denn das lieferte wiederum Gödel eine Steilvorlage: „Steven, wir haben uns vor wenigen Minuten, als Lars und Gregor Tennis spielten, sehr bewusst dazu ausgetauscht, dass unsere, na nennen wir es mal ‚temporäre Alterslosigkeit' der offensichtliche Preis für das Zustandekommen von Zeitreisen zu sein scheint. Es ist also mehr als unangemessen, wenn Sie jetzt hier wieder auf Ihr Alter abstellen. Dann frage ich Sie doch einfach: Wie alt sind Sie denn im Moment?" – „Kurt, was regen Sie sich so auf?", Kahlmann hatte sich in das Gespräch eingeklinkt: „Wenn ich es richtig begriffen habe, sind wir alle Teil eines Spiels oder einer Verschwörung oder einer Inszenierung oder, oder, oder. Und wir sollten uns jetzt und hier einig werden, wie wir mit dieser Situation umgehen: Variante eins, wir suchen gemeinsam nach dem, was wir gegenwärtig noch nicht einmal zu identifizieren in der Lage sind oder Variante zwei, wir gehen grußlos auseinander, alle und zwar für immer." – „Schön, schön haben Sie das beschrieben, sehr gut." Reiche nickte anerkennend und Becker, der sich, auch wenn Kahlmann jetzt ganz offensichtlich und unwiederbringlich materialisiert war, doch noch irgendwie für seine Romanfigur verantwortlich fühlte, setzte ein wissendes Lächeln auf. „Also gut, ich fasse zusammen", Gustafsson schien dem Gespräch ein Ende bereiten zu wollen, „wir sind uns also einig, dass es kein Zufall ist, dass die sechs Männer, die hier am Rande eines kleinen Tennisplatzes jenseits des Lamar Boulevard in Höhe der neunzehnten Straße in Austin in Texas stehen, nicht ganz zufällig hier zusammengetroffen sind, sondern eine gemeinsame Mission haben. Wir sind uns des Weiteren einig, dass wir in der Lage sind, in der Zeit zu reisen, wenn wir auch die Funktionsweise von Zeitreisen nicht umfänglich verstanden haben" (an dieser Stelle verfinstern sich die Blicke von Gödel und Kahlmann gleichzeitig, beide unterbrechen Gustafsson aber nicht), und wir sind uns einig, dass wir, unvorhersehbare Ereignisse, die dem zuwider stehen, einmal ausgeblendet, gemeinsam bereit sind, diese Mission zu erfüllen." Gustafsson macht eine Pause. Dann schaut er in die Runde. Kahlmann blickt ihn fest an, nickt dann merklich. Gödel blickt auf seine Schuhspitzen aber auch er nickt. Weinberg nickt, Becker nickt, Reiche nickt. „Meine Herren, gehen wir es an."

Als die sechs vom Tennisplatz aus ihrer Wege gehen, ist ein kleines Lüftchen aufgekommen. Der Wind fängt sich in den Ecken des vergammelten Platzes, streicht mit einem Säuseln um die Stämme der Hickorybäume und wenn man genau hinsieht, wirbelt er an der einen oder anderen Stelle in einer kreiselnden Bewegung feinen Staub auf. Aber die Kraft des Lüftchens reicht noch nicht, den Unrat sehr hoch zu wirbeln.

Satz ist inzwischen in Gustafssons Rucksack eingeschlafen.

Von wem die Idee stammte, hier in Austin auch einmal gemeinsam Golf spielen zu gehen, lässt sich nicht mehr zweifelsfrei aufklären. Wahrscheinlich hat einer der Herren irgendwann mal so einen Halbsatz fallen gelassen; so einen in der Art „…schöne Golfplätze scheint es hier auch zu geben…", so einen halt, der dann ein Eigenleben entwickelt, den man nicht mehr ungesagt machen kann, der sich Bahn bricht… Jedenfalls war es schon bald ausgemachte Sache, dem University of Texas Golf Club einen gemeinsamen Besuch abzustatten. Der Platz befindet sich in der Nähe des Lake Travis, von Downtown Austin aus ungefähr zwanzig Kilometer Luftlinie in nordwestlicher Richtung. Da die Herren, wie wir schon erwähnten, nicht über ein eigenes Gefährt verfügten, blieb als Beförderungsmöglichkeit neben dem Taxi, welches aus Kapazitäts- und Kostengesichtspunkten ausfiel, lediglich der Bus. Und es gab einen Bus in diese Richtung. Die Linie führte von der Greyhound-Bus-Station, die sich ein paar Busstationen nordöstlich des Campus befand, entlang des Research Boulevard, der gleichzeitig der U. S. Highway 183 war bis nach Lakeline Mall, wo er nach links auf die Bundesstraße 620 abbog, um diese nach einigen weiteren Kilometern wieder nach links in Richtung des Golfareals zu verlassen. Die Fahrt bis zum Golfplatz dürfte eine reichliche Stunde dauern; angesichts der Luftlinienentfernung, in der sich der Golfplatz befand, eine unendlich lange Zeitspanne aber wie wohl jeder Bus auf dieser Welt, musste er Straßen befahren, die sich um Luftlinien nicht zu scheren brauchten. (Dem Verfasser dieser Zeilen kommt an dieser Stelle in den Sinn, dass es wegen der bereits hinlänglich ins Spiel gebrachten Schwierigkeit, die unsere Protagonisten hatten, die Zeit in irgendeiner Form in Austin zu messen oder gar Zeitspannen zu vergleichen, ziemlich unerheblich gewesen sein musste, wie lange der Bus nun wirklich auf dem Weg zum Golfplatz unterwegs gewesen ist.)

Schon früh am Morgen also – es war den sechsen gelungen, auch ohne gängige Uhr ein System zu entwickeln, nach welchem man rein gefühlsmäßig pünktlich an einem bestimmten Ort erscheint - an einem augenscheinlichen Samstag (das konnte man auch ohne Uhr daran feststellen, dass urplötzlich viel weniger Verkehr auf den ansonsten verstopften Straßen der Stadt war) versammelten sich unsere Freunde an der Greyhound-Station, stiegen in den Bus mit der Nummer 485 und ließen sich in die Sitze fallen. Gemächlich setzte sich der Bus in Bewegung; nur wenige Mitreisende leisteten unserem frisch gebackenen Golft-Team Gesellschaft. Als man sich an das eintönige Schaukeln, hervorgerufen von dem welligen Belag des U. S. Highways, gewöhnt hatte und die Bebauung am Rande der Stadt lichter wurde und die wenigen weit verstreuten Häuser meistens nur noch einstöckige Flachbauten waren, war eine gute Zeit, ein paar Gespräche zu führen. Reiche tippte Becker an: „Hast du schon mal Golf gespielt?" − „Selber? Quatsch, wo denn? Denkst'e, ich will als Snob gelten. Bei uns auf den Plätzen, weisst'e wer da rumläuft? Du machst dir kein Bild…" − „Ok, begriffen, musst mir jetzt nicht dein Leben erzählen…" − „Ja was fragste dann?" Eine Reihe weiter vorn unterhielten sich Kahlmann und Weinberg. Kahlmann: „Ich muss heute am Abend wieder zurück sein, hab Dienst im Maggie's." − „Ach Kahlmann, Sie mit Ihren ständigen Diensten, machen einem wirklich fast ein schlechtes Gewissen, selbst so wenig Nützliches beizutragen und nur irgendeinem Geheimnis auf der Spur zu sein…" − „Schlechtes Gewissen, kann ich mir bei Ihnen nun aber wirklich nur sehr schwer vorstellen." − „Und wieso, wieso trauen Sie mir kein schlechtes Gewissen zu, mal davon abgesehen, dass Sie recht haben; warum um alles in der Welt sollte ich ein schlechtes Gewissen haben, nur weil Sie heute noch arbeiten müssen?" − „Genau das ist sie, diese Arroganz…" Eine weitere Reihe davor saßen Gustafsson und Gödel. Gödel nachdenklich: „Wissen Sie, dass mir immer noch durch den Kopf geht, auf welch verwobenem Weg wir uns kennengelernt haben, damals auf dem Campus, als Sie mich fast mit Ihrem Rad umgefahren haben. Im Übrigen, den Füllfederhalter, der Ihnen damals bei unserem Fast-Unfall aus der Tasche gefallen war, den habe ich jetzt in dem mysteriösen Koffer wiedergefunden, Sie wissen schon, in dem Koffer, der von Zimmer zu Zimmer wandert." Gustafsson reagierte nicht, aber wohl eher aus dem Grunde, dass ihn das monotone Schaukeln des Busses hat ein wenig einnicken lassen, als aus dem Grunde, Gödel ignorieren zu wollen. Gödel wandte sich Gustafsson zu: „Wollen Sie ihn wiederhaben, den Füller, ich hab ihn extra eingepackt?" – „Was will ich wiederhaben? Ich vermisse nichts, was ich wiederbekommen müsste." – „Den Füllfederhalter, den hier…" Gödel griff sich in die linke Jackentasche, nichts, dann in die rechte, nichts, dann noch einmal in die linke, in beide Innentaschen – wir vermuten richtig: NICHTS. Gustafsson: „Na bitte, sag ich doch, ich vermisse nichts." Begeben wir uns an dieser Stelle wieder eine Sitzreihe weiter nach hinten. Weinberg zu Kahlmann: „So richtig klar sind wir uns aber wohl alle noch nicht, wonach wir hier eigentlich suchen, oder? Und der Hinweis auf diesem blöden Zettel in violetter Tinte hat mich ehrlich gesagt auch nicht richtig weiter gebracht." – „Ja, klingt mysteriös, als wenn wir nach etwas ganz Großem suchen würden. Ich suche manchmal schon meine Socken am Morgen, was weiß ich, ob ich überhaupt in der Lage bin, etwas Großes zu finden. Wo ich doch schon etwas Kleines kaum zu finden in der Lage bin." Kahlmann und Weinberg lächeln beide. Eine Reihe weiter hinten hat man inzwischen das Gespräch auch mehr oder weniger in Richtung der allen bekannten Zettel gebracht. Reiche: „Und du weißt wirklich nicht, wer der Absender dieser Zettel ist, die wir hier alle mehr oder weniger zur gleichen Zeit gefunden haben?" Becker schüttelt mit dem Kopf. Daraufhin, den Zettel aus der Jackentasche kramend, wieder Reiche: „Sieh mal, ist doch eigentümlich, alle haben den gleichen Text und auch die Schrift ist zum Verwechseln ähnlich." Inzwischen hat der Bus einen Zwischenstopp eingelegt und der Zufall oder wer auch immer hat es gewollt, dass urplötzlich sechs Männer jeweils zu zweit hintereinander in drei Busreihen sitzen, jeder mit einem Zettel in der Hand, auf dem steht:

„Sie sind weit gekommen: nun ist es nur noch ein kleiner Schritt. Sie müssen die Freunde finden, die Freunde, die genau wie Sie suchen. Und dann müssen Sie Geduld haben, denn die Formel ist lang und nicht ganz leicht zu finden aber

Austin in Texas ist schon ein guter Platz – nehmen Sie sich die Zeit – vier oder mehr werdet ihr sein und gebt Euch zu erkennen!

Weinberg ist der erste, der sich wieder zu Wort meldet: „Meine Herren, ich schlage vor, dass wir uns dieser Zettel entledigen, wenn wir am Golfplatz angekommen sind, denn sie bringen uns jetzt nicht mehr weiter. Offensichtlich haben wir eine Mission zu erfüllen, aber das wissen wir ja jetzt, da brauche ich jedenfalls keinen Zettel mehr." Zustimmendes Nicken fünf weiterer Köpfe. Als nächste Station wird *University of Texas Golf Club* angezeigt. Der Bus hält. Außer den sechs Männern steigt niemand aus. Eine Minute später brennen sechs kleine Zettel in einem Papierkorb unweit der Bushaltestelle. „*Sie sind weh ein kleiner Schritt. Snau wie Sie suchssen Sie Geduenn die Formel it ganz lden aber Austin in TexPlatz – nehmen Sie sivier oder mehr werdet ihr sein und gebt Euch zu erkennen!* kann man erst noch lesen, dann ist nur noch „*Sind weh ekleiner Scitt. Sna Sie sucSie Geduen Form ganz lden abin in Tex-Platz – nehmie sivier odehr werdihr seiebt Euzu ernnen!* zu erkennen und nach kurzer Zeit geht auch das letzte Bisschen „*Seiner Scitt. Sna Sn Forn abin in TexPlatmie sivier odeh seiebt Euznen!* im Schwarz des verbrannten Papiers unter.

Kurt Gödel, gerade Kurt Gödel, der gemeinhin als der am wenigsten entschlossene unserer Gruppe gelten dürfte, will sich schon in Richtung Eingang des Golfplatzes wenden, als er von – sagen wir mal Martin Reiche aber es können auch Lars Gustafsson oder Steven Weinberg gewesen sein – mit den folgenden Worten aufgehalten wird: „Meine Herren, ich denke es ist an der Zeit, endlich klarzustellen, was wir hier angeblich suchen und was uns zusammen führt. Wir haben jetzt sozusagen fast rituell diese kindischen Zettel verbrannt und uns wie kleine Jungen an dem Feuerchen gefreut; allein, unser Problem hat das nicht gelöst. Halt, falsch, es hat unser Problem nicht nur nicht gelöst sondern unser Problem ist irgendwie noch nicht einmal richtig benannt. Sie zum Beispiel", der Redner wendet sich willkürlich an – sagen wir – Weinberg, „was suchen Sie? Oder besser, wissen Sie eigentlich, wonach Sie suchen oder noch besser, ist Ihnen eigentlich bewusst, dass Sie nach etwas suchen?" Weinberg schaute verdutzt drein, dann blickte er hilflos in die Runde. Der Redner weiter: „Schauen Sie doch nicht so betroffen, Weinberg, ich hätte diese Frage allen Anwesenden stellen können, vermutlich jeder hätte gleich dreingeschaut. Ich hätte die Frage auch mir stellen können – mit dem gleichen Ergebnis: Betroffenheit. Also, ich halte es für wichtig, dass wir uns schnellstens darüber klar werden, wonach wir hier gemeinsam auf der Suche sind. Nein, nein, wir müssen nicht besprechen, was jeder für sich sucht, Gustafsson den perfekten Text, Gödel eine noch unbekannte Zahl…, was suchen wir hier in Austin gemeinsam, das ist die Frage." Zwischen Bushaltestelle und Eingang zum Golfareal befindet sich eine kleine Sitzgruppe aus grob aus Holz gezimmerten Bänken, auf die die kleine Gruppe jetzt zielstrebig zusteuert. Dann nehmen die sechs Männer im Halbkreis auf den Bänken Platz und es entspannt sich ein philosophisches Gespräch über den Sinn ihres Aufenthaltes in Austin, das hier fragmentarisch wiedergegeben werden soll.

K. G.: Lassen Sie uns doch gemeinsam noch einmal den Inhalt des Zettels durchgehen: Ich erinnere mich daran, dass wir nach einer Formel suchen und dass sie lang sei. M. R.: Aber es muss eine anders geartete Formel sein, als die, nach denen Sie, lieber Gödel, schon lange suchen, denn wir suchen ja gemeinsam. Also ich für mein Teil suche nach einem guten Text, der abgedruckt wird und mich unsterblich macht. L. G.: Danach sucht doch jeder Schriftsteller, das kann es also nicht sein, Martin, was wir gemeinsam suchen. Es muss mehr sein, größer, fulminanter, unfassbarer… G. K. (zu Becker blickend): Und ich suche bekanntermaßen seit vielen, vielen Jahren nach der Möglichkeit, im Raum und in der Zeit zu reisen und da ich offensichtlich fündig geworden bin – wäre ich sonst hier in Austin? – gibt es also noch etwas über diese Raum-Zeit-Reisen Hinausgehendes. Etwas, wie sagen Sie so schön, Lars, größeres, fulminanteres, unfassbareres… C. B.: Stellt sich mir die Frage, ob es Sie, Kahlmann, überhaupt gäbe, wenn ich Sie nicht als literarische Figur erschaffen hätte – wie konnte es sein – es freut mich ja, ehrlich – aber wie konnte es sein, das Sie hier stehen, ein Mensch aus Fleisch und Blut, aus einer anderen Zeit und eigentlich doch nur eine auf Papier gebannte Figur. Hat es damit zu tun, was wir suchen? Suchen wir nach einem Element, welches Raum und Zeit verbindet und damit Geist und Wirklichkeit zusammen schmiedet? S. W.: Ihr letzter Gedanke klingt verlockend, Becker. Ist das, was wir erleben wirklich, oder – wie sagt man heute so schön – nur virtuell. Existiert unsere Welt gar nur in unserer Vorstellung? G. K.: Ich weiß, was Sie meinen, Steven. Gibt es etwas, was unsere Welt so umfassend beschreibt, dass beide Möglichkeiten abgebildet werden – einmal die, das die Welt wirklich ist und dann auch die, dass sie nur in unserem Bewusstsein entsteht. Und die Übergänge zwischen diesen beiden Zuständen, die es eben ermöglichen, dass ich, der spleenige Professor Kahlmann, der im späten Mittelalter versucht hat, eine Zeitreisemaschine zu konstruieren, plötzlich hier im sonnendurchfluteten Texas stehte, mit Ihnen, meine hochverehrten Herren, gemeinsam, um nach etwas zu suchen... L. G.: Ich gewinne mehr und mehr den Eindruck, wir suchten – unbewusst zwar aber das tut nichts zur Sache – wir suchten also nach einer Art Formel, nach einer Beschreibung dafür, nach welchen Regeln Zeit, Wirklichkeit und Geist funktionieren, nach einer allumfassenden Beschreibung, die alle Zustände, in denen sich unsere Welt befinden kann, abbildet, so speziell sie auch sein mögen, die aber auch allgemein genug ist, eine Klammer um diese Zustände zu schmieden. Weinberg, mir kommt da ein Interview in den Sinn, das ein renommiertes deutsches Nachrichtenmagazin mit Ihnen geführt hat. Ging es da nicht genau um eine Weltformel. Ja, ich erinnere mich, Sie wurden gefragt, ob Sie aus zehn Formeln, die man Ihnen vorlegt, die eine Weltformel erkennen würden. M. R.: Na, und was hat er geantwortet? K. G.: Erzählen Sie doch selbst, Weinberg, was Sie zur Antwort gegeben haben. S. W.: Also gut. Meine Herren, auch wenn Sie mich für arrogant halten – so eine Formel würde ich erkennen. Und Sie auch, auch Sie würden sie erkennen. Ich habe nämlich auch zur Antwort gegeben, dass, wenn diese Formel oder Theorie die nötige Schönheit und Eleganz hätte, unsere Welt nicht nur zu beschreiben, sondern sie auch hinreichend zu erklären, dass in genau diesem Fall diese Formel auch auf alle Naturgesetze anwendbar wäre. Sie würde Masse und Ladung eines Elektrons genau so vorhersagen wie alle anderen Naturkonstanten. Sie würde zeigen, wie man in der Zeit reisen könnte und sie würde einen Weg weisen, auf dem man Gedanken materialisieren könnte. L. G.: Bitte, lieber Steven, überfordern Sie uns nicht. So etwas kann es nach meinem Dafürhalten eher nicht geben. S. W.: Davon, lieber Lars, bin ich auch überzeugt, aber lassen Sie uns doch in der Vorstellung leben, wir könnten sie doch finden, die Weltformel! C. B.: Wunderbar, wir suchen also nach der Weltformel, aber wir wissen heute schon, dass wir sie nicht finden werden. M. R.: Mensch Christoph, sei doch nicht so zynisch. Es ist doch allemal besser, auf der Suche zu sein, auch wenn die Chancen, das, was man sucht, zu finden, de facto gleich Null sind, als jegliche Suche aufgegeben zu haben. Ich jedenfalls, meine Herren, freue mich auf weitere spannende Abenteuer mit Ihnen.

Eine gefühlte halbe Stunde lang hatten die sechs Männer so diskutiert und während des angeregten Gesprächs war die digitale Uhr, die an der Anzeigetafel an der Bushaltestelle installiert war, sogar für einen Moment sichtbar geworden; für alle unsere Protagonisten. Jetzt aber verschwammen die kleinen gelben Zeichen wieder zu einem Mischmasch aus Pixeln, undeutlich und undeutbar.

Stellt sich dem unermüdlichen Chronisten der Erlebnisse unserer Crew die besorgte Frage, ob es sich wirklich lohnt, diese verworrene Geschichte weiter zu erzählen? Oder wie ernst kann man sechs Männer nehmen, die sich „rein zufällig" im texanischen Austin treffen (obwohl sie sich wegen der unterschiedlichen Zeiten, in denen sie leben – einer lebte ja genaugenommen nie - eigentlich dort nie hätten treffen dürfen), um nach ein paar Tagen (oder Wochen? oder Monaten?) festzustellen, dass sie nach etwas auf der Suche sind und dieses etwas nichts Geringeres als irgendeine Weltformel ist? Aber es ist bis zu dieser Stelle schon viel Mühe in die Abfassung dieses Traktats geflossen, so dass es im Hinblick auf das bereits zu Papier gebrachte schade wäre, an dieser Stelle abzubrechen. Begleiten wir also die sechs Männer weiter, wohl wissend, dass wir den Federhalter auch später noch an die Wand werfen können.

Ausgerechnet Gödel war es, Kurt Gödel, ansonsten dafür bekannt, jegliche sportliche Betätigung rundweg abzulehnen, der – in Richtung des Eingangs zum Golfplatz blickend – mehr oder weniger beiläufig die Frage fallen ließ, ob denn die Herrschaften sich noch erinnern könnten, warum man eigentlich den weiten Weg von Austin bis hierher gemacht hätte. Und richtig, natürlich, man war zum Golfspielen aufgebrochen, wie konnte man sich nur so verplauschen, einem so unglaublich abstrakten Thema wie der Suche nach einer Weltformel Zeit opfern, wo doch für die nächsten Stunden ein überaus angenehmer Zeitvertreib auf dem Kalender stand, mit viel Bewegung an frischer Luft, mit guten Gesprächen und einem weiten Blick über die leicht hügeligen Bahnen des Platzes? Gödels Hinweis jedenfalls war angekommen und es dauerte nicht lange und die Männer standen am Eingang zum Clubhaus. Auf dem kurzen Weg vom Eingangstor zum Clubhaus war einzig Kahlmann aufgefallen, dass die sechs niemandem begegneten. Seltsam, dachte Kahlmann, wo doch Golf angeblich hier in Amerika so gerne gespielt wird und Golfplätze en masse in der Landschaft verstreut liegen. Lars Gustafsson hatte inzwischen die Führung der kleinen Truppe übernommen. Er drehte sich noch einmal zu seinen fünf Begleitern um: „Also, meine Herren, ich melde uns jetzt an, dann holen wir die Schläger und dann geht es los." Das Ende des Satzes bekam man kaum noch richtig mit, denn Gustafsson hatte sich schon zur Tür gedreht und den Griff in der Hand. Klink. Klinkklinkklink. Seltsam, offensichtlich war die Tür zum Cluboffice verschlossen. Becker war es, Christoph Becker, dem als erster der kleine Zettel aufgefallen war, den man linkisch mit einer Zwecke am hölzernen Türrahmen angepinnt hatte.

Sehr geehrte Damen und Herren, liebe Clubmitglieder, wir bedauern, Ihnen mitteilen zu müssen, dass unser Golfplatz für die nächsten Wochen geschlossen bleiben muss. Vor einigen Tagen ist unsere Gegend von einem verheerenden Unwetter heimgesucht worden. Dieses Unwetter hat zu erheblichen Verwüstungen auf dem Platz geführt, die den Platz in Summe unbenutzbar machen. Neben den erheblichen Sturmschäden ist vor allem Sand in ungeahnter Menge in den Platz eingetragen worden. Die Grüns von diesem Sand zu befreien, ist eine sehr aufwändige Arbeit, die noch geraume Zeit in Anspruch nehmen wird, weshalb es uns heute noch nicht möglich ist, Ihnen das genaue Datum zu nennen, ab dem der Platz wieder voll nutzbar sein wird. Wir bitten um Ihr Verständnis. Die Clubleitung.

Sand? Kahlmann war der erste, der einen Kommentar abgab: „Tja, Sand scheint hier wirklich ein Problem zu sein – oder träume ich das nur?" – „Nein, scheint kein Traum zu sein. Auch wenn uns das alles hier ziemlich zu versanden scheint", Martin Reiche war insgeheim stolz über diesen tollen Satz. Short Realism eben! Offensichtlich, vieles deutet darauf hin, ist diese neue Stilrichtung auf dem Weg, sich im allgemeinen Literaturbetrieb durchzusetzen. Vielen Dank, lieber Martin Reiche und viele, viele Grüße in die Uckermark. Es war mehr oder weniger nur ein Zufall, dass der verklärte Blick Reiches den anderen fünf Männern nicht auffiel. Und es war besser so. Für die sechs Männer also blieb momentan nichts weiter übrig, als auf den nächsten Bus zurück zu warten.

Inzwischen hatte die Mittagssonne den höchsten Punkt ihrer täglichen Bahn gerade überschritten und es war zu befürchten, dass die nächsten Stunden heiß werden würden, kochendheiß, so, wie die Männer es im texanischen Austin inzwischen als Normalität verinnerlicht hatten. Vor sich hin dösend und zu matt, sinnvolle Gespräche zu führen, saßen unsere Freunde an der Haltestelle, gerade so, als wollten sie Modell sitzen für ein texanisches Stillleben; zum Beispiel von Cezanne oder van Gogh oder von Rubens oder von wem auch immer. Die Hitze war inzwischen fast unerträglich geworden; der Schweiß, der sich auf der Haut der Männer ansammelte, im Übrigen ohne dass sie auch nur irgendeine körperliche Anstrengung unternommen hätten, bildete Flecken auf den Brust-, Achsel- und Rückenparteien der Hemden unserer Protagonisten. Irgendwann kam eine kaum spürbare Bewegung in die vor Hitze flimmernde Luft am Horizont. Ein schlieriges Dottergelb mischte sich in dickflüssige heiß-graue Luft über der Straße. Das Gelb schien langsam an Größe zu gewinnen – jetzt nahm es schon die Hälfte der Fahrbahn am Horizont ein. Dazu gesellte sich ein verhalten dumpfes Rumpeln, das aus der gleichen Richtung kam, wie der am Horizont größer werdende Farbklecks, der lustig auf der Fahrbahn hin und her zu hüpfen schien. In dem Maße, wie der Farbklecks größer wurde, nahm das Rumpeln zu, das jetzt von einem gleichmäßigen Stöhnen begleitet wurde. Dann schälten sich langsam die Konturen des Greyhound-Busses aus der Gluthitze der über der Straße lungernden Luft. Blinker. Bremsen. Rumpeln im Leerlauf. Gegenseitiges Anschubsen mit den Ellenbogen. Wankend zum Bus. Bezahlen. In die Sitze sinken. Nach Möglichkeit nicht die Sonnenseite. Türschließen mit Druckluft. Anfahren. Ruckelndes Wohlbefinden – jeder für sich.

Der Bus hat auf der Bundesstraße zurück in Richtung Austin sicher bereits zwanzig oder dreißig Kilometer zurückgelegt, als es erste Anzeichen dafür gibt, dass wieder Leben in unsere Männer kommen könnte. Kahlmann räkelt sich im Halbschlaf und legt seinen Kopf auf die Schulter des neben ihm sitzenden Steven Weinberg, der daraufhin wach wird, husten muss, woraufhin der hinter ihm sitzende Gustafsson erschrickt und zusammenzuckt, was wiederum den neben ihm sitzenden Becker aufwachen lässt. Becker gähnt so unerhört genüsslich, dass es sogar Martin Reiche, der schräg hinter ihm sitzt, zu einem lauten Lachen animiert, was wiederum Reiches Nachbarn Gödel nicht weiter im Halbschlaf dämmern lässt. Die Männer sind wach. Gähnen. Wo sind wir denn? Gähnen. Ringsum ein Schluck aus der Wasserflasche. Blinker rechts – zurück auf den U. S. Highway 183. Austin 34 Miles. Ruckel, zuckel, rumpel…

Es ist Becker, der anfängt in seinem Rucksack herum zu nesteln. Zuerst holt er eine vom vielen Auf- und Zu-Falten an den Falzen schon poröse Karte hervor, die den Travis-County-Distrikt abbildet. Die Karte holt Becker gemeinsam mit einem ganzen Bündel Papier aus dem Rucksack: alte Rechnungen, Prospekte, zwei Ansichtskarten, drei Formulare, um sich eine American-Express-Card bestellen zu können, natürlich unausgefüllt, ein winziges Comic-Heftchen,

Packpapier mit irgendwelchen Notizen, zwei offensichtlich aus einem Notizbuch herausgerissene Seiten mit Telefonnummern und ein Brief. Ein ungeöffneter Brief. Becker legt die bereits halb auseinandergefaltete Landkarte wieder auf ihr Ausgangsmaß zurück. Ein ungeöffneter Brief, er dreht ihn hin und her. Er ist an ihn gerichtet und als Absender in der linken oberen Ecke sind nur die beiden Buchstaben A. C. vermerkt. Nachlässig, denkt er. Wenn mich der Brief nicht erreicht hätte, dann wäre er dem Orkus des Postwesens zum Opfer gefallen. Denn wohin hätte man ihn zurückschicken sollen. Wer ist denn A. C.? Natürlich weiß Becker, dass A. C. Andrea Chatwin ist und natürlich hätte Becker den Brief schon längst öffnen können – nein, aus welchen Gründen auch immer, bisher jedenfalls hat er es noch nicht getan. Aber jetzt, aber jetzt wird er zur Tat schreiten. Mit einem Ritsch und unter Zuhilfenahme eines Bleistifts, der sich unerklärlicherweise auch in den Tiefen seines Rucksacks ohne größere Schwierigkeiten finden ließ, schlitzte er den Brief auf. Dann beginnt er zu lesen. Mit jedem Satz, den er liest, wird er blasser. Dann lässt er den Brief in den Schoß sinken. „Was haben Sie denn? Ist Ihnen nicht gut?", Lars Gustafsson hatte offensichtlich gemerkt, dass mit seinem Sitznachbarn Becker etwas nicht stimmen konnte. Becker tonlos: „ist schon alles in Ordnung… hier lesen Sie." Zwischen den beiden Teilen dieses Satzes machte er eine unangenehm lange Pause. Wer genau hinsah konnte bemerken, dass er in dieser Pause damit geliebäugelt hatte, den Brief wieder in seinem Rucksack verschwinden zu lassen. Dann aber, fast unvermittelt, reichte er den Brief seinem Nachbarn. Gustafsson las:

Lieber Christoph, jetzt, da du schon eine ganze Weile in Austin bist und es bisher noch nicht für nötig gehalten hast, ein Lebenszeichen zu senden, möchte ich die Gelegenheit nutzen, um mit diesem Brief ein paar Dinge klarzustellen, ein paar Dinge, für die ich mich sogar ein wenig schäme. Und ich bitte dich, diesen Brief auch Martin Reiche zu zeigen und auch deinen weiteren Begleitern, denn ich bin es leid, mich weiter instrumentalisieren zu lassen. In diesem Sinne ziehe ich mit dem Brief auch einen Schlussstrich. Als erstes möchte ich dich bitten zu akzeptieren, dass ich keinen Tag länger hinter Martin Reiche her spioniere.

Es ist mir völlig egal, was Martin wann und wo schreibt und es sollte auch dir völlig egal sein. Ich habe mit seiner Frau gesprochen, die mir wiederum versichert hat, dass sie auch nicht weiß, woran ihr Mann gerade arbeitet. Aber, Christoph, selbst wenn Martin gerade ein Werk der Weltliteratur schreiben würde; was hätte es mit dir zu tun? Also bitte, steht euch nicht gegenseitig im Wege und belauert euch nicht. Das zweite, was ich dir und deinen „Mitgefangenen" mitteilen muss, ist ein Geständnis. Und dieses Geständnis lautet wie folgt: Die Zettel mit den mysteriösen Botschaften, die jeder von euch gefunden hat, sind eine Idee von Martina Reiche und mir gewesen. Wir wollten einfach sehen, ob es uns gelingen könnte, sechs erwachsene Männer derart zu manipulieren, dass sie über einem Fitzelchen Papier die Realität vergessen könnten. Nun, da wir hier in Deutschland sind, wissen wir natürlich nicht, inwieweit unser Plan Wirklichkeit geworden ist. Aber wir können uns gut vorstellen, dass ihr schon einigermaßen ins Grübeln gekommen seid. Und zwar alle. Das musste einmal gesagt werden, lieber Christoph. Wir wünschen euch noch eine gute Zeit im fernen Texas.

Der Brief enthält am Ende wieder nur die Initialien A. C. und M. R. Gustafsson schüttelt bedenklich den Kopf, als er den Brief bis zu Ende gelesen hatte: „Darf ich den Brief, darf ich…?" – „Aber immer doch", Beckers Lachen wirkt gekünstelt, „Sie haben doch gelesen, dass dieser Brief uns alle angeht. Geben Sie ihn ruhig weiter. Jeder von uns soll ja möglichst den gleichen Kenntnisstand erlangen, ist doch ausdrücklich so von den Absenderinnen gewünscht – also los, lieber Lars, scheuen Sie sich nicht" Nach und nach lesen auch die verbliebenen vier Männer den Brief. Dann kommt der Bus an der Greyhound-Station inmitten von Austin an, fast unvermittelt bremst er plötzlich und die sechs Männer sind am Ziel ihrer Reise angelangt. Becker hat den Brief inzwischen wieder eingepackt.

Man verabschiedet sich, nicht jedoch, ohne n einen neuen Treffpunkt auszumachen. Dann begeben sich alle nach Hause. Becker und Reiche gehen gemeinsam. „Bist du sauer auf mich?", Becker vermeidet es, Reiche anzuschauen, als er die Frage stellt. „Nein, bin ich nicht." Dann fasst sich Reiche ein Herz und erzählt Becker, was er alles unternommen hat, um ihn des Plagiats bei seinem Buch *Kahlmann* zu überführen. Dann lachen beide. Dann sind sie im Hotel.

Nur dieser vermaledeite Koffer hat wieder den Platz getauscht, denkt Becker. Und das gleiche denkt Reiche. Und dann hören sie, dass sich jemand lauthals zu beschweren scheint. Es ist eine dumpfe Stimme, die beide hören. Sie scheint aus einem Regal zu kommen. Ja, sie kommt aus einem Bücherregal und es ist die Stimme von Satz und er beschwert sich, nicht mit zum Golfplatz genommen worden zu sein. Ach Satz, denkt Reiche, wenn du wüsstest, dass wir gar nicht Golf gespielt haben. Ach Satz, denkt Becker, wenn du wüsstest, dass wir gar nicht Golf gespielt haben. Dann senkt sich die Sonne am westlichen Horizont. Aber es wird noch nicht kühler. Noch lange nicht.

Die Reihe der Vorlesungen beginnt

Es musste so kommen, wie es dann letztlich auch kam oder man konnte es auch anders ausdrücken: Natürlich nahm das Unheil seinen Lauf. Und heraufbeschworen hatte es eigentlich Lars Gustafsson, denn er war es, der auf die eigentümliche Idee gekommen war, dass man sich gegenseitig aus dem vorlas, woran man gerade arbeite. Aber wir greifen vor. Alles begann damit, dass man sich geeinigt hatte, sich wieder einmal im Herbarium der Live Science Library zu treffen. Nach und nach waren die Freunde in dem kleinen Raum mit den dicht gefüllten Regalen und den unterschiedlichen Stühlen an den rohen Tischen erschienen: zuerst Kahlmann, Gödel und Weinberg gleichzeitig kurze Zeit danach, dann Becker, dann Reiche und als letzter Gustafsson. Satz war diesmal mit von der Partie; er befand sich eingequetscht zwischen zwei Buchdeckel, auf denen der schöne Titel *Kommentare zum Kategorischen Imperativ* prangte. Die Buchdeckel mit Inhalt befanden sich diesmal in Steven Weinbergs Tasche, denn Weinberg wäre im Gegensatz zu Gustafsson niemals mit irgendeiner Art von Rucksack gereist; eine Aktentasche, wohl mittelmäßig in ihrer Ausführung aber immerhin eine Aktentasche, war wohl das Mindeste, was Weinberg als Forderung für den Transport von Literatur welcher Art auch immer erhob. Dass es mit größeren Schwierigkeiten verbunden gewesen war, mit dieser Aktentasche am Service-Desk vorbei ins Herbarium zu gelangen, hatte Weinberg gekränkt. Sah er denn aus wie jemand, der in einer öffentlichen Bibliothek Bücher stehlen wollte? Schließlich hatte erst Gödels Intervention bei der Mitarbeiterin am Service-Desk dazu beigetragen, dass man Weinberg auch mit Tasche und damit auch mit Satz in die Bibliothek ließ. Am Ende jedenfalls waren die Männer glücklich in dem kleinen Raum versammelt, in dem sie sich schon einmal getroffen hatten, damals mit Wasser und Kaffee und einer Menge Sand, der genauso schnell wieder verschwunden war, wie er sich ausgebreitet hatte und natürlich ohne weitere Besucher – heute ohne Getränke aber auch ohne weitere Besucher; dafür Gustafsson mit einem Plan.

„Hmmm, ich habe einen Vorschlag, meine Herren", Gustafsson schaute gespannt in die Runde, ob sich bei seinen Zuhörern Neugierde rege. „Da sind wir aber sehr gespannt Laaars", es war wieder dieses gedehnte Laaars, welches Gustafssons Namen zu einem unschönen Plagiat seiner selbst machte. Diesmal war es Becker gewesen, der Laaars gesagt hatte. Von allen, wirklich von allen, hätte sich Lars Gustafsson diese Kritik gefallen lassen, aber dass die spitze Bemerkung gerade von Becker kam, machte ihn doch schon irgendwie betroffen: „Christoph, wissen Sie, nach all dem, was wir jetzt über Ihre Beziehung zu Frau ähh, wie heißt sie doch gleich, ist ja auch egal und diese kleinen Zettel wissen, sollten Sie so freundlich sein und sich mit Ihren Kommentaren ein klein wenig zurückhalten." – „Nun sind Sie doch nicht gleich beleidigt, Lars (diesmal nicht gedehnt)", es war Reiche, der sich genötigt fühlte, Becker beizuspringen. Kahlmann, der offensichtlich am neugierigsten war, verdrehte die Augen. Und Gödel, Gödel hatte sich inzwischen über den Imperativ und Satz hergemacht, denn diese ewigen Plänkeleien schienen ihn doch mehr oder weniger anzuwidern. „Also, ich habe einen Vorschlag, meine Herren." – „Das, lieber Lars, hörten wir schon", Kahlmann bemühte sich, Gustafssons Vornamen kein bisschen gedehnt auszusprechen, was wiederum zur Folge hatte, dass es eher wie Lachs als wie Lars klang, wie er Gustafssons Namen aussprach. Reiche war jetzt ähnlich neugierig geworden wie Kahlmann: „Also los jetzt, raus damit!" Gustafsson schaute in die Runde und räusperte sich, denn Gödel hatte sich inzwischen so in das Buch über den Kategorischen Imperativ vertieft, dass er in den letzten Minuten gar kein Gehör mehr für seine Freunde gefunden hatte. Nochmaliges und deutlich pointierteres Räuspern von Gustafsson – Aufblicken von Gödel – nochmaliges Augenverdrehen von Kahlmann – nervös mit den Fingern auf den Tisch klopfen von Reiche – Augen verdrehen auch von Weinberg – nochmaliges Räuspern von Gustafsson – kein Kommentar von Satz… Es dauerte schon einige Sekunden, bis Gustafsson die uneingeschränkte Aufmerksamkeit seiner fünf Freunde hatte: „Es ist mir in den Sinn gekommen, dass das mit den Zetteln (fragwürdiger Blick zu Becker) kein Zufall gewesen sein kann. Vielleicht sind wir ja doch alle auf der Suche nach etwas? Ich für mich kann schon behaupten, dass ich immer irgendwie auf der Suche bin…" Gustafsson zögert beim Weitersprechen, was ein Fehler war, denn sofort stößt Kahlmann wie ein Habicht in die entstandene Wortlücke: „Lars, Sie sagten, Sie hätten einen Vorschlag zu unterbreiten. Bisher habe ich nur davon gehört, dass Sie auch irgendetwas suchen würden; also, den Vorschlag möchte ich gern hören, den Vorschlag bitte." An dieser Stelle erntete Kahlmann sogar ein zustimmendes Nicken von Becker, der sich offensichtlich, nachdem er sich im Bus zurück vom Golfplatz mehr oder weniger mit dem Geständnis von Andrea Chatwin geoutet hatte, doch nicht mehr ganz so wohl fühlte, wie er es sich vielleicht gewünscht hätte. Jetzt nickten auch Reiche, Kahlmann, Gödel und Weinberg, so dass sich Lars Gustafsson endlich (wirklich endlich!) genötigt sah, mit seinem Vorschlag hinter dem Berg vorzukommen. Also, die Szene stellt sich dramaturgisch wie folgt dar: Gustafsson: herausfordernder Blick in die Runde – fünf Freunde: neugierige Blicke aus der Runde in Richtung Lars Gustafsson. Beenden wir dieses unsägliche Kapitel von Unentschlossenheit – lassen wir endlich Lars Gustafsson mit seinem Vorschlag zu Wort kommen. „Also, meine Herren, ich schlage vor – wohl in der offensichtlich nicht unbegründeten Annahme, dass Sie alle, jawohl alle – diesbezüglich etwas vorzuweisen haben, dass wir unsere nächsten Treffen dazu nutzen, uns gegenseitig ehrlich und vorbehaltlos über den Inhalt unserer gegenwärtigen Forschungen zu informieren." Der Satz (sollte man besser dieser Satz schreiben, um keine Verwechslung aufkommen zu lassen?) stand im Raum, sich nicht mehr bewegend, kaum an den nebeligen Rändern ausfransend, zwar eigentlich verhallt aber immer noch als Echo hörbar…irgendwie in ein Hintergrundrauschen übergehend und dort noch Jahrmillionen nachwirkend…

Steven Weinberg war der erste, der sich erlaubte, nachzufragen, was Lars wohl damit meinen könnte, mit diesem „vorbehaltlos über den Inhalt unserer gegenwärtigen Forschungen zu informieren". „Wie meinen Sie das denn, Lars. Wer nun gar nicht forscht, was soll der denn beitragen?" Wieder allgemein zustimmendes Nicken. „Ich meine, dass wir uns gegenseitig aus dem vortragen, woran wir gerade arbeiten, ganz gleich, ob es ein Liebesbrief an Andrea Chatwin, eine Anekdote im Short Realism, ein neuer Roman, ein Essay, eine wissenschaftlicher Abhandlung, eine Rechnung über zwei Espresso, ein einziger Satz oder 1026 Seiten Prosa, ein Gedicht oder nur eine Zeile mit einer langen, langen Formel ist – ganz gleich – wir tragen es uns gegenseitig vor." Im ersten Moment war Staunen in der Runde. Man spürte, dass jeder darüber nachdachte, was er wohl vortragen würde, wenn Lars' Vorschlag umgesetzt werden würde. Dann aber – keiner wollte ein Spielverderber sein – nickten wieder alle, mehr oder weniger deutlich. Es war Kahlmann, dem etwas Entscheidendes einfiel: „Und wer, bitte schön, soll beginnen?" – „Lasst es uns auswürfeln", fiel Gödel ein, der, wie von Zauberhand, einen Würfel aus seiner Tasche hervorkramte, „wer mit zwei Würfen die höchste Zahl würfelt, fängt an." Nicken. Gustafsson würfelte als erster: eine Zwei und eine Fünf. Dann Becker: eine Sechs und eine Eins. Dann Kahlmann: Zwei Mal die Drei. Dann Gödel: eine Fünf und eine Sechs, dann Reiche, eine Vier und eine Drei und dann Weinberg. Weinberg würfelte eine Zwei und eine Sechs. Langsam glitten die Blicke von fünf Männern zu Kurt Gödel. „Tja, lieber Gödel", Kahlmanns Stimme hatte etwas Bedrohliches, „da werden Sie wohl anfangen müssen, mit elf Augen sind Sie der unangefochtene Spitzenreiter, Sie Glückspilz, Sie." Gödel, der sein Buch mit dem Imperativ inzwischen beiseite gelegt hatte, jedoch nicht, ohne die Seite, auf der er vor kurzem noch gelesen hatte, mit dem im Blattschnitt verharrenden Zeigefinger der rechten Hand zu markieren, suchte etwas, um seinen Zeigefinger ablösen zu können. Dann, endlich, hatte er ein altes Billet gefunden, von irgendeiner Busfahrt, das er zwischen die Seiten des Buches legte. Gödel blickte auf: „Das kommt jetzt etwas überraschend für mich, meine Herren, etwas sehr überraschend. Ich weiß wirklich nicht, was ich Ihnen jetzt vortragen könnte - natürlich, natürlich schreibe ich auch an etwas, derzeit, natürlich, aber ob ich das vortragen will? Ich weiß nicht, meine Herren, ich weiß wirklich nicht…" Ein zunehmend nervöser werdendes leises Trommeln mit den Fingerspitzen auf der Tischplatte von Reiche gab der Szene etwas Unheilvolles. Becker, der bemerkt hatte, dass Reiche die Geduld zu verlieren schien, sprang in die Bresche: „Lieber Gödel, wir sind doch ganz unter uns – wir haben doch diese stille Vereinbarung, dass wir voreinander keine Geheimnisse haben müssen – haben wir doch, oder?" Becker blickte in die Runde. „Ich weiß also wirklich nicht, warum Sie sich so zieren. Lesen Sie doch einfach los. Machen Sie uns die Freude, beginnen Sie einfach, bitte Gödel." Kahlmann, Gustafsson, Weinberg und Reiche nickten zu Beckers Worten. Und sie nickten eindrucksvoll. Gödel, der das Imperativ-Buch inzwischen ein Stück von sich weggeschoben hatte, gab sich offenbar geschlagen, denn er begann am Verschluss seiner mittelmäßigen Aktentasche zu nesteln. Dann hatte er sie auf, griff hinein und zog ein kleines Notizbuch im Oktavformat hervor, schwarz, matt, mit einem Gummi arretiert, so dass es schön verschlossen blieb, wenn es in Gödels Tasche, die nicht viel mehr enthalten dürfte, hin und her rutschte. Er legte das Büchlein vor sich hin, strich mit einer Hand darüber, gerade so, als wenn er es beruhigen wolle, so dass es sich keine Sorgen machen müsse, dass es keine Angst haben müsse vor dem, was nun passieren sollte. Dann löste er den Gummi – hielt aber inne und ließ den Gummi wieder um den Blattschnitt schnipsen. Die Freunde schauten verwundert, denn das erste Lösen des Gummis hatten sie schon für ein untrügliches Zeichen dafür genommen, dass Gödel nun loslegen würde, mit seinen Vorlesungen. Als der Gummi wieder akkurat das Schwarz des kleinen Einbandes umschloss, blickte Gödel auf: „Nein, ich glaube nicht, dass das geht. Ich denke nicht, dass ich Ihnen etwas aus diesem Buch vorlesen möchte. Ich glaube das wirklich nicht." Jetzt war es Weinberg, der sich zu Wort meldete: „Wissen Sie was, ich kann meine Zeit durchaus nützlicher verbringen, als hier zuzuwarten, ob Sie irgendwann bereit sind, mal ein paar Zeilen aus Ihrem Wunderbüchlein vorzulesen." Weinberg klang gereizt, „zumal ja irgendwann auch wir etwas aus unseren noch unveröffentlichten Werken lesen werden, Sie sollen ja nur den Anfang machen Gödel, hat doch das Würfelergebnis erbracht, war doch keine Abmachung von uns, mit Ihnen zu beginnen." – „Und was hätten Sie gesagt, wenn ich mein Notizbüchlein gar nicht mitgehabt hätte?", Gödel suchte offensichtlich nach Ausflüchten. „Also Gödel", Kahlmann mischte sich wieder ein, „Sie haben doch vor kurzem selbst gesagt, dass das Einzige, was Sie immer bei sich haben, Ihr Notizbuch sei, das haben Sie gesagt, das haben wir Ihnen nicht eingeredet. Also war zu erwarten, dass Sie Ihr Büchlein auch hier und heute mithaben würden." Gödel sank sichtbar in sich zusammen. Dann nestelte er wieder am Gummibändchen, schlug das Buch auf, wollte gerade beginnen zu lesen, als er ungläubig das Gesicht verzog. Klapp – Gödel schlug mit einem Satz das Notizbuch zu. Erstaunte Blicke ringsum, war man doch bis vor ein paar Sekunden noch der Meinung gewesen, Kurt Gödel würde nun endlich beginnen, und ein paar Sätze aus seinen neusten Aufzeichnungen zum Besten geben. Stattdessen die folgenden Sätze: „Nein, das geht nicht, das glaube ich gar nicht, nein, nicht ich habe das, nein keinesfalls, daran kann ich mich nicht erinnern, nein und nochmals nein…" – „Was ist denn nun schon wieder, Gödel?", Weinbergs Stimme klang jetzt wirklich mehr als gereizt. Gödel: „Ich, ich kann das nicht, ich kann das nicht lesen, weil ich gar nicht glauben kann, dass ich es geschrieben habe, nein, ich kann mich gar nicht erinnern, eine solche Abhandlung zu dem Thema, nein, das glaube ich einfach nicht. Sehen Sie mir das nach, meine Herren, wirklich, das hab ich sicher nicht geschrieben – obwohl es unzweifelhaft meine Handschrift ist, trotzdem, ich weiß gar nicht, ehrlich nicht…" Aber damit hatte Gödel natürlich genau das Gegenteil von dem erreicht, was eigentlich sein Ziel gewesen war. Hätte er sich noch lange gesträubt, ohne die Bemerkung, dass er nicht wisse, wer den Text wirklich geschrieben habe, hätten die Freunde vielleicht irgendwann nachgegeben. Aber so? So gab es nun wirklich gar kein Zurück mehr, so musste Gödel lesen, jawoll, musste! Und er spürte das, Gödel spürte, dass er nun wohl in den für ihn sauren Apfel würde beißen müssen. Also räusperte sich Kurt Gödel, rückte die dicke Brille zurecht, schlug das Notizbuch wieder an der Stelle auf, an der er es vor nicht allzu langer Zeit zugeschlagen hatte und begann leise und unsicher zu lesen:

Von dem Wunsche, in der Zeit reisen zu können

Ein historischer Abriss

Es ist von alters her einer der großen menschlichen Träume, in der Zeit reisen zu können. Dieser Wunsch geht offensichtlich direkt einher mit der Herausbildung des menschlichen Bewusstseins – schafft dieses doch erst die Voraussetzung, sich einerseits zu erinnern und auch die Zeit vor der eigenen Existenz zu reflektieren und andererseits über die Zukunft (sowohl die eigene Zukunft aber auch ganz allgemein über die Zukunft als der Zeit in der nach vorn gerichteten Perspektive) nachzudenken. So ist es mehr als verständlich, dass der Mensch in seinem Drange, seine Umwelt zu erkunden, nicht an den räumlichen Grenzen seiner Bewegungsfreiheit, die er mehr und mehr nach außen zu verschieben in der Lage war und ist, halt machen wollte, sondern es ihn auch danach dürstete, den Zeitstrahl, auf dem er unentwegt ritt, immer den Sattel an dem Punkte der Gegenwart allerdings, nach vorn – also in die Zukunft – und zurück – also in die Vergangenheit - zu bereisen. Wenn dieses Interesse tatsächlich mit der Entwicklung des menschlichen Gehirns in Verbindung stehen sollte, sich also mit der Entwicklung desselben erst herausgebildet haben sollte, dann ist es wahrlich ein Interesse, dass so alt ist, wie das menschliche Denken.

Bereits die Philosophen des Altertums scheinen sich in dieser Richtung Gedanken gemacht zu haben, denn der eigentliche Zeitbegriff ist bereits in der Antike recht anschaulich beschrieben worden. Allein, es scheint ein Problem zu sein und zu bleiben, Zeit zu veranschaulichen. Bereits im Altertum kursierte die Augustinus von Thagaste (354 bis 430 v. u. Zeit) zugeschriebene Antwort auf die Frage, was Zeit sei, wie folgt: „Wenn mich niemand fragt, weiß ich es, sobald ich aber gefragt werde, so kann ich es nicht erklären". Aber am Ende geht vorerst doch alles darauf zurück, dass man feststellte, dass die Zeitmessung notwendige (durchaus nicht allein hinreichende) Bedingung dafür ist, den Lauf der Zeit zu erkennen. Und nur wer den Lauf der Zeit erkennt, kann ihn in die eine oder andere Richtung verlassen; sie müssen wissen, wo im Zimmer sich eine Tür befindet, um aus ihr hinaus ins Freie treten zu können; sie müssen dazu letztlich auch die Maße des Zimmers einschätzen können. Zeit erscheint also erstmals als objektive und damit messbare Größe bereits im 14. Jahrhundert vor Christus: Das Verrinnen der Zeit wird bewusst sichtbar am Stand der Sonne oder am sich *verändernden Wasserspiegel in einem Tongefäß – die Zeit verfließt de facto gemeinsam mit dem Wasser, welches das Gefäß verlässt. Erste ägyptische Sonnenuhren oder griechische Wasseruhren (beide bekannt aus der Zeit deutlich vor der Zeit der Christenheit) gelten bereits als erste Uhren. Sie basieren auf dem Prinzip, eine feste Bezugsgröße zu definieren, an der der Lauf der Zeit verdeutlicht wird. So zieht die Sonne gleichmäßig über das Firmament und in dem Maße, wie der Schatten, ausgelöst etwa durch einen Obelisken, seine Bahn an einer festen Markierung am Boden entlang zieht, wird die verfließende Zeit in ihre Einzelteile zerstückelt und damit in einzelnen Häppchen sichtbar gemacht. Dem gleichen Prinzip…*

Gödel räuspert sich: „Wollen Sie das wirklich hören, meine Herren? Es ist mir völlig unklar, wann ich das aus welchem Grunde aufgeschrieben haben sollte, meine Herren, soll ich Sie wirklich weiter mit diesen läppischen historischen Betrachtungen nerven? Sagen Sie mir ruhig Ihre Meinung, denn…" – „Ja, wir wollen das hören, lieber Kurt Gödel, wir wollen", Lars Gustafsson hatte sich vehement zu Wort gemeldet, so, dass gar kein Verdacht erst aufkommen konnte, dass man nicht an Gödels Vorlesung interessiert sei. Natürlich nickten nun auch Reiche, Weinberg, Becker und Kahlmann und Satz, Satz meldete sich mit Beifall aus dem Imperativ.

„Also gut", sagte Gödel, und setzte fort:

Dem gleichen Prinzip folgten die ägyptischen Wasseruhren: Die Zeit verfloss in dem Maße, wie der Wasserstand im Gefäß abnahm, gemessen an einer im Innern des Gefäßes angebrachten gleichförmigen Skala. Natürlich waren diese Messverfahren noch ungenau und gaben daher nur ein grobes Raster für den ansonsten gleichförmigen Zeitablauf ab. Je weiter wir aber in die Jetztzeit kommen, nimmt die Genauigkeit der Messverfahren deutlich zu. Ungefähr ab dem 12. Jahrhundert nach Christus erlauben mechanische Uhren die Feineinteilung des Tages, beginnend in den Klöstern; Mönche richten ihre Gebete nach dem Stundenschlag. Das mechanische Prinzip wird ab dem 15. Jahrhundert auf erste Taschenuhren übertragen. Das wohl bekannteste Beispiel stellt das „Nürnberger Ei" dar. Ab diesem Zeitpunkt nehmen Uhren Besitz von allen Lebensbereichen:

in die Fabriken ziehen Stempeluhren ein, die Entwicklung des Eisenbahnsystems ist ohne genau gängige Uhren undenkbar, man trifft sich nunmehr nicht nur an einem Ort sondern auch zu einer fest bestimmten Zeit, Schulstunden werden genau bemessen, die Reihe der Beispiele ließe sich weiter fortsetzen. Um 1844 werden die Längengrade mit dem Nullpunkt Greenwich zum Bezugssystem für den Gang der Uhren weltweit. Damit wird die gesamte Erde in den Gleichtakt gebracht. Schließlich genügt die Genauigkeit, die die Mechanik zu liefern in der Lage ist, nicht mehr, weshalb die Messmethoden mit viel kleineren Teilchen als den feinsten Teilchen der Feinmechanik um ein Vielfaches verbessert werden: Die Atomuhren treten auf den Plan. Am Ende ist es aber doch beim gleichen Prinzip geblieben: Die Gleichförmigkeit der Zeit wird zerhackt, um sie sichtbar zu machen…

Gödel räuspert sich erneut: „Also, meine Herren, so geht das nun noch ein paar Seiten weiter und ich kann mir nicht vorstellen, wirklich gar nicht vorstellen, dass jemand von Ihnen auch nur das geringste Interesse daran haben könnte, sich das weiter anzuhören, weshalb ich nunmehr das Büchlein zuklappen werde…" – „Halt, das werden Sie nicht, Gödel, Sie werden weiter lesen!", es war ein unangenehm im Befehlston daher gebellter Satz, der von Kahlmann kam. Und er setzte fort: „Und wissen Sie auch warum? Ihre Ausarbeitung heißt doch ‚Von dem Wunsche, in der Zeit reisen zu können', nicht wahr? Bisher haben wir nur davon gehört, dass man die Zeit mit immer besseren Methoden gemessen hat. Wann kommt nun endlich der versprochene Beitrag zu den Reisen in der Zeit?" Kahlmann erntete Nicken von seinen Freunden und Gödel schaute betroffen darein, bevor er seine Nase wieder in das schwarze Notizbuch steckte:

Am Ende wird man die Zeit in kleinere und noch kleinere, winzigere und noch winzigere, quantenförmige und noch quantenförmigere Partikel zerlegen, der Fluss der Zeit wird eine Aneinanderreihung dieser einzelnen Partikel bleiben. Das aber eröffnet uns auch die Chance, Reisen in die Zeit zu versuchen, denn wenn es gelingt, zwischen zwei solchen Quantensprüngen einen Spalt zu finden, der uns in den Zeitäther eintauchen lässt, dann könnten wir in diesem Äther versuchen, entlang des Zeitstrahls zu schwimmen und an einem anderen Quantenriss wieder aufzutauchen.

Die letzten Worte hatte Gödel sehr langsam ausgesprochen, gerade so, als erinnerten sie ihn an etwas. So kam es, dass Gödel sekundenlang vor sich hin starrte, bis einer der Männer sich räusperte. Nehmen wir an, es sei Reiche gewesen, was wiederum auch völlig belanglos ist, denn genauso gut hätten auch Gustafsson, Becker, Weinberg, Kahlmann oder sogar Satz darauf hinweisen können, dass man die Fortsetzung der Vorlesung von Kurt Gödel erwarte. Gödel schaute wieder in sein Notizbuch und las weiter:

Um wie vieles komplizierter musste es aber sein, in der Zeit zu reisen, als sie lediglich zu messen? Zumal es mehr als verlockend sein musste, sich in die eigene Jugend zu begeben oder zu erkunden, wie Menschen leben würden, wenn man selber schon lange nicht mehr zu den Lebenden gehörte. Ernsthafte Versuche, Zeitreisen zu unternehmen, hat es folgerichtig seit Jahrtausenden gegeben. Diese Versuche, sämtlich ohne Erfolg, nahmen teilweise skurrile Formen an. So ist überliefert, dass es in den französischen Pyrenäen unweit der Grenze zu Spanien ein Dorf geben musste, von dem aus ein sich langsam verlierender Trampelpfad an eine Klippe führte, von der sich – so jedenfalls die Sage – immer und immer wieder Menschen stürzten, weil sie der Meinung waren, im Fall in ein anderes Zeitkontinuum einzutauchen und so der bedrückenden Gegenwart von Hunger, Pein und dörflicher Inzucht zu entgehen. Die Versuche fanden wieder und wieder Nachahmer, wohl auch, weil im Tal unterhalb der Klippen niemals zerschellte Leichen von Todesmutigen gefunden worden waren. Heute ist klar, dass diese Leichen gar nicht gefunden werden konnten, weil der reißende Gebirgsbach am Fuße des Tals alles schnell forttrug, an Orte, weitab von den Klippen, die den Weg in die Zeit bedeuteten. Erste ernsthaft überlieferte Versuche gehen allerdings unzweifelhaft auf Gr…

Gödel klappte das Notizbuch abrupt zu: „Nein, meine Herren, Schluss an der Stelle, es ist auch damit zu rechnen, dass bald weitere Leser hier ins Herbarium kommen, also, das war's, Klappe zu, Affe…" – „Moment, Moment, Moment, was heißt hier Klappe zu,

Affe tot, Sie werden schön weiterlesen, mein Lieber, zumal hier hinter ans Ende dieser vermaledeiten Bibliothek gar niemand kommt, oder hören die anderen Herrschaften etwas?", diesmal war es Weinberg, der sich so vehement, wie er nur konnte (sehr vehement jedenfalls war das nicht) für die Fortsetzung der Vorlesung einsetzte. Und zu hören, dass jemand ins Herbarium kommen könnte, war auch nicht. „Nein, ich lese nicht weiter, ich fühle mich nicht gut dabei … so quälen Sie mich doch nicht. Überhaupt, wer gibt Ihnen", Gödel schaute in die Runde, von einem zum anderen, „das Recht, mich überhaupt dazu zu zwingen, aus meinen ganz persönlichen Aufzeichnungen zu lesen?" – „Das haben wir vereinbart, Gödel, jeder wird lesen müssen, lediglich Sie mussten oder müssen es als erster, weil der Würfel es so wollte", diesmal war es Kahlmann, der die Diskussion an ihren Anfang zurückführen wollte – und der einen berechtigten Verdacht hatte. Gödels Widerstand schien langsam zu brechen: „Ich warne Sie, meine Herren, ich kann für nichts, für gar nichts garantieren und ich lese weiter weil sie es wollen, nicht weil ich es gut finde oder weil ich etwas mitzuteilen habe, ausschließlich, weil ich mich an unsere Abmachung halte und ich werde froh sein, wenn ich es hinter mich gebracht habe…" Dann schlug er das Buch wieder auf, und wer genau hinsah, ganz genau, konnte sehen, wie seine Hände zitterten.

Erste ernsthaft überlieferte Versuche gehen allerdings unzweifelhaft auf Gregor Kahlmann zurück.

Es war inzwischen so ruhig in dem kleinen Herbarium geworden, dass man hören konnte, wie ein einzelner Schweißtropfen, der sich auf Gödels Stirn gebildet hatte, auf die Tischplatte vor ihn tropfte. Bevor Gödel weiter las, ging sein Blick noch einmal fragend in die Runde. Und richtig, es regte sich immer noch kein Widerstand, niemand, auch Kahlmann nicht, forderte Gödel auf, das Lesen nun endlich einzustellen; im Gegenteil, forschende Blicke aus der Runde… So las Gödel weiter und nur wer genau hinhörte, stellte fest, dass seine Stimme eine Nuance brüchiger war, als zu Beginn der Vorlesung.

Kahlmann, über dessen Lebensdaten in der modernen Wissenschaft Unklarheit herrscht, weshalb an dieser Stelle darauf verzichtet werden soll, sein Wirken in den zeitlichen Ablauf der vergangenen Jahrhunderte einzuordnen, war unzweifelhaft auf eine geniale Idee gekommen. Zu seinen Lebzeiten feierten die Stundengläser verschiedenster Ausführung die Hochzeit ihrer Existenz. Kahlmann war bei der wissenschaftlichen Beobachtung verschiedenster Sanduhren aufgefallen, dass, war die Blende zum Durchlassen des Sandes nur klein genug, die Bewegung der Sandkörner vom oberen Teil der Sanduhr in den unteren Kolben nicht immer völlig kontinuierlich erfolgte. Manchmal, lag es nun am Sand oder am Glaskolben, gab es winzige Verzögerungen des Sandflusses; die Zeit, das hatte er mit daneben gestellten Uhren ermittelt, lief aber kontinuierlich weiter. Warum, so musste sich Kahlmann gedacht haben, sollte man diese winzigen Risse im ansonsten kontinuierlichen Zeitfluss nicht dazu nutzen, den Versuch einer Zeitreise zu unternehmen. Genau an diesen Stellen sollte es doch eigentlich möglich sein, das Gleichmaß des zeitlichen Ablaufs zu überlisten. Also begann Kahlmann, sich Gedanken darüber zu machen, wie es wohl gelingen konnte, einen Menschen so durch eine „Zeitritze" in einem Stundenglas zu pressen, dass er an einer anderen Stelle des Zeitablaufs wieder zum Vorschein käme.

Die kurze Pause, die Gödel eingelegt hatte, wohl mehr um einmal richtig Luft zu holen als um der Geschichte eine Unterbrechung zu verpassen, nutzte Gregor Kahlmann, um endlich seinen Gefühlen Luft zu machen: „Lieber Gödel, woher wissen Sie das alles, und ist es nur ein Zufall, dass ich auch Gregor Kahlmann heiße, denn – lassen Sie mich ganz ehrlich sein – ich weiß nichts, wirklich gar nichts von irgendeiner Vergangenheit, die ich gehabt haben soll und von Zeitreisen und so weiter, wobei, merkwürdig ist es schon, denn ich weiß ziemlich…" An der Stelle kam Leben in die Runde: „Weiterlesen jetzt!" (M. R.); „Fragen habe ich auch zur Genüge." (S. W.); „Mit diesem Ergebnis musste man rechnen." (Satz); „Meinetwegen können wir dieses Kaspertheater auch aufgeben." (C. B.); „Vorsicht, so schließen Sie doch das Fenster." (L. G.) Zu spät, Gustafsson hatte diesen Satz eine Zehntelsekunde zu spät gesagt, denn in genau dem Moment flog die Tür auf und durch den Windzug, der durch das Öffnen der Tür entstanden war, krachte das Fenster in den Rahmen, und zwar mit solcher Wucht, dass mindestens zwei der Scheiben in Tausende Splitter zersprangen. Aber wer hatte so vehement die Tür aufgerissen? Herein traten zwei auf den ersten Blick mittelalte bärtige Mitarbeiter der Universität, beide erschrocken über das, was sie wohl gerade angerichtet hatten und beide auch erstaunt, dass sich im Herbarium, in dem sich im Regelfall niemand (wenn wir von niemand sprechen, meinen wir an dieser Stelle auch niemand) aufhielt, sechs Männer, ihrem Aussehen nach alles keine Studenten, aufhielten, und zwar ganz offensichtlich in eine hitzige Debatte um irgendetwas vertieft. Gödel, der schnell sein Notizbuch eingepackt hatte, wohl froh darüber, unter diesen Bedingungen nicht weiterlesen zu müssen, sagte den beiden Wissenschaftlern, dass sie sich nicht sorgen müssten, man werde den Schaden sofort beim Service anzeigen und es sei ja auch merkwürdig genug, dass schon ein wenn auch nicht gerade leises Lüftchen genüge, hier im Herbarium (Gödels Geste wirkte mehr als filmreif, wie er so mit dem linken Arm einen weiten Bogen beschrieb), für solche zerstörerisches Chaos zu sorgen. Dann schob er seine fünf Kollegen langsam in Richtung Tür, Satz war immer noch im Imperativ, und es dauerte nur ein paar Sekunden und die Männer hatten den Service-Desk erreicht, an dem Gödel wahrheitsgemäß den Schaden meldete, worauf die beiden Damen am Empfang verständnislos mit dem Kopf schüttelten, was wiederum die sechs Männer nicht davon abhielt, die Bibliothek zu verlassen. Draußen, endlich war man wieder draußen und jeder hatte jetzt erst einmal damit zu tun, die mannigfaltigen Eindrücke dieses Tages zu verarbeiten. So verabschiedeten sich die Männer vor der Bibliothek voneinander und gingen (oder fuhren – Gustafsson war natürlich mit seinem Rennrad gekommen) jeder an sein Ziel. Der große Glockenturm des Main-Building am Inner Campus Drive war der Letzte an diesem Tag, der den Überblick über die Männer behielt, jedenfalls solange, bis auch aus zig Metern Höhe sich die Spuren unserer Protagonisten in den Straßenschluchten von Austin verloren. Nur Becker und Reiche gingen den Heimweg gemeinsam, hatten sie doch nach wie vor das gleiche Ziel, denn ihr einfaches Hotel, unweit des Campus, war ihnen inzwischen zur vertrauten Heimat im Herzen von Texas geworden; kein Grund also, sich nach einer anderen Bleibe umzuschauen, die mit Sicherheit auch teurer geworden wäre, was wiederum den sächsischen Schriftstelleverband alles andere als erfreut hätte.

So gab es sich, dass der Glockenturm des Main-Building drei Männer allein in verschiedene Richtungen gehen sah (S. W., G. K. und K. G. – letzterer mit Satz im Imperativ), einen Mann mit der italienischen Schönheit davon radeln sah (L. G., der sich am schnellsten von der Bibliothek entfernte, dies wohl dem Rade geschuldet) und zwei Männer (M. R. und C. B.) auf ihrem Weg ins Hotel bei dem nachfolgenden Gespräch belauschen konnte. M. R.: So richtig glauben kann ich das alles noch gar nicht, Gödel hat Dinge aufgeschrieben, die eins zu eins aus deinem Roman sein könnten. Und ich hatte den Eindruck, dass Gödel das selbst nicht richtig glauben konnte. Irgendwie kam ihm der Text unbekannt vor – ein Text, den er unzweifelhaft selber geschrieben hatte. Denn erstens war es seine Handschrift und zweitens war es sein Notizbuch, aus dem er vorlas, ein Notizbuch mit persönlichen Aufzeichnungen, das nicht nur Gödel niemandem anders gegeben hätte. Seltsam, seltsam … hörst du mir eigentlich zu? C. B.: Mhhhmmm, ja, du hast recht, ist seltsam, noch seltsamer ist, dass es nicht nur meinem *Kahlmann* ähnelt, sondern tatsächlich ein Teil aus meinem Roman ist. Aber soweit bist du wahrscheinlich beim Lesen gar nicht gekommen, bei deinem sprichwörtlichen Hass auf mein Buch… M. R.: Nun mach mal langsam, erstens hat ja Martina die Schwarte ständig in Beschlag gehabt und zweitens hätte ich es schon noch zu Ende gelesen. Aber deine Ehrlichkeit ehrt dich. Nun ist die spannende Frage, wer von wem abgeschrieben hat. Hat Kurt Gödel etwa aus deinem Buch in sein Notizbuch übertragen oder hast du von Kurt Gödel abgeschrieben? C. B.: Ha, ich habe von Kurt Gödel abgeschrieben! Toll, wo ich nicht mal wusste, wer Kurt Gödel war, oder ist, in dem Moment, als ich an dem Buch schrieb. Das ganze Spiel hier ist doch abartig, keine Uhren, keine Zeit, Menschen, die sich für Persönlichkeiten aus irgendwelchen Epochen ausgeben, die sich aber nie und nirgends hätten treffen dürfen, meine Romanfigur schenkt Espresso aus, du spionierst mir nach, Sand häuft sich an in einer Bibliothek, dann zerbersten in der gleichen Bibliothek die Fenster, von einem winzigen Windhauch... Hat mir Andrea nicht schon genug mitgespielt, mit diesen vermaledeiten Zetteln, die mich so unschlagbar blamiert haben? M. R.: Die Zettel waren eine Idee von Andrea und Martina, die haben uns beide blamiert, mein Lieber, nicht nur dich, auch mich. Aber wie du jetzt aus der Nummer mit dem Notizbuch von Gödel rauskommen willst, das ist allein dein Problem, nicht mehr meins, wirklich nur noch deins. C. B.: Ich muss aus gar keiner Nummer rauskommen, ich habe nirgends abgeschrieben und sollte Gödel aus meinem Buch abgeschrieben haben, so könnte ich ihm ja sogar dankbar sein, wirkt doch irgendwie wie eine Anerkennung, wenn man Quelle eines Plagiats wird, ist man doch offensichtlich nicht so schlecht. Also, lieber Kurt Gödel, vielen Dank! M. R.: Tja, wenn du es so siehst, dann beneide ich dich, aus meinen Short-Realism-Werken scheint keiner abzuschreiben...

Die beiden nähern sich ihrem Hotel, weshalb es schon allein aus Gründen der sich ständig vergrößernden Entfernung für den Glockenturm des Main-Tower der Universität schwieriger wird, dem Gespräch weiter zu folgen. Was der Glockenturm nicht mehr mitbekommt, ist die Tatsache, dass der mysteriöse Koffer wieder zwischen den beiden Zimmern hin und her gewandert zu sein scheint; diesmal hat er eine Spur feinen Sandes hinterlassen.

Sand, Sand, Sand

In den ersten Sekunden, beim Vorlesen der ersten drei, vier Sätze, ganz zu Anfang also nur, ist die Stimme des Vorlesers noch leise und unsicher, ja fast brüchig. Aber mit jeder Silbe gewinnt sie an Sicherheit und nach nicht einmal einer Minute erfüllt eine zwar leise aber betont vorgetragene Vorlesung die Tischrunde in der Ecke des Gastraums. Etwa so:

Sand. Wo beginnen, womit enden? Vielleicht damit: Es ist davon auszuge-hen, dass der Anteil der Menschen, die sich in ihrem Leben überhaupt nur ein einziges Mal bei dem Thema Sand auch nur annähernd analytisch-gedanklich bis in eine zwar immer noch populärwissenschaftliche aber immerhin tiefere Re-gion hinab begeben, im niedrigen, ganz niedrigen Promillebereich liegen dürfte. Beginnen wir vielleicht damit, dass Sand ein Gut ist, das uns alle überall und immer umgibt. Ganz abgesehen davon, dass der weitaus größte Teil des Meeres-bodens weltweit aus diesem körnigen und unverfestigten Sedimentgestein besteht, darüber hinaus weite Teile der festen Erdoberfläche teilweise hunderte Meter stark mit mehr oder weniger grob gekörntem Sand angefüllt sind, umgibt jeden von uns immer auch ein wenig Sand, meistens in Beton oder anderen Baumate-rialien beigemischt. Es gibt keine allzu verlässlichen Angaben darüber, wie groß überhaupt die Vorräte an Sand auf der Erde sind. Aber wir können ja versu-chen, uns ein Bild davon zu machen. Gehen wir zum Beispiel von einer durch-schnittlichen Dicke der sogenannten leichten Erdkruste, also dem Teil der Erdkruste, auf dem wir leben, von zwanzig Kilometern aus (dieser Durchschnitt scheint realistisch als Mittel zwischen der dünneren Erdkruste im Bereich der Ozeane – sechs bis zehn Kilometer - und der stärkeren Erdkruste im Bereich der Kontinente, die dort fünfundzwanzig bis fünfzig Kilometer stark sein dürfte). Unter dieser Annahme hat diese leichte Erdkruste bei einer Erdoberfläche von angenommenen fünfhundertzehn Millionen Quadratkilometern (wir vernachläs-sigen die durch die kugelige Wölbung entstehenden Volumenverluste) ein Ge-samtvolumen von 10.200.000.000 Kilometer hoch drei (zehnkommazwei Milliarden Kubikkilometern); nehmen wir nun als nächstes an, ganz, ganz kon-servativ geschätzt, der Anteil von Sand an diesem Gesamtvolumen der leichten Erdkruste betrage lediglich ein Prozent, so finden sich auf der Erde immer noch einhundertzwei Millionen Kubikkilometer Sand; das sind nicht mehr und nicht weniger als 102.000.000.000.000.000.000 Kubikmeter Sand, ausgesprochen sind das einhundertzwei Billiarden Kubikmeter Sand. Sand hat eine durchschnittliche Dichte von eintausendsechshundert Kilogramm pro Kubikmeter. Das wiederum heißt also, dass das Gewicht allen Sandes auf der Erde bei einhundertsechzig Billiarden Tonnen liegen dürfte. Versuchte man, all diesen Sand in einen einzigen Würfel zu füllen, hätte dieser eine Seitenlänge von rund vierhundertundsiebzig Kilometern...

Der Vorleser greift nach dem Glas Wasser, was vor ihm auf dem Tisch steht und nimmt einen großen Schluck. Offensichtlich willkommene Gelegenheit für ein erstes deutliches Räuspern aus der Runde, etwa so: „Hhhmmmchhhmm." Der Vorleser setzt, nachdem er noch einmal einen langen Zug getrunken hat, das Glas vorsichtig auf dem Tisch vor sich ab. Das Glas ist jetzt nur noch halb voll aber auch schon halb leer, denkt der Vorleser, ehe er sich zu dem Räuspern äußert, in etwa so: „Ich muss nicht weiter lesen, wenn es nicht interessiert. Ich lese eigentlich auch nur, weil ich es gewöhnt bin, mich an Abmachungen, auch wenn sie mir nicht gefallen, zu halten. Also meine Herren, ich will sie auf keinen Fall langweilen..." Der Vorleser schlägt bei dem letzten Satz die Kladde, aus der er eben noch gelesen hat, vorsichtig zu. Die Kladde ist ein in dunkles Leder gebundenes Notizbuch, das offensichtlich schon einige Jahre auf dem Buckel hat. Aber der Vorleser erntet keine Zustimmung zu seinem Tun; auch nicht von dem Zuhörer, von dem allem Anschein nach das Räuspern kam. Vielmehr ist zu hören: „Nun haben Sie sich doch nicht so." Oder: „Schnappen Sie doch nicht gleich ein und lesen Sie endlich weiter." Oder: „Entschuldigung, das Räuspern war nicht auf Ihren Text gemünzt – vielleicht sollte ich auch noch ein Wasser trinken..." Der Vorleser lässt sich noch ein paar Sekunden bitten, bevor er das Büchlein wieder aufschlägt. Noch einmal greift er nach dem Glas Wasser vor sich, nimmt einen weiteren Schluck, diesmal nicht mehr ganz so groß wie beim ersten Mal. Der Vorleser setzt das Glas vor sich auf dem Tisch ab; das Kondenswasser am Glasboden hat feuchte Ringe auf dem Tisch hinterlassen, feuchte

Ringe, die – unregelmäßig zwar aber immerhin – miteinander in einem interessanten Verhältnis von Überlappungen verwoben sind. Der Vorleser ist geneinigt, diesen Ringen seine ganze Aufmerksamkeit zu widmen. Aber er soll ja weiterlesen. Als er immer noch verträumt auf die Ringe schaut, regt sich wieder ein Räuspern. Es klingt ähnlich wie das vor Kurzem vernommene. Wir sehen von der Wiedergabe in diesem Text ab. Jetzt räuspert sich der Vorleser, denn schließlich will er seinen Text ohne Fehl und Tadel zum Vortrag bringen, will also nicht nur mit dem Inhalte brillieren sondern auch mit der Form des Vortrags. Gerade will der Vorleser anfangen, werden vier Glas Wasser an den Tisch gebracht. Der das Wasser bringt, schaut den Vorleser an, irgendwie vorwurfsvoll. Dann ist endlich alles gerichtet, so dass der Vorleser fortfahren kann. In etwa so:

Bevor wir zu dem Thema der Körnung des Sandes kommen, der Eigenschaft unseres Untersuchungsgegenstandes, die überhaupt erst dafür sorgt, dass man wohlunterschiedene und wohlunterscheidbare Arten dieses nicht verfestigten Sedimentgesteins bilden kann, wollen wir uns noch kurz ein Beispiel heranziehend damit befassen, in welch unterschiedlicher Verhältnis wir zum Sande stehen können. Nehmen wir die Wüste, diese unwirtliche Gegend mit Milliarden und Abermilliarden einzelnen Körnchen, jedes winzig und in ihrer Gesamtheit doch eine Kraft, die es einem Menschen – zumal gepaart mit der in Sandwüsten gemeinhin herrschenden starken Sonneneinstrahlung und Hitzeentwicklung des Tages, diese wiederum gepaart mit der bitterlichen Kälte der Nacht und dies alles ohne nennenswerte Flüssigkeitsquellen – nun also, nehmen wir eine solche Wüste. Jedem ist, ganz gleich, ob er mit eigenen Augen je eine Wüste sah oder nicht, klar, dass die Masse des Sandes neben den auch erwähnten weiteren klimatischen Bedingungen dafür sorgt, dass es sich um eine absolut lebensbedrohende Gegend handelt. Wie machtlos ist demgegenüber ein einzelnes Sandkörnchen. Oder? Halt, halt, nicht so forsch. Meint ihr, dass ein einzelnes Körnchen wenig auszurichten in der Lage sei? Gemeinhin ist dem so. Mit seinem geringen Gewicht hat es wenig Kraft, ein zerstörerisches Werk anzurichten. Selbst wenn der Wind es nimmt, und auf eine erkleckliche Geschwindigkeit bringt, spüren wir es kaum, wenn es an unserem Kittel anlangt. Aber halt. Am Kittel oder Mantel oder Überwurf mag das so sein, sind die doch dick genug, die ohnehin geringe Energie, die der

Wind dem Körnchen verliehen hat, soweit zu absorbieren, dass wir auf unserer Haut, nehmen wir an im Bereich der Brust oder der Oberarme, nichts mehr von dem kleinen Korn spüren. Wie aber sieht es aus, wenn das Körnchen ein anderes Ziel findet, wenn es etwa im Auge des Betrachters landet? Eine nähere Erläuterung scheint nicht notwendig zu sein; ich gehe in meinem Bemerken soweit zu behaupten, dass ein einzelnes Sandkorn im Auge mehr Pein anrichten kann als zehn hoch was weiß ich wie viele Körner in der Wüste.

Wieder greift der Vorleser, dem geneigten Leser dürfte inzwischen klar geworden sein, dass es Kahlmann ist, der aus seinen Aufzeichnungen liest, nach dem nun fast geleerten Glas Wasser aber – Kahlmann staunt – das Glas ist wieder voll, bis an den Rand mit frischem, klarem Wasser gefüllt. Diesmal kein Räuspern. Kahlmann: „Wie das, war das Glas nicht eben fast ausgeleert?" Aus der Runde: „Wir haben für Nachschub gesorgt, Gregor, damit Sie weiterlesen können, ungestört." Tatsächlich hatte die Bedienung des Maggies (genau die, die Kahlmann so böse angeschaut hatte, weil er heute in die Rolle eines Gastes geschlüpft war) eine große Karaffe mit Wasser auf den Tisch gestellt. Kahlmann, einen großen Schluck Wasser nehmend: „Soll ich jetzt immer noch weiterlesen? Es wird nicht mehr interessanter, soll ich wirklich?" Eine Hand aus der Runde legt sich auf Kahlmanns Unterarm, beschwichtigend, beruhigend, darauf hinweisend, dass er bitte weiterlesen möge. Etwa so:

Kommen wir zur Körnung, die – wie schon bemerkt – das wichtigste Merkmal zur Unterscheidung unterschiedlicher Arten von Sand ist. Man unterscheidet Feinsand (darin wiederum eingeschlossen Feinstsand), Mittelsand und Grobsand. Liegt die durchschnittliche Korngröße unter 0,063 Millimetern, spricht man von Schluff, dessen Korngröße bereits bei 0,002 Millimetern ansetzt. Um also die kleinste Körnung von Schluff messen zu können, teile man einen Millimeter in eintausend Teile, lege zwei solcher Teile ohne einen Zwischenraum zu lassen nebeneinander und halte ein Schluffkörnchen an diese Skala. Die obere Grenzmarke für die Korngröße von Feinsand liegt bei 0,2 Millimetern; die obere Korngröße von Mittelsand liegt bei 0,63 Millimetern und sozusagen oben endet

Sand bei einer Körnungsgröße von 2 Millimetern, man spricht von Grobsand. Nach oben schließen sich nun die Feinkiese an.

Kahlmann, gerade dabei sich einen weiteren Schluck frischen Wassers aus der von seinem Kollegen gelieferten Karaffe zu genehmigen, schaut erwartungsvoll in die Runde, denn wenn er mit allem gerechnet hat, so doch nicht damit, dass auch nur einer seiner Freunde ernsthaft länger als zwei Minuten seiner Abhandlung über das Thema Sand wird folgen wollen. Aber die Freunde sitzen jeder bei einem eigenen Gläschen Wasser, ja, vielleicht ist ein Orangensaft dabei oder auch ein Milchkaffee und erwarten die Fortsetzung der Vorlesung durch Kahlmann. Etwa so:

Nach der nunmehr einigermaßen umfassend und nach Auffassung des Autors ausreichenden Schilderung der Vorkommen von Sand auf unserem Planeten (es dürfte klar geworden sein, dass dieses Gut nicht so schnell knapp werden würde) sowie der Kategorisierung desselben ist es notwendig, eine Brücke zum Thema Zeit zu schlagen, der geneigte Leser merkt es, wir nähern uns wieder der Sanduhr. Es ist an dieser Stelle nämlich notwendig, eine einzige Frage zu stellen, die sich eigentlich jeder, der bisher einigermaßen mitgedacht hat, hätte bereits stellen können. Die Frage lautet, warum als Fließmittel zur Zeitmessung in den beiden aufeinander stehenden Glaskörpern keine wie auch immer geartete Flüssigkeit sondern gerade Sand feiner Körnung zum Einsatz kommen musste? Die Antwort ist so frappierend wie einfach: Im Gegensatz zu Flüssigkeiten verhält sich Sand anders, oder besser: Sand hat sowohl Eigenschaften von Flüssigkeiten als auch von Festkörpern. Zwar ähnelt auf den ersten Blick das feine Rieseln des Sandes in der Sanduhr dem Fluss einer Flüssigkeit, doch gibt es einen entscheidenden Unterschied: Die Menge einer Flüssigkeit, die durch die kleine Öffnung fließt, ist direkt abhängig von der Höhe der verbleibenden Flüssigkeitssäule über der Öffnung; der Fluss ist also nicht gleichmäßig; ist die Flüssigkeitssäule noch hoch, so fließt die Flüssigkeit schneller durch den Spalt und je weiter die Flüssigkeitssäule abnimmt, desto langsamer wird die Fließgeschwindigkeit. Ganz anders beim Sand, hier fließt immer die gleiche Menge Sand durch die Öffnung, ganz unabhängig davon, wie viel Sand sich noch im oberen Kolben befindet. Dies ist der Fall, weil in einem Sandhaufen, welcher Größe auch immer, eine ganz besondere Art der Kraftübertragung herrscht. Zwischen den einzelnen Körnern gibt es nämlich Berührungspunkte, die dafür sorgen, dass sich vor der Ausfluss-öffnung sogenannte Brücken oder Bögen bilden (ähnlich Gewölbebögen in Kirchen oder Kathedralen) die wiederum dafür sorgen, dass der nachfließende Sand wohl-dosiert an die Öffnung zwischen den Kolben gerät – und zwar immer in gleichen Dosen. Mit anderen Worten findet direkt im Sand eine Art Selbstorganisation statt, die für eine – abweichend von Flüssigkeiten – gleichmäßige und nicht vom oberen Füllstand abhängige Fließgeschwindigkeit sorgt. Dabei funktionieren Sanduhren immer dann besonders genau, wenn der eingesetzte Sand eine in ho-hem Maße gleiche Körnung aufweist. Ist der Sand nämlich deutlich weniger ho-mogen, greift ein weiteres Phänomen, das hier noch kurz beschrieben werden soll. Ja, man sollte es nicht glauben, füllt man in den oberen Kolben einer Sanduhr Sand sehr inhomogener Korngröße, so entmischt sich dieser im Prozess des Hin-durchrieselns durch den Glaskolbenspalt! Und zwar entmischt er sich sowohl im unteren, da staunt man weniger, weil hier der Prozess der Bewegung bereits wei-testgehend für jedes Korn vollzogen ist, als auch im oberen Kolben, also noch bevor die Bewegung durch den Spalt im Glas eingesetzt hat. Ohne dieses physikalische Phänomen bis ins Letzte beschreiben zu können, hier eine kurze Anmerkung zu den Ursachen. Beim Hindurchrieseln durch den Glaskolbenspalt fallen die kleineren Körner ständig schneller als die größeren, was sowohl im unteren aber eben auch im oberen Teil der Sanduhr für die beschriebene Besonderheit sorgt.

Kahlmann umgab jetzt eine schöpferische Stille, die er sich in Anbetracht des Themas seines Vortrages nie hätte wirklich träumen lassen. Man konnte den Eindruck gewinnen, der gesamte Gastraum des Maggie's sei mit einem Äther des wissenschaftlichen Arbeitens, Forschens, Experimentierens ausgefüllt. Dabei standen vor zwei Stunden die Zeichen noch eindeutig auf Sturm, denn schon die Art und Weise, wie man darauf gekommen war, Kahlmann als nächsten lesen zu lassen, hatte ursprünglich nichts Gutes verheißen. Zum Er-staunen aller – das war Gustafssons Vorschlag gewesen und keiner wusste, wieso man ihm folgte – sollte nunmehr als Nächster lesen, wer mit zwei Würfeln die niedrigste Summe würfelte, nicht mehr die höchste, nein die niedrigste. Dann hatte es Kahlmann getroffen, der mit einer Drei und einer Zwei immerhin fünf Augen würfelte, aber wenn alle anderen mehr als fünf Augen würfeln –egal... Kahlmann genoss es noch einen Augenblick, die neugierigen Blicke, wie es wohl weitergehen würde, auf sich und seinem kleinen Notizbüchlein zu spüren, dann setzte er erneut an zu lesen, etwa so:

Soweit also zu den besonderen Eigenschaften eines so alltäglichen Materia...

In dem Moment öffnete sich die Tür zum Maggie's und herein trat Becker. Oh, Verzeihung, wir vergaßen wohl bisher darauf hinzuweisen, dass Becker der Einzige war, der an diesem Tag nicht in der Runde saß; wir wissen nicht warum, jedenfalls hatten die Freunde gewartet, hatten eine ganze Zeit verstreichen lassen, ehe sie damit begannen, auszuwürfeln, wer wohl lesen müsse. Trotzdem war es mehr als seltsam, dass Becker nicht anwesend war, weshalb wohl Reiche, der ja immer noch gemeinsam mit Becker in dem billigen Hotel wohnte, einige vorwurfsvolle Blicke der Art *Konnten Sie Becker nicht mitbringen?* erntete, die er sich wiederum aber nicht ernsthaft annahm, denn immerhin waren die Männer erwachsen – oder jedenfalls alt genug – sich jeder selbstständig um die eigenen Angelegenheiten zu kümmern. Ende der Durchsage. Nun also kam Becker durch die große Glastür herein und man sah schon von weitem, dass er schwer zu tragen hatte. Je näher er an den Tisch kam, an dem die fünf Herren (plus Satz, der diesmal in einem Büchlein mit Schachaufgaben Platz gefunden hatte und das Büchlein steckte bei Weinberg in der Tasche), desto deutlicher wurde, dass Becker regelrecht an etwas zu schleppen hatte. Dann, er war jetzt nahe genug an dem Tisch in der Ecke, sahen es alle (na sagen wir mal fast alle, denn Satz sah natürlich eher wenig): Becker wuchtete den altertümlichen Koffer durch das Maggie's. Der erste, der das Schweigen brach, war Weinberg: „Sagen Sie mal, Becker, warum kommen Sie denn so spät und was bugsieren sie hier diesen Koffer durch die Gegend? Sieht ja fast aus, als wollten Sie abreisen." Becker, der redlich außer Atem gekommen war, konnte über diese Äußerung Weinbergs nicht einmal schmunzeln, als er, noch immer nach Luft ringend, Reiche direkt ansprach: „Sag mal, warst Du das?" – „Ich, was soll ich gewesen sein?" – „Hier, dieser Zettel klebte an meiner Tür und der Koffer stand vor ihr, so dass ich fast gestolpert wäre." Becker hielt einen Zettel in die Luft, so, dass man lesen konnte, was auf ihm stand – aber eigentlich so, dass insbesondere Reiche sehr gut lesen konnte, was auf dem Zettel stand. Der Inhalt des Zettels, ein Computerausdruck, lautete: *Bitte den Koffer mit ins Maggie's nehmen! Danke!* „Quatsch, wieso soll ich denn das geschrieben haben?", und nach einer kurzen Pause setzte Reiche, nun nicht mehr nur an Becker, sondern in die Runde gewandt, fort: „Ist aber eigentlich ganz gut, dass unsere Freunde auch mal erfahren, was das für ein vermaledeiter Zauberkoffer ist, mit dem wir uns nun schon wochenlang abplagen." Mit diesem Satz hatte er absolut ins Schwarze getroffen, denn schlagartig fielen den Männern eine ganze Menge eigenartige Dinge ein, die sie hier in Texas bereits erlebt hatten: Diktiergeräte, die funktionierten, obwohl sie es nicht hätten tun dürfen, Füllfederhalter, die von Hand zu Hand wanderten, gefüllt mit violetter Tinte, die sich wiederum auf Zetteln wiederfand, die wiederum jemand geschrieben hatte, den gar nicht alle Männer kannten. Dann kamen da noch diese Zeitanomalien hinzu, die die Uhren unsichtbar werden ließen und der Sand, der plötzlich im Herbarium den Fußboden bedeckte... Jetzt also ein Koffer, warum nicht? „Also, frei heraus, erzählen Sie uns ruhig, was es mit dem Koffer auf sich hat – ich denke, wir wundern uns hier über gar nichts mehr", es war Gustafsson, der Reiche und Becker animierte, über den Koffer und seine Eigenarten zu berichten. Und so begannen die beiden davon zu berichten, dass der Koffer sich schon in einem der beiden Zimmer befunden hätte, als sie das kleine Hotel bezogen hatten und davon, dass er auf magische Art den Platz zu tauschen in der Lage war – wie von Geisterhand und ohne dass man sah, was ihn wohl antreibe - von einem Zimmer in das andere und auch zurück und dass man den Koffer auch schon geöffnet hätte und sein Inhalt stets ein anderer sei und... und ... und... An der Stelle hörte man Gödel laut und vernehmlich gähnen. Vorwurfsvolle Blicke in die Richtung Gödels und Gödels Reaktion: „Also Verzeihung meine Herren, aber die Schilderung all dieser Unheimlichkeiten mag ja fürs Erste ganz interessant sein aber, wenn ich ehrlich bin, mich interessiert viel mehr, was sich jetzt in dem Koffer befindet, Becker, so öffnen Sie ihn doch einfach einmal, auf das er seinen magischen Inhalt vor uns ausbreite." Ein schiefes Grinsen huschte über das eine oder andere Gesicht in der Runde. „Ja, jetzt meldete sich Weinberg zu Wort, „das ist eine Idee, der ich voll und ganz zustimmen kann. Also los, hieven wir das Gerät auf den Tisch und sehen wir nach seinen Eingeweiden…" Bei diesen Worten war Weinberg schon dabei, die Gläser und die Wasserkaraffe an den Rand des viereckigen Tisch zu verbannen, als sich auch noch Gustafsson vernehmen ließ: „Nicht doch so eilig, meine Herren, könnte es sein, dass alles deutlich spannender für uns alle wird und bleibt, wenn wir den Koffer nicht öffnen? Was, so sagen Sie es mir ruhig, Gödel, was haben wir denn davon, wenn wir den Inhalt des Koffers vor uns liegen sehen – ist dann nicht aller Zauber dahin, der Zauber der Geheimnisse, der Zauber des Verborgenen, der Zauber…?" Lars G. kann den Satz nicht zu Ende bringen, denn Widerstand regt sich. „Ach, Lars, alter Geheimniskrämer, jetzt werden wir den Koffer öffnen, denn, so empfinde ich jedenfalls, jedes gelüftete Geheimnis birgt doch automatisch mindestens drei neue Geheimnisse, die den von Ihnen beschworenen Zauber doch genauso verströmen. Also, rauf auf den Tisch mit dem Ding!", es war Weinberg, der mit der vorstehenden fast philosophisch zu nennenden Sentenz Gustafsson überstimmte. Außer Becker, der immer noch völlig entkräftet ein wenig abseits des Tisches saß und sich offensichtlich nur sehr langsam von den Strapazen, die ihn das Schleppen des Koffers bereitet hatten, erholte, fassten die Männer nun gemeinsam an, den Koffer auf den Tisch zu bugsieren. Kahlmann räumte Gläser und Karaffen auf den Nachbartisch, wobei er von Reiche unterstützt wurde, Weinberg und Gödel nahmen den Koffer seitwärts auf und versuchten, ihn sorgsam so auf dem Tisch zu platzieren, dass er sich würde leicht öffnen lassen, also mit dem Deckel nach oben. Aber was war das? Zwar fassten die Männer fachgerecht zu (was bei dem dürren Gödel etwas verwegen aussah) aber auch unter Aufbietung der letzten Kraftreserven gelang es den beiden nicht, den Koffer, der in seinen Abmaßen zwar tatsächlich als groß aber sicher nicht als übergroß zu bezeichnen war, auch nur ein halbes Zoll vom Fußboden weg in Richtung Tischkante zu bewegen. Auch ein zweiter Versuch misslang, was die beiden Männer am Koffer fast gleichzeitig veranlasste, zu Becker zu schauen, der wiederum immer noch ziemlich apathisch und schwer atmend in der Ecke saß. Weinberg wandte sich Becker näher zu: „Wie wollen Sie denn das geschafft haben, dieses Monstrum vom Hotel hierher geschleppt zu haben, wenn wir den Koffer nicht mal auf den Tisch hochbekommen, he?" In Weinbergs Stimme lag etwas vorwurfsvoll-zynisches. Becker blickte erst auf, dann erhob er sich. Wie um zu beweisen, dass er den Koffer allein vom Hotel bis ins Maggie's getragen hatte, griff er nach dem Henkel, hob den Koffer vorsichtig und unter Aufbietung der letzten Kraftreserven an und ließ ihn gekonnt auf den Tisch gleiten. Gödel und Weinberg tauschten Blicke, die zu beschreiben dem Chronisten die Worte fehlen. „Na gut, dann wollen wir mal", es war Kahlmann, der sich als erster an den verrosteten Kofferschlössern, einfachen aber an sich wirkungsvollen Mechanismen, zu schaffen machte, um sie beide zu öffnen. Er nestelte wiederholt erst am linken dann am rechten Schloss, langsam aber stetig ging das Nesteln in ein Zerren über, dem man die Gewalt ansah, die einzig aus der Erfolglosigkeit des Nestelns folgte. Gustafsson verlor als erster die Geduld: „Sehen Sie nun endlich ein, dass der Koffer nicht geöffnet werden soll! Lassen wir es also, Kahlmann, Sie werden die Schlösser noch herausreißen, so wie Sie sich an dem Koffer betun." Aber der Appell Gustafssons bewirkte bei Kahlmann nur das Gegenteil: die Gewalt, mit der er an den Schlössern herumzerrte, nahm nur zu. Unterstützung bekam er nun auch noch von Gödel und Weinberg, die ihre Erfolglosigkeit bei dem Versuch, den Koffer auf den Tisch zu bringen, wieder gutmachen wollten. Damit ließen nunmehr drei Männer ihre geballte Gewalt an zwei Kofferschlössern aus, was von Weitem einer Slapstickszene nicht unähnlich war. Diesmal trat Reiche als Retter auf. Nachdem er sich das Gezappel, Geschubse, Gemurre, Geschiebe und nutzlose Gequengle der drei Männer wohl länger als eine Minute angeschaut hatte, war er an den Tisch getreten, hatte die drei höflich aber bestimmt zur Seite geschoben und... die beiden Schlösser mit einem Male geöffnet, das linke mit der linken Hand, das rechte mit der rechten Hand, beim linken Schloss die Sperre weit nach links schiebend, dabei den linken Daumen einsetzend, beim rechten Schloss die Sperre weit nach rechts schiebend, natürlich unter Einsatz des rechten Daumens, schön gleichmäßig und mit nur geringer Kraftanstrengung. Dann hatte es ein fast synchrones *Rtsch* gegeben, nach nur einer Hundertstelsekunde gefolgt von einem ebenfalls fast synchronen metallisch klingenden Anschlag und die beiden Verschlüsse waren, von der im Innern zuwartenden Federkraft angetrieben, aufgeschnellt. Beide. Jetzt waren es Kalhlmann, Weinberg und Gödel, die betroffen zu Boden blickten. Becker und Reiche hingegen sah man etwas Frohlockendes an; einzig Gustafsson wusste mit seinen Gefühlen nicht recht wohin, wäre es ihm doch sicher am liebsten gewesen, der Koffer hätte sich nicht geöffnet. Wem aber sollte nun die Ehre zufallen, die Kofferklappe nach oben zu schlagen? Natürlich, jetzt ging das Geziere wieder los, denn nun, nachdem wirklich kaum noch Anstrengung notwendig war, wollte natürlich niemand derjenige sein, der den kleinsten Teil der Arbeit verrichtete, dafür aber den größten Beifall einheimsen konnte. Nach langem Hin und Her erklärte sich Lars Gustafsson bereit, den Deckel des Koffers von der Horizontalen in die Vertikale zu bewegen. Nun gut, lassen wir es Gustafsson machen, dachten die fünf anderen wohl, dann haben wir ihn wenigstens auch auf unserer Seite, dann kann er sich später nicht mehr rausreden, er hätte den Koffer ja niemals geöffnet, wäre es nach ihm gegangen... Und, zum Erstaunen für alle, ließ sich Lars auch nicht lange bitten. Die fünf Männer nahmen also nunmehr Aufstellung um den Tisch mit dem Koffer, Lars Gustafsson schaute noch einmal in die Runde, gerade so, als wolle er noch einmal fragen, ob es wirklich so sein solle, dass dieser Koffer nun geöffnet werden solle, dem einen oder anderen entfuhr ob dieses fragenden Blickes von Lars ein kaum hörbares Schnaufen, ansonsten empfing er ein gleichmütiges und zustimmendes Nicken aus der Runde. Nun führte Gustafsson die rechte Hand zum Koffer, nahm vorsichtig (warum er so vorsichtig agierte, war nicht ganz klar) den Deckel zwischen Zeigefinger und Daumen und hob die Klappe an, langsam aber stetig vergrößerte sich in dem Maße des Anhebens der Winkel, gebildet durch die Waagerechte, in der der Koffer auf dem Tisch lagerte und der Klappe, die sich behutsam in Richtung der Senkrechten bewegte. Aber schon bei einem Winkel von dreißig oder vierzig Grad, zunehmend bei einem Winkel von fünfzig oder siebzig Grad, in dem Maße zunehmend, wie sich das Innere des Koffers offenbarte, wurde der Blick der Männer starr und starrer: In dem Koffer befand sich – außer Luft – nichts. Gustafsson hatte den Deckel noch nicht ganz in der Senkrechten, da war völlig klar, dass dieser Koffer kein Geheimnis preisgeben würde; außer vielleicht dem Geheimnis, in dem Moment des Öffnens nichts, aber auch gar nichts, zu beherbergen. Es ist das Verdienst von Lars Gustafsson, an dieser Stelle nicht zu frohlocken. Kahlmann übrigens war der erste, der die Sprache wiederfand: „Und wie bitteschön, kann ein Koffer, der von zwei Männern wegen seines ungebührlich großen Gewichts kaum zu heben ist, im Nachhinein nichts als Luft in seinem Bauch aufbewahren?" Reiche und Becker fast unisono: „Uns wundert das eher nicht, dieser vermaledeite Koffer bringt uns nicht mehr zum Staunen, irgendwas stimmt mit dem Ding nicht... wir haben es doch immer schon gesagt, ihr habt gelacht... nun seht ihr es selbst..." Dass die beiden dies alles in schön breitem Sächsisch in die texanische Kneipenluft ausstießen, störte in dem Moment wenig. Lars war es dann, der den Koffer einfach wieder schloss, so als wolle er sagen, dass das doch auch gut sei, in dem Zauberkoffer nichts gefunden zu haben.

Man beschloss, die heutige Lesung zu beenden, was ja eigentlich schon geschehen war. Ein neuer Treff wurde vereinbart oder jedenfalls in Aussicht gestellt, wegen der Probleme mit der Uhrzeit war die Festlegung einer Zeit nicht möglich. Sicher war man, dass man sich wieder treffen würde, denn die Vorlesungen würden in jedem Falle fortgesetzt werden müssen. Den wieder geschlossenen Koffer nahm Lars vom Tisch; er war leicht, so leicht wie es sich gehörte, für einen Koffer, in dem nur Luft war. Reiche und Becker aber wollten den Koffer nicht wieder mitnehmen, so dass es bei Lars blieb, sich um den Koffer zu kümmern. Wie Gustafsson den Koffer auf sein Fahrrad bekommen hat, ist leider nicht überliefert.

Weinberg fühlt sich beobachtet

Für die Festlegung des nächsten Vorlesers hatte man auf das Würfeln verzichten können, denn Steven Weinberg hatte sich freiwillig bereiterklärt, diese Rolle zu übernehmen. Und Weinberg war es auch gewesen, der den Vorschlag unterbreitet hatte, diese Vorlesung einmal an einem gänzlich anderen Ort als im Maggie's oder im Herbarium der Bibliothek stattfinden zu lassen: was sollte dagegen sprechen, sich an einem gemütlichen Plätzchen im Freien einzufinden, um zu hören, was Steven Weinberg zu berichten hatte. Bei der Wahl des tatsächlichen Ortes allerdings gingen die Geschmäcker weit auseinander. Reiche und Kahlmann plädierten für einen Park in der Nähe des Campus, Gustafsson hatte den bereits bekannten abgeschiedenen Tennisplatz im Sinn und Becker kam auf die Idee, doch ein Stück in die Wüste zu fahren, denn dort sei ja die Abgeschiedenheit, die man sich wünsche, wohl am größten. „Tja, mein lieber Becker, mal davon abgesehen, dass ich gar nicht weiß, womit wir in die Wüste fahren könnten – einen Bus wird es ja wohl in die Wüste nicht geben?", Gödel lächelte verschmitzt, als er das sagte, „habe ich jedenfalls auch absolut keine Lust, mir die geistigen Ergüsse von wem auch immer", Weinberg blickte Gödel in dem Moment vorwurfsvoll an, hielt sich aber mit einer Äußerung zurück, „bei sengender Hitze und ohne das kleinste bisschen Schatten anzuhören." – „Dann machen Sie doch einen besseren Vorschlag, Sie Ignorant!", Becker war offensichtlich beleidigt. Alle schauten in die Richtung von Gödel, der sich nun offensichtlich im Zugzwang wähnte. „Was halten die Herrschaften davon, wenn wir uns am Ufer des Lady Bird Lake ein schattiges Plätzchen suchen? Dort kommen wir gut mit dem Bus Nummer 3 hin und rechts und links des Riverside Drive gibt es wunderbare Plätzchen, die regelrecht dazu einladen, in die geistige Welt kurz nach dem Urknall einzutauchen." Die letzten Worte sollten wahrscheinlich als Friedensangebot an Weinberg gelten und die *geistigen Ergüsse von wem auch immer* wieder gutmachen, was Weinberg wiederum gar nicht recht mitzubekommen schien; wie überhaupt Steven Weinberg für seine Verhältnisse erstaunlich abwesend, ja regelrecht apathisch, wirkte. Noch eine kleine Weile lang wurde Gödels Vorschlag, teils mit Gesten aber auch mit Worten, abgewogen und nach einiger Zeit endlich für annehmbar befunden. Schließlich einigte man sich, sich im Zilker Botanical Garden zu treffen, der sowohl mit dem 3er aber auch dem 5er und dem 30er Bus gut zu erreichen war, noch ein paar Schritte auf der Barton Springs Road und schon stand man auf der leicht bergan führenden staubigen Zufahrt zum Botanischen Garten der Stadt, gelegen am südlichen Ufer des Lady Bird Lake.

Kein Zaun, Gitter oder Tor versperrt den freien Eintritt in den kleinen Naturpark, einige Hektar groß und stilvoll eingebettet in die Uferlandschaft des Lady Bird Lake. Ja, der Park scheint geradezu aus dieser Landschaft heraus geformt zu sein, mit vorsichtigem Pinseleinsatz ans Ufer des Flusses getupft. Stünde da nicht direkt im Eingangsbereich die kleine gemauerte Säule mit dem angerosteten Schild, auf dem vermerkt ist, dass man sich von hier ab im Botanischen Garten bewege, niemand würde auf den ersten Blick erkennen, dass hier Gärtner und Landschaftsarchitekten vorsichtig eine künstliche Landschaft geschaffen haben, der man genau das nicht ansehen soll. War eben noch die Rede davon, dass weder der Eingangsbereich noch irgendeine äußere Grenze des Gartens eine Einfriedung erfahren haben, so stimmt das nicht ganz. Zum einen bildet natürlich das Ufer des Lady Bird Lake im Norden des Gartens eine natürliche Begrenzung und zum anderen sind Hecken, Büsche und Bäume immer wieder so angeordnet, dass sie eine natürliche Abgrenzung in die sich anschließenden Parkbereiche bilden. Besonders deutlich wird das im Eingangsbereich, in dem sich, zumindest denkt man das nach einem ersten flüchtigen Blick, eine ganze Reihe noch relativ junger Nelkenzimtbäume, die als heimische Art in Texas gelten, vermischt mit Seidenkiefern, auch eine nordamerikanische Pflanze und Dreispitz-Ahornbäumen, als deren eigentliche Heimat Japan und Taiwan gilt, tummeln; willkürlich verstreut – aber eben nur auf den ersten Blick. Denn die Gärtner haben streng darauf geachtet, die Bäume so zu

pflanzen, dass sie sich gegenseitig in ihrer unterschiedlichen Ausprä-
gung des Wuchses ästhetisch ergänzen. Einen besonders schönen
Kontrast bilden dabei die Kronen der Bäume und ihre Blätter. Die
Blätter von Ahorn – dunkel olivgrün und matt in der Sonne leuchtend, fast schon leicht glänzend, vielleicht so wie gebürsteter Edelstahl – und Nelkenzimtbaum, feingliedrig und fast filigran wirkend
und um einiges heller in der Farbe als die Blätter der Ahornbäume,
bilden einen eigentümlichen Kontrast zu den Nadelbüschen der Kiefern, die störrisch in das Azurblau des hinter ihnen aufgespannten
Himmels zu spießen drohen. Dabei sind die kleinen Haine so ange-
legt, dass – dem Auge des Betrachters beim Betreten des Parks zu-
gewandt – in vorderster Front die Ahorn- und Nelkenzimtbäume
stehen; beide Arten werden nicht wesentlich höher als zwanzig Meter und dahinter die Kiefern aufragen, die durchaus Wuchshöhen
von sechzig Metern erreichen. Die unteren Bereiche zwischen den
Stämmen der drei Baumarten sind durch verschiedene Sträucher be-
völkert; vorwiegend Korkspindelsträucher, die im Sommer ziemlich
unscheinbar grün sind, zwei Meter hoch und nicht spektakulär, die
aber wegen ihrer atemberaubend roten Herbstfärbung den Blick der
Besucher geradezu auf sich ziehen. Jetzt war es wieder soweit: der
Eingangsbereich des Botanischen Garten schien bis in eine Höhe
von zwei Metern regelrecht zu brennen. Da die Heimat der Korkspindelsträucher auch Japan und Zentralchina ist, stellt bereits der
Eingangsbereich des Botanischen Gartens eine gelungene Symbiose
des Zusammenlebens über Grenzen hinweg dar. So jedenfalls sollten
es die Herren, die sich nacheinander und in sehr unterschiedlichem
Abstand in Richtung des vereinbarten Ortes im Garten begaben,
fühlen, sollten sie sich auch nur ein wenig in botanischen Dingen
auskennen. Einen jedenfalls gab es, der sich in jedem Falle ein wenig
auskannte: Christoph Becker. Becker nämlich dachte beim Durch-
schreiten des Eingangshaines daran zurück, an der Forstwirtschaftli-
chen Fakultät der Technischen Universität Dresden in der
Außenstelle Tharandt, an der Weißeritz gelegen, vor langer, langer
Zeit einige Vorlesungen in nachhaltiger Forstwirtschaft belegt zu haben. Wie sich doch die Botanik ähnelt, dachte Becker, leicht außer

Atem durch den kleinen Anstieg, den der Weg von der Barton Springs Road her nahm. Die Männer kamen einzeln und in folgender Reihenfolge: Gregor Kahlmann, Martin Reiche, Kurt Gödel (Satz in einem Buch über Botanische Gärten in Nordamerika in der Tasche), Christoph Becker und Lars Gustafsson, sein Rad wenigstens ab dem Eingang zum Botanischen Garten schiebend. Momentan fehlte noch Steven Weinberg. Aber begeben wir uns weiter in Richtung des vereinbarten Treffpunktes, quer hindurch, durch den größten Teil des Gartens, denn man hatte sich so verabredet, dass man am Treffpunkt einen Blick auf den Lady Bird Lake haben würde.

Direkt nachdem man am Eingangsbereich den kleinen eben beschriebenen Hain durchquert hat, wendet sich der Hauptweg leicht nach rechts. Die Männer folgen diesem Weg. Nach nur wenigen Schritten, nach geschätzten hundertfünfzig oder zweihundert Metern Wegstrecke, öffnet sich der bis dahin von buschigen Pflanzen niedrigen Wuchses gesäumte Weg – sandgeschlämmter Schotter mit einem ebenerdigen Bord aus Natursteinen – und allmählich gibt die langsam Raum greifende Öffnung den Blick frei auf eine Wasserfläche. Zuerst funkelt irgendetwas in unregelmäßigen Abständen, so wie man sich im leichten Schritt wiegt, so wie man Zeit hat und Muse, den Blick weiter als nur auf den Weg der nächsten fünf Schritte zu richten, so wie man seinen Gedanken freien Lauf lässt. Etwas später, das Funkeln hat in dem Maße zugenommen, wie sich mehr und mehr Wasserfläche dem Auge des Beobachters darbietet, erkennt man schon, dass es sich um eine größere Wasserfläche handeln muss, von der das gelegentliche Funkeln herrührt. Aha!, denken Kahlmann, Reiche, Gödel, Becker und Gustafsson (in genau dieser Reihenfolge), aha!, denken sie also, sind wir doch schon am Ufer des Lady Bird Lake, was sich aber als falsch erweist, da es sich, was die fünf bald merken werden, um einen künstlich angelegten Teich handelt, der Bestandteil des Botanischen Gartens ist. Wir lesen richtig, wenn wir von den fünf lesen, denn Steven Weinberg ist nach wie vor noch nicht aufgetaucht, was wir aus unserer Draufsicht sehr wohl erkennen; unsere Freunde aber noch nicht bemerkt haben dürften. Das Ufer des Teichs ist bunt bepflanzt: Halme von Zwerg-Geißbart und Riesensegge wiegen sich im Wind, dazwischen bilden Frauen-mantel-Büschel eine kontrastreiche Abwechslung für das Auge. Im nächsten Uferabschnitt dominieren eher Wasserdost-Pflanzen, die sich wiederum mit Sumpfstorchenschnabel abwechseln, wobei die Verteilung der einzelnen Pflanzen sehr unregelmäßig ist, was dem Auge ein angenehmes Gefühl von „geordneter Unordnung" bietet. Noch ein Stück weiter – nur noch vereinzelt lugt ein Sumpfstorchen-schnabel aus dem grünen Teppich - tauchen Japanische Sumpf-schwertlilien auf, die von Bachnelkenwurz gerahmt werden und aus einem dichten Teppich von Habichtskraut herauszuwachsen schei-nen. Nach zwei oder drei Minuten gemächlichen Schrittes hat man die gesamte Wasserfläche im Blick; jetzt erkennt man auch, dass mit-ten in dem langgezogen angelegten Teich eine flache Insel liegt, die wiederum von Wiesenknöterich, Moororchideen und Flohkraut be-wachsen ist. Zu der Insel, führt ein vielleicht knappe zwei Meter brei-ter Steg aus dicken Bohlen, zwanzig Meter lang und ansehnlich verwittert. Aber die fünf Männer – wo mag Weinberg nur sein? – haben jetzt für einen Abstecher auf die Insel nicht die Zeit, die nötig wäre, um den Spaziergang sozusagen botanisch abzurunden. Denn jetzt, nachdem der westlich verlaufende Ausläufer des Teiches er-reicht ist, gabelt sich der Weg. Die Abzweigung nach links führt ganz allmählich bergab durch weite Wiesen, deren Gräser teilweise fast mannshoch sind und jetzt im Frühherbst beginnen, sich braun zu verfärben, die Ausläufer der zerbrechlich wirkenden Stängel durch schwere Rispen mit Samen, die in den nächsten Stunden und Tagen ausfallen werden, in weiten Bogen nach unten hängend. Die nach rechts führende Abzweigung, die die fünf (noch immer nur fünf, Weinberg scheint sich ernsthaft zu verspäten) nehmen, führt wieder-um leicht bergauf. Nach wenigen Schritten nimmt die Steigung zu, die Männer erreichen den Azaleengarten. Die Steigung wird für den Besucher durch eine natürlich angelegte Treppe mit weit auseinander liegenden Tritten, die nur durch einfache Holzbohlen gebildet wer-den, erträglich gemacht. Der Weg ist nach wie vor ein einfacher aber gepflegt wirkender geschlämmter Sandweg, an den Rändern kaum eingefasst, so dass die Natürlichkeit des Gartens durch diesen Eingriff so wenig wie möglich in Mitleidenschaft gezogen wird. Zumal man die seitlichen Begrenzungen des Weges kaum sieht, ragen doch von links und rechts her dicht belaubte Azaleenäste bis in den Lichtraum des Weges, sich nach oben aber schnell verjüngend, so dass der Pfad wirkt, als wäre er das Bett in einem Strudel eines reißenden dunkelgrünen Flusses. Auch die auf halber Höhe stehende hölzerne Bank wirkt keineswegs störend, zumal sie in einem Farbton gehalten ist, der zu dem vorherrschenden Grün eine angenehme Ergänzung bildet. Und das Grün, das man sieht, ist atemberaubend; eigentlich ist es nicht das Grün, sondern man bekommt eher den Eindruck, ein ganzer Fächer von Farben – aber eben alles Grüntöne – würde vor einem aufgefächert. Da sind die dunkelgrünen Blätter, bei denen man sich bei flüchtigem Hinschauen des Eindrucks nicht erwehren kann, sie glänzten eher schwarz als grün in der nun schon tiefer stehenden herbstlichen Sonne. Die Grüntöne reichen dann weiter bis zu einem hellen Lind, fast gelblich wirkend, und dazwischen ist von Nuance zu Nuance changierend fast jede Art von Grün vertreten. Wie müssen diese grünen Böschungen erst leuchten, wenn die Azaleen blühen? denken die fünf ohne Steven Weinberg, der wohl ein arges Problem haben muss, hätte er doch spätestens jetzt auch am Azaleengarten sein müssen, um den Treff nicht zu gefährden. Ja, welche Farbenpracht wird dieser Azaleengarten wohl im Frühjahr entfalten? Da sind die violett blühenden Arten, die gemeinsam mit dem Grün der Blätter den Grundton für die Hänge liefern. Das Violett ist wohl am ehesten noch vergleichbar mit der Farbe der Ordensgewänder der Kardinäle der katholischen Kirche. Darin eingestreut die dunkelrot blühenden Arten; das Rot von einer Anmutung, die kaum zu beschreiben ist, so leuchtend wie eine Signalfarbe. Mehr an das dunkle Olivgrün gemahnend und viel weniger auffällig gibt es noch einen weiteren Rotton, der sich am besten mit dem Begriff Ziegelrot beschreiben lässt. Behutsam eingestreut finden sich auch einige weiß blühende Sträucher; unangefochten den bemerkenswertesten Farbtupfer setzen jedoch die gelb blühenden Arten, die genau deswegen von den Gartengestaltern sehr behutsam und mit viel Fingerspitzengefühl zum Einsatz gebracht worden sind. Jetzt, nachdem fünf mal zwei Beine (plus Lars Gustafssons Fahrrad, das er natürlich immer noch durch den Park schiebt), die kleine Anhöhe genommen haben und damit der Azaleengarten hinter den Männern liegt, wird der Blick frei gegeben auf einen kleinen Platz, der – gesäumt durch mehrere Bänke – als Treffpunkt vereinbart worden ist. Auch dieses Plateau ist so in den Botanischen Garten eingebettet, dass es – obwohl unstrittig von Menschenhand geschaffen – völlig natürlich wirkt. Der von den Holzbänken gesäumte Platz misst ungefähr zehn mal zehn Meter. Vor den Bänken verläuft im Geviert ein mit Natursteinen ausgelegter Weg, nur einen reichlichen Meter breit. Er schafft die Verbindung von Bank zu Bank und gewährleistet auch den Zugang vom Azaleengarten her sowie den weiteren Abgang in andere Bereiche des Botanischen Gartens. Die in der Mitte des Gevierts verbleibenden acht mal acht Meter Fläche sind mit Holzbohlen belegt und mit Pflanzkübeln mit den unterschiedlichsten Palmenarten, Zitrusbäumchen und Kräutern gestalterisch aufgelockert. Und genau an dieser Stelle treffen sie nach und nach ein, die fünf Männer, einer mit Satz im Gepäck und einer ein Fahrrad neben sich herschiebend. Als erster also langt Kahlmann an dem Geviert aus Bänken an. Schön, denkt er, niemand außer mir hier, dann setzt er sich auf eine der Bänke, so dass sein Blick zurückreicht auf den Weg durch den kleinen Azaleengarten, den er eben noch bergan durchschritten hat. Aus den bereits bekannten Problemen mit der Uhrzeit, die sich in den vergangenen Tagen und Wochen nicht gelöst zu haben scheinen, ist es schwer zu sagen, wie lange Kahlmann warten musste, bis er eine Bewegung im Azaleengarten wahrnimmt: ja, Reiche. Die Männer begrüßen sich, Reiche nimmt neben Kahlmann Platz. Wie viel später auch immer kommt Gödel dazu (Satz im Gepäck), wie viel später auch immer kommt Becker dazu, nichts im Gepäck, Begrüßung allenthalben, wie viel später auch immer kommt Gustafsson dazu, das Rad im Gepäck, Begrüßung allenthalben... Fünf Männer, ein Satz und ein Fahrrad sitzen nun in trauter Runde, nur noch auf den Hauptdarsteller des Lesenachmittags wartend, der aber noch nicht einmal auf der Barton Springs Road gesehen worden ist, was aber wiederum nur wir wissen.

Die Sonne stand in dem Moment immer noch hoch genug an diesem Herbsttag in Texas, ihre wärmenden Strahlen auch auf das kleine Plateau in den Zilker Botanical Garden zu senden, den Männern um die Nasen und Münder zu spielen, Kringel zwischen den Yukapalmenkübeln tanzen zu lassen, die Lenkstange und Klingel Gustafssons Fahrrad, weil aus Metall, über Gebühr zu erwärmen - so warm, dass Lars sich sicher verbrannt hätte, hätte er in dem Moment nach der Lenkstange gegriffen -, rasiermesserscharfe Schatten zu werfen, das Wasser in dem kleinen Teich wenige hundert Meter zurück noch ein halbes Grad zu erwärmen… All das vermochte die texanische Sonne noch, sich nur langsam gen Westen neigend, nur ab und an die allervorlautesten Spitzen der allerhöchsten Bäume kitzelnd, noch, in dem Moment. Die Männer schwiegen. Sie schwiegen alle. Sie schwiegen in keiner Reihenfolge. Ein kleines Stück war die Sonne inzwischen in ihrem Bogenlauf weiter nach Westen und an den Horizont herangerückt, als sich Kahlmann räusperte. Reiche war es, der zu Kahlmann blickte, so als hätte er nicht recht verstanden, was dieser gesagt hatte. Aber Kahlmann hatte nichts gesagt. Das tat Gödel: „Wo Steven nur bleibt, ist doch sonst absolut zuverlässig." Die Äußerung veranlasste Becker, vorwurfsvoll zu Gödel zu schauen, mit einem Ausdruck von *schließlich wird sich doch jeder mal verspäten können, sie Rosinenkacker*. Aber er dachte es nur und sagte nichts. So wie auch Lars Gustafsson nichts sagte und sich nur weiter schweigend und die Beine langgemacht auf der Bank in der Sonne räkelte. So schwiegen die Männer nach diesem kleinen Einschub weiter, auf Steven Weinberg wartend. Keiner weiß genau, wie viel Zeit inzwischen vergangen war, da meldete sich etwas aus Gödels Tasche, ja richtig, Satz: „Wann geht es denn endlich los?" Genervte Blicke von Kahlmann, Reiche, Becker und Gustafsson in Richtung Gödel, der daraufhin die Schnüre, die den kleinen Rucksack verschlossen noch einmal fester zuzog. Dann schwiegen die Männer in keiner Reihenfolge weiter. Die Sonne stieg langsam weiter ab in Richtung Horizont; immer häufiger versteckte sie sich wie zum Spaß hinter den am weitesten in den Himmel reichenden Bäumen rund um das kleine Plateau. Kahlmann schwieg weiter. Reiche schwieg weiter. Gödel schwieg weiter, darauf bedacht, dass auch aus dem Rucksack kein Laut gelangte. Becker schwieg... nicht weiter: „Also ich für meinen Teil habe keine rechte Hoffnung mehr, dass Weinberg heute noch hier anlangt." Woraufhin auch Gustafsson sein Schweigen beendete: „Ja, den Eindruck habe ich auch." Bei diesem Satz streichelte er versonnen über den Ledersattel seines Rades. Kahlmann, der offensichtlich an der Reihe war etwas von sich zu geben, räusperte sich wieder nur. Reiche nickte zum Räuspern von Kahlmann und zu den Äußerungen der anderen. Und so weiter und so fort. Wir wollen jetzt den geneigten Leser nicht weiter mit dem Fortgang dieser wenig erquicklichen Unterhaltung langweilen. Die Sonne lugte schon nur noch zwischen dem Blattwerk der Bäume hervor, es war noch nicht kühl geworden aber die Wärme der direkt einfallenden Sonnenstrahlen fehlte den Männern. Auch Lars Gustafssons Fahrrad konnte man getrost wieder anfassen, ohne Gefahr zu laufen, sich zu verbrennen. Irgendwann war der gesamten Runde klar geworden, dass es keinen Sinn haben würde, weiter auf Steven Weinberg zu warten. Wie aber sollte man weiter verfahren? Keiner wusste, wieso Weinberg nicht zum vereinbarten Treff erschienen war. Keiner hatte auch nur den leisesten Schimmer, wo der Freund abgeblieben sein könnte. Also entschloss man sich nach kurzer Diskussion, dass man auf die Suche nach Steven Weinberg gehen würde. Und zwar gemeinsam. Zwar hatte Kahlmann vorgeschlagen, man teile sich auf; jeder suche in einem anderen Teil der Stadt. Jedoch war dieser Vorschlag, obwohl mit Sicherheit der mit der größten Effektivität, schnell bei den anderen vier Männern durchgefallen. Sowohl bei Reiche, als auch bei Gödel, Becker und Gustafsson. Schnell einigte man sich auch, wo man suchen solle: man würde natürlich an den Orten suchen, die die sechs Männer bisher gemeinsam aufgesucht hatten: das Maggie's gehörte genauso dazu wie das Herbarium in der Bibliothek, die Wohnungen unserer Freunde, der Busbahnhof, der Flughafen, der Tennisplatz am kleinen Park – lediglich zu dem Golfplatz im Travis County würde man in dieser ersten Suchrunde nicht aufbrechen. Denn, da waren sich die fünf plus Satz und Rad einig: bis dahin würde man Steven Weinberg längst gefunden haben; alles hätte sich bis dahin längst aufgeklärt. Dann zogen sie los. Vorweg ging Kahlmann, gefolgt von Reiche, der wiederum Gödel mit Satz im Rucksack im Schlepptau, ihnen folgte Becker und am Schluss lief Gustafsson, an seiner Seite das Fahrrad. Langsam verschwanden die fünf in der einsetzenden rosenfarbenen Dämmerung des frühen Abends.

Zuerst, so war man sich einig geworden, würde man an den einschlägigen Orten im Stadtzentrum von Austin suchen. Deshalb war es ein rechter Glücksgriff, dass die fünf nicht lange warten mussten, bis auf der Barton Springs Road ein 30er Bus in Richtung Stadtzentrum gefahren kam und da es inzwischen begann, langsam dunkler zu werden, war das Gefährt auch nicht mehr so voll besetzt, jedenfalls war es kein Problem gewesen, Gustafssons Fahrrad in dem Bus mit unterzubringen. Gemächlicher Fahrt ging es die Barton Springs Road entlang, dann nach links auf die South Congress Avenue, die nach wenigen hundert Metern den Lady Bird Lake kreuzt um am anderen Ufer praktisch übergangslos in Downtown Austin einzutauchen und unmerklich zur North Congress Avenue zu mutieren. In Höhe der dritten Straße stiegen die fünf aus dem Bus aus. War es beim Verlassen des Botanical Garden schon etwas frisch gewesen, so schlug den Männern, jetzt, da sie aus dem Bus ausstiegen, eine für herbstliche Verhältnisse drückende Hitze entgegen. Gustafsson musste unweigerlich an sein Buch *Die Tennisspieler* denken, in dem er diese frühen Herbsttage mit Temperaturen bis zu dreißig Grad anschaulich beschrieben hatte. Offensichtlich war heute wieder einer dieser Tage, dachte Lars, das Fahrrad durch die Menge der Fußgänger bugsierend, so wie es überhaupt für die fünf nicht ganz leicht war, sich in dem Getümmel des frühabendlichen Congress Avenue District mit seinen Hochhäusern, Straßenschluchten, dem brausenden Verkehr auf den breiten Straßen, den bummelnden Studenten und Geschäftsreisenden, in angemessener Geschwindigkeit fort zu bewegen. Denn sie waren auf der Suche nach ihrem Freund, der sich nicht hatte blicken lassen, warum auch immer. Austin, das merkte man, war eine Großstadt, bei deren Entwicklung Platzprobleme und

Eingeengtheit offensichtlich keine Rolle gespielt hatten. Die deutlich mehr als zwanzig Meter breite North Congress Avenue führt schnurgerade durch den District, so dass man, von wenigen Ausnahmen abgesehen – etwa dann, wenn Bäume oder Markisen den Blick versperren –, das Texas State Capitol immer im Blick behält, auch wenn es jetzt noch kilometerweit entfernt scheint; irgendwie an den Petersdom in Rom erinnernd. Auf Höhe der vierten Straße biegen die fünf Männer nach rechts ab in Richtung der Metro Rail Station Downtown. Im Gegensatz zu vielen amerikanischen Metropolen verfügt Austin nicht über eine Untergrundbahn, was wohl auch Ausdruck dafür ist, dass es keine wirklichen Platzprobleme gibt. Eine der Hauptachsen des „Public Transport" wird durch die Metro Rail bedient, im Grunde genommen ist es eine Eisenbahn, die bis mitten in die Stadt fährt, aber eben wiederum nicht im klassischen Eisenbahnstil auf Bahndämmen sondern direkt im Straßenbild, vorbei an den Hochhäusern des Austin Chamber of Commerce und vorbei an den Hochhäusern des Austin Convention Center auf der anderen Straßenseite. In einem weiten nach Osten führenden Bogen, am East End vorbei, verlässt die Bahn den am dichtesten bebauten Stadtbereich, um viel weiter nördlich, in Höhe der Highland Mall, wieder das dichter bebaute Territorium der Stadt zu berühren. In Höhe der Metro Rail Station Downtown gibt es eine Bar mit dem Namen Champions, in der sich die Freunde ab und an – besonders dann, wenn Kahlmann es leid war, sich im Maggie's zu treffen – trafen, um sich auszutauschen oder einen Drink zu nehmen. Jetzt war die Bar dicht umlagert und kaum noch ein Platz an den kleinen Tischen oder am Tresen war frei. Nachdem man festgestellt hatte, dass Weinberg auch an der Metro Rail Station nicht zu finden war – Becker hatte von Anfang an opponiert: „Was glauben Sie denn, meine Herren, ist Weinberg denn einer, der sich an einer Bahnstation aufhält und deshalb seine Freunde warten lässt?" – war man auf die Idee gekommen, einen Blick in die Bar zu werfen. Becker, der nach seiner offensichtlich zu forsch vorgetragenen Äußerung an der Bahnstation jetzt schlechtere Karten als die andern hatte, wurde vorgeschickt, um im

Champions nach Weinberg zu sehen. Aber es dauerte keine zwei Minuten, und Becker kam mit einem Kopfschütteln wieder aus der Bar heraus. Nun, was sollte man weiter tun, als sich wieder in Richtung der North Congress Avenue zu begeben, um von dort aus weiter nach Norden zu ziehen, weiter nach dem Freund zu schauen. Auf dem Weg zurück in Richtung Congress Avenue kam man auch am Maggie's vorbei, in dem sich natürlich auch nicht die geringste Spur von Weinberg finden ließ. Dafür musste Kahlmann das Etablissement fast fluchtartig verlassen, denn offensichtlich waren einige Servicekräfte krank geworden oder aus anderen Gründen nicht zur Arbeit erschienen, was fast dazu geführt hätte, dass Kahlmann seine Schürze umgebunden bekommen hätte, um fortan an seinem freien Tag Espresso und Wasser an die dicht besetzten Tische zu tragen. Es war immer noch wunderbar warm und Gustafsson, der durch sein Fahrrad am meisten in der freien Bewegung eingeengt schien, hatte ein paar winzige Schweißperlen auf der Stirn. Die Sonne war inzwischen längst weit hinter dem Lady Bird Lake unter dem Horizont verschwunden.

Das Capitol von Austin war jetzt schon in seiner ganzen Erhabenheit gut zu erkennen; man befand sich auf Höhe der 7th Street. Hier wohnten in unmittelbarer Nähe Kahlmann und Gödel und beide (auch Gödel, der wegen seiner Schusseligkeit ansonsten berüchtigt war) hatten die Schlüssel zu ihren Appartements dabei. Man einigte sich, dass die beiden Männer eine Viertelstunde Zeit haben würden (oder jedenfalls das, was die Truppe für eine Viertelstunde hielt) um in ihren Appartements nach dem Rechten zu schauen und festzustellen, ob es irgendeine Notiz oder ein Zeichen von Weinberg gebe. Gödels Wohnung befand sich in einem klassizistisch anmutenden Haus direkt an der Ecke zwischen Congress Avenue und East 7th Street im vierten Stock. Kahlmann wohnte bescheidener; er musste einige Meter entlang der 7th Street in Richtung Westen gehen, um dann auf der linken Seite an einem lieblos hingewürfelten Wohnblock anzulangen, in dem er ein kleines Appartement angemietet hatte. Kahlmann und Gödel waren verschwunden und Becker, Reiche, Gustafsson hatten ein paar Minuten, sich auszuruhen, denn immer noch lag eine wattig anmutende Wärme in den Straßen, die – obwohl es inzwischen fast völlig dunkel geworden war – immer noch locker in den Temperaturbereich eines durchschnittlichen europäischen Sommertages hinein piekste. Nun, da auch der letzte und vorwitzigste Sonnenstrahl den Weg hierher nach Austin nicht mehr fand, waren die Congress Avenue und die meisten Nebenstraßen von der 1th aufwärts bis zur elften, also der gesamte Bereich des Congress Avenue District, mit Lichteffekten aller Art illuminiert, so dass einem die Augen überzugehen drohten. Blinkende Lämpchen allenthalben, dazwischen Stroboskopeffekte, Laserstrahlen, Leuchtreklamen die nur aufzuflammen schienen um langsam wieder zu verlöschen, dabei die seltsamsten Farben annehmend, Spots vorwiegend in Rot, Grün, Blau und Violett, schneller und schneller die Fußgängerzonen entlang flirrende Lichtbänder, indirekt von hinten angestrahlte Werbeträger und dazu die kaum zählbare Menge von Scheinwerfern und Blinkern der Automobile, Räder, Motorräder, vereinzelter Lastkraftwagen und Busse.

Apropos Busse. Es hatte nicht lange gedauert, dann waren Kahlmann und Gödel wieder an den vereinbarten Ort an der Kreuzung Congress Avenue 7th Street zurückgekehrt, beide fast gleichzeitig mit den Schultern zuckend. Also nach wie vor keine Spur von Weinberg. Becker wollte schon das nächste Ziel vorgeben, das Paramount Filmtheater wenige Meter weiter nördlich (dort hatte man sich den einen oder anderen Film, ohne sich jemals über die Qualität der Streifen einig geworden zu sein, angeschaut), als Gustafsson darauf hinwies, dass, sollte man jetzt noch weiter in Richtung Norden gehen, sobald keine Busverbindung mehr in Richtung Westen zu finden sein würde. „Und wozu brauchen wir jetzt einen Bus in Richtung Westen?", fragte Kahlmann, nicht ohne einen bissigen Unterton in der Stimme. „Weil wir auch noch einen Abstecher auf unseren kleinen Tennisplatz in der Nähe des Gemüseladens jenseits des Lamar Boulevards machen müssen", Gustafsson war sich seiner Sache sicher. Gödel verdrehte die Augen, denn er dachte nur ungern an die Matches zurück, die sie gemeinsam gespielt hatten und die regelmäßig ihn, Kurt Gödel, als den unbegabtesten Tennisspieler zurückgelassen hatten. Nach einem kurzen Disput – zwei Lager hatten sich gebildet – beschloss man, doch noch einmal zur 6th Street zurück zu gehen, denn dort fuhr der 4er Bus in Richtung Westen – auf der 4th Street fuhr er zurück, weil beide Straßen als Einbahnstraßen ausgelegt waren.

Gustafsson hatte sein Rad inzwischen an der Ecke Congress Boulevard 6th Street an einen Laternenpfahl angepflockt, so wie es in Austin offensichtlich Tausende und Abertausende taten, denn die Stadt schien mit scheinbar herrenlosen Rädern regelrecht verstopft. Der Verkehr wogte entlang der Straßen aber es dauerte nicht allzu lange, da tauchte im Osten eine orangerote Anzeigematrix eines Busses mit der Nummer 4 auf, und die fünf (ohne Fahrrad diesmal) stiegen ein. Es dauerte eine ganze Zeit, bis sich der Bus wie ein schwerer Tanker in gemächlicher Fahrt durch die Wogen des innerstädtischen Verkehrs getankt hatte; jenseits des Lamar Boulevards waren deutlich weniger Autos auf den Straßen und der Bus kam nun deutlich besser voran. Urplötzlich war die dichte Bebauung mit Hochhäusern einem eher dörflich anmutenden Stil mit wenigen eingestreut wirkenden Häuschen, die eher an Bungalows oder Wochenendhäuschen als an Wohnhäuser erinnerten, gewichen. Kaum war noch Licht auf den Straßen, als die fünf ausstiegen, so dass es ihnen auch nicht wenig Mühe bereitete, den abgelegenen Tennisplatz in der Nähe des natürlich um diese Zeit geschlossenen Gemüseladens zu finden. Aber sie fanden ihn und auch hier gab es keine Spur von Steven Weinberg. Also hieß es zurückfahren. Die Zeit war offensichtlich deutlich vorgerückt und der 4er Bus fuhr bereits nicht mehr, weshalb sie ziemlich lange auf einen der 484er Busse warten mussten, der nur in der Nacht verkehrte. Irgendwann waren sie wieder an der Congress Avenue, von dort ging es zu Fuß weiter in Richtung Capitol unter anderem auch am schon erwähnten Paramount Kino vorbei. Ein Blick hinein genügte um festzustellen, dass sich Steven Weinberg jedenfalls nicht im Foyer aufhielt. Reiche hätte fast den Versuch unternommen vorzuschlagen, man solle sich doch auch in den Sälen umsehen; gottseidank blieb es beim fast. Dann langte man beim Capitol an, das auch mit Scheinwerfern hell erleuchtet war. Es war dringend Zeit geworden, dass sich die fünf ausruhten, also sank man fast im gleichen Takt auf zwei Bänke, von denen es ausreichend in dem kleinen Park um das Capitol herum gab. Wie weiter vorgehen? Jetzt würde man erst einmal eine Rast einlegen und etwas trinken (Reiche hatte wenigstens an Wasser gedacht, nur Reiche!), ehe man weiter in Richtung Universität ziehen würde um im Herbarium und in dem billigen Hotel, das die Heimstatt für Becker und Reiche geworden war, nach dem verschollenen Freund zu fahnden. Im Osten zeigte sich ein erstes fahles Grau, als die fünf aufbrachen. Sie schleppten sich in Richtung des Main Buildings der Universität, dorthin, wo sich auch das Herbarium in der Live Science Library befand. Natürlich war um diese Zeit die Bibliothek verschlossen aber es gab einen Nachtwächter, der nicht schlecht erschrak, als er die fünf übernächtigten Gestalten an die Glasscheibe zu seiner kleinen Koje klopfen hörte. Ein Mann in der Bibliothek? Vielleicht eingeschlossen? Ein Mann, der schon öfter hier gewesen sei? Nein, das könne er sich nicht vorstellen. Außerdem habe er seine zwei vorgeschriebenen Rundgänge durch alle Räume gemacht; um elf und um drei (für Pförtner gab es offensichtlich kein Uhrzeitproblem, vielleicht auch, weil sie nicht aus irgendeiner Zeit hier angeschwemmt worden waren, sondern in Austin geboren, zur Schule gegangen…) und da sei ihm nichts aber auch gar nichts aufgefallen. Aber wenn es die Herren wünschten, würde er gerne noch einmal nachschauen. Die Herren wünschten es, was dazu führte, dass der Pförtner alle fünf ganz nach draußen bat, dann das große gusseiserne Tor verschloss, denn wenn er seine Koje verlassen müsste, wäre es nicht gut, die fünf Gestalten innerhalb der sicheren Einfriedung des Main Building zu wissen. Nach geraumer Zeit quietschte der riesige Schlüssel wieder im metallenen Schloss: ein bedauerndes Nicken des Pförtners zog das Geräusch hinter sich her. Der letzte Weg, bevor man zu Weinbergs Wohnung gehen würde, führte die fünf in die Absteige, die sich Becker und Reiche nun schon seit Wochen teilten. Natürlich war Weinberg auch hier nicht. Man war schon wieder auf dem Weg Richtung

Straße (der Osten färbte sich inzwischen ganz leicht rot), als Becker stutzte: „Halt!" Missmutig schauten alle auf Christoph Becker. „Was heißt halt?", fragte Kahlmann, „wir müssen weiter zu Weinbergs Wohnung und außerdem bin ich todmüde, wenn wir jetzt noch einmal anhalten, schlafe ich auf der Stelle ein." Zustimmendes Brummeln aus der Runde. Aber Becker blieb hartnäckig: „Ist dir denn nichts aufgefallen, Martin?" Reiche zuckte mit den Schultern: „Was bitteschön soll mir denn aufgefallen sein?" – „Der Koffer, in keinem der beiden Zimmer, weder in deinem noch in meinem, stand unser Zauberkoffer, nirgends!" Das allerdings gab der Runde wirklich zu denken. Und mit diesen Gedanken im Kopf, begab sie sich in Richtung der Wohnung von Steven Weinberg.

Bis zu Weinberg war es von der Stelle aus, an der sich die fünf jetzt befanden, eigentlich ein Katzensprung. Aber angesichts der Tatsache, dass die Männer übernächtigt und gereizt waren, gestaltete sich der kurze Marsch in Richtung der langsam aufgehenden Sonne – Steven Weinberg hatte nämlich gleich jenseits des Interstate Highway 35 zwischen 12th und 16th Street und im Osten eingerahmt durch die Navasota Street - Quartier bezogen, als außerordentlich anstrengend. Das Viertel, in dem Weinberg wohnte, war kein besonders schlechtes Viertel und kein besonders gutes. Und obwohl die Männer alle schon mindestens einmal bei Weinberg gewesen waren, stellten sie sich jetzt an, als kennte keiner auch nur ansatzweise den Weg. Endlich, die Sonne blinzelte inzwischen im Osten über den Horizont; ab und an schrammte sie sich noch an den Giebeln der Häuser und den Bäumen, die den Kealing Park säumten, den Bauch aber bald sollte das – für diesen Tag wenigstens – Geschichte sein. Dann standen sie endlich vor dem Haus, in dem Weinberg sein kleines aber feines Appartement gemietet hatte. Reiche klingelte. Keine Regung. Dann klingelte Kahlmann, woraufhin Reiche ein „Aha, klingeln kann Herr Kahlmann wahrscheinlich auch besser als ich!" zwischen den Lippen hervor presste. Dann kam jemand aus dem Haus, was die fünf nutzten, unbemerkt in das Haus zu schlüpfen. Nun war alles um vieles einfacher, denn Gödel besaß zwar einen Schlüssel zu Weinbergs Appartment aber keinen der die Haustür geschlossen hatte. Gödel öffnete die Tür zum Appartement. Abgestandene Luft waberte den fünfen entgegen. Die drei Zimmer des Appartements, das sah man auf den ersten Blick, waren aufgeräumt und keineswegs fluchtartig verlassen worden; nicht einmal ein Teller oder eine Tasse verschmutzten Geschirrs stand in der kleinen Küche herum. Einzig etwas störte die Aufgeräumtheit: ein großer brauner Koffer, der wie zufällig stehen gelassen mitten in einem der Zimmer stand. „Pahh!", Becker war der Koffer als erstem aufgefallen. „Pahh!", Reiche fiel keine intelligentere Entgegnung ein. Dann schauten sie alle fünf in Richtung des Koffers. Dieser elende Koffer, irgendwie flößt er unseren Freunden Respekt ein. Wieder vergeht Zeit, auf Grund des bereits thematisierten Problems wissen wir nicht, wie viel, dann findet Becker als erster wieder Worte: „Ich schaue jetzt mal da rein." Zustimmendes Nicken aus der Runde. Dann öffnete Becker vorsichtig den Koffer, erst legt er ihn langsam auf die Seite, bereits jetzt feststellend, dass er ziemlich schwer zu sein schien – und es klappert in ihm, irgendwie klappert es, als wenn Glas aneinander schlagen würde. Becker legt den Deckel langsam zurück und augenblicklich verfangen sich die wenigen Sonnenstrahlen, die die inzwischen höher gestiegene Sonne aus Osten in das Zimmerchen sendet, in einem Gewirr von Spiegelglas. Der ganze Koffer ist randvoll mit den unterschiedlichsten Spiegeln gefüllt. Die meisten sind Handspiegel, viele Rasierspiegel mit Hohlschliff sind dabei, ganz kleine Spiegel, offensichtlich aus Mikroskopen ausgebaut und größere sind genauso dabei wie medizinische Spiegel. In der Runde macht sich Verständnislosigkeit breit. Bis endlich Becker einen Einfall hat: „Kann es sein, dass uns dieser Koffer einen Hinweis geben will?" Gustafsson verdreht die Augen. Aber Becker lässt sich nicht beirren: „Kann es also sein, dass wir mittels des Inhaltes des Koffers irgendwo hin gelockt werden sollen?" Richtig, Gustafsson verdreht erneut die Augen, aber wenigstens ist er so anständig, es niemanden sehen zu lassen. Wieder Becker: „Ist es also möglich, dass der Inhalt dieses Koffers uns zu unserem Freund führt?" – „Möglich ist hier alles", brummelt Kahlmann. Aber Reiche greift Beckers Faden auf: „Und wohin könnten uns ein paar Hundert kleine Spiegel wohl führen wollen?" – „Vielleicht zu einem Friseur?", aber Gödel merkte schnell selbst, dass das kein besonders kluger Einwurf war. Dann, ganz plötzlich, schlug sich Kahlmann mit der flachen Hand an die Stirn: „Natürlich, wieso bin ich nicht sofort drauf gekommen? Die Spiegel sind ein Wegweiser in das lichttechnische Labor der Universität; ich habe dort mal einen Versuchsaufbau gesehen, mit dem Wellenlängen von Laserstrahlen untersucht und gemessen worden sind – das hat dort von Spiegeln nur so gewimmelt." – „Hmmm, Kahlmann, nicht schlecht, ich könnte mir vorstellen, dass Sie den Finger drauf haben. Also, meine Herren, noch andere ernst zu nehmende Vorschläge?", verächtlicher Blick Beckers zu Gödel, „dann können wir uns ja erneut auf die Socken machen, und, lieber Gödel, vergessen Sie nicht, wieder abzuschließen!"

Die Sonne hatte inzwischen an Höhe gewonnen; bereits jetzt, am immer noch frühen Morgen, deutete sich an, dass auch dieser Herbsttag wieder ein Tag werden würde, den man getrost auch in die Schublade der Sommertage stecken könnte. Zum Glück war der Fußweg zur Universität nicht allzu lang – trotzdem hatte man, sah man als unbeteiligter die fünf Männer, den Eindruck, eine kleine Gruppe von Kriegsheimkehrern schleppe sich, die letzten Kräfte mobilisierend, nach Hause, die Welt um sich herum vergessend, nur noch darauf bedacht, einen Fuß fehlerfrei vor den anderen zu setzen... Die fünf gingen langsam, es dauerte geraume Zeit, bis sie an einem Gebäude anlangten, in dem sich das lichttechnische Labor des physikalischen Instituts befand. So jedenfalls stand es geschrieben, an der Tafel neben der Eingangstür. Und es stand dort auch geschrieben, dass das Labor heute erst am Mittag öffne. Kahlmann griff nach der Klinke der mächtigen hölzernen Tür: verschlossen. Aber es gab eine Wechselsprechanlage in die Institutsleitung. Einige Sätze wurden gewechselt, dann war klar, dass – es hatte doch einiger Überredungskünste bedurft – jemand aus dem Institut an die Eingangstür kommen würde. „Was, was wollen Sie wissen, ob wir einen Mann in unserem Labor eingeschlossen haben?", ein weißer Kittel schaute besorgt ob des vermeintlichen geistigen Zustandes der Fragenden.

Ja, man meine das ernst und der weiße Kittel (ausdrücklich kein Zitat) könne ja mal nachschauen. Könne er nicht, denn er habe zu arbeiten und die Sicherheitsvorkehrungen an der Uni seien ziemlich gut, da werde nur selten jemand eingeschlossen und in diesem Institut sei nach seinem Wissen noch nie jemand eingeschlossen worden, noch nie. Ja, tatsächlich, er könne sich nicht erinnern, von solch einem Fall gehört zu haben. Aber die fünf Männer bedrängten den weißen Kittel, so charmant wie es ihnen in ihrem erbärmlichen Zustand eben möglich war. „Na gut, dann kommen Sie eben mit herein, wir können uns ja im Haus kundig machen." Dem weißen Kittel folgend stiegen die fünf Freunde die Treppen hinauf, liefen die Flure entlang, bis sie an eine große Tür kamen, an der ACHTUNG – SICHERHEITSBEREICH stand. Der weiße Kittel bat die Männer auf zwei Bänken, die längs auf dem Flur an den Wänden standen, Platz zu nehmen und Kahlmann, Gödel, Reiche, Becker und Gustafsson setzten sich – genau in dieser Reihenfolge. Dann geschah lange nichts und die Männer nickten ein. Einer nach dem anderen. Die Köpfe sanken nach links oder rechts, bei Kahlmann bestand die Gefahr, auf den Boden zu kippen…

BBBRRRRCHCHCH – die Tür flog in weitem Bogen auf und weiße Kittelschöße flogen den Gang entlang auf die Männer zu. Ein paar weit hervorgetretene Augen träufelten Entsetzen in den Flur: „Sie haben recht, da ist jemand, kommen Sie, schnell, schnell, kommen Sie!" Mit letzter Kraft erhoben sich die Männer, der eine oder andere wahrscheinlich noch im Halbschlaf. Sie konnten dem weißen Kittel kaum folgen. Was sie dann aber sahen, sorgte dafür, dass sie augenblicklich wieder hellwach waren: zusammengesunken und umringt von tausenden Spiegeln saß Steven Weinberg in einer Ecke des lichttechnischen Labors, umringt von den seltsamsten Versuchsanordnungen. Weinbergs Blick war starr nach vorn gerichtet und im ersten Moment schien er die Männer kaum zu erkennen; erst allmählich wurde ihm klar, dass es sich um seine Freunde handelte, die da gekommen waren, ihn zu suchen. Nach geraumer Zeit fanden die sieben (einschließlich Kittel) die Sprache wieder und Weinberg schilderte, so gut er sich erinnern konnte, was ihm widerfahren war. Drei

Tage bevor er im Botanischen Garten vortragen sollte, hatte er sein Kapitel fertig geschrieben. Immer und immer wieder hatte er es zu Hause halblaut sich selbst vorgetragen. Nach einiger Zeit war er sich sicher, dass es ein guter Vortrag werden würde. Aber die Sicherheit wich ganz schnell wieder, denn er hörte sich zwar selbst reden und sah sich auch in seinem Garderobenspiegel, aber er sah und hörte sich eben mit eigenen Augen und Ohren – das kam ihm viel zu wenig objektiv vor. Da erinnerte er sich, dass im lichttechnischen Institut der Universität, in dem er schon selbst gearbeitet hatte, eine Versuchsanordnung vorhanden war, mit deren Hilfe man die Wirkung, die man mit dem gesprochenen Wort erzeugen konnte, messbar machen konnte. Man musste sich dazu nur in eine Versuchsanordnung begeben, die größtenteils aus genau aufeinander abgestimmten Spiegeln bestand und seinen Vortrag halten, der dann aufgezeichnet und nach seiner Wirkung hin vermessen würde. Und Weinberg war sehr daran interessiert, eine gute Wirkung bei seinen Freunden zu hinterlassen. Also machte er sich auf ins Institut, erschlich sich mit kaum fadenscheinigen Ausreden Einlass und freute sich, als er irgendwann am Abend den Schlüssel im Türschloss hörte. Dann setzte er sich zwischen die Spiegel, schaltete einige Aufnahmegeräte ein und begann, aus seinem Kapitel vorzutragen. Die Besonderheit des Messverfahrens bestand darin, dass man bei seinem Vortrag regelmäßig in einen direkt vor den eigenen Augen befindlichen Spiegel schauen musste, da die Bewegung der Augen bei der Vermessung der Wirkung des Vortrags eine große Rolle spielte. Zuerst bedeutete das für Weinberg keine Schwierigkeit. Aber es dauerte nicht lange, da bekam er bei jedem Blick in den Spiegel vor seiner Nase ein sehr seltsames Gefühl. Wer um alles in der Welt war das, der ihn da anschaute? Die Nase, das war doch Kahlmanns Nase. Weinberg trug weiter vor; unsicher geworden blickte er häufiger in den Spiegel. Und jetzt, das ist doch nicht mein Mund, ist das der Mund von Becker oder gar der von Gödel? Die Blicke in den Spiegel wurden unruhiger. Gustafssons Ohren – Beckers Augenbrauen – Gödels Falten um den Mund – Kahlmanns Koteletten – Reiches schiefe Zähne – Gustafssons schmale Lippen – Reiche –Becker – Gustafsson – Gödel – Becker –

Becker – Gödel – Reiche – Gustafsson – Kahlmann – Reiche – Becker – Gödel – G – R – K – B – B – G – R – K-... Dann war er offensichtlich bewusstlos geworden; jedenfalls hatte ihn ein weißer Kittel so heftig gerüttelt, dass er wieder zu sich gekommen sei und dann seien, woher auch immer, seine fünf Freunde gekommen.

Schweigen breitete sich aus. Und fragende Blicke wanderten von Augenpaar zu Augenpaar. Was erzählte der Freund da für Märchen. Man blickt in einen Spiegel und jemand anderes blickt zurück. Sehr unwahrscheinlich. Noch nie gehört. Gruselmärchen. „Ähhh", Gustafssons Räuspern durchbrach das Schweigen. „Ich bin mir nicht so sicher, aber ich habe mal in einem Buch über Psychologie gelesen, dass es einen Versuch gibt, den jeder mit sich selbst machen kann, der genau das zum Inhalt hat." Die fragenden Blicke wurden intensiver. Gustafsson fuhr fort: „Man muss sich dazu nur nah genug an einen großen Spiegel setzen und sich selbst in die Augen blicken und dann muss man seinen Blicke mit ziemlich hoher Frequenz von einem zum anderen Auge wandern lassen und nach einiger Zeit stellt sich ein sonderbares Gefühl ein. Man hat nämlich den Anschein, dass man von einem anderen Wesen aus dem Spiegel angeblickt wird, als von einem selbst." Ungläubiges Staunen. Reiche gewann als erster die Sprache zurück: „Wissen Sie was, Gustafsson, hier sind doch genug Spiegel, lassen Sie uns doch die Probe aufs Exempel machen." Nicken ringsum. Und weil Reiche den Vorschlag gemacht hatte, setzte er sich als erster vor einen der unzähligen Spiegel. es dauerte nicht lange und Reiche stand panisch von dem Schemel wieder auf: „Weinberg, Steven, Sie haben mich eben aus dem Spiegel angeschaut..." Außer Kahlmann, der ebenso von jemand anderem angeschaut wurde, machte niemand mehr den Versuch, wenn auch der weiße Kittel wild entschlossen schien, irgendwann später von irgendwem anderes aus dem Spiegel angeschaut werden zu wollen. Aber er würde noch genügend Gelegenheiten bekommen, war doch das Labor sein Arbeitsplatz.

Blieb noch eine Frage zu klären, bevor man gehen wollte. Und zwar die Frage nach dem Koffer. Becker: „Lieber Steven, etwas interessiert uns an dieser Stelle nun doch noch. Wir haben vorhin auch in Ihrer Wohnung nach Ihnen gesucht – Kurt Gödel hat ja einen Schlüssel – und wir haben Sie natürlich nicht gefunden, weil wir Sie später hier finden sollten. Was uns aber aufgefallen war, ist die Tatsache, dass in Ihrer Wohnung unser – na ich nenn' ihn mal – Zauberkoffer gestanden hat. Mitten in einem Ihrer drei kleinen Zimmer. Und in dem Koffer waren Spiegel, Spiegel, Spiegel. Die Spiegel haben uns überhaupt erst auf die Fährte hierher ins lichttechnische Labor geführt. Ist Ihnen der Koffer auch aufgefallen?" Aber Weinberg schüttelte vehement den Kopf: „Jedenfalls stand da ganz gewiss kein Koffer bis zu dem Zeitpunkt, an dem ich meine Wohnung in Richtung lichttechnischen Labors verlassen habe, da bin ich mir hundertprozentig sicher." Das glaubten die Freunde.

Auf dem Heimweg beschloss man, dass Steven Weinberg in nächster Zeit nicht lesen müsse. Aber er solle sein Kapitel jedem der Freunde in Kopie geben. Dann trennte man sich. Ein jeder ging in Richtung seiner Bleibe und schon bald waren alle in einen unendlich tiefen Schlaf gefallen. Becker und Reiche hatten, so müde waren sie, nicht einmal gemerkt, dass der Koffer wieder zurückgewandert war.

Sie haben Post!

Wir wissen nicht und wollen es auch nicht wissen, wie viele Tage vergangen sind, bis sich die Männer – zufällig? – wieder einmal im Maggie Mae's treffen. Kahlmann ist schon da, denn er bedient am heutigen späten Nachmittag und frühen Abend, Gustafsson kommt aus Richtung Norden vom Campus her, Gödel aus westlicher Richtung und Weinberg kommt aus Richtung Osten. Becker und Reiche kommen gemeinsam ebenfalls aus Richtung Osten, aber eigentlich spielt das gar keine Rolle. Viel wichtiger scheint die Tatsache, dass Becker und Reiche unablässig miteinander diskutieren und kaum dazu kommen, ihren vier Gefährten die Hand zu reichen. Auch am Tisch geht die Diskussion munter weiter. „Und was, mein lieber Martin, werden wir bei unserer Rückkehr vorweisen können – ich jedenfalls habe so gut wie keine Zeile geschrieben." – „Ja denkst Du, ich habe auch nur eine Seite vernünftigen Textes zu Papier gebracht? Ich schlage vor, dass wir uns da gar nicht erst in etwas hineinquatschen lassen; war halt bisher nur im Kopf produktiv, unser Studienaufenthalt. Basta. Wir sollten das nur auch gemeinsam so vertreten, nicht dass Du schnell noch was schreibst, damit ich wieder als absolut faule Ausnahmeerscheinung dastehe." Reiche, der sich durch diese Sätze Beckers in seiner Ehre angegriffen fühlte, wollte gerade seinem Kollegen vor den Bug feuern, als sich Gustafsson in das Gespräch einmischte: „Hätten die Herren vielleicht die Güte, uns Ahnungslose am Inhalt der Diskussion zu beteiligen. Sonst können wir auch gerne wieder gehen, denn ich jedenfalls verstehe bisher nur Bahnhof und bin eigentlich hierhergekommen, um mir den Vortrag von Steven Weinberg zu Gemüte zu führen, der ja aus uns allen bekannten Gründen kürzlich ausgefallen war." Gustafssons Intervention zeigte Wirkung bei Becker und Reiche: „Oh, Entschuldigung, natürlich erzählen wir gleich, worum es in unserer Diskussion geht, schließlich ist es für unsere gesamte Runde mehr als interessant." – „Da hatten Sie ja den Finger richtig drauf, Lars.", Gödel freute sich, Gustafsson loben zu dürfen – warum auch immer. Jetzt fielen auch Kahlmann und Weinberg ein: „Na los, erzählen Sie schon, was ist interessant für unsere gesamte Runde?" – „Tja", es klang bedeutungsschwer, als Becker anhob, die Neuigkeit zu verkünden. „Tja, meine Herren, alles hat ein Ende nur die Wurst hat zwei, könnte ich beginnen aber in Abwandlung dieses schönen Textes möchte ich sagen: Das Ende von uns zwei Würstchen", er zeigte mit einer Hand auf sich und mit der anderen auf Reiche, „liegt offensichtlich gar nicht mehr fern, denn wir sind schriftlich durch unseren Schriftstellerverband darüber informiert worden, dass sich unser Studienaufenthalt unweigerlich seinem Ende nähert – noch genau zwei Wochen sind wir hier. Mit anderen Worten, unserem gemeinsamen Aufenthalt hat schon bald das letzte Stündlein geschlagen." - „Hmmm", das war die einzige Reaktion am Tisch, wahrscheinlich von Kahlmann. Also erzählten Reiche und Becker weiter, dass man nun schon wer weiß wie lange hier sei (wie lange blieb ausgespart, denn das Uhrenproblem, das vermaledeite Uhrenproblem war immer noch keiner Lösung zugeführt worden) und dass man schon verstehen könne, dass der heimatliche Schriftstellerverband nicht unbegrenzt Mittel zur Verfügung hätte, und dass es Beiden schon leid tue, schließlich hätte man sich aneinander gewöhnt, und dass man sich ja gerne mal in Deutschland treffen könne, und dass man viel gelernt hätte, und das man sich freue, die Freunde kennengelernt zu haben und – ach ja – dass man in Deutschland erwarte, dass man mit Manuskripten nach Hause komme. Punkt. Jetzt schweigen die beiden und das Schweigen dröhnt in den Ohren der Freunde. Es dröhnt so laut, dass, als am Tresen ein Glas zerschellt, man das am Tisch nicht einmal wahrnimmt – am Tisch wird weiter geschwiegen. „Und Sie haben nichts, also sozusagen gar nichts geschrieben, was Sie vorweisen könnten?", Gustafssons Versuch klingt wie ein Friedensangebot nach sechs Wochen Dauerbeschuss durch schwere Artillerie. Aber so, als wenn die Beschossenen nur mit Blasrohren gegen die Artillerie würden antreten müssen, schüttelten sie beide mit dem Kopf. Nichts, nichts was auch nur ansatzweise in die Kategorie Manuskript einzuordnen wäre. Nichts! „Das ist bedenklich", sagte Weinberg, „sogar sehr bedenklich." – „Das wissen wir auch und wissen Sie was noch bedenklicher ist?" Die vier Männer konnten sich schwer vor-stellen, was noch bedenklicher sein konnte. Aber Reiche und Becker spannten sie nicht lange auf die Folter: „Noch bedenklicher ist, dass wir abgeholt werden. Und zwar nicht von der Geheimpolizei son-dern von unseren Frauen – ja, Sie haben richtig gehört; meine Frau und Christophs Freundin Andrea Chatwin kommen hierher und bleiben eine Woche bei uns, um dann in zwei Wochen wieder ge-meinsam mit uns nach Deutschland zu fliegen."

Das war viel an Neuigkeiten für die Runde und fast hätte man vergessen, weshalb man sich eigentlich im Café getroffen hatte. Ja, warum eigentlich. Ach ja, Weinbergs Vorlesung war ja noch nicht zum Vortrag gekommen. War das nicht der eigentliche Grund gewe-sen, sich zusammen zu setzen? Es war der eigentliche Grund gewe-sen aber durch Martins und Christophs Mitteilungen war dieser Grund etwas in Vergessenheit geraten; außer bei Weinberg selbst na-türlich. Das sollte geändert werden. Denn völlig ohne Übergang vom bisher gehörten entwickelte sich in den kommenden Minuten das folgende Geschehen.

Weinberg greift in seine abgeschabte Ledertasche – keinem war überhaupt aufgefallen, dass er solch eine Tasche mit sich führte, jetzt aber, im Begriff etwas daraus hervor zu holen, stand sie urplötzlich im Interesse der fünf ihn umgebenden Männer – und holte einen kleinen Stapel dicht bedruckter Blätter heraus. „Meine Herren, na-türlich soll auch meine Vorlesung nicht ausfallen, und noch dazu aus solch einem unhaltbaren Grund, wie meiner narzisstischen Eitelkeit. Gerade höre ich ja auch, dass uns gar nicht mehr so viel Zeit bleibt, uns gegenseitig etwas vorzutragen. Nehmen sie an dieser Stelle noch-mals meine Entschuldigung entgegen; es tut mir aufrichtig leid, sie, meine Freunde, sozusagen in der Hitze der Nacht durch Austin ge-schickt zu haben. Hier also ist mein Aufsatz, aber wenn sie mir eine große Bitte erfüllen könnten und es mir ersparten, ihn vortragen zu müssen. Wir können ihn ja alle in Ruhe und vielleicht gleich hier le-sen – sagen sie mir im Anschluss ruhig ihre Meinung. Und halten Sie auch mit Kritik nicht hinter dem Berg, denn…" – „Jaja, schon gut", man vernahm Gödel, der offensichtlich ob der für ihn besonders anstrengenden und für alle lange vergeblichen Suche nach Weinberg ein besonders großes Interesse daran hatte, mit Weinbergs Kapitel ohne größere Probleme voran zu kommen, „geben sie schon her, wir lesen hier und dann sprechen wir drüber, oder, meine Herren?" Nun stand gerade Kurt Gödel, der eher zerbrechlich wirkende, keinesfalls in dem Verdacht, als besonders diktatorisch zu gelten, so wie er diesen Satz aber ausgesprochen hatte, gab es für Becker, Reiche, Kahlmann und Gustafsson weder einen sachlichen noch einen Beziehungsgrund, dem Vorschlag Weinbergs und Gödels nicht zuzustimmen. Eine weiterführende Diskussion fand demzufolge nicht statt, einmütiges Nicken aus der Runde folgte als Beleg, dass wie vorgeschlagen zu verfahren sei.

Die Männer machten es sich am Tisch so bequem es zum Lesen auch immer ging, Kahlmann schaute noch einmal in die Runde, ob noch jemand etwas zu Trinken wolle, was aber offensichtlich nicht der Fall war und dann begann man – von Weinberg reihum zwar, aber nicht sehr auffällig beobachtet – in den zwischenzeitlich ausgereichten Blättern zu lesen. Schnell vertieften sich die Männer in den Text und für eine kurze Zeit traten sogar die eben von Reiche und Becker verkündeten Neuigkeiten in den Hintergrund.

Also lasen sie:

Als ich das Manuskript zu meinem Buch Die ersten drei Minuten, *in dem es im Wesentlichen um Prozesse ganz kurze Zeit nach dem Urknall geht, abgeschlossen hatte, überkam mich ein ungutes Gefühl. Es war ein sehr seltsames Gefühl, das zu beschreiben mir auch heute noch mehr als schwer fällt, denn eigentlich erlebt doch jeder Schriftsteller und Autor bei Abschluss eines Werkes eine tiefe Zufriedenheit, die vor allem daher rührt, dass die Schinderei der vergangenen Monate und Jahre endlich zu einem Ergebnis geführt hat. Natürlich ist sich der Autor an dieser Stelle noch nicht sicher, wie sein Ergebnis durch das Publikum bewertet werden wird aber vor sich selber hat er in jedem Falle schon einmal bestanden. Aber, warum auch immer, dieses doch positive Gefühl wollte und wollte bei mir nicht recht aufkommen, als ich den Federhalter nach dem* finis opera *beiseite gelegt hatte. Nein, es war auch nicht die Angst, mit meinen Recherchen völlig neben den tatsächlichen Gegebenheiten und vermeintlichen*

Wahrheiten gelegen zu haben; diese Angst musste ich mir nicht machen, denn ich hatte jedes Kapitel natürlich mit meinen Forscherkollegen von der Harvard-Universität in Cambridge/Mass. eingehend durchgesprochen: was da stand, war gesichertes Wissen der damaligen Zeit. Und doch war da dieses seltsame Gefühl, wenn ich auf den Stapel Papier blickte. Dann wurde mir langsam klar, wieso solch ein seltsames Gefühl in mir Raum greifen konnte. Zum ersten Mal ist mir damals nämlich wirklich eingehend klar geworden, dass tatsächlich alles – aber in dem umfassendsten Sinn von alles, den man sich vorstellen kann - miteinander im Zusammenhang steht und in eine Wechselwirkung treten konnte oder einer solchen entsprungen sein musste. Denn eines war doch klar: Unser Universum an sich ist ein in sich geschlossenes System, ganz gleich, wie groß es in einem bestimmten Moment auch ist. Es war ein geschlossenes System eine halbe Minute nach dem Urknall und es wird in drei Millionen Jahren immer noch ein in sich geschlossenes System sein. Und aus diesem System kann weder etwas entweichen, genauso wenig, wie in das System etwas von außen eindringen kann. Dieses Diffundieren funktioniert schon deshalb nicht, weil es für die Dinge, die sich in ihm befinden, keine auf Naturgesetzen basierende Existenzberechtigung „außerhalb" gibt. Und die Dinge, die es gegebenenfalls außerhalb geben sollte, funktionieren ebenfalls nach anderen Gesetzen. Ja, schon allein von außerhalb zu sprechen, ist demzufolge eigentlich Frevel, weil unsere grundlegenden philosophischen Kategorien Raum und Zeit sehr stringent an das Innerhalb unseres Universums gekettet sind. Wenn dem also wie eben beschrieben ist, heißt das aber auch, dass früher, viel, viel früher, sozusagen kurz nach dem Urknall, in grauester Vorzeit also, alle Dinge, die heute noch unser Universum füllen, räumlich in Form ihrer damaligen Bestandteile, mag es Strahlung oder mögen es erste Teilchen gewesen sein, auch räumlich ganz dicht beieinander gewesen sein müssen. Nicht umsonst spricht man ja bezüglich des ganz frühen universalen Stadiums gerne von einer Ursuppe, die aus Teilchen und Strahlung zusammengesetzt ist. In dieser Ursuppe aber konnte alles mit allem wechselwirken, was sicher auch geschehen ist – sonst hätte es gar keine Weiterentwicklung gegeben - und damit wurde die Grundlage dafür gelegt, dass alles mit allem verwandt und verschwägert ist. Teilchen, die sich heute in Galaxien befinden, die in Abertausenden Lichtjahren Entfernung dahinsegeln, hatten vielleicht einen Zwilling auf unserem heutigen Erdmond, oder ein winziges Elementarteilchen, das sich heute im Adriatischen Meer nahe Venedig

tummelt, ist vielleicht nahe verwandt mit einem Teilchen das heute den Orionne-
bel durchrast, Strahlenbündel, die heute sich gegenüberliegende Zipfel des Uni-
versums durchkämmen, haben sich vielleicht genau in dem Moment getrennt, als
das Universum die Größe einer saftigen Blutorange aus dem Botanischen Garten
in Austin in Texas hatte. Das waren meine Gedanken damals, nachdem ich
mein Manuskript vor mir liegen hatte. Und als wir sechs uns hier in Austin in
Texas trafen, kamen mir genau diese Gedanken wieder in den Sinn. Oder besser,
mir kamen wieder die gleichen Fragen in den Sinn. Welcher Zufall ist dafür
verantwortlich, dass sich sechs Männer an einem Ort treffen? Und kann diese
Tatsache nur einem Zufall entspringen oder ist es eine Kette von Zufällen, die
hier eine Rolle spielt? Ist Evolution also eine Aneinanderreihung von Zufällen?
Und sind Zeitreisen wirklich möglich, wofür ich plädiere, denn es gibt keinen
vernünftigen Grund, etwas nur deshalb zu verbieten, weil es nicht logisch zu sein
scheint? Und wer kann eigentlich verbieten? Und wer kann eigentlich gebieten?
Doch nur ein Schöpfer, oder? Und der muss sich doch auch innerhalb dieser
Blutorange befunden haben, oder? Wenn er aber innerhalb war, dann muss er es
doch auch heute noch sein, oder? Wo also steckt er? Kann man ihn denn vielleicht
doch finden? Und wie sähe zum Beispiel der Planet Saturn aus und gäbe es ihn
überhaupt, wenn nicht vor – sagen wir 13,8 Milliarden Jahren – eine ganz
bestimmte Gruppe von Teilchen in der damaligen Ursuppe aus Teilchen und
Strahlung aufeinander gestoßen wäre? In welcher Epoche triebe sich Gregor Kahl-
mann heute herum, wenn ihm die Konstruktion der überdimensionalen Sanduhr,
die dazu taugen sollte, in der Zeit zu reisen, wirklich gelungen wäre? Oder ist sie
ihm gar gelungen, aber er hat sich mit ihr gemeinsam in eine andere Zeit versetzt?

Als Kahlmann genau an dieser Stelle angekommen war, blickte
er kurz in die Runde und hätte ihn jemand beobachtet, hätte man ein
flüchtiges Lächeln über sein Gesicht huschen sehen. Aber Weinberg
suchte irgendetwas in seiner Tasche und die anderen vier Männer
waren so vertieft in den Text, dass sie keine Zeit hatten, aufzusehen.
Also setzen wir die Lektüre fort:

Welch winzige Änderungen der Einflussgrößen sorgen für welch gigantische
Änderungen im weiteren Verlauf jedweder Entwicklung? Da nimmt sich die
Thematik des Butterfly-Effekts auf unserer Erde wie das Rechnen mit den

Grundrechenarten und den natürlichen Zahlen aus, ins Verhältnis gesetzt zur Komplexität der Entwicklung eines ganzen Universums. Und dann ist da noch die Frage aller Fragen: Kann man eine Formel aufstellen, eine Weltformel eben, die es ermöglicht, die hier beschriebenen komplexen Zusammenhänge im Voraus zu berechnen? Ganz unabhängig davon, dass die Komplexität dieser Formel wahrscheinlich die Rechenkapazität auch der schnellsten und leistungsfähigsten Rechner, selbst wenn sie zu Tausenden zusammengekoppelt wären, übersteigen würde – wäre es dann tatsächlich möglich, genaueste Voraussagen zu treffen? Oder gelingt uns das Aufstellen einer solchen Formel schon deshalb nicht, weil die Zeit nicht stillstehen will, also nachdem eine weitere Sekunde vergangen ist, wieder ganz andere Bedingungen herrschen, als eben noch und in einer nächsten Sekunde wieder neue und so weiter und so fort. Bedeutet das, dass wir immer nur ein Abbild der Welt beschreiben können, das in der Vergangenheit liegt? Aber ganz gleich, ob man komplexe Entwicklungen berechnen kann oder nicht, wir sechs jedenfalls haben uns hier in Austin im Zentrum von Texas getroffen, wir kennen nicht die Gründe und wir wissen nicht, was dazu hätte führen können, dass wir uns so nie gesehen hätten aber wir haben das einzig richtige getan, was wir in diesem Moment tun konnten: Wir haben es nicht hinterfragt, denn jeder von uns kann mindestens einen Grund nennen, der dazu geführt hätte, niemals nach Austin zu kommen: Reiche hatte einfach nur Glück mit seinem Studienaufenthalt oder man stelle sich vor, aus der Affäre mit Maria Salinaris damals in der Uckermark im Osten Deutschlands wäre tatsächlich etwas geworden, Gödel fiel kein besserer Ort für seine Zeitreise ein, Gustafsson hätte partout in Schweden bleiben wollen, Kahlmann hätte nicht genügend Sand zusammen gebracht und Becker, Becker hätte aus Angst, Andrea Chatwin würde ihn nicht reisen lassen, die ganze Sache abgeblasen.

Und ich selbst? Warum eigentlich bin ich hier, genau hier? Wann hat sich die Kette der Entscheidungen in die Richtung verfestigt, dass Steven Weinberg irgendwann nach Austin in Texas verschlagen würde? Wissen sie was? Auch dafür gibt es keine endgültig wahre Antwort, weil die Berechenbarkeit von Zufällen eben wieder nur bis zu einem gewissen Grade fehlerlos funktioniert.

Da fällt mir zu dem Thema der Berechenbarkeit noch eine lausige Begebenheit ein: Ein Mann, der regelmäßig - mehrmals in der Woche - in die Oper oder in das Konzert geht, hat sich vorgenommen, auf allen Plätzen im Opernhaus

mindestens einmal zu sitzen zu kommen. Zu Anfang geht das noch recht einfach, denn es gibt eine ganze Menge von Plätzen, die fast bei jeder Vorstellung
frei bleiben und für die der Mann natürlich sogar noch an der Abendkasse eine
Karte bekommt. Der Mann besorgt sich einen Sitzplan, gedruckt auf Papier,
und nach jedem neuerlichen Besuch streicht er den Platz mit einem Kreuzchen
an, genau den Platz, auf dem er an dem Abend gesessen hat. Dann, je mehr
man in das Zentrum der einzelnen Sitzreihen kommt, wird es schon komplizierter. Aber der Mann weiß sich zu helfen, indem er so frühzeitig wie möglich die
Karten für die einzelnen Vorstellungen bestellt; manche sofort, sobald der Spiel-
plan für die Saison auch nur ansatzweise bekannt wird. So kommt es, dass nach
geraumer Zeit der Mann alle Plätze im zweiten Rang „abgesessen" hat und die
Abarbeitung der Plätze im ersten Rang gute Fortschritte macht. Wieder vergehen
Wochen und Monate aber die Anzahl der Kreuzchen auf dem Plan nimmt zu.
Dann kommt es zum ersten Mal vor, dass der Mann keine Karte mehr für einen
Platz erhält, auf dem er bisher noch nicht gesessen hat, weil alle diese Plätze
bereits an andere Besucher vergeben sind. Also belegt er irgendeinen Platz zum
zweiten Mal, auf dem Plan markiert er das bereits vorhandene Kreuzchen zu-
sätzlich mit rotem Stift. Viel langsamer als noch ganz zu Anfang kommen
Kreuzchen auf dem Sitzplan hinzu; viel häufiger erhalten ab jetzt bereits vorhandene Kreuzchen rote Markierungen. Dann sind es nur noch drei freie Plätze
im Parkett, auf denen unser Mann noch nie gesessen hat. Es sind begehrte
Plätze, kaum eine Vorstellung, bei der diese Plätze nicht weggehen wie warme
Semmeln. Nach Monaten ein weiteres Kreuzchen, im Vorfeld mindestens vierzig
rote Markierungen und auch schon erste grüne für zum dritten Mal belegte
Plätze. Es vergehen Jahre, nur noch ein Kreuzchen auf dem Plan fehlt (rote und
grüne Farbe haben sich jetzt auf dem Plan schon gewaltig breit gemacht), da
ergattert unser Mann die Karte, die es ihm erlaubt, auf dem Sitzplan auch noch
das letzte freie Kästchen mit einem Kreuz zu markieren. Die Vorstellung ist an
einem Mittwochabend. Unser Mann, der weit außerhalb des Stadtzentrums
wohnt, schläft die Nacht vom Dienstag zum Mittwoch ruhig. Am Mittwoch-
morgen geht er zum Bäcker. Neben frischen Brötchen packt er eine Tageszeitung
ein. Der Kaffeeduft steigt ihm in die Nase, die frischen Brötchen sind noch warm
und gerade will er sich an den Frühstückstisch setzen, da fällt sein Blick auf die
große Überschrift auf der Titelseite seiner Zeitung. Er liest: Opernhaus brennt
am frühen Dienstagabend bis auf die Grundmauern nieder.

Reiche ist es, der als erster mit dem Text fertig ist. Fast behutsam glättet er die Blätter, legt sie vor sich auf den Tisch – so, dass sie nicht beschmutzt werden – und schaut zu Weinberg, der milde zu lächeln scheint. Dann werden, zeitgleich fast, Becker und Gustafsson mit dem Text fertig, es folgen Gödel und Kahlmann. Die Runde schaut betroffen zu Weinberg. Es ist Kahlmann, der als erster die Sprache wieder gewinnt: „Gut, Steven, sehr gut, besser kann man in feuilletonistischer Art die Themen Zufall, Korrelation, Endlichkeit und Unendlichkeit wahrscheinlich nicht abhandeln." Auch Gödel nickt Weinberg zu. Lediglich Reiche schaut skeptisch. Als man schon fast zur Tagesordnung übergehen will (zu welcher Tagesordnung eigentlich?) erhebt Reiche das Wort: „Gut, Steven, wirklich gut aber eines müssen Sie mir und uns noch erklären. Woher wissen Sie von der Existenz von Maria Salinaris? Ich bin mir ziemlich sicher, dass nie auch nur ein Sterbenswörtchen über diese Frau hier in unserer Runde über meine Lippen gekommen ist. Woher also kennen Sie Maria Salinaris, oder", Reiche schaut verdrossen in Beckers Richtung, „hast Du etwa geplaudert?" Becker, der sich nun seinerseits angegriffen fühlte, wehrt mit beiden Händen in großer theatralischer Geste, allerdings ohne ein Wort zu sagen, ab. Becker und Reiche schauten nun gemeinsam zu Weinberg. „Maria Salinaris, was für ein Name!" Die Worte kamen langsam und jedes einzeln betont aus Weinbergs Mund. „Maria Salinaris, tja Martin, in dem Koffer, unserem Koffer, der uns zu verfolgen scheint und unsere Geschichten zu kennen scheint, fand ich ein kleines schwarzes Büchlein, in dem ich von Maria Salinaris las – offensichtlich ihre Handschrift, Martin. Aber..." – „Was aber?", Reiches Stimme hob sich merklich. „Aber kaum hatte ich das Heftchen in den Koffer zurückgelegt, fand ich es beim nächsten Öffnen schon wieder nicht mehr." – „Nun gut, mal ganz davon abgesehen, ob Sie nun gerade Maria Salinaris als Beispiel hätten heranziehen müssen oder nicht – jedenfalls haben Sie nach meinem Dafürhalten in Ihren Thesen durchaus den Nagel auf den Kopf getroffen – mit und ohne Maria!", Reiche hatte sich offensichtlich selbst wieder eingefangen. Man wurde sich schließlich einig, dass der Text so stehen bleiben konnte, was im Übrigen völlig ohne Belang war, denn es gab weder eine Verpflichtung für die Männer, sich überhaupt Texte gegenseitig vorzutragen und noch viel weniger gab es eine Verpflichtung, die vorgetragenen Texte bei möglicher Kritik umzuarbeiten. Trotzdem erzeugte dieses Gefühl, sich einig zu sein, dass ein Text so in Ordnung war, ein gutes Klima in der kleinen Truppe. Und das war immer noch tausendmal besser, als wenn sich die Männer – worum auch immer – ständig gestritten hätten.

Trotzdem musste dringend noch etwas besprochen werden. Noch einmal Reiche: „Also, meine Herren, also ich muss doch noch einmal fragen. Wenn also in einer Woche unsere Frauen kommen, könnten wir dann, also wäre es möglich, ich meine, es wäre eher weniger gut, wenn, also ich kann mir schlecht vorstellen, dass meine Frau, das verstehen Sie sicher, also meine Frau hätte bestimmt einige Fragen an mich, wenn sie den Text, den Steven eben vorgetragen hat, auch mitgehört hätte…“ – „Nun sagen Sie doch schon, was Sie sagen wollen: Keine Texte mehr wenn die Frauen da sind!“, Gödel hatte Reiches Gestammel auf den Punkt gebracht. Schließlich einigte man sich, bis zum Eintreffen der beiden Frauen alle „Vorlesungen" abgeschlossen zu haben.

Also packte man irgendwann die paar Blätter, die Weinberg ausgegeben hatte, weg und bestellte noch etwas zu trinken; Kahlmann war vorsorglich schon mal aufgestanden, um die Bestellung entgegen zu nehmen. So kommt es, dass nach ein paar Minuten die Männer wieder ihren Gedanken nachhängen… Aber Moment, einer der Männer scheint nicht ganz bei der Sache. Ja, Reiche ist es. Reiche scheint unaufmerksam zu sein – seit Sekunden blickt er immer wieder aus dem Fenster auf die Straße. Dann hält es ihn nicht mehr; er springt regelrecht auf, fast den Stuhl nach hinten kippend stößt er sich mit aller Kraft vom Tisch ab, läuft in Richtung der Tür und scheint geradezu auf die Straße zu flüchten. Seine Gefährten schauen sich derweil verwundert an. Sie sehen, wie Reiche vor dem Maggie Mae's einige Meter die Straße hinunter rennt, dann umkehrt und genauso schnell wieder in die andere Richtung verschwindet. Dann, nach ein paar weiteren Sekunden kommt er zurück, wirft noch Blicke in die angrenzenden Gassen, kehrt aber dann doch um, um das Maggie's wieder zu betreten. Noch außer Atem setzt er sich wieder an den Tisch: „Ich hätte wetten können, dass ich die beiden Personen, die da draußen eben Hand in Hand vorbeigegangen sind, kenne." Später wird er in seinem Tagebuch vermerken, dass er das Gefühl gehabt hätte, in Austin Texas heute um die frühe Abendzeit Maria Salinaris und Ulli Tellmann Hand in Hand vor einem Café-Haus gesehen zu haben.

Als sich die Männer nach Hause begeben, gehen Kahlmann und Gödel nach Norden, Reiche und Becker verschwinden in Richtung Süden und Weinberg und Gustafsson nach Westen, oder nach Osten? Wer weiß das schon?

Im Unterschied zum Umfeld unserer Freunde hört man achteinhalb Tausend Kilometer weiter östlich die Uhren deutlich ticken und jetzt, zur gleichen Zeit, da die Männer ihre Heimwege antreten, hat sich im Osten gerade die Sonne über den Horizont geschoben und in weniger als zwei Stunden wird es an der Tür klingeln und Andrea Chatwin wird freundlich lächelnd geschellt haben und ich werde sie herein bitten und wir werden uns setzen und ich werde etwas zu trinken holen und wir werden reden, ja, auch über die Reise, die uns bevorsteht und wir werden wieder abwägen, ob wir überhaupt nach Texas fliegen wollen und wir werden es wieder daran festmachen, ob wir es uns überhaupt leisten können, wo doch die entscheidende Frage nicht die nach dem Geld sondern die nach dem Sinn ist und wir werden es dann wieder wollen, weil wir beide neugierig sind und dann werden wir lachen und dann werden wir eine Liste schreiben, was alles mitzunehmen ist; ich werde sie schreiben, denn Andrea wird wieder keine Lust haben etwas aufzuschreiben, sie wird sich wie immer auf mich verlassen… denkt Martina Reiche, dreht sich noch einmal auf die andere Seite: noch eine Viertelstunde vor mich hindösen, denkt sie, dann werde ich aufstehen, denn dann ist es schon gar nicht mehr lange und Andrea wird an der Tür schellen…

Es ist Samstag und Martina hat heute ihren freien Tag, was nicht häufig an Samstagen vorkommt, da die ganze Welt gerade samstags zum Einkaufen auf den Beinen zu sein scheint. Heute aber ist für

Martina frei und jetzt dürfte es auch gar nicht mehr lange dauern und Andrea drückt den Klingelknopf. Als die Klingel tatsächlich ihren nervtötenden Ton absondert, erschrickt Martina fast, denn sie hatte es sich nach dem Kaffee einfach noch ein wenig im Sessel im Wohnzimmer bequem gemacht und war dabei in eine weit verzweigte Gedankenwelt abgetaucht gewesen, aus der sie jetzt das dröge Schellen der Klingel abrupt auftauchen ließ. Also erhob sie sich – aber, was war das? Beinahe wäre sie gestolpert, denn auf dem Weg zur Eingangstür stand da plötzlich ein alter abgeschabter brauner Koffer aus Leder, der hier nichts, aber auch gar nichts zu suchen hatte. Woher kommt denn der Koffer, den kenne ich ja nicht einmal, dachte Martina, und jetzt steht er in meiner Wohnung? Dann öffnete sie Andrea die Tür – die üblichen Szenen, wenn sich Freundinnen treffen... und so weiter und so fort.

Wenn der geneigte Leser jetzt erwartet, dass der Koffer, sobald sich die beiden Frauen in Richtung Wohnzimmer begeben, nicht mehr da sein wird, so täuscht er sich. Denn immer noch liegt oder steht er an der Stelle, an der ihn Martina schon auf dem Weg zur Wohnungstür ausgemacht hatte. „Vorsicht, Andrea, stolpere nicht über das Ungetüm hier!" – „Du hast wohl schon gepackt und wo hast du denn dieser Monstrum von Koffer her?" – „Ich habe noch nichts gepackt und wo der Koffer herkommt, interessiert mich genauso wie Dich." Andrea zieht die Brauen verwundert über den Augen zusammen. Aha, Martina weiß also nicht einmal mehr, wo die Gegenstände herkommen, die unzweifelhaft in ihrer Wohnung herumstehen. Dann gehen die Frauen in das Wohnzimmer und alles spielt sich genauso ab, wie Martina Reiche es vor zwei Stunden vor ihrem geistigen Auge hat schon ablaufen sehen.

Dann, irgendwann, ist es bereits halb eins am Mittag und alle Pläne sind bis ins Detail besprochen. Man wird also gemeinsam nach Austin in Texas fliegen, die Zieldestination heißt Austin-Bergstrom International Airport, was ausgesprochen bei beiden Frauen ein wohliges Gefühl des in die weite Welt zu reisen aufkommen lässt. Zuerst wird es von Leipzig aus bis Frankfurt mit dem Zug gehen, dann diesmal von Frankfurt der Weiterflug nach Detroit, gerade mal fünf Viertelstunden bis zum Abheben der Maschine nach Austin, Texas. Die Freundinnen verabreden, sich am Montag noch einmal zu treffen, um die Flüge fest zu buchen und dann ist eigentlich auch schon alles gesagt und Andrea macht erste Anstalten, Martina wieder zu verlassen. Wir weigern uns hartnäckig, die allseits bekannte Zeremonie der Verabschiedung durch wohlfeil gewählte Worte zu illustrieren.

Wenn der geneigte Leser allerdings jetzt endlich erwartet, dass der Koffer nicht mehr da ist, dann müssen wir ihn leider wieder enttäuschen. Denn sowohl Andrea als auch Martina, die das seltsame Stück Bagage fast vergessen hatten, weisen sich nun auf dem Weg zur Tür gegenseitig darauf hin, doch vorsichtig zu sein und nicht zu stolpern.

Andrea endlich ab.

Als Martina die Tür hinter Andrea wieder geschlossen hat und sich auf den Weg in die Küche macht, steht da immer noch der Koffer. Er steht an der gleichen Stelle wie schon den ganzen Vormittag und in ihrem Inneren fühlt sie sich nicht ganz wohl dabei, wenn sie den Koffer betrachtet, denn sie weiß wirklich absolut nicht, wo das Gepäckstück her sein könnte. Ja, sie hatte gestern Besuch von einem Ehepaar, mit dem sie locker befreundet sind; aber würden die einen Koffer in ihrer Wohnung stehen lassen. Und Martinas Mutter war am Donnerstag für ein paar Minuten da gewesen aber auch die hatte ganz sicher keinen Koffer dabei gehabt. Sie besah sich das Gepäckstück näher: ein alter Lederkoffer, nicht zu groß und nicht zu klein, dunkelbraunes Leder, an vielen Stellen abgeschabt, an den Ecken Metallkappen, die zum Schutze dienen, eine davon offensichtlich nicht mehr richtig fest, alles in allem schon ziemlich heruntergekommen, das gute Stück, denkt Martina. Und obwohl sie doch alleine ist in ihrer Wohnung und das auch weiß, sieht sie sich kurz verstohlen um, bevor sie nach dem Henkel greift, den Koffer anzuheben, denn – sie spricht sich Mut zu – denn sie wird irgendetwas mit dem Koffer tun müssen, mit diesem mysteriösen Gepäckstück, das offensichtlich gar nicht hierher zu gehören scheint. Fest legt sie die rechte Hand um den Griff – Metall und verstärktes Leder des Griffs sind angenehm kühl, dann ein Ruck und sie hat das Gepäckstück angehoben, schwer, denkt sie, er ist ziemlich schwer, dieser rätselhafte Koffer. Martina, nun um vieles mutiger geworden, trägt den Koffer vorsichtig in ihre Küche und legt ihn auf den Küchentisch und zwar so, dass sie ihn, sollte sie das tatsächlich wollen, leicht öffnen und genauso leicht wieder schließen könnte, denn man hörte ja von Koffern, die grausige Inhalte preisgegeben hätten. Vielleicht bewahrt ja Martin seine Manuskripte in dem guten Stück auf? Ein Lächeln huscht über ihr Gesicht, Martin und Manuskripte – die passten doch in ein Kosmetikköfferchen. Behutsam, so dass sie sich auf keinen Fall öffnen, fährt sie mit den Fingern der linken Hand über die altmodischen Verschlüsse aus Messing, das seine Leuchtkraft junger Tage längst verloren hat. Das Metall ist rau an seiner Oberfläche – sollte sie die Sperren der Verschlüsse zur Seite drücken und dann wenigstens einen kleinen Blick in das Innere des geheimnisvollen Koffers werfen? Schnapp eins, schnapp zwei, damit wäre diese Frage auch beantwortet. Jetzt, wo ich soweit gekommen bin, denkt Martina, kann ich auch nachsehen, was in dem Ungetüm steckt. Aber, obwohl sie den Koffer schon mundgerecht auf dem Küchentisch drapiert hat, obwohl sie beide Verschlüsse hat zur Seite schnappen lassen, obwohl sie die Hand schon fast am grantigen Rand der Kofferklappe hat – sie öffnet ihn nicht, in diesem Augenblicke jedenfalls öffnet sie ihn nicht.

Ich werde noch am Montagmorgen losgehen, um den Koffer zum Fundbüro zu bringen, denkt Martina, ja ich werde ihn dort abgeben, denn in meine Wohnung gehört er unter Garantie nicht. Diesen Satz sagt sie unbewusst zwei- oder dreimal in Gedanken auf, dann endlich öffnet sie langsam die Klappe und schlägt sie zurück.

Unaufgeräumt, unaufgeräumt ist das erste Wort, das Martina einfällt, als sie den Inhalt des Koffers in Augenschein nimmt. Obenauf liegen ein paar offensichtlich alte Zeitungen; *Ernteschlacht erfolgreich geschlagen* oder *Auch Stahlwerker schließen sich der Initiative des Werkzeugkombinates an* oder *Plenum verabschiedet weitere Sozialleistungen* liest Martina beim Blättern. Dann legt sie die Zeitungen vorsichtig beiseite und findet ein kleines Büchlein in Frakturalphabet gesetzt, offensichtlich eine wissenschaftliche Abhandlung über Sanduhren. Sie schaut nach dem Verlag: Kersting & Oberfelder, Tübingen, nie gehört, denkt Martina. Und dann fällt ihr noch auf, dass das Büchlein schon einige Jahre auf dem Buckel hat, denn die nur schwer entzifferbare Jahreszahl des Erscheinens lautet 1897. Darunter wiederum liegen handschriftliche Notizen; ein Alphabet und viele Zeichen, irgendein Text oder eine Ansammlung von Aufzeichnungen zu Gödelzahlen. Gödelzahlen, murmelt sie vor sich hin, welch ein absonderliches Wort. In der Ecke des Koffers steht ein kleines Tintenfässchen mit lila Tinte, Martina schüttelt den kleinen Glasbehälter, ein jämmerlicher Rest schwappt an den Gefäßwänden müde empor. Sie muss an ihre eigenen Erlebnisse mit lila Tinte denken und an die Briefe, die sie in genau dieser Farbe schon geschrieben hat und bekommt ein etwas beklemmendes Gefühl in den Hals. Neben dem kläglichen Tintenrest kommt ein Fahrradreifen-Reparaturset zum Vorschein, Raspel, Ventile, Flicken aus Gummi, Kleber – alles schon spröde und sicher nicht mehr verwendbar, in einem verschossenen halbtransparenten Plastikschächtelchen steckend. Daneben wiederum eine Partitur von Richard Wagners Lohengrin. Interessiert blättert Martina darin – unglaublich, denkt sie, wie kann man aus dieser völlig unverständlichen Zeichenfolge solch eine Musik hervorzaubern. Vorsichtig legt sie die Noten wieder in den Koffer zurück. In einer anderen Ecke, diagonal gegenüber dem Tintenfässchen, findet sie die Reste einer kleinen Sanduhr; es sind wirklich nur die Reste, denn das wichtigste an einer Sanduhr, das eigentliche Medium, das den Verlauf der Zeit sichtbar macht, der Sand, fehlt völlig. Martina untersucht die Uhr vorsichtig. Nirgendwo ein Löchlein, aus dem der Sand ausgetreten sein könnte und auch im Koffer keine Sandspuren. Ganz unten im Koffer liegen wie gekreuzt zwei Tennisschläger, die Saiten nur noch matt gespannt und zwischen ihnen kommt eine Wanderkarte der Uckermark zum Vorschein.

Gerade will Martina die Wanderkarte vorsichtig aus den Fängen der Tennisschläger befreien, da klingelt das Telefon. Im ersten Moment ist sie drauf und dran, das dämliche Telefon einfach läuten zu lassen, man würde schon wieder anrufen, wenn es etwas Wichtiges mitzuteilen gäbe. Aber das Telefon klingelt so hartnäckig, dass sich Martina, widerwillig zwar aber dann doch der Einsicht in die Notwendigkeit gehorchend, in Richtung des bimmelnden Apparates begibt. „Reiche hier, Martina Reiche." Es rauscht gewaltig und am anderen Ende der Leitung vernimmt sie in dem Moment nur Knacken und Knistern, dann scheint die Verbindung besser zu werden. „Hallo, hier ist Martina Reiche, mit wem spreche ich denn?" – „Martin, hier ist Martin, hörst du mich?" Martina hört Martin jetzt. In Sekundenbruchteilen wägt sie ab, ob sie sich über den Anruf ihres Mannes, der sich mindestens zwei Wochen lang überhaupt nicht gemeldet hat, freuen oder ärgern soll. Sie entscheidet sich für freuen: „Schön, Martin, dass du dich wieder einmal meldest, wie spät ist es denn bei dir?" – „Weiß ich nicht genau aber die Sonne geht bald auf." Soso, denkt Martina, die Sonne geht bald auf aber wie spät es ist, weiß der Herr nicht. Und dann fährt sie, ohne Martins Antwort abzuwarten, fort: „Naja, die Hauptsache ist, dass es dir gut geht und, Martin, ich freue mich, dass du bald wieder nach Hause kommst und heute Vormittag war Andrea hier und wir haben alles für die Reise zu euch nach Austin besprochen, in einer Woche geht es los. Wir sind ziemlich aufgeregt, Martin. Werdet ihr uns vom Flughafen abholen?" – „Klar, wir werden euch vom Flughafen abholen, wir freuen uns auch auf euren Besuch." – „Ach so, Martin, etwas muss ich Dir noch erzählen, ziemlich seltsam das alles. Also heute früh, ganz urplötzlich stand da…" Auf einmal knackte und prasselte es fast höllisch in Martinas Ohren. Als das Geräusch leiser geworden war, sprach sie weiter: „Also, hast du mich gehört? Da stand also… Martin? Hallo, Martin?" Aber niemand meldete sich auf der anderen Seite. Nach weiteren zwei ebenso erfolglosen Versuchen, ihren Mann wieder sprechen zu können, legte Martina auf und ging zurück in die Küche, denn jetzt wollte sie sich auch unbedingt noch die Wanderkarte aus der Uckermark ansehen.

Aber auf dem Küchentisch stand kein Koffer mehr.

Vom Mithören und Mitwissen in Büchern

Schon lange haben wir nichts mehr von Satz gehört, dem eigenbrötlerischen Mitwisser und verschwiegenen Genießer. Wo wird er gerade stecken? In Weinbergs Vorlesung befand er sich nicht. Jedenfalls nicht direkt, denn er hätte auch in dem von Weinberg angeführten Tagebüchlein versteckt sein können, genau in dem Tagebuch, in das wir unsere Nase noch nicht einmal gesteckt haben. Aber halt, hat Satz nicht die Eigenschaft, sich perfekt tarnen zu können? Könnte er nicht doch in Weinbergs Traktat gesteckt haben? Oder lungert Satz in der Bibliothek im Herbarium in einem der unzähligen verstaubten Bände herum, die dort zum Teil schon Jahre darauf warten, wenigstens einmal in die Hand genommen zu werden, von intensivem und durchgängigem Lesen wollen wir lieber schweigen? Zuzutrauen wäre es dem umtriebigen Zeitgenossen, immer auf der Suche nach neuen Verstecken und dann – urplötzlich und völlig unerwartet – wie aus dem Nichts auftauchend. Oder hat der feine Herr inzwischen seine Abneigung gegen Magazine und Zeitungen ganz aufgegeben, diese borniert Macke, nur in Büchern gefunden werden zu wollen? O, ja, er hat sie aufgegeben – fanden wir ihn nicht schon bei Gustafsson in einer Zeitschrift, die dem edlen Tennissport gewidmet war? Obwohl diese Zeitschriften ja gebunden vorlagen… Nun auch im Altpapier unterzutauchen, erweitert die Möglichkeiten für unseren treuen Freund natürlich ungemein, denn Zeitungen und Magazine werden regelrecht inflationär vertrieben. Vierundachtzig Seiten Hochglanz, durchgeblättert in geschätzten sechs Minuten, Bildunterschriften noch gelesen (einige), zwei Beiträge angelesen (jeweils nicht mehr als zwanzig Zeilen), einen weiteren Beitrag mit dem Mal eines Eselsohrs versehen, weil man den ganz sicher später noch lesen wird, ganz sicher, ganz sicher… und dann das Magazin zum Altpapier… zurück in den Kreislauf… es wird neues Papier gebraucht… für Hochglanz… für 84 Seiten… Hat schon einmal jemand den stummen Schrei gehört, der durch die Bahnhofshallen dringt, wenn am frühen Morgen die Zeitungsläden mit den aktuellsten Druckerzeugnissen beliefert werden? Welcher Schrei? Der Schrei der Stapel Zeitungen und Magazine vom Vortage, die wieder mitgenommen werden, noch nicht einmal die Verschnürung gelöst, einfach wieder mitgenommen und dem Kreislauf zugeführt, wegen mangelnden Käuferinteresses!

Oder ist Satz gar nicht mehr lange in Amerika? Hat sich in einem Stapel Zeitungen versteckt, der gerade in die Boeing verladen wird, die Austin in Richtung Philadelphia verlassen soll und vielleicht hat Satz Glück und er fällt einem Reisenden in die Hände, der in Philadelphia nach Frankfurt umsteigt – dann wäre er schon bald wieder in Europa. Dann könnte er auf dem riesigen Frankfurter Flughafen ein paar Stunden ausruhen und sich dann nach Andrea Chatwin und Martina Reiche umsehen, die schon bald zu den Passagieren in Richtung Westen gehören werden.

Oder hat Satz die ganze Entwicklung unserer Geschichte mit der Zeit für zu kompliziert erachtet? Ist er nicht mehr damit klar gekommen, dass sich sechs Männer ganz zufällig treffen, dass die Uhren verschwinden oder nicht mehr abgelesen werden können oder ganz einfach keine Zeit mehr anzeigen, dass mit violetter Tinte geschriebene Zettel eine Rolle spielen, dass Sand sich auftürmt, wo er nicht hingehören sollte, dass alte Lederkoffer zu wandern beginnen, dass Diktiergeräte auf Tauchstation gehen um dann wieder einwandfrei zu funktionieren, dass man auf einen Unvollständigkeitssatz, also ein absolut akademisches Gebilde hört, dass Sanduhren gigantischer Größenordnung konstruiert werden, dass betagte Männer nachts mit dem Bus durch Austin in Texas fahren, dass ein untalentierter Schriftsteller (?) in der Uckermark kein Glück bei den Frauen hat, dass beim Tennis nicht nur Bälle die Seite wechseln, dass Kahlmann nicht nur ein Roman sondern auch ein Mensch zu sein scheint, dass das Literaturarchiv in Marbach in der Nähe von Stuttgart Dinge aufbewahrt, die in einem Literaturarchiv eben aufbewahrt werden müssen, wo denn sonst, dass – ja was dass?

Aber so ist das Leben doch, lieber Satz, möchten wir ihm zurufen. So ist es doch, so voller Wirrnisse, so voller unerwarteter Ereignisse, so voller Unerklärlichem und so voller unerkennbarer

Zusammenhänge. Und du, lieber Satz, du sorgst doch auf nicht unerhebliche Weise mit dafür, dass es noch unerklärlicher wird. Oder wollen wir wirklich in die Runde fragen, ob schon einmal jemand einen Satz – wir betonen: einen Unvollständigkeitssatz – hat reden hören. Na, das willst du nicht, oder? Oder kannst du uns vielleicht einmal erklären, wie es dir gelingt, zwischen den verschiedensten Büchern, Zeitungen – ja, Satz wir sind begeistert, dass du deine Abneigung gegenüber Magazinen und Zeitungen inzwischen abgelegt hast – hin und her zu wandern, immer wieder neu aus einem Druckwerk aufzutauchen und scheinbar in gleicher Sekunde wieder in ein anderes bedrucktes Papier abzutauchen? Wollen wir da nicht lieber allen ihre kleinen Geheimnisse lassen. Soll es nicht lieber Kahlmanns Geheimnis bleiben, ob er nun die Riesen-Sanduhr zu Ende gebaut hat oder nicht und ob ihm gar die Zeitreise damit gelungen ist? Und wollen wir nicht Gödel sein kleines Geheimnis lassen, wie es ihm immer wieder gelingt, fast ohne Nahrungsaufnahme am Leben zu bleiben – von seinen Zeitreisen mal ganz zu schweigen, die werden wir alle nicht umfänglich ergründen. Nun gut, du könntest jetzt zu bedenken geben, dass du ja mit vollem Namen Unvollständigkeitssatz von Gödel heißt, dich also mit Gödel mehr verbinden sollte als mit den anderen Protagonisten. Und, was sagt uns das? Es sagt uns nichts. Wann, so fragen wir in die Runde, haben verwandtschaftliche Verhältnisse je dazu beigetragen, dass eine Sache reibungsloser läuft? Nie, ist die einhellige Meinung und damit auch die Antwort. Und ist es nicht weiterhin auch besser, wenn wir bei Martin Reiche nicht weiter danach bohren, ob er nun Ulli Tellmann zu seinen Freunden oder Feinden oder zu beidem zählt? Und ist Christoph Becker nun wirklich Reiches Freund? Interessiert es uns wirklich? Und interessiert uns wirklich, wie eng die Beziehung zwischen Andrea Chatwin und Christoph Becker ist? Weinberg, ja, Weinberg, sind wir nicht sicher, dass auch er Geheimnisse hat? Woher soll denn sonst sein narzisstischer Zug kommen? Und Martina erst, hat Martina vielleicht einen Geliebten im Supermarkt, vielleicht einen graumelierten Geliebten, den man anderswo Weißhaarmann nennen würde? Ja, und wen hätten wir denn da noch, ach ja, Gustafsson, könnte Gustafssons Geheimnis nicht darin bestehen, wie er es immer wieder schafft, so gut Tennis zu spielen, der alte Gustafsson?

Lieber Satz, so sage uns denn also, wo du gerade eben bist. Gib dich zu erkennen, denn für unsere Geschichte brauchen wir auch dich. Du bist irgendwann in unsere Geschichte eingestiegen, hast ein paar Aufschläge gemacht, und jetzt, wo es uns daran gelegen sein sollte, die Geschichte zu einem halbwegs intelligenten Ende zu führen, hören wir nichts mehr von dir. Das ist gelinde gesagt nicht schön, ja das ist gemein, das ist verräterisch… Also Satz, mache dich bemerkbar, wir sichern dir jetzt schon zu, dass wir es dir nicht übelnehmen, wenn du wieder einmal völlig mit deiner Meinung über die Stränge schlägst, nur lass von dir hören!

So also rufen wir in die Sandwüste hinaus, hören nach dem Echo unseres Rufes, vernehmen, dass es sich mehrfach an den steilen Felsen, die das sandige Plateau unserer Erkenntnis säumen, bricht, spüren, wie die zurückkommenden Silbenfetzen auch in unserem Rücken nochmals gebrochen werden und stellen endlich fest, dass wieder Ruhe eingekehrt ist. Aber warum begeben wir uns nicht in eine andere Perspektive, zum Beispiel in die von Satz? Ist es nicht gerade der Vorteil solch literarischer Hirngespinste wie unserer Geschichte, zwischen den Zeitebenen wild hin und her springen zu können und dabei noch nicht einmal Rücksicht auf die Örtlichkeit, die genauso rasend wechseln kann, nehmen zu müssen. Schlüpfen wir also in die Gestalt von Satz oder jedenfalls ganz in seine Nähe und sehen wir, wie der Fortgang unserer Geschichte aus dieser nur äußerlich ziemlich platten Perspektive weiter vonstattengehen kann.

Satz, der alles Vorstehende mit Interesse gelesen hatte und auch die Rufe nach seinesgleichen langsam verhallen hörte, räkelt sich in seinem derzeitigen Domizil. Um es vorweg zu nehmen: Satz befindet sich derzeit weder in einem Hochglanz-Tennis-Magazin, noch an Bord eines Flugzeuges in einer dort ausliegenden Lifestile-Postille, noch lungert er in irgendeiner Universitätsbibliothek herum und niest ob des Staubes der sich an den nicht ausgeliehenen Büchern gebildet hat, noch liegt er unbeachtet auf einer Sitzbank auf einem

Flughafen, eingeklemmt in eine schlecht zusammengefaltete Tageszeitung, noch steckt er in einem Brief oder einer eMail oder in einem Tweet oder – ach, was gibt es wohl noch für Möglichkeiten…

Satz hat es sich wieder einmal bequem gemacht. Er steckt in einem kleinen und uns nun schon lange bekannten Büchlein mit dem Namen *Die Tennisspieler*, wir erinnern uns, dass der Autor dieser Erzählung der uns nunmehr allseits bekannte Lars Gustafsson ist. Es ist ein arg abgegriffenes Bändchen, schwarz war es ehemals, jetzt wirkt es eher grau, denn sein unlackierter Schutzumschlag ist an vielen Stellen vom ständigen Auf- und Zuklappen porös und spröde geworden, was dazu geführt hat, dass sich die Farbe schon an so mancher Stelle gelöst hat. Auch die Bindung hat arg gelitten, wenn man nicht vorsichtig ist, so fällt einem beim Aufklappen womöglich der nur noch dürftig gebundene und damit mehr schlecht als recht zusammenhängende Teil des kleinen Werkes aus dem nur noch wenig schützenden Umschlag. Sieh' er sich also vor, Satz, dass er nicht urplötzlich auf den Fußboden purzelt. Aber betrachten wir das Bändchen noch etwas näher. Neben Autor und Titel des Werkes ist auf der vorderen Umschlagseite vermerkt, dass es sich um eine Erzählung handelt. Außerdem steht ganz oben rechts *Spektrum* und darüber verläuft eine seltsam gezackte Linie, deren Bedeutung wir erst beim Aufschlagen des Büchleins erkennen werden. Ein weiteres gestalterisches Element ist ein Tennisball – oder besser die Hälfte von ihm – die sich gemeinsam mit einer halben Erdkugel zu einem Globus, fein säuberlich arretiert in einer altmodisch wirkenden Aufhängung, ergänzt. Nun schlagen wir das Büchlein also auf – vorsichtig, wie schon zu bemerken ausreichend Zeit war – um festzustellen, dass uns als erstes eine ganze Seite Text empfängt, auf der geschildert wird, unter welchen Umständen Gustafsson wann und wo das Werk geschrieben hat. Da wir den Text kennen, können wir diese Seite getrost überblättern. Die nächste Seite lüftet das Geheimnis der Zick-Zack-Linie: stilisiert bedeutet die Linie Volk und Welt, ein V, ein u und ein W, also in Summe vier Zacken nach unten, die aneinandergereiht die schon beschriebene Linie ergeben. Und wir erfahren, dass es sich um Band Nummer 160 der Spektrum-Reihe handelt.

Deshalb also der Schriftzug *Spektrum* auf dem Cover. Außerdem erfahren wir, dass der Verlag seinen Sitz in Berlin haben muss. Auf der nächsten linken Seite folgen der Name der Übersetzerin aus dem Schwedischen sowie das Impressum. Aha, denken wir, endlich einmal eine Zeitangabe, was uns hoch erfreut angesichts der Tatsache des Austiner Uhrenproblems. Wir widmen uns dem Impressum etwas intensiver: Es handelt sich um die erste Auflage in dem erwähnten Verlag, sie stammt aus 1982 und ist eine Lizenz der Ausgabe von 1979, die im Carl Hanser Verlag in München und Wien erschienen ist. Die schwedische Originalausgabe erschien bereits 1977 in dem Stockholmer Verlag Norstedt & Söner. Dann kommen noch einige Angaben zum Druck (Leipzig) und das Impressum schließt ab mit dem Preis: 3,40 Mark.

Der Blick auf die rechte Seite lässt uns erkennen, wem Lars Gustafsson das Bändchen gewidmet hat. *Den Freunden John und Joel, Bob und Larry, Janet und Frankie* lesen wir da. Und wir sind geneigt *Steven und Kurt, Martin, Christoph, Gregor und Satz* hinzuzufügen. Satz, wir haben unser Stichwort. Wo steckt Satz? Zwar hat das Bändchen nicht vielmehr als 140 Seiten, nicht mal mit allzu kleinen Buchstaben bedruckt, trotzdem wird es uns einige Mühe kosten, Satz in den Zeilen des Buches zu finden. Also beginnen wir zu blättern. Zuerst lassen wir die Seiten nur aufgehalten durch die Kuppe des Daumens der rechten Hand durchrauschen – natürlich, so werden wir Satz nicht finden. Also langsamer vorgehen, Seite für Seite nach unserem Freund durchsuchen. Seite für Seite arbeiten wir uns also vor, 20, 30, 40 – noch kein Ergebnis. Endlich, auf Seite 74 unten wird es interessant. Wir lesen: *Kurt Gödel hat schon in den zwanziger Jahren nachgewiesen, daß man Verhältnisse, die für das gesamte algebraische Kalkül gelten, in einer Ecke der Arithmetik abbilden kann. Grundsätzlich lässt sich jede beliebige Struktur abbilden, wenn sie nur differenziert und inhaltsreich genug ist, um als Bild zu fungieren. Du kannst aus Brotkrümeln eine Karte von Texas machen...* Da haben wir dich also, Freund Satz. Und da Satz ja die Möglichkeit hat, sich in sehr unterschiedlichen Gewändern zu zeigen, hätten wir ihn fast verpasst. Das Büchlein, das stellen wir jetzt erst fest, liegt auf einem Gebilde aus braunem Leder und neben dem Büchlein liegt ein weiteres: *Die ersten drei Minuten* von Steven Weinberg. Sicher wird unser Freund gleich auch dort hinein schlüpfen. Nun sehen wir es deutlich, welche Bücher hier alle noch versammelt zu sein scheinen: Richtig, *Die Turmuhr* von Ulli Tellmann liegt da in trauter Zweisamkeit mit *Mord im Carport* von irgendeinem Roger Carnier, seitlich daneben und am Rande des Absturzes von dem Lederkoffer liegt *Flussaufwärts* von Bernhard Hulenberg, halb verdeckt finden wir weiter zwei Bände mit Gedichten, zum einen *Meine frühe Sammlung* von Walter Werlitzer und zum anderen *Hell die Glocke ruft den Tag* von Pieter van Heerdenboom, einem dem Namen nach zu urteilen offensichtlich niederländischen Meister.

Aber was ist das? Es kommt Bewegung in das Stillleben; von irgendwoher huscht ein Schatten über die Bücher. Der Schatten ist zuerst noch diffus, mehr der Schatten eines Schattens. Dann werden seine Umrisse klarer, die Grenzen schärfer (nein, nein, nicht die Iberische Halbinsel!), schärfer, je näher der Schatten unseren Büchern kommt. Ja, ja, es scheint der Schatten einer Hand zu sein. Es ist der Schatten einer Hand. Und zu dem Schatten gehört eine Hand, eine richtige Hand. Offensichtlich handelt es sich um eine Frauenhand. Jetzt bewegt sich die Hand kaum noch, demzufolge auch der Schatten ruhig ausharrt, so hingespreizt halb und halb *Flussaufwärts* und ein weiteres Buch bedeckend. Ein weiteres Buch? Ja liegen denn noch weitere Bücher auf dem Lederkoffer? Jetzt, jetzt erst wird es uns bewusst, neben *Flussaufwärts* und halb verdeckt vom *Mord im Carport* liegt da noch ein Buch, das wir sehr gut kennen. Der geneigte Leser wird nicht lange raten müssen. Richtig, es handelt sich um unseren Roman *Kahlmann*. Aber wem gehört die Hand? Eine Frauenhand, das hatten wir bereits erwähnt, nicht zu zierlich aber auch nicht grob, kein Schmuck, kaum gebräunt, Fingernägel ordentlich maniküürt aber weder lackiert noch mit Plastiknägeln künstlich verlängert; halt, was ist das, zwei Nägel, Zeigefinger und Mittelfinger sind leicht eingerissen. Kann das von nicht ganz einfacher und teilweise robuster körperlicher Arbeit herrühren? Es kann, denn wenn wir weiter und genauer schauen sehen wir auch, dass die Hand das Zupacken gewöhnt zu sein scheint. Was also muss diese Hand, die jetzt unschlüssig zu sein scheint, nach welchem Buch sie greifen soll, den ganzen Tag tragen? Es kommt mehr Bewegung in die Szene. Unsere Hand schwingt leicht nach rechts, was eine Verschiebung des Schattens zur Folge haben muss: weg von *Flussaufwärts* und jetzt den *Kahlmann* und den Gedichtband des Holländers überstreichend. So, denken wir, damit liegt *Flussaufwärts* jetzt wieder in der Sonne. Aber der Schatten pendelt zurück, die Hand scheint völlig unschlüssig zu sein. Jetzt, jetzt ein leichter Ausschlag nach links – aber sofort zurück – der Schatten auf den Büchern wird kleiner, was darauf schließen lässt, dass sich unsere Hand, unsere Frauenhand wohlgemerkt, dem kleinen Bücherstapel weiter zu nähern scheint. Wenige Dezimeter erst, dann wenige Zentimeter nur und dann, dann erfolgt der Zugriff. *Kahlmann*, ja unser *Kahlmann* ist das Opfer. Aber *Kahlmann* ist ein dickes Buch. Das hätte die Besitzerin unserer Hand wissen müssen, *Kahlmann* fasst man nicht mal so eben mit zwei Fingern, *Kahlmann* ist gewichtig, viele, viele Seiten, Becker hat lange daran geschrieben, viel Zeit beim Abschreiben verbringen müssen, der gute alte Becker und obwohl unsere Hand ja offensichtlich körperliche Arbeit gewohnt scheint, muss sie doch kräftiger zupacken, um sich den *Kahlmann* zu angeln. Dann raschelt es, eine zweite Hand kommt ins Spiel und beide Hände blättern in dem Buch, suchen nach einer bestimmten Seite, scheinen sie gefunden zu haben... Die Frau, deren Hände das Buch halten, beginnt an Ort und Stelle im *Kahlmann* zu lesen. Wir lesen einfach mit.

...bestand seine letzte Aufgabe darin, die Tinte trocknen zu lassen und alle Blätter sorgfältig zu sortieren und zusammen zu heften. Kahlmann lehnte sich zurück. Die Augen schmerzten ihn ob des trüben Kerzenlichts, das gleichsam auf den Schreibtisch tröpfelte und wie ein feiner Nebel mehr für Unschärfe als Klarheit sorgte. Vor Kahlmann lag die Arbeit von nicht weniger als zwei Jahren: unzählige Berechnungen, Skizzen, Analysen, Studien von Hunderten von Aufsätzen, Materialprüfungen, immer auch wieder mussten bereits als sicher geglaubte Ergebnisse verworfen werden... Fast dreihundert Seiten sind es nun geworden, fast dreihundert Seiten, eng beschrieben, mit der Hand und Kahlmann

ist sich sicher, dass diese dreihundert Seiten den Schlüssel dazu darstellen, mit dem von ihm erfundenen überdimensionalen Stundenglas in der Zeit reisen zu können. Versonnen schaut Kahlmann auf das Titelblatt: Die Möglichkeit des Reisens in der Zeit mit dem übermannshohem Stundenglase nebst einer detaillierten baulichen Beschreibung, hierselbst niedergeschrieben von seiner Majestät treuem Diener Gregor Kahlmann – *das war der ganze Titel. Kahlmann streicht mit der Hand über die Titelseite. Kahlmann hatte klugerweise offen gelassen, welcher Majestät treuer Diener er sei; es war aber nach seinem Verständnis durchaus davon auszugehen, dass irgendeiner Majestät treuer Diener er auch noch sein werde, wenn das Buch fertig sein würde.*

In den kommenden Monaten ließ Kahlmann sein Buch – nennen wir es der Einfachheit halber nächstens nur noch Stundenglas *– setzen drucken und binden. Die Erstauflage, für die Kahlmann selbst in seine Tasche griff, denn ein Verleger, der das Risiko eingegangen wäre, ein Buch mit diesem Inhalt zu drucken und zu vermarkten, war in ganz Deutschland nicht zu finden gewesen, die Erstauflage also war auf fünfhundert Exemplare festgelegt worden. Auch hier ging Kahlmann ganz pragmatisch vor; wenn nur jede zweite Universität zehn Exemplare ordern würde, so wären schon an die hundert Bücher abgesetzt – auf diesem Wege würde das Buch bekannt. In der Zwischenzeit würde er alles dafür tun, jemanden zu finden, der sich mit ihm gemeinsam auch an die praktische Umsetzung des Stundenglas-Projektes heranwagen würde, was für weitere Werbung sorgen würde: die nächsten hundert abgesetzten Exemplare, die wiederum dafür sorgen, dass nun schon bald alle fünfhundert in der Erstauflage gedruckten Bücher verkauft wären. Kahlmann ging bei der geplanten Zweitauflage bereits von mindestens 5000 benötigten Büchern aus und auch Übersetzungen zumindest ins Englische, Spanische und (vielleicht) Französische mussten schnellstens angefertigt werden.*

Kahlmann also versendete Exzerpte seiner Bücher, die er hatte bei der Herstellung der Erstauflage gleich mit anfertigen lassen an sämtliche Universitäten des Landes – dort, wo er Professoren näher kannte, adressierte er die Traktate an diese direkt. Er grüßte freundlich, erkundigte sich in diesen Fällen auch nach dem persönlichen Befinden und verwies auf sein Buch, dass nach seiner eigenen Meinung sowohl die Physik aber in ganz besonderem Maße auch die Philosophie revolutionieren sollte. Gleichzeitig stellte er aber auch mit einem gewissen unterschwellig mitschwingenden Bedauern fest, dass es bisher noch an der praktischen Verwirklichung und der handwerklichen Umsetzung seines Stundenglases fehle – leider, wie er betone. Dann bat er abschließend darum, die jeweiligen Universitäten mögen doch einige Exemplare seines Buches erwerben (die Versandadresse des Verlages füge er bei) und er würde sich auch freuen, wenn man ihm Hinweise geben könne, wer bereit sei, das wirkliche Stundenglas mit ihm gemeinsam zu errichten. Dann grüßte er freundlich zum Abschied. Die ersten drei Wochen nach Versendung einer Vielzahl solcher Schreiben – ja, Deutschland war damals ein Land, in dem es mannigfaltig Universitäten gab – erwartete er noch keine Rückantwort. Als nach fünf Wochen immer noch keine Depesche an ihn zurückgekommen war, schob er das auf die bekannte Faulheit deutscher Professoren. Nach acht Wochen ohne jegliches Signal, das ihn bis dato erreicht hatte, wurde er übellaunig. Nach neun Wochen erreichte ihn ein Brief seines geschätzten Kollegen Professor von Erlbacher von der Universität Jena; Kahlmann riss den Brief noch im Beisein des Postboten auf, ließ den Boten dann jedoch völlig unbeobachtet stehen und begab sich langsamen Fußes, das Schreiben Wort für Wort studierend, in Richtung seines Hauses. Die anziehenden Pferde der Postkutsche im Hintergrund hörte er bereits nicht mehr. Von Erlbacher redete in seinem Schreiben nicht um den heißen Brei herum: Er jedenfalls könne sich nicht vorstellen, dass solch ein Stundenglas funktionieren könne. Aber man werde doch ein Exemplar des Buches ordern, schon weil man dem Kollegen Professor Kahlmann recht freundschaftlich verbunden sei. Ach, und man sehe sich nicht in der Lage, ihn bei der Suche nach Handwerkern behilflich zu sein, auch, weil man von der Idee der Umsetzbarkeit eben nicht überzeugt sei. Nach einigen Tagen, in denen er diese erste herbe Enttäuschung verarbeiten musste (Kahlmann hatte im Stillen immer gedacht, dass er gerade von Erlbacher würde mit seiner Idee begeistern können), fasste er wieder Optimismus: Wenn nicht von Erlbacher, dann eben ein anderer Kollege. Tagaus, tagein fuhr der Postbote mit seiner Kutsche am Kahlmannschen Anwesen vorbei, selten hielt er, noch seltener kamen Depeschen aus den deutschen Horten der Wissenschaften. Zwei, drei Briefe erhielt er noch, ebenso Absagen… Nach zehn Monaten nach Erscheinen des Stundenglases hatten drei Universitäten je ein Exemplar erworben: die Universitäten in Jena, Köln und Frankfurt gaben sich die Ehre, Herrn Professor Gregor Kahlmann mitzuteilen, dass sein Werk fürderhin Eingang in die Universitätsbibliothek *gefunden hätte. Was soll's, dachte Kahlmann – bahnbrechende Erkenntnisse setzen sich manchmal langsamer durch, als man es glauben sollte.*

Mit wem aber würde er nun die praktische Umsetzung angehen können? Bevor man sich mit diesem Gedanken jedoch näher befassen könne, sollte man durchaus noch einmal die finanziellen Möglichkeiten genau abprüfen. Wohlweislich hatte Kahlmann in seinem Traktat eine Abschätzung des finanziellen Aufwandes – klar unterteilt in Materialkosten und Kosten der Arbeitsleitung – aufgenommen. Nach seiner Schätzung würde der Bau eines wie von ihm konstruierten Stundenglases für runde fünfzehntausend Goldmark möglich sein. Fünfzehntausend Goldmark – nun das überstieg auch sein Vermögen deutlich und der erhoffte Ertrag aus dem Verkauf der Bücher ist ja in keinem Fall eingetreten und wird auch nicht mehr eintreten, bevor das erste Stundenglas auf einer Lichtung im Spessart oder in der Lüneburger Heide oder wo auch immer seinen Betrieb aufgenommen hat. Dann, ja dann wird man den Buchhandlungen und Universitätsbibliotheken das Buch aus der Hand reißen, Nachauflagen über Nachauflagen werden aus Kahlmann und einigen Verlegern reiche Leute gemacht haben, ja, Kahlmann strich in Gedanken schon über die Buchrücken von ersten Exemplaren in japanischer und chinesischer Schrift. Aber jetzt? Jetzt musste er nüchtern konstatieren, dass er einige hundert Goldmark in den Sand gesetzt hatte, als er die ersten fünfhundert Exemplare drucken ließ; kein Ertrag, nur Aufwand. Und weitere fünfzehntausend Goldmark? Undenkbar.

Also begab es sich, dass Gregor Kahlmann weitere Bittbriefe schrieb: an die Innungen der Handwerksmeister, an die Provinzfürsten rundum, an den Hof in Dresden, an die Kirche (Kahlmann, ein Mann nur geringer kirchlicher Ehrfurcht, wusste nicht recht, an wen direkt er diesen Bittbrief würde adressieren können), an Kaufleute mit großem Namen in Hamburg und Bremen, an das Militär (hier frohlockte Kahlmann, denn seine Maschine würde doch gerade dem Militär immense Vorteile bringen), an Landbesitzer im weiten Rund, auch an zwei Bergwerke in Freiberg und Annaberg sowie an weitere im Ruhrgebiet schrieb er, wobei er sich nicht sicher war, was die Montanindustrie mit seiner Maschine würde anstellen können. Als er nach einiger Zeit um die hundert Briefe an den braven Postboten gegeben hatte, der täglich mit seinen zwei Pferden und der Kutsche an sein Haus kam, selten etwas brachte aber fast täglich fünf oder sechs Briefe mitnehmen musste, kam Kahlmann eine weitere Idee. Die Post, die königliche Post, wem würde sein Stundenglas mehr nützen, als der königlichen

Post? Kahlmann musste daran denken, wie lange Brief heute zwischen zwei Or-
ten unterwegs waren und wie viel Post ganz augenscheinlich wegzukommen schien
– hätte er sonst so spärliche Resonanz auf seine vielfältigen Offerten geerntet?

Als besagter Postbote am nächsten Tag wieder bei Kahlmann anlangte, ver-
wickelte dieser ihn in ein Gespräch. Aber der Mann war nur einfacher Ange-
stellter, kannte gerade mal seinen eigenen Vorgesetzten, einen mürrischen Postrat
irgendwo in der Amtsgemeinde. Und den kannte er gerade mal mit dem Vorna-
men… So bat Kahlmann den Postboten, ihn am nächsten Tag mit in die Post-
stelle in der Amtsgemeinde zu nehmen. Nach einigem Zögern stimmte der Bote,
nachdem ihm Kahlmann die Entscheidung mit zwei Talern erleichtert hatte, zu.
Als Kahlmann am frühen Abend in der Poststelle anlangte, war der Vorgesetzte
unseres Boten schon nicht mehr anwesend. Also suchte sich Kahlmann eine Bleibe
im Gasthof, um am nächsten Tag den Postrat Irlinger, der Name hatte irgendwo
in der Poststelle gestanden, umfassend zu befragen. Irlinger durfte natürlich kei-
nerlei Entscheidungen treffen, die mit finanziellen Auswirkungen verbunden wa-
ren, aber – wie sollte es auch anders sein – auch Irlinger hatte wieder einen
Vorgesetzten; allerdings im fernen Meißen. Kahlmann, der vorsorglich von zu
Hause aus bereits mit einem nicht unerquicklich großen Gepäckkoffer losgezogen
war, war also gerüstet und konnte mit der nächsten Kutsche die Reise nach Mei-
ßen antreten. Lange Rede kurzer Sinn: Irgendwann langte Professor Gregor
Kahlmann im Königlich-Sächsischen Postministerium in Dresden an. Es dauerte
Tage, bis er an verschiedenen Postbeamten, deren Tun und Lassen Kahlmann
auch bei genauerem Hinschauen verborgen blieb, vorbei zu einem Manne trat,
der offensichtlich in dem Range eines ministeriellen Staatssekretärs zu stehen
schien. Aber, das merkte Kahlmann schon bald, auch die Königlich-Sächsische
Staatspost schien unter knappen Kassen zu leiden. Doch unseren Manne im
Range eines Fast-Ministers schien Kahlmanns Idee zu faszinieren. Also erbat
er sich bei dem Professor Bedenkzeit; er wolle die Sache eingehend prüfen und
dazu müsse er unbedingt mit dem Minister persönlich sprechen. Kahlmann rich-
tete sich auf einen längeren Besuch in Dresden ein. Nach drei Tagen sprach er
wieder im Ministerium vor – der Minister sei noch nicht zugegen gewesen, aber
in der nächsten Woche werde man mehr wissen. In der nächsten Woche dann
platzte die Bombe. Kahlmann, der eigentlich schon alle Hoffnung aufgegeben
hatte, staunte nicht schlecht, als er hörte, dass man sich in Dresden durchaus
vorstellen könne, das Kahlmannsche Projekt des Stundenglases auch finanziell

zu unterstützen, wenn, ja wenn einige Randbedingungen eingehalten würden. Am Ende dieses Monats, ja, ein Monat war inzwischen seit der Abreise Kahlmanns von zu Hause vergangen, hatte Kahlmann einen Kontrakt in der Tasche, der es ihm ermöglichte, endlich sein Stundenglas tatsächlich in die Tat umsetzen zu können...

Martina war die ganze Zeit, in der sie im Kahlmann weitergelesen hatte, in der Nähe des Koffers stehen geblieben. Dessen wurde sie sich jetzt erst gewahr. Schön, dachte sie, das wird eine gute Flugzeug-Lektüre, denn irgendwann muss ich den doch nun mal zu Ende lesen.

Wir aber denken, was haben wir uns da nur angetan, als wir dachten, es wäre gut, einmal nach Satz zu schauen?

Security Advices

Knappe vier Tage, bevor Martina und Andrea ihre große Reise antreten sollten, traf man sich noch einmal, diesmal bei Andrea. Ihre Wohnung lag am Rande der Stadt, nicht weit von einer Ausfallstraße und trotzdem abseits des großen Straßenlärms. Martina war noch nicht allzu oft bei Andrea gewesen; meistens hatten sich die beiden Frauen bei Martina getroffen, warum auch immer. Die geschmackvoll – ja, fast etwas spartanisch und wahrscheinlich deshalb besonders geschmackvoll wirkend – eingerichtete Wohnung befand sich im dritten Stock. Martina klingelte bereits an der Haustür, ein Summen ließ sie ein und die drei Treppen bereiteten ihr keine Mühe. Andrea hatte schon die Tür geöffnet, ihre Freundin schlüpfte aus den Schuhen, warf ihren Mantel achtlos über die Garderobe und begab sich gezielten Schrittes in die für diesen Wohnungstyp riesige Küche, der man anmerkte, dass hier weniger das Kochen als das Sprechen im Vordergrund der Zweckbestimmung stand. „Und, hast du alles beisammen?", Andrea blinzelte, als sie das sagte, denn sie musste immer noch an den braunen Lederkoffer denken, der beiden Frauen bei ihrem letzten Besuch bei Martina Kopfzerbrechen bereitet hatte. „Denk schon, aber wie es immer so ist, irgendwas wird fehlen, werden wir erst merken, wenn wir schon in der Luft sind…" – „Lass uns doch einfach alles noch mal durchgehen: Reisedokumente, Pass natürlich ganz zuvorderst, Fahrkarten bis Frankfurt, Flugtickets, Kreditkarten… apropos Kreditkarten", Andrea blinzelte wieder, „wie viel Geld tauschst du eigentlich?" – „Andrea, wir bleiben eine Woche und ich hatte vor, wenn ich überhaupt zusätzlich Geld ausgeben will, das mit meiner Visa-Card abzuwickeln. Also ich tausche maximal zweihundert Euro in Dollar um, maximal." – „Ok, dann mach ich das genauso." – „Hast du mal geschaut, wie das Wetter in den nächsten vierzehn Tagen in Austin sein wird, heiß, brütendheiß." – „Was für uns heißt, dass wir auf die Pelze werden verzichten können", Martina kicherte. „Und was zu lesen werden wir auch einpacken müssen, denn", an dieser Stelle kam ein hämischer Zug um Andreas Mund, „es wird ja nicht damit zu rechnen sein, dass unsere

Helden viel geschrieben haben werden, in Austin, was sie uns auf dem Rückflug zum Lesen geben könnten." – „Erstens ist damit nicht zu rechnen und zweitens gibt es ja auch einen Hinflug, der mit etwas Lektüre angereichert werden sollte." Beide Frauen kicherten jetzt. „Kaffee? Soll ich uns mal einen Kaffee machen? Wir quatschen hier und quatschen, also ich mach mal einen guten deutschen Kaffee, wer weiß, wie der in den Staaten schmeckt?" Martina ließ sich nicht lange bitten. Sie nickte, als Andrea Anstalten machte, der edlen Kaffeemaschine zwei frisch gebrühte Tassen Bohnenkaffee zu entlocken. Dampfend und mit extra viel cremigem Schaum kamen die beiden Tassen vor den Frauen zu stehen. Ein unwiderstehlicher Duft machte sich in der Küche breit. Versonnen rührte Martina zwei Stück Zucker in den brühendheißen Kaffee. „Irgendwie bin ich schon ziemlich aufgeregt, aber jetzt gibt es ja wohl kein Zurück mehr." – „Ja, hast recht, mir geht es ähnlich. Auf der einen Seite freue ich mich, mal in die Staaten fliegen zu können aber auf der anderen Seite, na du weißt schon, die Woche ist auch mal rum und dann, ja dann…" – „Ja, dann geht es zurück, meine Liebe, dann haben wir unsere Helden wieder, Herrn Reiche und Herrn Becker, Prost Mahlzeit, dann kommt wieder dieser alte Trott – manchmal, manchmal, ach…" – „Denkst du, mir geht es anders?", Martina schaute fragend, „aber es tröstet mich daran zu denken, dass die beiden auch zurückkommen, wenn wir nicht hinfliegen, dann fliegen wir doch lieber hin, haben wir wenigstens auch noch was davon, bevor der triste Alltag wieder kommt." Langsam war die Temperatur des Kaffees soweit gesunken, dass man von ihm nippen konnte, ohne Verbrennungen dritten Grades an der Unterlippe zu riskieren. In kleinen Schlucken ließen sich die beiden Frauen den Kaffee schmecken. „Also", Andrea war es, die den Faden wieder aufnahm, „also, in reichlich drei Tagen treffen wir uns gegen elf Uhr in Leipzig auf dem Hauptbahnhof. Am besten, wir treffen uns vor dem McDonalds, da fühlen wir schon mal so ein bisschen amerikanisches Flair", sie lächelte. „Ok, so wird's gemacht, danke für den Kaffee und bis in reichlich drei Tagen. Vergiss nichts und denke vor allem an etwas zu lesen!", wieder kicherten die beiden Frauen.

Als Martina wieder unten auf der Straße war, umfing sie ein frischer Wind. In dem Moment stellte sie fest, dass sie ihren Mantel oben bei Andrea vergessen hatte. Schnell lief sie die paar Meter zurück, die Haustür stand noch offen, also geschwind nach oben in die dritte Etage und klingeln. Andrea öffnete nicht gleich, hatte aber den Mantel schon in der Hand. Seltsamerweise öffnete sie die Tür aber nur einen kleinen Spalt, so als wolle sie Martina etwas verheimlichen. Beim Umdrehen warf Andrea einen neugierigen Blick vorbei an Andreas Schulter. Seltsam, dachte sie noch auf der Treppe, hat Andrea da nicht auch an so einem abgeschabten braunen Lederkoffer herumgemacht?

Auf dem schmutzigen und abgeschabten, von Tausenden und Abertausenden Schuhtritten vernarbten Perron stehen Gepäckstücke. Koffer zumeist, Taschen, Rucksäcke, Beutel, Plastiktüten, Handtaschen, Aktenkoffer, Rollis, auch ein scheinbar herren- oder doch besser damenloses Beauty Case ist dabei, ja sogar ein Kasten Bier säumt die Bahnsteigkante. Unser Augenmerk gilt zwei Koffern, einem Samsonite Hartschalenkoffer, extra gut geeignet für Flugreisen (mindestens zweihundert Euro Anschaffungswert) und einem eher schlichten Lederkoffer, der Lederkoffer in einem matten Anthrazit und der Samsonite in einem eher auffälligen Mintgrün. Daneben zwei Taschen, beide mehr oder weniger rot, vielleicht auch rotbraun. Daneben wiederum eine noch kleinere Tasche und ein Stadtrucksack, beide stehen auf den Koffern; ganz offensichtlich handelt es sich um die kleinsten der an dieser Stelle versammelten Gepäckstücke. Ganz außen, so als würden sie die Taschen und Koffer links und rechts einrahmen, stehen auf jeder Seite ein paar Schuhe, rechts sportlich gearbeitete Lederschuhe ohne erkennbaren Absatz in einem matten Grau und links etwas elegantere Straßenschuhe mit einem kleinen Absatz in einem dezenten Rot. Über die oberen Säume der Schuhe ragen insgesamt vier Hosenbeine, unverkennbar Jeans – unser Blick geht weiter nach oben – richtig: in den Hosen stecken die Beine von Martina Reiche und Andrea Chatwin. Sie tragen beide halblange Jacken und unterhalten sich über die aufgereihten Gepäckstücke hinweg angeregt. Wir schauen einmal und noch einmal: Es befindet sich an der Bahnsteigkante – jedenfalls in dem Bereich, in dem die beiden Frauen stehen – kein abgeschabter brauner Lederkoffer. Soweit, so gut.

Dann eine Lautsprecherdurchsage, keine nestelnde Stimme, denn offensichtlich scheint es ein Computer zu sein, der zu den Reisenden auf dem Bahnsteig am Leipziger Hauptbahnhof spricht: Vorsicht am Bahnsteig, in wenigen Minuten fährt der ICE 782 von Hamburg Altona kommend zur Weiterfahrt nach Frankfurt am Main über Erfurt, Eisenach, Fulda ein. Vorsicht bei Einfahrt des Zuges. Die erste Wagenklasse befindet sich heute – abweichend von der angegebenen Wagenreihung – im Bereich C. Bitte beachten Sie die abweichende Wagenreihung. Vorsicht bei Einfahrt des Zuges. Martina und Andrea haben im Bereich B auf dem Bahnsteig Aufstellung genommen, genau dort, wo Wagen 281, zweite Wagenklasse, mit den reservierten Plätzen 75 und 77, beides Fensterplätze, Nichtraucherabteil, was nicht erwähnenswert ist, da es fast nur noch Nichtraucherabteile gibt, die Plätz sich gegenüberliegend, zum Stehen kommen wird. Langsam rollt der weiße Zug mit dem eleganten roten Streifen am Bahnsteig ein, dann kommt er zum Stehen. Die Türen öffnen sich fast lautlos. Martina und Andrea haben schwer zu tragen an ihrem Gepäck, dann aber ist es verstaut, die Frauen nehmen Platz und nach wenigen Minuten gibt es einen leichten, kaum wahrnehmbaren Ruck und der Zug setzt sich in Bewegung. Wie der erste Schritt, mit dem jede Reise beginnt, denkt Andrea bei dem Ruck und Martina denkt an die Millionen Schritte, die noch vor ihnen liegen, bis sie ihr Ziel erreicht haben werden. Ein erster Blick aus dem Fenster zeigt verrostet wirkende Bahnanlagen, Signale, Gleise und Weichen, abbruchreife Stellwerkshäuschen, Telefonverteilerkästen, Signaldrähte… Nach einer halben Stunde Fahrt hat der Zug das Weichbild von Leipzig endgültig hinter sich gelassen – jetzt fährt er mit hoher Geschwindigkeit in Richtung Südwesten. Andrea und Martina, die beide müde sind und gern ein wenig schlafen würden, schauen sich noch einmal um: Reisende mit viel Gepäck, wahrscheinlich ein Großteil auch den Flughafen in Frankfurt als Reiseziel, einige Studenten, ein Rentnerehepaar, drei junge Menschen, offensichtlich Studenten, zwei Bahnbedienstete... aber die Augenlider werden schwer und schwerer... Kurz vor Frankfurt werden Martina und Andrea geweckt, die Fahrkarten zur Kontrolle bitte. Na dann, gute Reise, wo soll's denn hingehen? Aha, Austin in Texas, na dann, guten Flug die Damen. Noch zwei Viertelstunden, dann kommt der Zug langsam im Airport-Bahnhof zum Stehen. Bis hierher hat alles gut geklappt, denken Martina und Andrea fast gleichzeitig, ohne es aber zu sagen.

Security Advice, Security Advice! Sicherheitshinweis! Bitte lassen sie ihr Gepäck nicht unbeaufsichtigt im Flughafengebäude stehen! Danke! Mit diesen Worten werden Martina und Andrea begrüßt, als sie sich mehr ahnend als wissend zum Check-in-Schalter von Delta Airlines begeben. Ah, endlich: Delta Airlines prangt an einem der in offensichtlich endloser Reihe aufgehängten Bildschirme. Vor dem Schalter 850 im Terminal 2 D hat sich schon eine kleine Schlange gebildet. Schön, denkt Martina, das sind Menschen, die sich genau wie wir einem Flugkapitän und einem Kopiloten anvertrauen auf dem Weg in mehr als 10 000 Metern über das Meer – Martina hat vor jedem Flug ein wenig Angst und sie ist froh, wenn sie Menschen sieht, die mit ihr gemeinsam fliegen wollen, denn sie ist sich sicher und sieht es den Gesichtern dieser Menschen an, dass diese Menschen zu (fast) einhundert Prozent genauso wenig lebensmüde sind wie sie selbst. Das Gepäck wird via Detroit nach Austin Texas durchgecheckt, weshalb sich Martina und Andrea irgendwie symbolisch für eine längere Zeit von ihren Koffern zu verabschieden scheinen, als diese, leicht ruckelnd und mit den obligatorischen Klebefalzen versehen, nacheinander in einen mit Förderbändern, Umlenkrollen, Richtungsschienen und Auslässen versehenen Graben rutschen. Bis bald, ihr Koffer, bis bald im warmen Texas! Dann gibt es die Bordkarten: Martina sitzt in Reihe 27 am Fenster und Andrea auf dem Mittelplatz neben ihr. Auf dem Weg zum Gate D8, dort wird die Boeing 746, mit der der Flug durch Delta Airlines abgewickelt wird, bereitstehen, müssen die Frauen noch durch die Sicherheitskontrolle. Aber sie stellen offensichtlich kein Sicherheitsrisiko dar. Dann befinden sie sich beide endlich am Gate D8, die Maschine, die gerade für den Transatlantikflug vorbereitet wird, schon im Blick, das Wuseln rund um den Flieger kaum zuordenbar sinken die zwei auf einen der wenig anheimelnd anmutenden Sitze im Wartebereich. Beide haben nur noch ihr Handgepäck und die Bordkarten bei sich. Als Andrea Martinas Tasche etwas beiseite schieben will, damit sie bequemer sitzen kann, stellt sie fest, dass Martinas Tasche über die Maßen schwer ist und als Martina mitbekommt, dass sich Andrea an ihrer Tasche zu schaffen machen scheint, greift sie schnell selbst zu und nimmt die Tasche an sich. Aber Andrea hat in dem Moment schon bemerkt, wie schwer Martinas Tasche wiegt.

Mattheit und Müdigkeit kriechen zwischen den Sitzbänken am Gate entlang; wer sich nicht vorsieht, wird infiziert. Martina und Andrea haben ja schon im Zug nach Frankfurt ganz gut geschlafen – sie befürchten, wenn sie jetzt schon wieder ein Nickerchen machen würden, dass sie dann dem Jetlag des Fluges gänzlich anheimfallen würden. Schließlich flöge man des Nachts los, erreichte Detroit aber am Morgen. Und was sie auf keinen Fall wollten, sich in Detroit oder Texas als erstes zum Schlafen legen. Also suchten sie Ablenkung in einer belanglosen Unterhaltung: Neues aus der Stadtbibliothek – wenig; Neues aus dem Supermarkt – auch wenig. Wer hat mit wem ein Verhältnis – ist größtenteils bekannt. Hat man irgendetwas vergessen einzupacken – wird man in den Staaten merken. Die Frauen blicken nach draußen, beobachten die startenden und landenden Flugzeuge. Erstaunlich, denkt Andrea, aber so ein Flugfeld erinnert mich mehr an einen Ameisenhaufen denn ein geordnetes System, an dem alles zu seiner Zeit an seinem Platz ist. Als sie das sagt, schüttelt Andrea den Kopf. Ungeordnet sei falsch, sagt Andrea dann, und ganz falsch sei bei Unordnung ein Vergleich mit einem Ameisenhaufen, denn darin sei wahrscheinlich mehr Ordnung als wir uns gemeinhin vorstellen könnten. So plätschert das Gespräch weiter vor sich hin; bei einem Auto, das dafür auserkoren ist, Flugzeuge zu den Gates zu holen, steht anstelle „Follow me" „Fol ow me"; es fehlt ein l stellt Andrea fest. Ja, es fehlt ein l, nickt Martina.

Plötzlich aber und warum werden wir gleich sehen, wird die Unterhaltung doch noch interessant. Andrea: „Hast du dich gewundert, als du kürzlich deinen Mantel bei mir vergessen hattest, warum ich so kurz angebunden war?" Martina hatte die Episode bereits fast wieder vergessen, jetzt aber kam sie ihr wieder in den Sinn. „Ja, war schon seltsam. Ich hatte den Eindruck, dass du – ach lassen wir das…" – „Dass ich was?", Andrea insistierte jetzt vehementer. „Dass du mir verbergen wolltest, was du gerade tust. Wenn ich nicht schon fast Angst vor Halluzinationen hätte, dann war mir, als hätte ich über deine Schulter hinweg den vermaledeiten braunen Koffer gesehen. Ich will von dem Koffer nichts mehr hören…" – „Weißt du, wie ich jetzt wieder auf den Koffer gekommen bin?", Andrea schaut herausfordernd in Richtung ihrer Freundin. „Nein, weiß ich nicht und ich bin auch nicht sicher, ob es mich interessiert", Martinas Reaktion wird langsam böse. Sie muss daran denken, was dieser Koffer, den sie gefühlt tagelang in ihrer Wohnung stehen hatte, ihr für Kopfzerbrechen bereitet hat. Erst war sie erschrocken, dann war sie fast soweit die Polizei zu holen – konnte man denn wissen, ob sich in dem Koffer nicht irgendetwas Mysteriöses verbarg. Dann lagen die Bücher auf dem seltsamen abgeschabten Gerät und schließlich, als sie endlich allen Mut zusammen genommen hatte und den Koffer auf den Müll bringen wollte, war er weg, einfach weg – um dann, oh Wunder – bei ihrer Freundin Andrea wieder aufzutauchen und zwar genau in dem Moment, in dem sie umkehren musste, um ihren Mantel, den sie vergessen hatte, zu holen. Ist das vielleicht normal, dachte sie? Andrea schaute immer noch herausfordernd. Jetzt nickte sie in Richtung des Vorfeldes, auf dem ihr Flugzeug gerade beladen wurde. Männer mit neongelben Westen luden einen Koffer nach dem anderen auf ein Förderband, von dem aus die Gepäckstücke in den Bauch des Fliegers verladen wurden. Jetzt! Andrea hob langsam die Hand und beide Frauen konnten beobachten, wie ein großer brauner Lederkoffer vom Wagen auf das Band verladen wurde und leicht wippend seine Fahrt nach oben antrat. Wenn man genau hinsah, konnte man erkennen, dass eine der Lederkappen zum Schutz der Ecken lose und nur noch durch eine Niete gehalten am Koffer baumelte.

Dann endlich, nach einer Ewigkeit, die jetzt natürlich wieder von den Gedanken an den Koffer beherrscht war, begann das Boarding. Security Advice. Martina und Andrea begeben sich auf ihre zwei Plätze in Reihe 27, Martina am Fenster, Andrea in der Mitte, aber der dritte Platz auf der Reihe scheint frei zu bleiben, weshalb es sich die Frauen etwas bequemer machen können. Nochmals Security Advice. Dann hört man, wie die Turbinen mehr Umdrehungen machen. Ein leichter Ruck geht durch die Maschine: ein Transporter schiebt sie langsam rückwärts weg vom Gate. Dann rollt die Maschine aus eigener Kraft zum Start. Martina hat noch beobachtet, wie der Fahrer des Transporters einen erhobenen Daumen in Richtung Cockpit gezeigt hat. So, ab jetzt ist nur noch Funk – auch in Ordnung; ist da schon wieder dieses Gefühl leichter Flugangst? Draußen ist es nun bereits fast vollständig dunkel aber ein unüberschaubares Meer verschiedenfarbiger Lichter taucht den Flugplatz mit all seinen Start- und Landebahnen und den dazwischenliegenden Straßen und Wegen in eine farbige Illuminiertheit, die es den Augen schwer macht, ein Ziel zu fokussieren. Dann krächzen die Lautsprecher im Flugzeug und die Kabinencrew macht die Passagiere mit den Sicherheitsvorkehrungen für den Flug vertraut. Und aus dem Cockpit meldet sich der Pilot. Der Flug über den Atlantik nach Detroit wird knappe acht Stunden dauern. Das Wetter bei Ankunft in Detroit wird trocken und etwas windig sein. Ansonsten wünscht er sich und den Passagieren einen guten Flug. Ach so, ja, und heute fliegt der Kopilot die Boeing über den großen Teich.

Langsam und unter leicht schaukelnden Bewegungen, die den Unebenheiten des Fahrweges zuzuschreiben sind, rollt die Maschine in Richtung Startbahn. Noch einmal meldet sich das Cockpit, diesmal der Kopilot. Der Start werde sich um ein paar Minuten verzögern, denn man stehe an der Startbahn an, er sehe noch fünf Maschinen vor sich, die alle vor uns starten würden. Tja, alles muss raus, denkt Martina, irgendwie hat das alles was von Sommerschlussverkauf. Wenn sie sich zum Fenster beugt sieht sie, wie eine nach der anderen Maschinen nach links abbiegt, und wie sie sich einzeln der Abflugposition nähern, dann kurz stehen bleiben um mit vollem

Schub schnell an Geschwindigkeit zu gewinnen und schon nach wenigen Sekunden aus ihrem Blickfeld verschwunden zu sein. Dann, nach einer knappen Viertelstunde steht der Detroit-Flug der Delta Airlines an der Abfluglinie. Das Licht in der Kabine ist erloschen, die Maschine steht fest und ruhig man merkt lediglich, dass der Wind auf die großen Flächen des Flugzeugs drückt. Mit einem Mal verstärkt sich das Geräusch der Turbinen zu einem heiseren Brüllen – die Passagiere werden merklich in die Sitze gedrückt; beim Blick aus dem Fenster beginnen die Lichter des Vorfeldes zunehmend am Flugzeug vorbeizurasen, nach einigen Sekunden gleicht das Draußen einem mit feschem Pinsel hingeworfenen Strichgewitter und dann, nach nicht mal zwanzig Sekunden sehen Martina und Andrea, wie sich der Rumpf des Flugzeuges als erstes von der Startbahn abhebt. Augenblicke später spüren sie, dass die Maschine keine Bodenhaftung mehr hat. In steilem Anstellwinkel gewinnt sie rasch an Höhe und noch in Sichtweite des Flughafens, der zum Spielzeugland mutiert ist, fliegt die Maschine einen weiten Rechtsbogen um sodann wieder in einen geraden Steigflug überzugehen.

Dann wird die Kabinenbeleuchtung wieder angeschaltet und langsam macht sich Ruhe breit in der Kabine. Das gleichmäßige Brummen der Triebwerke macht die Passagiere schläfrig. Trotzdem gibt es noch einen kleinen Service: ein Sandwich und ein Getränk. Dann, man ist vielleicht eine anderthalb Stunde in der Luft, sind die meisten Passagiere bereits eingedöst. Auch Andreas Kopf ist zur Seite gerutscht. Sie schläft so gut es geht – durch den freien Platz in der Mitte können beide Frauen ihre Füße etwas ausstrecken. Martina schläft noch nicht. Sie holt ihre Tasche unter ihrem Sitz hervor, kramt in ihr und bringt den teuflisch schweren *Kahlmann* zum Vorschein.

Jetzt ist genügend Zeit, weiter in dem Buch zu lesen.

... sollte die Arbeit, die nun vor dem Konstrukteur Kahlmann lag, um vieles komplizierter werden, als die eigentliche geistige Erschaffung des Stundenglases für den Erfinder Kahlmann gewesen war. Kahlmann strukturierte seine Gedanken bezüglich der nächsten notwendigen Schritte. Als erstes musste er sich ein

paar Vertraute suchen, die mit ihm gemeinsam die Arbeit des Aufbaus des Stundenglases würden vornehmen können. Dieses Unterfangen wiederum dauerte ganze vier Monate, dann endlich konnte Kahlmann drei treue Wegbegleiter vorweisen, die er minutiös in sein Vorhaben einwies: da war zum einen der gelehrte Professor Hans Falbinger von der Bergakademie Freiberg nebst seinem Assistenten John Kasner und zum dritten hatte auch ein holländischer Kollege, Professor Ingar Veldemoor aus Rotterdam nach langem Zögern zugesagt, Kahlmann behilflich zu sein. Die vier saßen tage- und wochenlang zusammen, ehe klar war, wie man weiter vorgehen würde. Dabei waren Falbinger und Veldemoor, was die tatsächliche Umsetzung des Projektes anging, um einiges skeptischer als Kasner. Nach geschätzten zwei Monaten hatte Fahlmann mit den drei Kollegen Entwürfe von Kontrakten ausgearbeitet, die klare Verantwortlichkeiten, Termine und die unausweichlichen Honorarfragen so gut es ging klärten. Man verblieb so, dass sich Falbinger und Kasner um die technische Durchführung der Konstruktion inklusive der Beauftragung der Handwerker, die als Subunternehmer tätig werden würden, kümmern müssten. Den beiden oblagen auch alle mit der Durchführung des Projektes verbundenen Grundstückangelegenheiten, denn man hatte schon bald festgestellt, dass man für die Errichtung des Stundenglases eine ebene Fläche von mindestens einem Quadratkilometer Größe brauchte; nicht, weil das Stundenglas so viel Grundfläche aufweisen würde, vielmehr weil man einen genügend großen und abgesperrten Sicherheitskordon um das eigentliche Objekt ziehen musste, denn es hatte sich herausgestellt, dass es nicht wenige gab, die das ganze Projekt für Hexerei hielten und nichts unversucht ließen, die fortschreitenden Arbeiten mit großem Engagement zu stören. An der Stelle kommt Veldemoor ins Spiel, der zum einen für alle Sicherheitsfragen verantwortlich zeichnet und dem ansonsten die finanzielle Abwicklung des Projektes federführend obliegt.

Bald schon sollte sich weisen, dass Veldemoor jeden Tag hätte zwanzig Stunden arbeiten können, ohne auch nur ansatzweise in dem Gewirr von Rechnungen, Aufträgen, Bestellungen und Kontrollen eine für Kahlmann durchschaubare Struktur zu hinterlassen. Aber warum auch, Kahlmann musste diese Struktur nicht erkennen, Kahlmann musste sich auf Veldemoor was die Finanzen und auf Falbinger und Kasner was die Technik anbetraf, verlassen können. Und das tat Kahlmann. Aller vierzehn Tage unterzeichnete Kahlmann eine mehrseitige Depesche an die Königlich-Sächsische Post, die ihm Veldemoor zur Unterschrift vorgelegt hatte, denn die Königlich-Sächsische Post forderte natürlich regelmäßig Berichte, was mit ihrem Geld geschehe.

Falbinger und Kasner wiederum waren auf das Intensivste damit beschäftigt, die beteiligten Handwerker auf das Genaueste einzuweisen, damit nicht ein Ausführungsfehler die Benutzbarkeit des Stundenglases unmöglich machen könnte. Schon allein die Bestellung solch unglaublicher Mengen an Glas, Holzbalken, Sand und Rüstzeug stellte die regionalen Handwerker vor große Probleme; immer wieder kam es vor, dass Lieferungen deutlich verspätet eintrafen oder gar ausblieben, was von Falbinger und Kasner ein ungeheures Talent zum Improvisieren und Koordinieren abverlangte. Falbinger und Kasner wiederum hatten sich Vertraute gesucht, die als Vorarbeiter für die einzelnen Gewerke fungierten. Und Veldemoor scharte schon bald fünf Buchhalter und zwei Sicherheitsbeauftragte um sich, die ihm zur Hand gingen.

Das passende Grundstück war schon bald auf einer abseits jeglicher Straße gelegenen Lichtung mitten im dichten Buchenwald gefunden und wer sich auskannte, konnte von einer vier oder fünf Kilometer entfernten kleinen Anhöhe jenseits des Flüsschens mit etwas Glück und gutem Wetter erkennen, dass auf der Lichtung ein reges Treiben eingesetzt hatte. Aber an die Lichtung selbst kam man so gut wie nicht heran, denn Veldemoor hatte dafür gesorgt, dass rund um die Uhr zwei Wachgruppen zu je drei Mann patrouillierten und außerdem zwei Wachtürme mit je zwei Mann an der östlichen und westlichen Begrenzung des Grundstücks rund um die Uhr besetzt waren.

Aber stören wir die weiteren Arbeiten zur Errichtung des Stundenglases nicht in ungebührlicher Weise, wenden wir uns lieber Kahlmann wieder zu. Was also bleibt für unseren Freund Kahlmann angesichts dieser durchaus bemerkenswert guten Organisation seiner Baustelle zu tun? Nun, wie immer bei solcherart Projekten ist es wichtig, dass jemand der Visionär bleibt, dass jemand auch daran denkt, wie es weitergeht, wenn der Bau an sich abgeschlossen ist, dass jemand in die Zukunft denkt.

Kahlmann hatte das Gefühl, dass er sich auf Falbinger, Kasner und Veldemoor in ausgezeichneter Manier würde verlassen können. Was also sollte ihn davon abhalten, sich schon heute Gedanken zu machen, die ihre Wirkung erst entfalten würden, wenn das Stundenglas auf der Lichtung stünde und die aufgehende Sonne den Glaskolben von oben herab mit dem rosenroten Licht des frühen

Morgens überfluten würde. Vor Kahlmann stand also die nicht minder komplizierte Aufgabe, sich darüber Gedanken zu machen, wer als erstes das Stundenglas für eine Reise in Raum und Zeit nutzen sollte und in welche Zeit und an
welchen Ort die Reise gehen sollte.

Die Frage nach dem Erstbenutzer des Stundenglases war für Kahlmann in
Wirklichkeit keine Frage, als doch wohl unzweifelhaft feststand, dass selbstre-
dend er und niemand anders als er als erstes seine Erfindung würde ausprobierend
dürfen und müssen. Inwiefern er Order gebe, dass sich nach ihm ein weiterer
Revolutionär der Kahlmannschen Erfindung würde anvertrauen können, blieb
heute noch im Vagen. Ein wenig hatte er Kasner dabei im Blick, der sich wirklich über alle Maßen gut bei der Betreuung der Baustelle anstellte. Aber, wie
gesagt, dies zu entscheiden würde es noch genügend Gelegenheiten geben. Und da
in seinem Buch sowohl die Konstruktion der Zeitmaschine als auch deren fehler-
freie Handhabung minutiös beschrieben waren, musste Kahlmann auch nicht für
den Fall vorsorgen, er käme nicht aus seiner gewählten Reisezeit zurück und
könne nicht mehr persönlich die Handhabung des Stundenglases beschreiben. Ein
besseres Handbuch als sein eigens dickes Buch gab es wahrlich nicht.

Lange dachte Kahlmann auch darüber nach, in welche Zeit er wohl würde
reisen wollen. Natürlich wäre es überaus reizvoll, in diejenige Zeit zu reisen, die
man gemeinhin Vergangenheit nennt. Kahlmann hätte dann die Möglichkeit gehabt, direkt mit denjenigen gelehrten Menschen in Kontakt zu kommen, die die
philosophischen und naturwissenschaftlichen Fundamente für seine weiterführen-
den Forschungen begründet hatten. Aber war es für einen Pionier und Entwick-
ler wirklich reizvoll, in die Zeit zu reisen, die schon den Mehltau der verklärten
Geschichtsschreibung an sich haften hatte? Nein und nochmals nein, das konnte
nicht sein Ansinnen sein. In die Zukunft, ja in die Zukunft musste es gehen!

Wie aber sollte Kahlmann für eine mögliche Reise in die Zukunft die Reise-
parameter berechnen und einstellen? Als erstes galt es, Sorge dafür zu tragen,
dass er in einer Zukunft aus der Zeitmaschine entlassen würde, die unzweifelhaft
weit entfernt von der Zeit läge, die Kahlmann auf natürlichem Wege noch – wenn
auch in hohem Lebensalter – würde erreichen können. Nichts jagte Kahlmann
mehr Grusel über den Rücken als der Gedanke, etwas vielleicht zweimal erleben
zu müssen. Er berechnete folglich die Parameter für seine Zeitreise so, dass die
Landung von heute ab gerechnet frühestens in einhundert Jahren erfolgen würde.

Und wann sollte die Landung spätestens erfolgen? Nun, Kahlmann hatte natür-
lich auch Interesse daran, in eine Zeit einzutauchen, die nicht davon geprägt war,
dass er allein um sein Stundenglas herumstünde, weil die Menschheit sich längst
von der Erde verabschiedet hatte. Gerade in der neuesten philosophischen Lite-
ratur hatte Kahlmann vermehrt über solche sich anbahnenden globalen existenti-
ellen Befürchtungen gelesen. Die Endzeit für die Parametrierung der
Zeitmaschine legte er deshalb zweihundert Jahre von heute ab gerechnet. Das gab
zwar keine hundertprozentige Sicherheit, dass die Erde dann noch existieren
würde, aber die gab es auch nicht für eine Zeitspann von zwei Minuten. Kahl-
mann hielt alle Parameter fein säuberlich in einer wissenschaftlichen Kladde fest
und fertigte auch eine Abschrift an, die die geplante Zeitreise nicht mit antreten
würde.

Die weiteren Überlegungen Kahlmanns galten dem Ort, an den er reisen
wollte. Zu der Zeit, in der unsere Geschichte spielt – nennen wir sie der Einfach-
heit halber die „frühe Neuzeit" oder den Beginn der Industriealisierung, waren
große Teile Europas gut erkundet. Darüber hinaus führten Handelswege zu
Lande auch nach Asien bis in den Fernen Osten. Der Nahe Osten und das
nördliche Afrika galten ebenfalls aus europäischer Sicht als erschlossen. Darüber
hinaus fuhren regelmäßig Schiffe sowohl nach Nord- als auch nach Südamerika
und nach dem Süden Afrikas. Die wenigsten Kenntnisse hatte man wohl von
Australien und Ozeanien sowie den Eismassen an den beiden Polen dieser Erde.
Das Vorstehende durchdenkend kam für Kahlmann also eine Reise innerhalb
Europas nicht in Frage. Zu nah, dachte er, viel zu nah, erreiche ich auch zu
Pferde. Es galt also abzuwägen: Weder sollte es ein Gebiet sein, welches als völlig
weißer Flecken auf der Landkarte galt, noch sollte es ein Gebiet sein, über das
man schon heute das Allermeiste wusste. Diesen Gedanken folgend strich Kahl-
mann schon einmal die Arktis, die Antarktis und Australien inklusive Neu-
seeland von seiner in Gedanken aufgerollten Weltkarte. Sicher, Südafrika wäre
reizvoll, dachte er dann, oder Südamerika aber Kahlmann musste auch an sein
eigenes Wohlbefinden denken und bei Afrika, Südamerika und weiten Teilen
Asiens, die übrigens auch wegen der teilweise spärlichen Besiedlungsdichte ausfie-
len, musste er in hohem Maße damit rechnen, ein überaus heißes Klima bei sei-
nem Auftreffen vorzufinden. Und Kahlmann war gegenüber Hitze nicht
sonderlich positiv eingestellt. Es gab selbst in Mitteleuropa Sommer, die mit ihren

dreißig Grad Celsius Kahlmann einfach zu warm waren. Wie sollte er da dau-
erhaft vierzig Grad im Schatten aushalten. Die Japanischen Eilande wären eine
weitere Option, dachte Kahlmann. Japan gilt als gemeinhin weit entwickelt und
dicht besiedelt und das Klima muss durchaus verträglich für einen Mitteleuropäer
sein. Warum also nicht nach Japan reisen? Ja, was sollte dem entgegen stehen?
Da plötzlich fiel Kahlmann ein oder auf, dass er sich natürlich in der von ihm
gewählten Reiseregion auch wenigstens bruchstückhaft verständlich machen sollte;
schließlich war nicht damit zu rechnen, dass mit ihm gemeinsam ein Dolmetscher
aus dem Stundenglase steigen würde. Aber wie sah es mit Kahlmanns Kenntnis-
sen von Fremdsprachen denn überhaupt aus? Neben seiner Muttersprache hatte
er relativ gut Französisch zu sprechen gelernt und die wissenschaftliche Arbeit
hatte ihn auch den einen oder anderen Brocken aus dem Englischen aufschnappen
lassen. Jedenfalls war er sich ziemlich sicher, in einem englischsprachigen Land
nicht verhungern zu müssen. Das waren doch schon mal gute Voraussetzungen
dafür, dass es in eine Region gehen könnte, in der man mit Sicherheit des Eng-
lischen mächtig war. Nordamerika, Nordamerika wäre solch ein Kandidat, der
nach Kahlmanns Geschmack wäre. Das Klima wahrscheinlich einigermaßen er-
träglich, nicht zu dünn besiedelt, ein Kontinent auf der Schwelle zu Wachstum
und Prosperität, man sprach Englisch und weit genug weg das Stundenglas wirk-
lich auf seine Praxistauglichkeit zu testen, war es auch.

In den nächsten Tagen besorgte sich Kahlmann die detailgetreuesten Karten
von Amerika, die derzeit an deutschen Universitäten zu haben waren. Tage-
und nächtelang saß er vor den Karten, versah Orte mit kleinen Kringeln und
maß Entfernungen aus. Nordamerika war zu dieser Zeit noch von überall auf-
zuckenden Kriegen zwischen den europäischen Siedlern und den Ureinwohnern
des Landes geprägt. War es deshalb vielleicht ratsam, an der Nordostküste an-
zulanden, die in dieser Richtung als relativ ruhig galt. Kahlmann wog ab. Wahr-
scheinlich könnte ich mich dann auch Richtung London oder Manchester begeben,
dachte er und er dachte, dass ein wenig Prickel schon sein sollte. Nördlich des
Golfs von Mexiko, das texanische Gebiet, das wäre doch sicher geeignet, oder?
Nach vier weiteren Nächten unterstrich Kahlmann auf der Karte den Namen
eines kleinen Ortes mitten in Texas.

In der Zwischenzeit hatte das Flugzeug seinen Weg über den Atlantik monoton vor sich hin brummend fortgesetzt; Martina, die die

letzten Seiten des *Kahlmann* in einem Anflug sie überkommender Müdigkeit in der Art gelesen hatte, dass man zwar das Gefühl hat, auf den Zeilen vorangekommen zu sein, dabei aber im Gedächtnis nichts aber auch gar nichts hängen geblieben ist, legte das Buch auf den freien Platz neben sich. Die Kopflehnen der Sitze des Fliegers waren mit Multifunktionsbildschirmen ausgestattet, Martina hatte den vor sich befindlichen gleich nach dem Start ausgeschaltet, denn sie wollte in Ruhe lesen. Jetzt schaltete sie das Display wieder ein: Filme, Musik, Nachrichten, Flugroute – das waren die zur Verfügung stehenden Kanäle. Martina wählte Flugroute. Nach einem kleinen Augenblick, den das Gerät zu überlegen schien, wie es Martina den soeben geäußerten Wunsch erfüllen könnte, erschien eine Karte – die Grundfarbe war Blau, der Atlantische Ozean. Von Frankfurt aus zog sich über den Nordatlantik eine gelbe Spur, an deren Spitze ein kleines Flugzeug zielstrebig gen Westen flog. Der Flieger befand sich jetzt nur noch wenig entfernt von Neufundland, stellte Martina mit einem weiteren Blick auf die Karte fest. Nach Mitteleuropäischer Zeit war es wahrscheinlich irgendwann zwischen drei und vier Uhr am Morgen; in Detroit an der Zieldestination ging es jetzt erst auf Mitternacht zu. Knapp fünf Stunden Flug waren vorüber und noch reichlich drei standen bis Detroit aus, dachte Martina, endlich Zeit noch ein wenig zu schlafen. Fast wäre sie über diesen Gedanken eingeschlafen, fiel ihr ein, dass der *Kahlmann* noch neben ihr lag. Sie nahm das Buch und packte es, bevor sie sich wieder auf die Seite wendete, sorgsam in ihre Tasche. Martina schlief schon, als das Flugzeug seit Stunden zum ersten Mal wieder über festem Land flog. Die unterschiedliche Dichter der Luftschichten über Wasser und über Land hatte dazu geführt, dass das Flugzeug ganz leicht vibriert hatte aber die Passagiere in Kabine merkten dies mehrheitlich nicht, sie schliefen.

Weit im Osten hinter dem Flieger zeigt sich ein erstes zaghaftes Grau am Horizont. Aber es wird noch zwei Stunden dauern, bis dieses Grau sich zu einem fulminanten Sonnenaufgang gemausert haben wird. In der Flugzeugkabine schlafen nun fast alle Passagiere; dahingerafft von den Anstrengungen des vergangenen Tages und von den zu erwartenden Anstrengungen des kommenden. Dann plötzlich kommt Bewegung in die Flugzeugkabine; es gibt noch einen Morgenservice: Kaffee, frische Croissants, Käse, auch ein Ei für jeden Fluggast. Martina und Andrea wachen fast zur gleichen Zeit mehr oder weniger ausgeruht auf. Sie strecken sich und fahren wieder in die Schuhe, die sie der Bequemlichkeit halber abgestreift hatten. „Und, auch bisschen gedöst?", es war mehr eine Verlegenheitsäußerung Andreas gewesen. „Hmm, ich glaube nicht, dass ich in solchen Flugzeugen je werde eine Stunde richtig schlafen können", gab Martina zurück. Dann bissen sie in ihr Croissant.

Die Maschine hat nun ihre Reiseflughöhe verlassen. Man hat in der Kabine vernommen, wie der Copilot die Landeklappen Stück für Stück weiter ausgefahren hat. Ein Blick aus dem Fenster zeigt ein in fades Grau getauchtes Land; das Grau mit einem leichten Anflug von Rosa, das die Sonne aus dem Osten in die Gegend zaubert. Ab und an huschen ein paar Wolkenfetzen am Kabinenfenster vorbei. Sorgsam tariert der Copilot Anflugwinkel und Anfluggeschwindigkeit aus. Gelassen segelt die Boeing auf die Landebahn 03R/21L des Detroit Metropolitan Wayne County Airport zu.

Landeanflug

- - - detroit tower - - - detroit tower - - - delta airlines 423 - - - established runway 32R - - - - - - delta airlines 423 - - - detroit tower - - - wind 300 degrees - - - 9knots - - - runway 32R cleared to land - - - delta airlines 423 - - - runway 32R cleared to land - - - - - - one hundred - - - - - - fifty - - - forty - - - thirty - - - twenty... Haben wir nicht allen Grund anzunehmen, wir säßen immer noch in der Boeing, die gerade dabei ist, sanft auf die Landebahn des Flughafens in Detroit zuzuschweben? Warum eigentlich? Nur, weil wir ein paar Fetzen Funkverkehr aufgeschnappt haben und jemand die sich bis zum Aufsetzen verringernde Flughöhe heruntergezählt? Gleicht nicht jede zu Ende gehende Episode in einem Leben einem Landeanflug – am Ende mit einem sanften Aufsetzen, fast hingehaucht oder einem durchgeschüttelten und durch scherende Böen beeinflussten und damit zum Gegenlenken herausfordernden unsanften und die Fahrwerke aufs Härteste beanspruchenden Dahinrumpeln oder gar einem mehr oder weniger vorhersehbaren Zerschellen am Boden?

Und *wo* sind wir? An Bord? Wo an Bord? Oder auf dem Flughafen? Oder auf welchem Flughafen, wenn schon nicht auf *dem* Flughafen? Oder im Botanischen Garten? Aber in welchem? Oder in der Bibliothek? Aber sie wissen schon... Oder im Maggie Mae's? Oder noch in Deutschland, in der Stadtbibliothek zum Beispiel?

Aber was heißt das, *wo* sind wir? Auch wenn die nachfolgende Frage noch so unüblich klingt, schieben wir sie trotzdem nach: *Wann* sind wir denn eigentlich? Ist die Boeing schon gelandet oder ist sie noch gar nicht in Frankfurt abgehoben? Oder ist die Boeing schon in der Luft aber zwanzig Flüge früher?

Nehmen wir also einfach an, wir wären irgendwo in der Zeit zwischen Martinas Besuch bei Andrea und dem Abheben des Fliegers vom Rhein-Main-Flughafen in Frankfurt, denn irgendetwas müssen wir annehmen. Nehmen wir des Weiteren an, wir wären in Austin Texas, was der bisherigen Handlung unserer Geschichte am besten entsprechen würde aber auch keinesfalls als gesetzt angesehen werden kann. Und so gerüstet begeben wir uns auf Beobachtungsposition.

Da steht sie also, die Italo Vega, die zehngängige Schönheit, wie Gustafsson zu sagen pflegte, angepflockt wie eh und je an dem mächtigen Betonpfeiler des Parkhauses, in dem ansonsten Autos ihr Dasein fristen; ansonsten. Als Gustafsson klargeworden war, dass die gemeinsame Zeit mit Reiche und Becker zumindest, ganz sicher aber auch mit den anderen drei Kameraden, auch wenn das niemand so aussprach, sich ihrem Ende zuneigte, empfand er das als eine Art Erlösung aber es machte ihm auch Angst. Die vergangenen Wochen waren so anders gewesen, so abweichend von den Routinen des Alltags, so voller Überraschungen, so angereichert mit neuen Erkenntnissen und Erfahrungen... Würde er auf all das jetzt wieder verzichten müssen? Lars befreite das Rad vom Betonpfeiler. Das riesige Vorhängeschloss umfing jetzt den Pfeiler, ohne die Schönheit sichern zu müssen und wälzte sich im Staub des Parkhausbodens...
Gut, denkt Lars Gustafsson in dem Moment, gut, ich werde mich wieder mehr meinem Fahrrad, den morgendlichen Tennispartien, meinen Vorlesungen, Nietzsche, den *Hauptströmungen in der Literatur des 19. Jahrhunderts*, Walter Cronkite, dem Travis County und Richard Wagner widmen. Gut, denkt er weiter, bereits hinausradelnd in das rosenfarbene Licht der im Osten aufgehenden Sonne, einige Passagen aus Siegfrieds Rheinfahrt leise vor sich hin pfeifend.

Lars Gustafsson hatte in den vergangenen Wochen seine Lehrtätigkeit an der Universität sträflich vernachlässigt. Die Treffen mit seinen Freunden, die Gespräche und die schier endlosen Exkurse in Raum und Zeit hatten dazu geführt, dass er seine Studenten sogar mehr oder weniger vergessen hatte. Am Ende stand das Ergebnis, dass der Direktor der Philosophischen Fakultät ihn zu sich gebeten hatte, zu einer Aussprache, und zwar einer ernsthaften, hatte man ihm im Sekretariat der Fakultät Angst machen wollen. „Nun, lieber Lars", so hatte das Gespräch an einem beliebigen Tag aber schon ziemlich spät am Abend – die Flure an der Fakultät waren schon so gut wie leer - begonnen. Das Gespräch fand im Amtszimmer des

Fakultätsdirektors, eines in Ehren ergrauten Philosophieprofessors, statt: „Nun, ja, es fällt mir nicht leicht aber – es hat Kritik gegeben. Nein, nein, seien Sie nicht besorgt, es hat Kritik gegeben aber die gibt es ja immer einmal wieder." Man spürte, dass der Professor selten solche Aussprachen führen musste. Lars hatte in einem der überdimensionalen Ledersessel, auf den der Professor nach der Begrüßung zum Zeichen des Platznehmens gezeigt hatte, mehr gelegen als gesessen, in seinem verschwitzten Tennisshirt, den Rucksack, aus dem die Tennisschläger schauten, keck auf den Oberschenkeln. Kein Ton der Erwiderung aus Gustafssons Mund. „Nun, also, man hat mich informiert; es müssen Seminare und Vorlesungen ausgefallen sein – ohne ersichtlichen Grund, sagte man mir; Vorlesungen und Seminare, die Sie, lieber Gustafsson, eigentlich hätten halten müssen." Immer noch keine Entgegnung. „Also, lieber Kollege, Sie würden es uns beiden sicher leichter machen, wenn Sie sich – wie auch immer – zu dieser Kritik äußerten. Vielleicht basiert ja alles auf einem Missverständnis." Die Miene des Direktors nahm im Laufe seines Monologs langsam flehende Züge an. Als das Schweigen des alten Schweden fast schon unerträglich laut geworden war, kamen endlich ein paar Töne aus seinem Mund: „Mhm, wissen Sie, ich war, wie soll man sagen, ich war in einer besonderen Situation. Ich war in einer Situation, die es mir tatsächlich", das tatsächlich klang beängstigend klar und unmissverständlich, „die es mir also tatsächlich nicht erlaubt hat, meinen Verpflichtungen an der Universität nachzukommen." Und dann, nach einer kurzen Pause: „Ich weiß, ich hätte Sie informieren sollen, hätte mich abmelden müssen..." Der Direktor hatte sich, nachdem er die ganze Zeit gestanden hatte, wieder an seinen Schreibtisch gesetzt und war sichtlich froh, dass Gustafsson nun das Wort führte. „Aber machen Sie sich keine Gedanken, ich hole sowohl die Seminare als auch die Vorlesungen nach, sobald wie möglich, wahrscheinlich schon sehr bald." Dann hatte sich Lars erhoben, was ihm wegen der Tiefe, in die er in den Sessel gesunken war, gar nicht so leicht fiel, hatte dem Direktor, dem man die Erleichterung, das Gespräch nun endlich geführt zu haben, direkt im Gesicht ansah, versöhnlich die Hand über den schweren Schreibtisch gereicht und war mit einem „Sie haben mein Wort!" aus dem Amtszimmer verschwunden.

Draußen, die Sonne war längst hinter dem Horizont untergetaucht aber es war noch heiß vom Tage, schulterte er den Rucksack, stieg auf das Fahrrad und radelte in Richtung seines Appartements. Ja, dachte er, lassen wir die beiden Frauen hier ankommen, dann verabschieden wir Becker und Reiche samt der Frauen wieder, dann werden sich sicher auch die Wege der Hiergebliebenen trennen und dann, lieber Fakultätsdirektor, dann werde ich mich mit vollem Engagement meinen Studenten widmen. Das alles, so dachte er weiter, kann nicht mehr länger als zehn Tage oder höchstens zwei Wochen dauern. Mit derart Gedanken beschäftigt langte er in seinem Haus an. Sorgsam befreite er das Vorhängeschloss aus dem zementartigen Bodenstaub des Parkhauses, pflockte die Schönheit wieder an den Betonpfeiler und begab sich, in seinem Appartement angekommen, als erstes unter die Dusche. Dann, gefühlte Stunden später, nahm er sich das üppig belegte Sandwich, das er sich irgendwo unterwegs besorgt hatte und öffnete eine weit unter Zimmertemperatur in dem riesigen Kühlschrank seiner Küche herunter gekühlte Flasche texanischen Biers. So ausgerüstet schaltete er das Fernsehgerät an, aus dem ihm natürlich, wer auch sonst, Walter Cronkite mit der letzten Tagesschau von CBS entgegen schaute: Geldentwertung, Arbeitslosigkeit, Depression, mögliche Kriegsherde... Ach, Walter, wenn wir Sie nicht hätten.

Lars hatte die Flasche Bier fast geleert und das Sandwich, das, je mehr er davon aß, mehr und mehr einer Nachbildung aus Pappmaschee zu ähneln schien, fast aufgegessen, da kam Walter Cronkite auch endlich zum Schluss. Viele Fernsehkanäle gab es damals noch nicht, so dass Lars das Gerät auch nach dem Abspann der Tagesschau weiter auf dem CBS-Kanal laufen ließ. Als nächste Sendung wurde eine Dokumentation über den Beginn des Universums angekündigt. Lars durchfuhr es mit einem Mal, ja, tatsächlich, immer wieder berief man sich auch auf Weinbergs Buch *Die ersten drei Minuten.*

Wie gebannt – Sandwich und Bier waren längst aufgebraucht - verfolgte Gustafsson die Sendung bis zum Ende.

Dann ging er ins Bett. Wenn das hier mit Becker und Reiche und Kahlmann und Weinberg und diesem Gödel vorbei ist, so dachte er, fast schon einschlummernd, dann werde ich ein Buch über meine Erlebnisse schreiben…

Irgendwo anders in Austin in Texas war Kurt Gödel auf seinem Weg, irgendwann völlig ohne die Aufnahme von Nahrung existieren zu können, ein ganzes Stück vorangekommen. Hosenbeine und Schöße des braunen Anzugs, den er trug, flatterten wie wild im milden texanischen Wind, denn in den vergangenen Wochen war die fleischliche Substanz, die den Anzug bis zur Reise nach Texas noch einigermaßen ausgefüllt hatte, weiter geschrumpft. Kein Wunder, denn wenn Gödel schon unter normalen Umständen kaum etwas aß, wie sollte er dann unter den Bedingungen der vergangenen Wochen zu einer geregelten Nahrungsaufnahme auch nur ansatzweise fähig gewesen sein? Ganz besonders grässlich wirkte es, wenn er den Hut trug, von dem er sich so schwer zu trennen in der Lage zeigte. Soweit wie Gödel abgemagert war, hatte es nämlich den Anschein, die Hutkrempe rage links und rechts in üppigem Maße über die klapprigen Schultern des Physikers hinaus. Aber – Gödel beschwichtigte sich, wenn er vor dem Spiegel von dieser Anmutung eingeholt wurde – das war natürlich alles nur eine optische Täuschung.

Natürlich war sich auch Gödel selbst der Gefahr bewusst, die mit seiner ständig weiter fortschreitenden Gewichtsabnahme einher ging. Aber als er damals mit den Freunden gemeinsam im Maggie Mae's erfahren hatte, dass sich Reiche und Becker schon bald aus dem Staube machen würden, hatte er eine ernsthafte Inangriffnahme dieses gesundheitlichen Problems auf die Zeit nach Abreise der beiden Deutschen und ihrer Frauen verschoben. Dann aber wird es sein müssen!

Ja, stellte sich also die Frage, wie es weitergehen würde, wenn Reiche, Becker und die beiden Frauen wieder in den Flieger in Richtung Osten gestiegen sein würden? Würde man sich auch zu viert weiter in der Bibliothek treffen? Würden überhaupt die drei weiteren

Weggefährten in Austin bleiben? Gödel musste wieder daran denken, dass er dringend etwas gegen seine Magersucht tun musste. Schon einmal, schrecklich allein der Gedanke daran, damals noch in Princeton, war es ihm so schlecht gegangen, dass Adele, seine Frau, die Einweisung in eine Klinik veranlasst hatte; jedoch auch, um ihren Kurt schon nach zwei Tagen wieder nach Hause zu holen und ihn dort liebevoll weiter zu pflegen. Ja und wirklich war Gödel damals nach sechs Wochen hinwendungsvoller Pflege durch seine Frau wieder auf die Beine gekommen und hatte um die zehn Kilogramm – eine für Gödelsche Verhältnisse unvorstellbare Größenordnung – zugenommen. Zwar fühlte er sich jetzt trotz seiner knappen körperlichen Reserven nicht allzu schlecht aber dass ein weiteres Abnehmen unweigerlich mit dem endgültigen körperlichen Verfall enden würde, war Kurt Gödel so gut wie klar. Vieles sprach also dafür, sich gleich nach der Abreise der vier in Richtung Deutschland wieder auf die Heimreise nach Princeton zu machen; zu seiner Adele. Gödel kramte in seinen Papieren, die fein säuberlich geordnet auf seinem Schreibsekretär, einem wohlgeordneten Stehpult, lagen. Ja, da waren sie ja, die Aufzeichnungen der Parameter seiner Reise in diese Zeit und an diesen Ort. Gödel studierte Zeile für Zeile, Formel für Formel. Dann setzte er sich an seinen Schreibtisch, die Blätter immer noch in der Hand. Er nahm einige Bücher zur Hand, blätterte da und schlug dort nach, legte das eine oder andere Lesezeichen an verschiedene Stellen in die Büchern und begann, die Aufzeichnungen der Parameter seiner Reise nach Austin um die Parameter der Rückreise zu ergänzen.

Diese Rück-Reisevorbereitungen waren aus Sicht des Erfinders der Gödel-Universen natürlich denkbar einfach: Er musste lediglich ein neues Gödel-Universum schaffen und darin Bedingungen herstellen, die den von ihm prognostizierten Lehrsätzen entsprachen. Wiederum durfte in diesem Universum die Zeit als solches nicht existieren. Dann galt es, den entscheidenden gedanklichen Schritt neuerlich zu vollziehen: Da ja das wirkliche und existente Universum auch nur ein mögliches Universum ist (in diesem Fall das Universum hier in Austin zu dem jetzigen Zeitpunkt) ist unter diesen „Laborbedingungen" auch im wirklichen oder tatsächlichen Universum die Zeit nicht existent. Mit anderen Worten: Gödel musste auch jetzt drei Schritte tun: Als erstes musste er in sein Gödel-Universum, in dem es keine Zeit gab, abtauchen, um sodann in Schritt zwei von dort aus unter Beibehaltung der Gödel-Bedingungen in das Universum von Adele und Princeton hinüberzuschwimmen und dann (Schritt drei) wieder aufzutauchen. Gödel überprüfte noch einmal die Parameter (Aufwachen in Princeton zu der Zeit seiner überstürzten Abreise) und prägte sich die notwendigen Schritte genau ein.

Zufrieden legte Kurt Gödel Stift und Papier beiseite. Alles war also gut vorbereitet. Gleich nach Verabschiedung der Freunde würde er sich hier aus dem Staube machen und Adele anvertrauen, die würde schon wissen, wie er wieder ein paar Kilo mehr auf die Rippen bekäme.

Ortswechsel. Das Maggie Ma'es. Früher Nachmittag, eine weißglühende Sonne taucht die Straße jenseits der Fenster des Restaurants in gleißendes Licht. Mittägliche Ruhe – nur vereinzelt ein paar Leute auf der Straße – im Restaurant nicht mehr als drei Tische besetzt. Unschlüssig lehnt Gregor Kahlmann mit dem Rücken am Tresen, in den Raum schauend, ob noch jemand einen Wunsch hat, einen Espresso etwa oder ein Glas Ginger Ale oder... Keine Regung an den Tischen – keine weiteren Wünsche. Kahlmann verschränkt die Arme vor der Brust. So, denkt er, in wenigen Tagen werden uns also Becker und Reiche samt ihrer Frauen, die ich noch nicht einmal kenne (lächelt) wieder verlassen und es ist vorstellbar, dass damit auch wieder Ruhe hier einziehen wird, denn auch in Kahlmanns Wahrnehmung ist erst seit dem Moment, da die sechs Männer aufeinander getroffen sind, hier alles so ziemlich durcheinander geraten: sprechende Bücher, fehlende Uhren, Sand, Sand, Sand, ein Koffer, der niemandem gehören will und sich trotzdem ständig an anderen Orten aufhält, ein Diktiergerät, das auch noch nach einem Tauchgang funktioniert, Vorträge, nächtliche Erkundungstouren, Tennis- und Golfturniere die sowohl stattfanden als auch nicht stattfanden... Kahlmann überlegt, wie es wohl vorher gewesen war, vor der Zeit, als sich die Männer kennenlernten. Ja, wie war es eigentlich? Mit verschränkten Armen lässt Kahlmann das Kinn auf die Brust sinken, um besser nachdenken zu können. Ja, wie war es? Aber sosehr er sich auch müht, es kommt ihm nichts in den Sinn, was die Zeit vor der Männerfreundschaft näher beleuchten würde. Nichts! Aber es muss doch zwingend etwas gegeben haben, bevor ich hier angefangen habe, Espresso zu servieren. Kahlmann spürt, wie langsam aber sicher eine Wut in ihm hochkommt, eine Wut darüber, dass es ihm einfach nicht zu gelingen scheint, sich an das Vorher zu erinnern. Aber diese Wut nützt niemandem, denkt Gregor Kahlmann, ich muss systematisch vorgehen. Also noch einmal Schritt für Schritt. Ich heiße Gregor Kahlmann, geboren am… Ha, jetzt fängt die Wut an, in Sarkasmus umzuschlagen: Gregor Kahlmann hat sein Geburtsdatum vergessen, herzlichen Glückwunsch, Herr Kahlmann, bald werden sie auch nicht mehr wissen, wie sie heißen. Zornesröte stieg in Kahlmanns Gesicht. Gut also, ich heiße Gregor Kahlmann, geboren am – dazu später – ich arbeite als Kellner im Maggie Mae's in Austin in Texas, Vereinigte Staaten von Amerika. Ich bin eigentlich kein Amerikaner, sondern Staatsbürger der… Die nächste Lücke. Vielleicht bin ich ja doch Amerikaner, das Kind deutscher Einwanderer. Kind, das ist ein gutes Stichwort. Noch einmal also: Ich heiße Gregor Kahlmann – naja, das weitere müssen wir jetzt nicht jedes Mal wiederholen - und meine Eltern stammen aus…? Meine Eltern. Kahlmann läuft ein Schauer über den Rücken, nicht genug, dass er sein Geburtsdatum vergessen zu haben scheint, auch kann er sich weder an seine Mutter noch an seinen Vater erinnern. Kahlmann konzentriert sich: Wieso gelingt es mir nicht, eine Erinnerung an die Zeit vor meinem Aufenthalt hier in Texas aufzubauen. Ich fühle mich wie ein junger Mann – sieht an sich herab um festzustellen, dass seine Hände alles andere als die Hände eines jungen Mannes zu sein scheinen – na gut, ich fühle mich in den besten Jahren und kann mich an nicht mehr als die letzten sechs oder zehn oder zwanzig Wochen meines Lebens erinnern, das ist doch absurd!

In dem Moment regt sich etwas an einem der Tische, ein Hallo dringt durch den Raum, begleitet von einem Winken in Richtung

Kahlmann. Aber Kahlmann, das Kinn immer noch auf der Brust, bemerkt es nicht. Das Hallo schickt einen Bruder nach, etwas größer, etwas lauter, etwas eindringlicher. Kahlmann spürt, dass da etwas ist – ja, ja ich komme. Noch einen Milchkaffee und ein großes Glas Wasser – ja, sehr gern doch. Gregor Kahlmann ist froh, endlich aus diesen düsteren Gedanken gerissen worden zu sein. Er geht hinter den Tresen, bereitet den Kaffee, schäumt die Milch auf, gießt das Wasser in ein Glas, alles auf das Tablett – so – ein kurzes Stück Weges bis zu dem Tisch unter den Bildern, alles zu Ihrer Zufriedenheit? Ja, alles ok. Danke. Kahlmann geht zurück an den Tresen. Wieder sickert diese düstere Ruhe in den Raum, kaum Geräusche, von dem Klappern eines Löffels in einer Tasse Espresso einmal abgesehen.

Kahlmann hat wieder Zeit, denn mit der nächsten Bestellung ist so schnell nicht zu rechnen. Wieder lehnt er sich an den Tresen, den müden Blick ins Lokal gerichtet. Wieso, wieso kann ich mich an nichts, aber auch gar nichts erinnern, das länger als – na sagen wir … Kahlmann spürt, dass er nicht einmal weiß, wie lange er sich zurückerinnern kann. Eine Uhr, und wenn es eine Sanduhr wäre, schießt es ihm durch den Kopf, was gäbe ich für ein Chronometer, das mir die genaue Zeit anzeigte. Ich muss irgendeiner Beschäftigung nachgehen, denkt er als nächstes, wenn ich nicht etwas Vernünftiges zu tun bekomme, das mich ein wenig ablenkt, dann werde ich noch vollends wahnsinnig. Die Gedanken kreisen in Kahlmanns Kopf: Uhr – Sanduhr – Sand – Zeit – Bibliothek – Koffer – Gödel – Satz – Tennis – verlorener Satz – Golf – Sand – geschlossen – Becker – Sand – Glassplitter…

Endlich will jemand zahlen. Kahlmann strafft sich, gerne doch, ich bringe die Rechnung. Aber auch diese Episode währt nur einen Augenblick und nach viel zu kurzer Zeit wird unser Held wieder seiner grüblerischen Neigung überlassen.

Aber dann sehen wir, dass ein Lächeln über Gregor Kahlmanns Gesicht zu huschen scheint, ein Lächeln, das den Begriff eigentlich nicht verdient, mehr die Andeutung einer freudigen Regung, lediglich für den Bruchteil einer Sekunde in den Mundwinkeln und in den Augen zu spüren – von sehen wollen wir lieber nicht sprechen. Was ist unserem Freund durch den Kopf gegangen? Nun, an dieser Stelle nur so viel: Ja, denkt Gregor Kahlmann, je, ich werde mich meiner Vergangenheit widmen, ich werde alles daran setzen herauszubekommen, was vor meiner Ankunft hier in Austin gewesen ist. Aber ich werde mir noch ein paar Tage Zeit damit lassen – ja, ich werde beginnen, wenn Christoph Becker und seine Frau und Martin Reiche und seine Frau unser schönes Austin werden verlassen haben – ja, dann, dann ganz bestimmt, dann werde ich erfahren, wie meine Vergangenheit ausgesehen hat, ganz bestimmt...

Kahlmann geht hinter den Tresen, denn es gibt noch ein paar Tassen zu spülen und ein paar Gläser einzuräumen. Wer ganz genau hinhören würde, würde hören, dass – fast tonlos – Kahlmann ein Liedchen auf den Lippen hat...

Erneuter Szenenwechsel. Das dämmrige Licht, das die altersschwache und leidlich ramponierte Schreibtischlampe aussendet, ist gerade noch in der Lage, einen kreisrunden und diffus wirkenden Lichtkegel auf dem Schreibtisch zu platzieren; und auch das scheint ihr schwer zu fallen. Der Rest des Zimmers versinkt in einem schattigen Dämmerschlaf. Auf dem Schreibtisch im Lichte liegen Bücher, einige aufgeschlagen, einige gestapelt, daneben zwei Rechenschieber, einer aus Plastik und einer, der ganz offensichtlich schon der Anmutung nach wertvollere, aus Aluminium. Unordentlich sind Stifte dazwischen gestreut, Bleistifte vor allem aber auch zwei Kugelschreiber und ein Füllfederhalter. Eingeklemmt zwischen zwei Buchdeckel findet sich des Weiteren ein hölzernes Lineal. Irgendwo lugt auch ein Radiergummi hervor, ein nicht verschraubtes Tintenfässchen steht am oberen Rand der Schreibtischplatte, gerade noch von dem Lichte der schwarzen Lampe erfasst. Mittig in dem Lichtkegel liegt ein Schreibblock, zwei Hände über ihm, die – unser Blick hangelt sich den Armen entlang aufwärts – ganz eindeutig Steven Weinberg gehören. Eine Seite des Blocks scheint schon dicht beschrieben zu sein.

Neugierig geworden beugen wir uns über den Schreibtisch und lesen:

An den Rektor der Harvard University in Cambridge Massachusetts

1350 Massachusetts Ave.
Cambridge MA

Eure Magnifizenz,
sehr geehrter Herr Kollege Anderson,
lieber Fred,

als erstes bitte ich aufrichtig zu entschuldigen, dass ich vor geraumer Zeit so augenscheinlich überhastet unserer einzigartigen Universität den Rücken kehrte, um mich einem Studienaufenthalt hier im texanischen Austin zu widmen. Nun, das sei vorab angemerkt, im Bostoner Raum erscheint mir das Klima um einiges verträglicher und angenehmer als hier am Rande der texanischen Wüste, aber das habe ich ja vorher gewusst. Ja, ich möchte nicht verschweigen, dass ich mit meinen Studien durchaus vorangekommen bin aber wie ist es doch (leider?) üblich in der Wissenschaft? Du löst ein Problem und legst damit den Grundstein für mindestens zwei neue Probleme. Aber lieber Fred, ich untertreibe auf sehr hohem Niveau; die Anzahl der neu aufgeworfenen Fragen beträgt nicht zwei sondern ganz offensichtlich ein potenziell vielfaches dieser kleinsten Primzahl.

Ich will an dieser Stelle nur einige wenige dieser neuen Probleme nennen.

Ganz oben in dieser Liste soll stehen, dass mich – lieber alter Freund, bitte erschrick jetzt nicht, denn ich habe ganz sicher nicht den Verstand verloren – sehr beunruhigt, dass ich hier seit meiner Ankunft in einer gewissen Zeitlosigkeit lebe. Wie sich das zeigt? Nun ganz einfach: Es gelingt mir nicht, die genaue Uhrzeit festzustellen; ja es geht noch weiter, denn offensichtlich gibt es nicht nur keine Uhrzeit sondern auch keine Uhren, auf die man schauen könnte. Dass sich trotzdem das Leben in einem recht geordnet zu bezeichnenden Rhythmus bewegt, ist umso erstaunlicher.

Eine zweite Absonderlichkeit besteht darin, dass ich hier fünf Männer kennenlernte, die nicht nur aus ganz unterschiedlichen örtlichen Gefilden stammen, sondern auch aus ganz unterschiedlichen Zeiten zu stammen scheinen. Im Übrigen, Du wirst staunen, ist auch Kurt Gödel gerade hier und er zählt zu den Männern, mit denen ich mich hier mehr oder weniger eng umgeben habe.

Eine dritte Erstaunlichkeit liegt darin, dass auch der Raum hier zu machen scheint, was er will – oder jedenfalls einige Dinge in ihm dies tun. Du verstehst mich nicht? Lass es mich so erklären: Es gibt hier Gegenstände, die – aller

Logik zum Trotze – offensichtlich an einem Ort diffundieren, um sich an einem anderen Ort wieder neu zu materialisieren. Ein ganz besonders prächtiges Beispiel für dieses Phänomen ist ein alter abgeschabter Lederkoffer. So, mein lieber Fred, jetzt und an dieser Stelle wirst Du mich schließlich und endlich tatsächlich für übergeschnappt halten – warte damit noch ein paar Wochen, denn die Chance hast Du dann immer noch.

Denn der Anlass meines Briefes besteht durchaus nicht nur darin, für Verwirrung bei meinem lieben Kollegen und altem Freund Fred Anderson zu sorgen, nein, vielmehr will ich Dich um etwas bitten. Und im Zusammenhang mit dieser Bitte komme ich nun zu der erstaunlichsten Neuigkeit, die ich kaum aufzuschreiben wage. Zu meinem neuen Freundeskreis gehört auch ein leidlich junger Mann - jung im Gegensatz zu mir, lieber Freund – mit Namen Gregor Kahlmann. Der wiederum ist von den fünf Männern der, na sagen wir, eigentümlichste. Zum einen kann er sich in keinster Weise an seine Vergangenheit erinnern, was – offen gestanden – ich mir auch manchmal wünschen würde aber das ist nicht alles. Hinzu kommt noch, dass er ganz offensichtlich in der Lage zu sein scheint, in der Zeit reisen zu können. Wie ich darauf gekommen bin? Nun, einer meiner neuen Bekannten ist auch ein Schriftsteller aus Deutschland und der hat die Geschichte dieses Kahlmann aufgeschrieben – aber das scheint er auch vergessen zu haben. Ja, es existiert ein Buch – noch nicht übersetzt und deshalb nur in deutscher Sprache, der ich ja leider nicht mächtig bin – mit dem Titel Kahlmann. Und in diesem Buch scheint minutiös beschrieben zu sein, wie man Zeitreisen planen und durchführen kann. Und nun komme ich endlich auch zu meiner Bitte. Es zeichnet sich ab, dass in wenigen Tagen zwei meiner Freunde hier abreisen werden und damit wird ganz sicher auch einhergehen, dass unsere Männerfreundschaft insgesamt hier nicht länger Bestand haben dürfte. Da ich aber gern die einmalige Gelegenheit nutzen würde, weiter erkenntnistheoretisch an den Big Bang heran zu kommen, würde ich gern noch die eine oder andere Woche hier bleiben, um ein paar Experimente durchzuführen. Ich darf Dich an dieser Stelle also bitten, meine Abwesenheit von unserer Universität noch einige Zeit zu genehmigen.

Und an die Bitte schließe ich den Wunsch an, dass Du mir eine möglichst wörtliche Übersetzung dieses Buches mit dem Titel Kahlmann von Christoph Becker besorgst und mir hier an meine Austiner Adresse schickst.

So, nun hoffe ich, nicht zu forsch mit meinen Wünschen gewesen zu sein, lieber Fred. Mache Dir bitte wirklich keine Gedanken, denn mir geht es sehr gut, auch wenn das, was ich hier zu Papier gebracht habe, doch etwas verworren zu sein scheint.

Mit herzlichen Grüßen und in der Hoffnung eines baldigen Wiedersehens,

Dein Steven Weinberg

Als die Tinte getrocknet ist, falten die Hände den Brief säuberlich zusammen und stecken ihn in ein schon beschriftetes Kuvert – zukleben, fertig. Dann löscht die linke Hand die Schreibtischlampe und wir sitzen im Dunklen.

In einer anderen aber kaum minder dunklen Bleibe, bestehend aus zwei Zimmerchen, beide auf einem Flur und gleich nebeneinander, sitzen Martin Reiche und Christoph Becker an ihren Schreibtischen. Beide resümieren das Ergebnis der Arbeit der vergangenen Wochen, wozu sie wahrlich nicht lange brauchen, denn das de facto nichts an Manuskriptmaterial entstanden ist, liegt auf der Hand – oder es liegt in diesem Fall eben im wahrsten Sinne des Wortes nicht auf dem Schreibtisch. Reiche erhebt sich, ein kurzes Klopfen und ohne ein Herein abzuwarten betritt er Beckers Zimmer. „Hast du einen Moment Zeit?" Becker blickt auf und anstelle einer Antwort rückt er einen etwas abseits stehenden Stuhl so zurecht, dass sich Reiche setzen kann, halb dem Schreibtisch und halb dem Schriftstellerkollegen zugewendet. „Leeres Papier, nichts als leeres Papier, Martin", Becker deutet mit der rechten Hand in einem Bogen über den Schreibtisch, über den tatsächlich ein paar Blätter verstreut sind – leere Blätter. „Hast du vor, noch etwas zu schreiben, Christoph?" – „Gern würde ich, liebend gern und das, was wir hier in den paar Wochen unseres Aufenthalts erlebt haben, schreit ja geradezu danach, zu Papier gebracht zu werden aber…" – „Was aber?", Reiches Ton wird eindringlicher. „Tja, ich scheitere ja schon daran, mir Gedanken zu machen, als was das, was ich von hier schildern könnte, durchgehen kann oder kannst du dir vorstellen, dass uns das jemand als Studienreportage abnimmt?" Reiche schaut Becker jetzt ungläubig an: „Wie meinst du das?" – „Nun ich meine, dass wir ja gern alles aufschreiben können, was wir erlebt haben aber wir werden Spott und Häme ernten, wenn einer liest, dass es hier keine Uhren geben soll oder dass sich in einer Bibliothek plötzlich Sand auf dem Fußboden auftut, der dann genauso schnell wieder weg ist, wie er gekommen war, oder, oder, oder." – „Ja, und dass wir Kurt Gödel, Steven Weinberg und Lars Gustafsson getroffen haben sollen, wo das doch gar nicht möglich sein kann, nimmt uns auch niemand ab." Reiche macht eine bedeutungsvolle Pause, bevor er fast verschwörerisch und leise, so dass Becker ihn kaum verstehen kann und folgerichtig näher an ihn heranrückt, fortsetzt: „Und am meisten Hohngelächter werden wir ernten, wenn wir aufschreiben, dass wir auch Gregor Kahlmann getroffen haben, ja den Gregor Kahlmann, den du so stilsicher in deinem Bestsellerroman beschrieben hast. Jetzt sind die beiden total durchgeknallt, wird man rufen und Skandal, Skandal wird es heißen, das ist auch unser Geld, mit dem ihr unterwegs wart, ihr Aufschneider, ihr Lügenbolde, ihr Hochstapler…" Reiches Blick wurde mit zunehmender Aufzählung immer starrer. Becker, der sich langsam Sorgen um seinen Freund machte, legte ihm die rechte Hand auf den Unterarm: „Nun beruhige dich doch, noch ist es ja nicht zu spät und vielleicht fällt uns auch noch eine gute Ausrede ein, die glaubhaft macht, dass wir nicht produktiver sein konnten." – „Ja, eine Ausrede, wir denken schon wieder über eine Ausrede nach, anstelle darüber nachzudenken, was wir schreiben könnten." – „Also, Martin, das ist doch jetzt wirklich kleinlich, willst du mir jetzt moralisch kommen, gerade du, gerade der mit der absoluten Schreibblockade?" Becker hielt augenblicklich inne – war er jetzt nicht einen Schritt zu weit gegangen? Wie um zu beweisen, dass ihm seine Äußerung eigentlich leid tat, ließ er seine rechte Hand auf Reiches Unterarm liegen, noch drei oder vier Sekunden lang, die sich wie eine Ewigkeit anfühlten. Dann erhob er bedeutungsschwer seine rechte Hand wie zu einem Schwur: „Martin, wir werden das alles noch verarbeiten und es werden zwei gute Romane werden, deiner und meiner aber es wird noch Zeit brauchen –

das werden sowohl die Kollegen als auch unsere Leser verstehen, ja, davon bin ich überzeugt. Und ich bin auch überzeugt davon, dass jetzt blindwütiges Losschreiben niemandem helfen würde, dass würde uns nur in eine ungute und Misstrauen verbreitende Konkurrenzsituation bringen, denn du würdest darüber wachen, dass ich keinen Schreibvorsprung herausarbeiten würde, genauso wie ich über die Seitenzahlen, die du zu Papier brächtest, wachen würde. Also ist es doch das beste, wenn wir gemeinsam die Meinung vertreten, dass wir hier in Texas noch nicht produktiv sein konnten aber ganz sicher gleich nach unserer Rückkehr nach Deutschland die Federn gewetzt würden – ja, dann würden Martin Reiche und Christoph Becker Tag und Nacht durchschreiben und nach, na sagen wir mal, nach einem halben Jahr würden schon zwei Bücher in den Regalen thronen, jedes mindestens eintausend Seiten stark und jedes aus der Sicht seines Verfassers geschrieben, zwar über die gleiche Zeit aber eben aus zwei Sichten und jedes", an der Stelle machte Becker eine bedeutungsschwere Pause, um dann noch einmal anzusetzen, „und jedes ein tatsächlicher Bestseller." Die letzten beiden Worte hatten geklungen wie das Zischen eines Säbels, die Luft durchschneidend. Martin schaute Becker an, sagte aber kein Wort. Langsam ließ Becker die Hand, die bis dahin immer noch wie zum Schwure in der Luft gehangen hatte, sinken, legte sie aber wohlweislich nicht wieder auf Reiches Unterarm, sondern ließ sie mehr oder weniger achtlos auf seinen rechten Oberschenkel gleiten. Auf seinen eigenen rechten Oberschenkel. Dann räusperte er sich noch einmal, um seine Rede fortsetzen zu können: „Martin, glaub mir, das wird das Beste sein, wir werden es jetzt hier nicht mehr retten können, nicht mehr hier und nicht mehr jetzt. Das werden wir gleich nach unserer Rückkehr nach Deutschland ganz deutlich sagen und wir werden in einem Atemzug darum bitten, dass man uns noch vier Wochen Zeit geben möge und dann werden die ersten hundert Seiten von unseren neuen Romanen vorliegen. Und wir werden anbieten, dass wir dreißig Prozent der Reingewinne aus unseren Büchern zurückführen werden in die Kasse des sächsischen Schriftstellerverbandes." Bei dem letzten

Satz war Reiche sichtlich zusammen gezuckt. Dann hatte er aber angefangen zu nicken, erst fast unmerklich, dann an Intensität zunehmend, bis man ihm die Erleichterung ansah, die mit dem zunehmenden Nicken verbunden war. Ja, Becker war wohl doch nicht so ein Halunke, sondern in Situationen, in denen es wirklich darauf ankam, wahrscheinlich ein richtiger Kumpel. Auch wenn er den *Kahlmann* geschrieben hatte, sogar dann noch.

Reiche wollte sich schon erheben, um in sein Zimmer zurück zu gehen, da hielt ihn Becker noch einmal zurück. „Sag mal, was mir auffällt ist, dass in letzter Zeit die Merkwürdigkeiten, die uns hier zugestoßen sind, fast vollständig vom Acker gegangen zu sein scheinen. Weißt du, woran mir das aufgefallen ist? Der Koffer, dieser dümmliche braune Lederkoffer, den hab ich schon mindestens, na sagen wir geschätzte zwei Wochen nicht mehr auftauchen sehen. Oder hast du eine Ahnung, wo der ist?" – „Nein, weiß ich nicht. Und du hast recht, wenn ich es mir so recht überlege, ist in letzter Zeit alles ziemlich normal geworden. Fast schon beängstigend normal", Reiche zwinkerte, denn natürlich waren beide irgendwie froh, dass nicht an jeder Ecke neue Gespenster lauerten. „Vielleicht bekommen die es hier ja auch noch hin, ihre Uhren wieder sichtbar werden zu lassen, das würde mir natürlich auch gefallen." Mit diesem Schlusssatz erhob sich Reiche endgültig und ging ohne ein weiteres Wort des Grußes zurück in sein Zimmer. Aber es sah so aus, als ob sein Gang federnder wäre, als noch bei seinem Eintritt in Beckers Studierstübchen.

Bleibt es der Chronisten Pflicht, auch noch einen Blick nach dem Verbleib von Freund Satz zu werfen. Wir erinnern uns, Satz zuletzt in Gustafssons Werk *Die Tennisspieler* gesehen zu haben und wir wissen, dass Satz ein sehr unstetes Leben zu führen gewöhnt ist. Wo also steckt er, jetzt da sich die Geschichte unweigerlich dem Ende zu nähern scheint, eigentlich? Wir nehmen es ganz einfach vorweg und konstatieren nüchtern: Satz ist nie mehr aufgefunden worden – oder, anders ausgedrückt: Satz ist überall. Wir wollen es damit bewenden lassen, denn wie haben Martin Reiche und Christoph Becker so treffend bemerkt: Die Eigentümlichkeiten haben sich in Luft aufgelöst. So hat es eben auch Satz getan und ist jetzt überall und nirgends.

Punkt.

Halt, dieser Punkt war doch etwas zu voreilig gesetzt, denn wir sollten zwingend auch noch einmal nach Martina Reiche und Andrea Chatwin schauen. Tja, also schauen wir. Die Delta-Airlines-Maschine ist zwischenzeitlich sicher und ohne jegliches Rumpeln in Detroit gelandet. Martina und Andrea sind von Bord gegangen; um ihr Gepäck mussten sie sich nicht kümmern, denn das hatten sie ja wohlweislich in Frankfurt bereits durchgängig nach Austin in Texas aufgegeben. Die Wartezeit auf den Anschlussflug war nicht allzu lang und auch auf dem Flughafen haben sie sich ohne größere Mühe zurecht gefunden. Dann wurde der Flug nach Austin aufgerufen; die Maschine stehe jetzt bereit zum Boarding, hörten Andrea und Martina, ja, sie verstanden es sogar einigermaßen, obwohl die englische Sprache nicht zu dem gehört, was ein uneingeschränktes Wohlfühlklima bei ihnen hervorrief. Wenig später saßen sie im Flugzeug, es schloss sich das bekannte Procedere des Starts an. Die Flugzeit nach Austin betrug fünf Stunden. Eigentlich genug Zeit, um etwas zu lesen, dachte Martina aber Andrea wollte offensichtlich nicht schon wieder schlafen, so dass sich beide Frauen irgendwie ablenkten, ab und an ein Wort wechselten, die meiste Zeit aber dem gleichmäßig monotonen Rauschen der Triebwerke lauschten... Dann gab es eine Durchsage, dass die Maschine nun die eigentliche Reiseflughöhe verlasse und in den Sinkflug nach Austin übergehe. Andrea und Martina waren erleichtert, dass diese Reise nun auch endlich ihr Ende nehmen würde. Und sie waren gespannt. Was würde sie hier in Austin erwarten? Und würden sich Christoph und Martin freuen, ihre Frauen wieder zu sehen?

Punkt.

Ja, hier setzen wir vorerst tatsächlich einen Punkt, denn wir müssen dringend Luft holen, Luft holen für den Endspurt, denn die Geschichte, so scheint es nicht nur, so ist es, neigt sich unweigerlich ihrem Ende.

Das Geschenk

Es war Becker und Reiche gar nicht so leicht gefallen, die Leitung ihrer bescheidenen Herberge davon zu überzeugen, dass ihre so schon winzigen Zimmerchen gefühlt noch an Winzigkeit zunehmen würden, wenn nämlich die beiden Frauen für den Zeitraum von – na sagen wir mal einer Woche – diese Zimmerchen neben ihren Männern noch mit bewohnen würden. Irgendwann hatte es aber dann doch ein Okay gegeben, so dass für Martina und Andrea nicht noch extra Hotelzimmer gebucht werden mussten. Ja, es war eng aber irgendwie richtete man sich ein und Christoph Becker und Martin Reiche gaben sich redlich Mühe, ihren Frauen diese Woche Aufenthalt in Austin so angenehm wie möglich zu machen. Natürlich unternahmen sie ausgiebige Stadtrundgänge, besuchten auch den botanischen Garten und sahen sich an der Universität um.

Eines frühen Abends, die vier saßen in einem Straßencafé unweit des Campus, entspann sich folgendes Gespräch. Andrea blinzelte die beiden Männer an: „Und, freut ihr euch eigentlich, bald wieder zu Hause zu sein, im fernen Deutschland, mit ausreichend Regen und Nebel, so schön miefig, naja, ihr wisst schon?" Martin und Christoph schauten sich kurz an – jetzt bloß nicht provozieren lassen. Dann, nach einer kleinen Pause, entgegnete Martin: „Ist schon in Ordnung, wir waren jetzt lange hier und haben ausreichend Material für eine Menge zu schreiben gesammelt, da ist es schon okay, wieder nach Hause zu fahren." Verschmitzt lächelnd fügte er an: „Und dann haben wir ja auch euch wieder den ganzen Tag." Jetzt meldete sich Martina: „Bitte provoziere nicht, Martin, von wegen Freude uns den ganzen Tag zu haben." Aber es klang nicht aggressiv, wie sie es aussprach, eher so, als wolle sie ihren Mann damit necken. Und dann fuhr sie fort: „Apropos genügend Material, vor ungefähr drei Wochen rief Ulli Tellmann bei uns an, ich soll euch übrigens grüßen. Er rief irgendwie im Auftrag des Schriftstellerverbandes an, ist der da jetzt in irgendeinem Gremium? Hab ich jedenfalls nicht gefragt…" – „Ja, was, was wollte er denn?", Martin und Christoph redeten fast gleichzeitig auf Martina ein. „Ach, eigentlich nichts weiter, hat sich nach euch erkundigt, wann ihr denn zurückkommen würdet und so, wegen der Terminplanung." – „Wegen welcher Terminplanung?", Martin und Christoph wieder fast synchron. „Na wegen der Terminplanung für den Workshop." Martina hatte diesen Satz irgendwie gereizt ausgesprochen; natürlich waren Martin und Christoph lange und weit weg gewesen aber das musste ja nicht bedeuten, dass sie nun alles aus ihren Gedächtnissen gelöscht hätten. „Soso, Workshop. Und was hast du gesagt?", diesmal drang Christoph allein auf Martina ein. „Ich hab gesagt, dass das bestimmt seinen Gang gehen würde, so wie ihr es eben ausgemacht hättet und er solle ruhig einen Termin einplanen, vielleicht zwei Wochen nachdem ihr wieder zu Hause seid, für den Workshop eben." Jetzt mischte sich Andrea ein: „Wären die Herrschaften vielleicht mal so nett, mich auch ins Bild zu setzen. Ich weiß überhaupt nicht, worüber ihr redet. Sonst kann ich ja auch gerne gehen." – „Nun reg dich doch nicht gleich so auf", beruhigte Martin, obwohl man merkte, dass ihm das angesichts der offensichtlich neuen Situation, die durch Erwähnung dieses Workshops entstanden war, nicht leicht fiel. Martin und Christoph blickten sich wieder an, ehe Christoph sagte: „Also, das stimmt erst mal. Ja, wir haben irgendwann in grauer Vorzeit", lächelte, aber irgendwie gequält, „zugesagt, gegenüber dem Verband, dass wir nach unserer Reise für interessierte Mitglieder einen Workshop abhalten würden." – „Ja, wollten wir, Christoph, nun sag aber auch alles. Denn wir wollten den Workshop nutzen, über unsere hier entstandenen Arbeiten zu reden. Wer denkt denn auch, dass dieser Tellmann schon wieder in vorauseilendem Gehorsam vor unserer Rückkehr und ohne auch nur ein Wörtchen mit uns zu reden Termine macht." – „Und wo ist jetzt das Problem?", entweder stellte sich Martina jetzt dumm oder sie hatte die Tragweite wirklich noch nicht begriffen, weshalb Martin bei seiner Entgegnung merklich die Stimme hob, was das Gesagte irgendwie bedrohlich klingen ließ: „Das Problem ist, dass der Workshop wohl mangels Masse wird ausfallen müssen, wir haben nämlich nichts, gar nichts geschrieben, alle beide nicht." Bei den letzten Worten ließ er seine rechte Hand zwischen sich und seinem Sitznachbarn Christoph Becker hin und her pendeln. An diese Worte Martins schloss sich eine merkwürdige Stille an, spannungsgeladen und fast schmerzhaft in den Ohren dröhnend. Betroffen schauten alle vier nach unten. Wer würde als erster wieder sprechen und sich allein damit der Gefahr aussetzen, eine größere Katastrophe auszulösen? Becker, Becker hob die Stimme – aber er räusperte sich nur. Dann, nach einigen Sekunden die eher Minuten glichen, hob Martina langsam den Kopf: „Das konnte ich doch nicht wissen, dass ihr – also hätte ich das gewusst, dann hätte ich doch versuchen können, Tellmann den Workshop vorerst auszureden, aber so…" – „Andererseits", Andrea spitze merklich die Lippen, als sie das sagte, „andererseits ist es irgendwie auch für mich ziemlich deprimierend, hier mitgeteilt zu bekommen, dass die beiden Herren nicht ein einziges Wort zu Papier gebracht haben. Die beiden Herren sind ja immerhin Schriftsteller, soviel dazu. War ja wohl keine Studienreise für Zahnärzte oder Klempner oder Zollbeamte, oder? Und ich kann dich da nicht ganz verstehen, Martina, wenn du anbietest, diese Untätigkeit gegenüber Ulli Tellmann noch decken zu wollen." Es knisterte jetzt spürbar. Die nächsten Worte würden entscheiden, ob sich eine Katastrophe abspielen sollte oder die Situation noch gerettet werden könnte.

Und, wie durch ein Wunder, deutete genau in dem Moment alles auf Rettung hin, denn von irgendwoher, die South Mall herunter, kam just in dem Moment ein Radfahrer auf einer zehngängigen Italo Vega, einem wahren Prachtstück und hielt, nachdem er erkannt hatte, wer da unter anderem in dem Straßencafe saß, unvermittelt an. „Hallo, die Herrschaften, das ist ja ein Zufall", Lars Gustafsson untermauerte seine Begrüßung mit einem freundlichen Winken der rechten Hand, mit der linken musste er für einen sicheren Stand des Fahrrads sorgen. „Hallo Lars!" Man sah sowohl Becker als auch Reiche an, dass sie froh waren, dass Lars Gustafsson so aus dem Nichts hier angelandet war. Und über ihrer Freude vergaßen sie offensichtlich auch, die beiden Frauen am Tisch, die Gustafsson ja nicht kennen konnte, vorzustellen. Aber Gustafsson war auch in diesem Falle eine echte Rettung: „Ich gehe doch nicht fehl in der Annahme, dass die beiden entzückenden Damen, die ich nun endlich kennenlernen

darf, die Frauen meiner Freunde aus Deutschland sind?" Und um
der Gefahr zu entgehen, dass Becker und Reiche auch diese Chance
des Bekanntmachens hätten verstreichen lassen, nickten Andrea und
Martina so heftig, dass nun aller Zweifel beseitigt zu sein schien.
„Tja, und das ist unser Freund Lars Gustafsson aus Schweden",
Christoph wies mit der Hand auf den Mann am Fahrrad, „aber das
werdet ihr ja schon gemerkt haben." – „Oh, Herr Gustafsson, wie
ich ihr Buch *Die Tennisspieler* liebe", Andreas Versuch, die Stimmung
umschwenken zu lassen, ging jedenfalls bei Lars nicht ins Leere.
Noch ein paar Minuten und Lars stellte sein Fahrrad an einen Laternenpfahl, zog sich einen Stuhl von einem benachbarten Tisch her-
über und griff ohne Zögern in die Saiten der wieder in Gang
kommenden Plauderei. Von irgendwelchen Workshops jedenfalls
war an diesem Abend und in dieser Runde keinerlei Rede mehr.

Es war bei Weitem noch nicht kühl geworden (es wurde in dieser
Zeit nicht wirklich kühl), da beschloss man, die gesellige Straßenca-
férunde aufzuheben. Aber, das war ausgemachte Sache, man beschloss auch, sich noch einmal vor der Abreise der Deutschen zu
treffen, in großer Runde sozusagen und im Maggie Mae's. Abge-
macht.

Und obwohl kalendarisch längst der Herbst eingesetzt hatte,
breitete sich in der Stadt ein kaum gekanntes Wetterphänomen un-
geheurer Hitze aus. Die Sonne briet den Mittleren Westen der USA
in dieser Zeit wie kaum in den Jahren zuvor. Gleißend und erbar-
mungslos stand sie tagsüber och hoch genug am Himmel und die
rasiermesserscharfen Schatten von den Häusern, die sie auf die staubigen Straßen projizierte, krochen sich im Halbkreise drehend auf
den Wegen, Plätzen und Straßen dahin und sorgten augenscheinlich
dafür, dass die ganze Stadt wenigstens nicht vollends dahin schmolz.
Seit Wochen hatte es nicht mehr geregnet und das Wort Wolke hatte
gute Chancen, aus den Rechtschreibbüchern getilgt zu werden.
Ganze Trupps von Mitarbeitern der Stadtwirtschaft waren von früh
bis spät damit beschäftigt, die städtischen Bäume, Rabatten und
Grünanlagen wenigstens notdürftig und mit so viel Wasser zu ver-
sorgen, dass der Großteil der Pflanzen die Trockenheit einigermaßen

überlebte. Dass es nicht alle Pflanzen schaffen würden, lag auf der Hand; die Anzahl der einzusetzenden Trupps mit Wasserwagen hätte exorbitant gesteigert werden müssen. Schon nahmen die ersten Wiesen in den Parks eine Farbe an, die an die Tarnfarben erinnerten, in denen unter anderem die Schützenpanzerwagen gespritzt waren: ein totes gelblich durchsetztes Braun. Neben den Wagen zur Bewässerung gab es noch zwei große Sprühfahrzeuge, die in der ganzen Stadt unterwegs waren, um den Staub auf den Straßen wenigstens zeitweise mit Wasser aus dem Lady Bird Lake zu binden. Nach gerademal einer halben Stunde Einsatz waren die Tanks aber wieder leer und es ging zurück an den Fluss, um Nachschub zu holen. Auch der Wasserspiegel des großen Flusses war in den vergangenen Wochen dramatisch gesunken, so dass die Tankwagen immer weiter in das vom Rande her austrocknende Flussbett hineinfahren mussten, um eine genügend tiefe Stelle zu finden, die es den Pumpen erlaubte, die Wagen ein Mal um das andere vollzusaugen. Draußen, in den angrenzenden Wäldern war es zu ersten lokalen Waldbränden gekommen, die man glücklicherweise aber schnell hatte wieder eindämmen können. Aber wenn die Trockenheit anhalten sollte, würde sich auch die Gefahr größerer Waldbrände exponentiell erhöhen und immer mehr Flächen am Rande der Stadt liefen Gefahr, in Flammen aufzugehen. Schon jetzt hatte man außerhalb geschlossener Räume ein striktes Rauchverbot erlassen, an das sich aber einige Raucher nicht gebunden fühlten. Im Warehouse District war es deshalb bereits zu zwei Verhaftungen gekommen.

Rund um die Uhr arbeiteten nun Tausende und Abertausende von Klimaanlagen in der Stadt. Aber sie arbeiteten am Rande ihrer Möglichkeiten und verbrauchten mehr Strom und Dieselkraftstoff als in den eher milden Wintern für das Heizen aufzuwenden war.

Auch die Tierwelt litt unter den tropischen Temperaturen. Vögel ließen sich in der Stadt nur noch ganz früh am Morgen, wenn die Sonne noch nicht aufgegangen war und dann erst wieder am späten Abend blicken. Über den verbleibenden Tag verkrochen sie sich in den Wäldern am Rande der Stadt oder in den größeren Parks, die wegen der dichteren Flora wohl die Temperaturen nicht über die

Vierzig-Grad-Marke ansteigen ließen. Auch Hunde und Katzen sah man in der Stadt kaum noch; sie verkrochen sich spätestens um acht Uhr in der Früh und kamen höchstens einmal aus ihren schattigen Verstecken, um sich an einer Wasserschüssel zu laben. Wohl den Tieren, die solche eine Schüssel in ihrem Umkreis vorfanden.

Die Menschen in der Stadt waren träge und gereizt. In der Zeitung las man vermehrt von Streitigkeiten, die direkt oder indirekt der unmenschlichen Hitze zuzuordnen waren. Auch in den Krankenhäusern herrschte Hochbetrieb, denn nicht alle steckten die Hitze einfach so weg. Manchmal konnte man beobachten, wie es einem Menschen direkt auf der Straße oder im Supermarkt drehend vor Augen wurde und er von jetzt auf gleich in sich zusammensackte. Die Sanitäter in den sofort herbeigerufenen Notarztwagen, die in jenen Tagen im Dauereinsatz waren, stellten dann meistens Kreislaufzusammenbrüche fest und fuhren die Patienten schnellstens in die nächstgelegene Klinik. Jedermann, der es sich heraussuchen konnte, nicht auf die Straße gehen zu müssen, galt als privilegiert. Und wer auf die Straße musste, schlich an den im Schatten liegenden Häuserwänden entlang und querte die Straßen so gut es ging im rechten Winkel, um der barbarisch glühenden Sonne nur kurze Zeit ausgesetzt zu sein. Erst am Abend – die Betonwüste strahlte noch immer in einer Vehemenz, die es leicht fünfunddreißig Grad werden ließ - kamen die ersten Menschen auf die Straße und begannen, die Straßencafés, Bars und Restaurants zu bevölkern. Mit jedem Grad abnehmender Lufttemperatur schwoll der Strom der Abwechslung suchenden Menschen an – es dauerte meistens nicht einmal eine Stunde, und man bekam kaum noch einen Platz in einem Restaurant an der Straße. Dann saßen sie bis weit über Mitternacht hinaus, gingen gegen zwei Uhr am frühen Morgen nach Hause in der Hoffnung, den ersten Teil der Hitze des kommenden Tages wenigstens verschlafen zu können. Gemeinsam mit der Hitze hatte tagsüber die große Lethargie Einzug in die Stadt gehalten.

Aber die Abende und die Nächte, die hatten es eben umso mehr in sich, als die Tage wegen der Höllentemperaturen alles Leben erstickten. Denn die Vitalität der Menschen in der Stadt hatte keineswegs abgenommen, nur hatte sie weniger Zeit – eben nur die Nacht – um sich auszutoben.

Kahlmann also hatte vorsorglich einen großen Tisch im Maggie Mae's reserviert. Er hatte ihn reserviert für eine Zeit, in der die Sonne längst untergegangen war und sich die Menschen in Pulks durch die Straßen wälzten; gierend nach ein paar tröstlichen Gesprächen, dürstend nach vier oder fünf Drinks mit viel grob zerstoßenem Eis, ein paar Gläsern kalten Bieres, einem auch nur ansatzweise frischen Windhauch und der Hoffnung, dass es irgendwann wieder einen ergiebigen Regen geben möchte. Denn auch in Austin ist die Hoffnung das, was zuletzt stirbt. Kahlmann hatte den Tisch schon am frühen Morgen der vergangenen Nacht reserviert, sozusagen als letzte Tätigkeit vor seinem Dienstschluss. Und Kahlmann hatte wirklich einen der größten Tische belegt, die das Maggie Mae's zu bieten hat. Er musste Platz für mindestens acht Personen bieten – und da war für Satz kein eigener Platz eingerechnet worden. Der Tisch, den Kahlmann mit zwei kleinen Schildchen versehen hatte, die eindeutig klar machten, dass ungebetene Gäste hier nichts zu suchen hatten, stand an der großen Längsseite des Restaurants, dem Tresen direkt gegenüber. Die großen Propeller an der Decke verquirlten müde die abgestandene Luft, die trotz der auf Hochtouren arbeitenden Klimaanlagen feuchtwarm sofort an jeder Flasche kalten Bieres kondensierte. Schon waren fast alle Tische im Restaurant besetzt, aber besagter Tisch gegenüber vom Tresen harrte noch seiner Inanspruchnahme.

Dann öffnete sich die Tür und Gregor Kahlmann, sich wohl irgendwie verantwortlich fühlend, dass auch alles klappte und deshalb so zeitig kommend, trat als erster unserer Freunde in das Restaurant. Kahlmann hatte für diesen Tag vorsorglich frei genommen, denn nichts war nach seiner festen Überzeugung schlimmer, als das Private mit dem Dienstlichen in ungebührlicher Weise zu vermischen. Also war Kahlmann heute Gast im Maggie Mae's, genauso ein Gast wie die weiteren hundert Gäste, die sich schon im Restaurant befanden. Mit einem nur angedeuteten Nicken in Richtung Tresen begrüßte er seine Kollegen um sich dann zielstrebig dem einzigen noch freien Tisch zuzuwenden; dem Tisch, den er selbst reserviert hatte.

Kaum hatte Kahlmann sich gesetzt, öffnete sich die Tür von neuem und Lars Gustafsson betrat das Restaurant. Er blickte sich noch einmal durch die Glastür nach außen um, denn er hatte sein Fahrrad an einem der wenigen noch freien Fahrradständer angekettet; und zwar so, dass er das Rad wohl auch aus dem Restaurant würde im Blick behalten können. Kahlmann und Gustafsson begrüßten einander und schon waren wieder Geräusche vom Eingangsbereich des Maggie's her zu hören – lärmend betraten Martin Reiche und seine Frau Martina und Christoph Becker und seine Freundin Andrea Chatwin das Café und begaben sich zielstrebig zum Tisch gegenüber des Tresens. Die nachfolgende Begrüßung fiel natürlich geteilt aus, denn die Frauen kannten Gustafsson ja schon; was Kahlmann wunderte – eine kurze Aufklärung von Martin Reiche folgte und brachte Klarheit. Trotzdem hatte Kahlmann das Gefühl, dass Martina Reiche und Andrea Chatwin ihn in besonders interessierter Weise beobachteten. War das nicht dieser Gregor Kahlmann, von dem wir in den vergangenen Monaten so viel hörten? Ist das dieser Mann, der aus einer fernen Zeit hierher gereist ist? Und kann dieser Kahlmann tatsächlich auch wieder in die Vergangenheit zurück reisen? Aber – immerhin hatten sie sich ja die Hände gereicht – kann man diesen Kahlmann richtig anfassen.

Nun, kürzen wir das Geschehen etwas ab: natürlich erscheinen auch noch Weinberg und Gödel und wir meinen zu vernehmen, dass auch Satz mit von der Partie ist, obwohl wir den ja schon verloren glaubten. Es entspinnt sich ein mehr oder weniger belangloses Gespräch über Gott und die Welt, die Schönheiten des Travis County und Austin im besonderen, deutsche Eigenheiten und amerikanische Macken und, und, und…

Dann aber geschah etwas Eigenartiges. Kurt Gödel begann, in seiner Tasche zu kramen. Offensichtlich herrschte in seiner Tasche alles andere als Ordnung, weshalb es recht lange Zeit in Anspruch genommen hatte, bis Kurt Gödel das in der Hand hielt, wonach er gesuchte hatte – einen Füllfederhalter der Marke Pelikan, deutsches Fabrikat, wahrscheinlich mehr als sechzig Jahre alt, schwer in der Hand liegend, Gebrauchsspuren aber trotzdem noch intakt und gediegen wirkend. Zuerst hatte eigentlich niemand am Tisch bemerkt, dass Gödel den Federhalter in der Hand hielt. Gödel räusperte sich. Dann, als er sich noch einmal geräuspert hatte, erhob er, leise aber eindringlich – in typisch Gödelscher Art eben – die Stimme: „Jetzt, wo es ans Abschiednehmen geht, will ich es auch nicht versäumen, lieber Lars, Ihnen Ihren Füllfederhalter zurückzugeben... Sie haben ihn damals verloren, als Sie mich mit Ihrem Fahrrad fast umgefahren hatten, wissen Sie noch? Hier, er gehört Ihnen." Gödel reichte den Federhalter über den Tisch. Gustafsson griff erst nicht zu. Erst als sich Gödel halb erhoben hatte, nahm er zaghaft Besitz von dem Schreibgerät; aber gleichzeitig blickte er hilfesuchend in die Runde. Dann erhob er das Wort: „Ja, danke, das ist tatsächlich mein Stift und ich hatte eine Zeit lang ein sehr, sehr schlechtes Gewissen. Sie können sich doch sicher noch an diese seltsamen Zettel erinnern, die wir alle gefunden hatten. Der Verdacht, die Zettel verfasst zu haben, war damals sicher auf mich gefallen, wer konnte auch wissen, dass die Damen in Deutschland sich einen Spaß mit uns erlauben würden? Aber", jetzt stutzte Gustafsson wirklich, „was mir absolut noch nicht eingeht ist die Tatsache, wie Sie es", er schaute sowohl Martina als auch Andrea an, „schaffen konnten, von unserer Existenz hier zu erfahren und wie Sie es außerdem schaffen konnten, diese Zettel tatsächlich körperlich in unser Gepäck zu befördern?" Mit einem Mal war absolute Stille am Tisch, ja, es war so still geworden, dass sogar die Männer und Frauen von den Nachbartischen verwundert in Richtung unserer acht Freunde schauten. Zum ersten Mal für alle vernehmbar meldete sich genau in diesem Augenblick Steven Weinberg, der große Schweiger, zu Wort: „Sie werden es mir nicht übel nehmen, aber genau diese und viele andere Fragen habe ich mir in den vergangenen Wochen auch gestellt. Da wäre als erstes die Frage, wie es geschehen kann, dass sich hier sechs Männer versammeln, die in Wirklichkeit hätten niemals – jedenfalls niemals zu sechst – so hätten zusammen kommen können. Dann bewegt mich die Frage nach dem braunen Koffer. Wo ist er eigentlich? Dann frage ich mich, wieso wir hier keine Uhrzeit mehr haben? Wo mag sie geblieben sein? Und wieso rieselt in die Bibliothek unermüdlich Sand ein? Und wieso ist er genauso schnell, wie er gekommen ist, wieder spurlos verschwunden? Und weshalb gibt es einen Satz, der sprechen kann, noch dazu einen *Unvollständigkeitssatz*? Irgendwie kommt es mir vor, als hätten wir gemeinsam einen Roman geschrieben, der nur aus Fragen bestehen würde, ohne auch nur eine Antwort zu enthalten." Weinberg wirkte erschöpft, nach diesen wenigen Worten. „Aber vielleicht", so setzte er noch einmal an, „können uns ja die Damen bei der Lösung eines Teils dieser Rätsel weiterhelfen?" Martina und Andrea blieb nun wirklich nichts mehr übrig, als sich in der Sache zu Wort zu melden, denn inzwischen war es soweit gekommen, dass man den Eindruck haben konnte, sie verfügten tatsächlich über die Antworten auf all die Fragen. Die Antwort, die Andrea nach einigem weiteren Zögern gab, klang wie seit langem mit Martina abgesprochen: „Es tut uns leid, meine Herren, aber auch wir können diese Rätsel nicht lösen. Aber wir sind uns ziemlich sicher, dass schon bald, vielleicht ja sogar in diesem Moment, die Normalität wird wieder Einzug halten." Verwirrt schauten sich die Männer an. Normalität Einzug halten – was war denn das? Da, auf einmal wurde Kahlmann bleich im Gesicht. Er schaute unentwegt nach oben, an die Wand hinter dem Tisch mit den acht Plätzen. Was sollte dort sein? Wand! Nein, jetzt bemerkte es auch Gödel, dann – wenig später bemerkte es Reiche, Becker folgte und auch Weinberg, schließlich auch Gustafsson. Alle sechs Männer schauten jetzt wie gebannt an die Wand. Eigentlich war dort nichts Aufregendes zu sehen. Zu Anfang noch verschwommen und mit ausgefransten Rändern bildete sich eine Struktur an der Wand. Nach einigen Sekunden und mit viel Phantasie erkannte man einen Kreis, vielleicht fünfzig oder sechzig Zentimeter Durchmesser, der sich leicht erhaben von der Wand abzuheben schien. Der Kreis aus waberndem Gewölk färbte sich zusehends dunkler; gleichsam wurde seine Struktur griffiger und immer schärfer erkennbar. Jetzt sah es plötzlich so aus, als wenn in dem Kreis am äußeren Rand Symbole gleichmäßig angeordnet wären, rundherum, den gesamten Kreis ausfüllend – was für Symbole? So angestrengt die sechs Männer an die Wand starrten, gelang es ihnen noch lange nicht, die Symbole zu entziffern. Sollten das etwa angedeutete Buchstaben sein? Oder gar Zahlen? Weitere Sekunden waren verstrichen und jetzt sprach alles für Zahlen. Es waren sowohl einzelne Zahlen dabei als auch Zahlenpärchen, das war jetzt schon mal deutlich zu sehen; und es gab ein Zahlenpärchen, das aus zwei gleichen Zahlen zu bestehen schien, irgendwo links oben in dem Kreis. Aber auch in die Mitte des wabernden Etwas kam Struktur: langsam bildete sich ungleich schärfer werdend ein Mittelpunkt heraus, von dem zwei Pfeile abzugehen schienen. Und jetzt, das Pärchen aus zwei gleichen Ziffern scheint eine Elf zu sein, nein, es scheint nicht nur eine Elf zu sein, es ist eine Elf. Und daneben eine Zwölf, rechts daneben, wohlgemerkt, und links daneben eine Zehn und von der Mitte her wachsen zwei Zeiger… Als das Vexierbild ruhig steht und endgültig für alle erkennbar wird, zeigt der kürzere der beiden Zeiger auf die elf und der längere steht kurz vor der Zwölf.

Jetzt, da unsere sechs Freunde die Uhrzeit wieder haben, läuft das Leben in deutlich geordneteren Bahnen als bisher. Der Flieger nach Deutschland geht in drei Tagen. Die verbleibende Zeit nutzen Reiche und Becker, um mit den Frauen gemeinsam die Stadt noch etwas näher zu erkunden. Außerdem sind die Koffer zu packen, man muss sich aus der Herberge abmelden und auch von der Universitätsbibliothek sollte man sich abmelden. In dem Kram, der sich in den vergangenen Wochen bei Reiche und Becker angefunden hat, befinden sich auch noch Sachen, die offensichtlich zurückzugeben sind – eine weitere Erledigung: In Windeseile ist der letzte Morgen in Austin in Texas für die vier gekommen. Zur Feier des Tages haben Martina und Andrea ein reichhaltiges Frühstück bereitet; Ei und Schinken, frisches Obst, Croissants, frisch gepresster Orangensaft, würziger Käse, Toast, hauchdünn geschnittene Salami – nach fast zwei Stunden ausgiebigen Frühstücks sind die vier kaum mehr in der Lage, einen Schritt zu gehen. Eine kurze Pause noch, eine halbe Stunde vielleicht, dann geht es ans Abschiednehmen von der Herberge, von den Mitbewohnern auf dem Flur… Pünktlich um halb eins steht ein großes Taxi auf dem Platz vorm Haus. Obwohl die Temperatur in Austin in den vergangenen Tagen leicht gesunken ist, steht das Thermometer jetzt schon wieder bei knapp über dreißig Grad und die Männer (Reiche, Becker und der Chauffeur) schwitzen schon nach Minutenfrist beim Einladen der Koffer, Taschen und Rucksäcke. Nach einer geraumen Weile ist alles verstaut. Becker nimmt neben dem Fahrer Platz und in den Fonds des Wagens quetschen sich die beiden Frauen und Martin Reiche. Nach einer reichlichen halben Stunde Fahrt langt der Wagen am Austin-Bergstrom-International-Airport an. Die vier verstauen das Gepäck auf zwei Karren und begeben sich zum Check-In. Nach zwanzig Minuten ist alles erledigt. Martin und Martina Reiche sowie Christoph Becker und Andrea Chatwin haben noch etwas Zeit bis zum vereinbarten Treffpunkt mit den anderen vier Männern. Man hat sich abgesprochen, sich um 14.00 Uhr an einem kleinen Café in der Nähe der Sicherheitsschleuse zu treffen. Es dauert nur wenige Minuten, da treffen nacheinander die vier Männer ein. Gemeinsam trinkt man noch eine Tasse Kaffee und dann wird es Zeit für die vier Deutschen, sich zur Sicherheitsschleuse zu begeben – der Abschied steht nun wirklich und unwiederbringlich bevor.

So, wie wir das Treiben in Austin aber auch in Deutschland und an welchen Orten auch immer als getreuliche Chronisten des Geschehens beobachtet haben, so werfen wir jetzt einen letzten Blick auf acht Menschen, deren Wege sich nach und nach trennen werden. Vieles an der Geschichte ist uns eingegangen, einiges ist vage geblieben und zu manchen Dingen haben wir keinen Zugang gefunden. Deshalb wollen auch wir jetzt Abschied nehmen. Wir beobachten, wie sich die vier Deutschen noch einmal umdrehen und dann gezielten Schrittes in Richtung der Sicherheitsschleuse gehen. Ein letztes Winken, aber was ist das? Martina Reiche wendet sich noch einmal um, läuft gezielt auf Gregor Kahlmann zu und übergibt ihm irgendetwas. Wir können schwer aus der Entfernung erkennen, was es ist. Es scheint gewichtig zu sein und überwiegend weiß. Ein Buch? Ja, sieht aus wie ein dicker Wälzer. Moment – prangt da nicht auf dem weißen Einband eine in mattem Grün schimmernde Eidechse?

Klappe zu, Affe tot?

Der Koffer steht mitten auf unserem Tisch in der – meinethalben – Küche; es könnte aber auch ein Tisch im Wohnzimmer oder im vom Kohlenruß vergangener Jahre verstaubten Keller sein oder auch auf dem Dachboden wäre ein guter Platz, den Koffer zu drapieren. Er ist ein Teil unseres Lebens geworden, denken wir, dieser Koffer, mit seinen nicht kleinen Maßen von achtzig mal sechzig mal dreißig. Wir streichen mit der Hand über die abgerundete Kante der Kofferklappe: Vom Bugsieren über die Terrazzoplatten der Bahnhofshallen, vom Einstapeln in die Gepäckschließfächer und mindestens genauso unsanften daraus wieder Befreien, vom Zwischenlagern auf unseren Böden und Kellern, vom rüttelnden Dahin-Geschubst-Werden auf den endlosen Gepäckbändern der Flughäfen, vom Fallen in die Schlünde der Koffersilos auf den Passagierlinern… unser Koffer hat Schrammen und Blessuren. Das ehemals fein genarbte dunkelbraune Leder ist an vielen Stellen abgeschabt, einzelne Nähte werden brüchig, eine der abgerundeten Schutzklappen, die als Verstärkung der acht Ecken des Lederquaders dienen, hängt nur noch an einer anstatt an vier Nieten. Lange wird sie nicht mehr halten, denken wir, dann wird bei nächstbester Gelegenheit die letzte Niete brechen, die Kappe wird in den Schmutz der Straße versinken und irgendwann von einer Kehrmaschine aufgenommen werden. Auch der Henkel, einst die treue und feste Bastion des Gepäckstücks, die Trutzburg, die unserem unsteten Zerren und Hieven widerstehen musste, ist nicht mehr so fest, wie in den ersten Jahren des Kofferlebens, man ist sich nicht mehr so ganz sicher, dass der voll beladene Koffer über diesen Henkel sicher ein weites Stück Weges zu tragen sein wird. Und erst die Schnappverschlüsse, wie leuchteten sie einst in der Sonne der südlichen Länder, mattes Messing, jederzeit ohne Fehl und Tadel funktionierend: schnapp – schnapp, niemals auch nur ansatzweise gepflegt; man erwartete ganz einfach, dass die Verschlüsse ihr metallenes Schnappen von sich geben würden, wenn der Verriegelungsmechanismus nach links oder rechts geschoben würde, mit dem Daumen. Jetzt sind die Federn in den Verschlüssen müde und an einigen Stellen haben chemische Reaktionen eingesetzt, die von der Anmutung des matt leuchtenden Messings nicht viel übrig gelassen haben. So bietet er in Summe ein trauriges Bild, unser Koffer, mit dem wir doch alle so viel Freude gehabt haben. Ja, Freude hatten wir mit ihm, auf den Reisen, die wir unternommen haben: kurze Wege und auch weite waren dabei, in die Wärme und auch in die Kälte, nach Norden, nach Süden, nach Osten und nach Westen, mit dem Wind und gegen ihn, die Berge hinan und die Berge hinab, halb in die Zukunft und manchmal auch zurück in die Vergangenheit, mit Freunden und mit Fremden und manchmal auch allein, auf dem Lande (meistens) aber auch auf dem Wasser oder in der Luft, zu Fuß oder mit dem Auto, dem Bus, der Bahn, dem Schiff, dem Flugzeug, tatsächlich oder nur geträumt – wir waren immer unterwegs.

Tja, du guter alter Koffer, denken wir, nun liegst du hier so vor uns auf dem Tisch und wir hätten nicht übel Lust, dich einfach zu ignorieren oder – noch besser – weit weg zu schaffen, in eine dunkle Ecke des Kellers oder auf den Oberboden direkt hinter die Esse... Warum uns die Lust danach ist? Weil wir ahnen, dass es besser sein könnte, nicht zu wissen, was sich in dem Koffer befindet. Und weil wir das Gefühl haben, die guten Jahre könnten langsam vorbei sein. Und weil wir Angst davor haben, dass sie vorbei sein könnten und uns dann die Erinnerung so schrecklich nüchtern einholen würde, wenn wir den Koffer öffneten.

Noch einmal gleitet die Hand entlang der abgerundeten Kofferklappe bis zu der losen Schutzkappe – Vorsicht, wir wollen wenigstens diesen Zustand des Koffers erhalten und ihn durch unsere Unachtsamkeit nicht noch verschlechtern. Die Hand gleitet zurück, auf halbem Weg liegt eines der beiden Schnappschlösser. Gespiegelt auf der anderen Seite das andere Schnappschloss. Ob sie noch einwandfrei funktionieren? Ob sie vielleicht jemand geölt hat? Oder ist gar jemand auf die geniale Idee gekommen, den kleinen Kofferschlüssel, den wir selbst nie benutzt haben – wohl auch, weil er die Anmutung eines Spielzeuges hatte – anzusetzen, den Koffer zu verschließen und den Schlüssel in den Rhein zu werfen. Wieso gerade in den Rhein, denken wir. Wieso nicht in den Rhein, denken wir dann. Wir schauen uns um: außer uns ist niemand in dem Zimmer und es ist auch niemand zu hören, in den Zimmern über uns und unter uns und auf den Fluren und in den Nachbarzimmern. Schnapp – das rechte Schloss funktioniert ohne jeden Fehl und Tadel. Schnapp – links ebenso. Es ist die letzte Chance; man könnte jetzt, ohne dass auch nur irgendwer die leiseste Ahnung davon mit bekäme, die beiden Schlösser wieder zuschnappen lassen – schnapp für links und schnapp für rechts. Wir hören noch einmal angestrengt in das Haus: nichts. Dann öffnen wir vorsichtig und mit dem Gefühl, etwas Verbotenes zu tun, die Kofferklappe und legen sie vorsichtig um.

Der erste Blick in den Koffer macht uns ratlos, denn sein Inhalt scheint wie mit einem großen Bogen Pergamentpapier abgedeckt, der wiederum ein Muster aus unterschiedlich großen Rechtecken aufweist. Aber halt, da sind nicht nur diese unterschiedlich großen Rechtecke, in ihnen steht etwas auf dem Pergamentpapier geschrieben, es ist etwas mit violetter Tinte aufgetragen. Wir versuchen, die einzelnen Eintragungen zu entziffern: *In der Uckermark*, links oben steht *In der Uckermark*, eindeutig können wir es lesen. Und an ganz anderer Stelle steht *Im Herbarium*, auch das können wir mit etwas Anstrengung genau erkennen, *Im Herbarium*. Wir beugen uns tiefer über das Pergament, denn die Eintragungen sind klein und es sind viele, viele Felder, die – zwar unregelmäßig, aber in Summe doch irgendwie gleich groß – das Muster auf dem Papier ausmachen. Von Weitem mag es wohl die Anmutung unregelmäßig auf Pergament verteilter und bezeichneter Rechtecke haben. Und es fällt auf, dass zwar alles mit violetter Tinte geschrieben ist aber die Eintragungen in durchaus sehr unterschiedlichen Handschriften verfasst worden sind. Jetzt sind wir endgültig neugierig geworden. Eine Lupe, eine Lupe müsste man haben, denn einiges ist doch verdammt klein geschrieben. Aber vielleicht geht es doch auch ohne Brennglas – beugen wir uns halt weit genug vor. Eine nächste Eintragung lautet *Im Botanischen Garten (Zilker Park)* und man erkennt, wenn man genau hinsieht, dass sie überschrieben wurde, denn eigentlich lautete sie offensichtlich *Botanical Garden*. Ganz gleich, wir meinen zu wissen, was gemeint ist. Wenden wir unseren Blick weiter nach links, dort, dort ist ein Feld in dessen Mitte sich der akkurat platzierte Schriftzug *In der Stadtbibliothek* befindet. Und gleich daneben aber von ziemlich flüchtiger Hand verfasst lesen wir *Im Hotelzimmer von Marina Salinaris.* Oh ja, auch daran haben wir alle eine Erinnerung, wer mag die Eintragung wohl gemacht haben und warum und wann? Jetzt wird es schwieriger, denn die nächste und darunter liegende Eintragung ist verdammt klein geschrieben, sozusagen kaum lesbar. Wir sehen einmal und noch einmal hin; *In der Sandwüste,* ja, es könnte *In der Sandwüste* heißen. Dann hat sich jemand in korrekter Druckschrift versucht: *Im Supermarkt mit Martina an der Klasse,* okay, das war einfach. Aber gleich wird es wieder komplizierter, denn der nächste Eintrag ist von einer so verheerenden Sauklaue auf das Pergamentpapier geschmiert worden, dass wir alle uns zur Verfügung stehenden Schriften deutenden Fähigkeiten zusammennehmen müssen: *In irgendeiner Studentenkneipe,* ja, das könnte es heißen. Lassen wir es einfach so stehen, denn zu einem besseren Ergebnis werden wir mit Sicherheit nicht kommen. Und jetzt spüren wir auch, dass es nicht so leicht ist, wie es zu Anfang aussah, all die Einträge auf dem Pergament zu entziffern. Aber die Neugier, die Neugier treibt uns weiter, was wird wohl noch geschrieben stehen. Wir wenden den Blick zum nächsten Feld, welches in wohlausgerichteter Schönschrift und gar nicht allzu klein beschriftet ist: *Kleiner Park am Ende der Straße.* Gut, das war eindeutig, gut zu lesen, verständlich. Was für den nächsten Eintrag so schon wieder nicht zuzutreffen scheint, zwar in großen Lettern geschrieben aber mehr oder weniger flüchtig auf das Papier gehaucht, eher im Vorübergehen, könnte man denken. Trotzdem wird der Sinn des Eintrags schnell klar: *In einer überdimensionalen Sanduhr.* Daneben hat jemand, es erschließt sich nicht genau, ob es derjenige war, der den Eintrag verfasst hat, ein Strichmännchen gemalt, welches versucht, eine Leiter zu besteigen, die wiederum an einer überdimensionalen Vase angelehnt zu sein scheint. Ein weiteres Feld ist ebenfalls neben dem Schriftzug mit einer Zeichnung, die eine Dampflok mit zwei daran gekoppelten Wagen darstellen dürfte, verziert. Zu lesen ist *In der Regionalbahn (Feuerschlange).* Die weiteren

Eintragungen machen es uns schwerer, sie zu entziffern, was auf zwei Gründe zurückzuführen ist. Es liegt einerseits daran, dass alle Felder, die wir noch nicht entschlüsselt haben, jetzt irgendwie weiter weg zu liegen scheinen, also von uns erfordern, dass wir uns weiter über den Koffer beugen. Und zweitens haben wir da in den Beinen so ein unbestimmtes Gefühl, als wenn sie nicht mehr bis auf den Boden reichten, die Schuhspitzen in der Luft baumelten, wir über dem Rand es Koffers wippten, den Oberkörper über dem Pergament, den Unterleib außerhalb… Aber die Neugier, die Neugier treibt uns voran. *Im Maggie Mae's,* ganz hinten links und schnörkellos aufs Papier gekratzt steht es geschrieben. Und gleich rechts daneben lesen wir *Am heimischen Kamin.* Unsere Fußspitzen berühren den Holzfußboden nur noch ab und an, immer weiter müssen wir uns strecken, um die verbleibenden Einträge zu erkennen. Schrumpfen wir etwa? Die Neugier, die Neugier auch die letzten Einträge zu entziffern, lässt uns diesen Gedanken nicht weiter verfolgen. Ah, da kommt wieder etwas in Druckbuchstaben: *In den Bussen der Linien 3, 30 und so weiter.* Gut, und gleich rechts daneben, das ist auch einigermaßen zu erkennen: *Auf dem Tennisplatz in der Nähe des Gemüseladens.* Aber dann, dann wird es wirklich hart. Es dauert einige Sekunden, bis wir überhaupt eine Vorstellung davon haben, was es heißen könnte. Wir einigen uns schließlich auf *Im Literaturarchiv in Marbach.* Es ist anstrengend, sozusagen den Boden unter den Füßen verlierend, sozusagen zwischen Gestern, Heute und Morgen auf dem Rand eines Koffers zu balancieren. Und es fängt an, uns in der Hüfte Schmerzen zu verursachen, denn das Gewicht unseres Körpers muss auf diesem Rand des Koffers, der ganz und gar ungepolstert ist, ausgependelt werden. Aber jetzt sollten wir nicht aufhören, jetzt, wo wir das meiste schon entziffert haben, jetzt, wo wir kurz vor der Lösung des Rätsels zu stehen scheinen. Also, liebe Neugier, lass uns weiter rätseln. *An Bord eines Flugzeugs,* das ging mal noch, denn es war nicht allzu winzig geschrieben. Aber prompt naht weiter rechts die nächste Herausforderung, und unsere Schuhspitzen scheinen nur noch die Sitzfläche des Stuhles, der an dem Tisch steht, auf dem der Koffer liegt, zu berühren. Die Herausforderung also, die uns alles abverlangt

– endlich: *Im Naturkundekabinett.* Im Nachhinein müssen wir lächeln, denn das war ja nun alles andere als eine schwierige Eintragung. Dann geht es weiter nach rechts – Vorsicht, nicht zu weit vorbeugen, Vorsicht, was machen denn die Füße? Und wo ist die Sitzfläche des Stuhls? Also, weiter nach rechts - *Auf dem Flughafen Austin,* und noch ein Stück weiter - *Vor dem Golfplatz im Travis County,* und noch ein kleines Stück, die Schmerzen in den Hüftknochen einfach ignorieren - *Auf dem Bahnhof am Morgen.* Sind es noch sechs oder nur fünf Einträge, die es zu entziffern gilt? Es fällt uns schwer, den Überblick zu behalten und irgendwie kommt es uns vor, als wenn die Schrift, in violetter Tinte geschrieben, bei den letzten Einträgen größer geworden wäre. Kann das sein? Oder werden wir etwa…? Die Füße, und wo baumeln die Füße denn schon wieder? So, nun noch einmal alle Kräfte zusammen nehmen: *In der Redaktion der Lokalzeitung,* na bitte, ging doch und weil es so gut klappte versuchen wir uns auch noch an dem nächsten lila Schriftzug: *Im Gödeluniversum.* Was jetzt noch bleibt ist doch nur Formsache, oder? Wir kommen uns winzig vor. Schon der Tisch scheint weit entfernt zu sein, wie weit erst die Sitzfläche des Stuhls oder gar die Dielen des Fußbodens? Balancieren, du blöde Neugierde! Wir balancieren ja schon, so gut es geht. *In einer Kneipe in Dresden,* okay, das hätten wir und nun noch *In der Hotellobby,* auch das wäre geschafft na und der Rest müsste doch reine Formsachse sein, oder. Dann kommt, was kommen musste, wir verlieren das Gleichgewicht, erst ganz langsam, dann aber an Geschwindigkeit stetig zunehmend stürzen wir von der Kofferkante in Richtung des Inneren des Koffers und im Vorbeifliegen stellen wir fest, dass wir auch den letzten Eintrag der uns in der Liste der violetten Schriftzüge noch fehlte, erkennen: *In dem einen oder dem anderen Buch* lesen wir, dann gibt es einen leichten Aufprall auf das Pergament aber wir haben uns in der Millisekunde des Fliegens das Aufkommen auf dem Pergament viel schmerzhafter vorgestellt – Füße voran – Aufschlag, das Papier bekommt einen feinen Riss, ungefähr in Höhe der Lokalredaktion der Zeitung und dann sind wir angekommen. Wir stehen mitten in dem Koffer, was wir aber schon nicht mehr merken, denn alles kommt uns bekannt vor.

Wir sind weich gelandet, erstaunlich weich, denn das hätte auch anders ausgehen können, mal so die Füße und dann wieder den Kopf voran, mit den Armen und den Beinen rudernd durch das Pergamentpapier hindurch und dann – wer weiß eigentlich noch wie lange – hinab… Hier ist alles viel sonnendurchfluteter, als eben noch, in der Zeit, an die wir keine Erinnerung haben. Als erstes fällt uns eine große Uhr an einem riesigen Gebäude auf. Es ist gegen Mittag, und wir machen ein paar Schritte in Richtung des riesigen Hauses, dann erkennen wir die Aufschrift über einem der Torbögen: Austin University of Texas. Aha, denken wir und noch so in Gedanken merken wir kaum, dass sich ein Mann auf einem Rad in ziemlich überhöhter Geschwindigkeit auf uns zubewegt und weil sowohl wir als auch der Mann im letzten Augenblick doch noch ein Fünkchen Aufmerksamkeit zusammengekratzt haben, bleibt der Zusammenstoß aus. Wir sehen noch, aber nur verschwommen und in ziemlicher Ferne, dass der Mann mit dem Rad an einer Gruppe anderer Männer anlangt – sind es vier oder fünf – vom Rad steigt und mit den anderen Männern gemeinsam um eine Ecke biegt. Wir aber gehen weiter in Richtung einer kleinen Tür, die sich in einer entlang der Straße führenden Mauer auftut und gehen schließlich durch sie hindurch.

Nach nur wenigen Schritten stehen wir in einem Raum, an dem Männer und Frauen um einen großen ovalen Tisch herum sitzen, Fotos und handschriftlichen aber auch gedruckte Notizen in der Hand und auf dem Tisch, verschiedene Zeitungen unordentlich vor sich ausgebreitet, mit Laptops vor und neben sich und großen Bildschirmen an der Wand. Auf einem der Bildschirme sieht man das Layout einer Tageszeitung – ja, jetzt erkennen wir es, das ist doch tatsächlich das vertraute Layout des *Neuen Boten*, unseres *Neuen Boten* möchten wir rufen. Aber die Stimmung in dem Raum ist nicht angetan, etwas zu rufen, denn die Männer und Frauen arbeiten angestrengt daran, das jungfräuliche Layout des *Neuen Boten* mit Meldungen und dazu passenden Bildern zu füllen, damit am nächsten Tag jeder lesen kann, was in der weiten Welt alles passiert ist. Also stören wir nicht weiter und verlassen den Raum durch die Tür an der gegenüberliegenden Stirnseite.

Kühle und unangenehme Zugluft empfangen uns, als wir die Tür öffnen, denn wir treten schnurstracks auf einen Bahnsteig, an dem eine Regionalbahn abfahrbereit steht. Kurzentschlossen steigen wir ein. Schnell verlassen wir den Bahnhof und ein Blick aus dem Fenster verrät uns, dass das, was da draußen vorbeizieht, nur die Uckermark sein kann. In einiger Entfernung erkennen wir sogar etwas, das aussieht wie ein großes Kraftwerk. Aber schon bald ist es unserem Blick entschwunden, denn der Zug fährt jetzt vorbei an wunderbaren Rhododendronbüschen, dann über eine Brücke und zum Stehen kommt er neben einem kleinen mit Bänken gesäumten Platz, auf den Bänken einige wenige Menschen, das Gesicht mit geschlossenen Augen in Richtung Sonne reckend. Wir steigen aus, denn das Plätzchen scheint uns doch anheimelnd genug, für eine kleine Rast. Fast unhörbar fährt der Zug ohne uns weiter und die Rast dehnen wir auch nicht über Gebühr aus, dann folgen wir einem schmalen Pfad leicht abwärts und stehen unvermittelt vor einem großen Tor aus Blech. Noch machen wir uns Gedanken darüber, dass dieses Tor hier so gar nicht in die Landschaft zu passen scheint, da öffnen wir es auch schon. Wir treten ein in ein muffiges Flaschenlager. Wir gehen durch das Lager und nach wenigen Schritten kommen wir in einen mit Neonröhren nur notdürftig beleuchteten Supermarkt. An der Kasse sehen wir Martina Reiche sitzen und sie scheint sich mit jemandem zu unterhalten. Tja, denken wir, ist das nun Andrea Chatwin oder Maria Salinaris? Aber es gibt keinen Grund, die Damen in ihrer angeregten Unterhaltung zu stören. Vielmehr fällt uns an der Stelle eine weitere kleine Tür auf, an der ein handgeschriebener Zettel prangt, auf dem zu lesen steht *Literaturarchiv Marbach*. Neugierig treten wir ein. Ein Raum empfängt uns, der eher nüchtern wirkt. Neben einem Tresen, hinter dem am Computer eine Dame, die uns irgendwie an Schickse aus dem Naturkundekabinett erinnert sitzt und etwas in den Rechner zu hämmern scheint, gibt es nur wenig Mobiliar in dem Raum. Lediglich ein paar kleine Sitzecken, wie zufällig in den Raum gestreut, umfangen den Besucher. Die wenigen kleinen Sessel um die Tischchen werden von noch weniger Menschen benutzt; ganz konkret sind es zwei Männer mittleren Alters, die da – natürlich an unterschiedlichen – Tischen Platz genommen haben. Dann erhebt sich Schickse von ihrem Arbeitsplatz, schaut in Richtung des einen Mannes und ruft: „Herr Tellmann, Sie können mir jetzt Ihren Text geben, wir werden ihn anschauen, sie hören wieder von uns. Kann aber schon sechs, sieben Wochen dauern." Der Mann, der sich mit Tellmann angesprochen fühlt, steht auf, geht an den Tresen und übergibt Schickse ein paar Blätter Papier – mit der Hand beschriebenes Papier. Neben Schickse sind die einzigen Zeugen des Vorgangs wir und – ja, richtig, Christoph Becker. Auch er hält ein paar Blätter Handschriftliches in einer Hand. Wo doch Becker immer so darauf bedacht war, alles sofort am Computer zu schreiben, denken wir und wenden uns von der kleinen Szene ab. Wir verlassen den Raum durch die Tür, durch die wir ihn betreten hatten. Aber anstatt wieder in den Supermarkt zu gelangen, tut sich vor uns eine ungeheure Sandwüste auf. Heißer Wind schlägt uns entgegen; dann doch lieber wieder zurück in das Literaturarchiv. Schon wenden wir uns um, um wieder durch die kleine Tür zu gehen aber die Tür hat sich in der Zwischenzeit in heiße Luft aufgelöst: vor uns, hinter uns, nach rechts, nach links – Sand, Sand, Sand. Die Luft ist so heiß, dass sie am Horizont Schlieren bildet. Verschwommen sehen wir da etwas, aber ist es vielleicht doch nur eine Fata Morgana? Wir stapfen ein paar Schritte darauf zu. Keine Veränderung. Wir stapfen noch ein paar Schritte. Auf unserem kurzen Weg kommen wir an verblichenen Knochen vorbei und aus dem Sand ragen auch die kümmerlichen Reste eines Diktiergerätes - regelrecht zerfressen von dem an ihm schleifenden Sandstrom. Stapf, stapf, stapf, der Weg ist uns nicht leicht. Am Horizont keine Veränderung. Doch, doch, halt. Es regt sich etwas. Die Konturen der Fata Morgana werden schärfer – es ist nicht nur eine Luftspiegelung. Stapf, stapf, stapf, noch vielleicht dreihundert Meter. Jetzt können wir es viel deutlicher erkennen, was da in der Wüste steht. Es ist eine überdimensionale Sanduhr und ein Mann ist damit befasst, am Boden einen Eimer mit Wüstensand zu befüllen, dann steigt er auf eine an die Sanduhr gelehnte Leiter, klettert mit waghalsigen Schritten, immer den schweren Eimer balancierend, bis an den Rand des Glases und schüttet den Sand in das Innere des Glaskolbens. Dort bildet sich sofort an der jüngsten Stelle zwischen dem oberen und dem unteren Kolbenteil ein feiner Sandstrom, der genauso lang fließt, wie der arme Mann braucht, um neuen Sand über die wackelige Leiter nach oben zu hieven. Armer Kahlmann, denken wir, armer Kahlmann. Aber wir sehen zu, dass uns Kahlmann nicht sieht, denn es wäre nur recht und billig gewesen, ihm zur Hand zu gehen. Stapf, stapf, stapf, die Sanduhr haben wir jetzt im Rücken. Kein Blick zurück. Irgendwann, die Schritte werden uns unsagbar schwer, scheint der Sand weniger zu werden, jedenfalls schauen die ersten Steine zwischen dem Sand hervor. Plötzlich aber, wie um die Wüste zu begrenzen, erhebt sich vor uns eine mächtige Sanddüne, die wir mit letzter Kraft besteigen. Stapf, stapf, stapf. Auf dem Kamm der Düne angelangt, erkennen wir einen, immer noch mit reichlich Sand bedeckten Weg, der geradewegs in eine Bibliothek zu führen scheint. Richtig, nach wenigen Schritten stehen wir im Herbarium der Live Science Library in Austin. Sand liegt immer noch genügend auf dem Holzfußboden. Erstaunlich, denken wir, eben war Kahlmann noch in der Wüste mit dem Befüllen seiner Sanduhr befasst und jetzt sitzt er schon wieder mit seinen Freunden hier um einen alten Folianten herum, sinnierend und die Zeit totschlagend. Aber wir sind durstig geworden und es freut uns, dass eine Flasche Wasser auf dem Tisch steht, von der wir uns gerne bedienen. Die sechs Männer scheinen das gar nicht zu merken. Und uns wundert, dass man in diese Bibliothek Getränke mitnehmen darf. Nach dem wir uns mit einem tiefen Schluck aus der Flasche gelabt haben, verlassen wir auf leisen Sohlen, so der Sand auf dem Fußboden das zulässt, den Raum durch genau die Tür, durch die wir ihn betreten haben. Und, wer hätte das gedacht, hinter der Tür wartet eine kleine Studentenkneipe auf uns. Es ist nur wenig Licht, das uns den Weg weist und das wenige Licht muss sich noch durch dicke Rauchschwaden kämpfen. So nimmt es fast schon wunder, dass wir Knut und Sven, die beiden gefühlten Dauerstudenten, doch noch an einem Tisch ganz in der Ecke sitzen sehen. Und wer sitzt da bei ihnen? Sieht aus wie Gerd Rosner von Greenwatt. Wir nicken kurz, hocken uns mit an den Tisch und werden Zeuge eines Gesprächs, in dem Knut und Sven Rosner zu erklären versuchen, dass sie über einen Algorithmus verfügen, der Plagiate jeglicher Art sichtbar macht. Aber Rosner lächelt nur müde. Was auch wir tun. Trotzdem, die Zeit für ein Bierchen bleibt uns – auch für ein zweites und drittes – am Ende zahlen wir die gesamte Zeche, auch für Rosner, was so, wie so vieles, nicht geplant gewesen war.

Schwankenden Schrittes suchen wir einen Ausgang oder zumindest die Möglichkeit, bei Martina oder – was in Summe nun auch nicht mehr schlimmer wäre – Andrea noch einen Fuffi zu schnorren, denn wir merken, dass wir nun, nachdem wir die   Zeche   bezahlt haben, wieder keinen Knopf in der Tasche haben. Aber Martina ist nirgends zu sehen und Andrea – Andrea sitzt knutschend auf Beckers Schoß. Dann also doch lieber den Ausgang – Zigarettenrauch, Bierdunst, Lautstärke, Dampf aus der Küche, verschüttetes Bier, Straßenschmutz, noch mehr Lärm, denn nur wenn man die allgemeine Lautstärke übertönt, kann man von seinem Nachbarn verstanden werden, was jedoch wiederum zu einem weiteren Ansteigen der allgemeinen Lautstärke führt, einer raucht Zigarre, Geruch von Angebranntem aus der Küche – wir haben endlich den Ausgang gefunden. Erleichtert treten wir in eine Kathedrale der Ruhe und Aufgeräumtheit und schauen uns um. Es ist zweifellos eine Hotellobby, in der wir stehen. Wir begeben uns an die Rezeption: „Entschuldigung, wohnt bei Ihnen zufällig eine Dame mit dem Namen Maria Salinaris?" – „Ja, warum fragen Sie, darf ich etwas ausrichten?" – „Ähh, nein, nein, aber in welchem Zimmer wohnt sie denn?" – „Zimmer 406, mein Herr, aber sie ist außer Haus. Vielleicht freut es sie ja, wenn sie wieder kommt, Sie auf ihrem Zimmer vorzufinden? Hier ist der Schlüssel, möchten Sie?" – „Oh, das ist zuviel... das hätte ich nicht erwartet... vielen Dank." Wir begeben uns zum Fahrstuhl, vierte Etage, Zimmer 406 ist auf dem rechten Gang, der Zimmerservice ist durch, Mantel abgelegt; aus den Schuhen schlüpfen; dann sinken wir auf eines der beiden frisch gemachten Betten. Wir versinken in einen dämmrigen Schlaf; hoffentlich wachen wir auf, wenn Maria an die Tür klopft, denn sie hat ja nun keinen Schlüssel mehr, sind die letzten Gedanken, bevor der Dämmerschlaf von einem Tiefschlaf abgelöst wird, der einem kanadischen Holzfäller und Grizzly-Jäger durchaus zur Ehre gereicht hätte. Nach achtzehn, neunzehn oder gar einundzwanzig Stunden wachen wir auf: Durst und Hunger quälen uns – wir merken erst nach ein paar Sekunden, dass Maria nicht geklopft haben kann oder haben wir es nicht gehört? Kurzer Gang ins Bad, Schuhe, Mantel, hinab nehmen wir die Treppe, Rezeption... Nein, Frau Salinaris, die kenne man hier nicht, da habe man sich wohl getäuscht, hat nicht hier gewohnt, das könnten wir schon glauben, und wo wir denn her kämen, aus Zimmer 406, was wir dort gemacht hätten, geschlafen, aha, dann koste das 105 Euro, ohne Frühstück wohlgemerkt, und ob wir mit Karte zahlen wollten... Wir zahlen mit Karte. Die Flügel der Hoteltür schlugen freundlich auf, wenn man sich ihr näherte. Wir traten hinaus ins Freie und am Ende der Straße sah man schon einen kleinen Park. Aber der Wind, der in der Nähe des Hotels noch als laues Lüftchen ganz gut durchging, nahm auf dem Weg zu dem kleinen Park immer mehr zu – am Ende war es ein Orkan, der uns umfing, wir verstanden das eigene Wort nicht mehr. Also gingen wir weiter, wohl jetzt leidlich ausgeschlafen aber immer noch Hunger und Durst verspürend – langsam legte sich der Wind. Was war das denn dort hinten. Sah aus wie ein Gemüseladen, ja ein Gemüseladen, mit altem Tennisplatz davor, aber es spielte niemand. Gemüseladen, das war ein gutes Stichwort. Wir gingen hinein, kauften uns von dem letzten, aber wirklich allerletztem Kleingeld, das wir in den ausgebeulten Taschen unserer Hosen fanden, drei Bananen und eine Flasche Wasser und verließen den Laden wieder. Inzwischen, so stellten wir erfreut fest, waren sechs Männer auf dem kleinen Tennisplatz angekommen, offensichtlich um diesem königlichen Spiel zu frönen, was uns die Möglichkeit geben würde, ein paar Minuten zuzuschauen und uns damit ein wenig abzulenken. Aber die Männer konnten sich ganz offenkundig nur schwer einigen, wer gegen wen spielen sollte und wer mit dem Match beginnen müsste. Die erste Banane hatten wir bereits verspeist; eine Einigung stand in weiter Ferne; auch nach Banane

Nummer zwei kein anders lautendes Ergebnis und selbst nach Banane Nummer drei, die in uns ein gewisses Völlegefühl auslöste, war immer noch nicht klar, wer beginnen würde. Das, so dachten wir, ist dann doch etwas langweilig, schnappten uns die Wasserflasche und stiegen in einen Bus, der gerade an der Straße hielt. War es ein 3er, ein 30er oder welche Nummer war es denn? Ach, egal, irgendwohin würde er uns bringen. Nach einer Stunde stiegen wir wieder aus und purzelten unvermittelt in die nächste Kneipe, Maggie Mae's konnten wir gerade noch lesen, dann waren wir drin. Viele Tische frei, ein elegant gekleideter Kellner, blütenweißes Hemd und lange schwarze Schürze, mit einem ganz und gar europäischen Einschlag (der Kellner, nicht die Schürze) nahm die Bestellung auf: einen doppelten Espresso und ein Glas Wasser. Dann, ganz plötzlich, durchfuhr es uns wie ein Schlag: Womit sollten wir zahlen. Mit schweißnassen Händen nestelten wir nach der Geldbörse in der Gesäßtasche. Aber die Geldbörse fühlte sich voll an; wir staunten nicht schlecht, als wir die Geldscheine und die Münzen zählten, die sich wie durch wundersame Vermehrung wieder angesammelt hatten. Wieder auf der Straße merkten wir, wie es langsam dunkel zu werden begann. Irgendwie hatte man den Eindruck, jemand lege langsam eine Klappe über die Stadt, so, wie man langsam einen Koffer schließe, langsam, um den sorgsam gepackten Inhalt nicht durcheinander zu bringen. Dann gingen langsam die Lichter an: in Austin, Texas, in den Kneipen in Dresden, in den Hotels in der Uckermark, bei Reiches zu Hause wurde der Kamin entzündet, in der Stadtbibliothek machte Andrea Chatwin Licht, in allen Gödel-Universen knipsten die fleißigen Bienen die Sterne und Galaxien an. Nur in den zugeklappten Büchern blieb es dunkel, sehr zum Missfallen von dem einen oder anderen Satz.

Irgendwann haben wir uns hingelegt, denn es ist nicht wahrscheinlich, dass wir keinen, überhaupt keinen Schlaf brauchen und es ist noch weniger wahrscheinlich, dass wir immer wieder solch ein (kostspieliges) Glück wie mit Maria Salinaris Zimmer in irgendeinem Hotel in der Uckermark haben. Also haben wir geschlafen, bis sich wieder jemand an dem Koffer zu schaffen macht, mit einer Hand über die Kante der Lederumhüllung fährt, die kaputte Blechkappe über der einen Ecke entdeckt, die Schlösser vorsichtig schnappen lässt – schnapp, schnapp – so etwa mag es geklungen haben und langsam die ersten Sonnenstrahlen in die dunkle Höhle der Abgeschiedenheit einträufeln lässt.

Wo aber erreichen uns diese Sonnenstrahlen? Wir schauen uns um. Lange Gänge, mit Menschen angefüllt, die ihre Koffer auf Rollis hin und her fahren, hastig zwischen verschiedenen Ausgängen hin und her wuselnde Menschen, Kinder, die Angst haben, in dem Gewusel ihre Eltern zu verlieren, Eltern, die Angst haben, in dem Gewusel ihre Kinder zu verlieren, Aufrufe aus Lautsprechern, hoch über den Köpfen der Menschen, noch der eine oder andere lieblos hinuntergespülte Kaffee, noch einmal Geld holen an irgendeinem Automaten, Koffer auf die Bänder gewuchtet, Warten auf den endgültigen Aufruf des Fluges – wir befinden uns am Bergstrom-International-Airport am südöstlichen Stadtrand von Austin, Texas.

Als unser Flug aufgerufen wird, staunen wir, denn das Ziel, das die Maschine ansteuern soll, wird nicht angegeben. Ungläubig blicken wir in Richtung der überall über den Ausgängen installierten Anzeigetafeln: Nichts zu lesen, nicht einmal der Name eines Operators, der den Flug durchführt. Jetzt kommt eine Stewardess, unsere Bordkarten zu kontrollieren, ritsch, wir gehen weiter, folgen einem langen dunklen Finger, der uns geradewegs an Bord einer Maschine führt. Wir staunen, denn trotz der Tatsache, dass es kein offizielles Flugziel zu geben scheint, strömen Hunderte mit uns gemeinsam in die Maschine. Nicht einmal Gepäck haben wir, es in den Fächern über den Sitzreihen zu verstauen. Pflichtgemäß schnallen wir uns an, die Stewardessen erklären uns gelangweilt die Sicherheitsvorkehrungen, die in dem Flieger gelten: Schwimmweste, Sauerstoffmasken für den wirklich unwahrscheinlichen Fall eines Druckverlusts, Notausgänge, beleuchtete Streifen am Kabinenboden… Wir hören die Triebwerke brummen, dann scheinen die Piloten die Freigabe erhalten zu haben, auf die Startbahn zu rollen. Die Turbinen heulen kurz auf, auf dem Weg zur Startbahn beobachten wir aus den Fenstern, wie die Höhenruder an den Enden der Tragflächen hinauf und wieder hinab bewegt werden; noch eine scharfe Kurve, dann stehen wir geradeaus zur Startbahn; es dauert noch einige Sekunden bis zur Startfreigabe, denn die Beamten auf dem Tower müssen erst noch eine gerade landende Maschine sicher zum Gate geleiten, dann, fast wie aus dem Nichts, drückt es uns in die Sitze, mehr und mehr und endlich, endlich hebt die Maschine die Nase – nach einigen Dutzend Metern, die wir an Höhe gewinnen, gibt es ein pling – wir sind in der Luft. Und die Maschine gewinnt schnell an Höhe; wir beugen uns in Richtung des Fensters und schauen erst nach unten, wie alles auf dem Boden kleiner und kleiner wird und dann schauen wir nach oben. Kann es sein, dass der Himmel über uns wie ein straff gespanntes Stück Pergamentpapier ausschaut?